Die Schwäbische Alb

RULAMAN

Die alte Parre

RULAMAN

ERZÄHLUNG

AUS DER ZEIT

DES HÖHLENMENSCHEN

UND DES

HÖHLENBÄREN

VON

DAVID FRIEDRICH WEINLAND

ERSCHIENEN IM

RAINER WUNDERLICH VERLAG

HERMANN LEINS

TÜBINGEN

Mit den Illustrationen der Erstausgabe von 1875

Neuausgabe 1972

1972	68.– 76. Tsd.
1973	77.– 84. Tsd.
1975	85.– 93. Tsd.
1976	94.–105. Tsd.
1978	106.–113. Tsd.
1980	114.–123. Tsd.
1982	124.–128. Tsd.

ISBN 3 8052 0219 9

Printed in Germany. Gesetzt in der Offizin Chr. Scheufele in Stuttgart
Gedruckt in der Offsetdruckerei Gutmann & Co. in Heilbronn
Gebunden bei der Großbuchbinderei Heinr. Koch in Tübingen
Klischees von den Graphischen Kunstanstalten E. Schreiber in Stuttgart

Aus grauer Vorzeit

Denn tausend Jahre sind vor dir wie
der Tag, der gestern vergangen ist,
und wie eine Nachtwache.

Es war eine Zeit – fragt nicht, vor wieviel tausend Jahren, niemand weiß es –, da war ein Meer, wo heute die Schwäbische Alb sich erhebt.

Es war ein warmes Meer, reich an Tieren. Steinkorallen wuchsen am Ufer wie unterseeische Gebüsche. Zwischen ihren Zweigen regten und bewegten sich, wie heute noch an den warmen Gestaden der südlichen Meere, Tausende von Seesternen und Seeigeln, Muscheln, Schnecken und Würmern, von Krebsen und Korallenfischchen in üppiger Farbenpracht. Auf der hohen See schwammen Fischherden und Ammonshornschnecken, verfolgt von mächtigen Fischeidechsen, den Raubherrschern dieses Ozeans.

Die Kalkschalen und die Knochen der Millionen, die da starben im Laufe der Jahrhunderte, sanken nieder auf den Boden des Meeres. Die meisten wurden am Ufer durch die Brandung zermalmt, oder sie wurden zerdrückt durch die Massen, die auf sie fielen. Sie bildeten einen Kalkschlamm und dieser wurde zu Stein. Das sind die Felsen, die tausend Fuß hohen Felsen unserer Alb.

Die Schalen und Knochen, die nicht zerrieben wurden, betteten sich ein in den Schlamm des Meeres, versteinerten dort und sind uns erhalten bis auf den heutigen Tag. Sie geben uns Kunde von jenem Ozean und seinem Leben.

Es gab auch Inseln in diesem Meer, aus der Tiefe heraufgebaut von den Korallen. Üppige Pflanzen wuchsen auf diesen Inseln am Ufer, fiederblätterige Sagopalmen, Araucariatannen und Farnkräuter.

Aber noch gab es keine Laubbäume auf der Erde.

Unter den Palmen und Tannen krochen Schildkröten und ungeheure Krokodile mit fingerlangen, schneidenden Zähnen, die Herrscher der Inseln.

Doch schon erhob sich das Leben der Tiere auch in die Luft. Riesige Wasserjungfern, Bockkäfer und Prachtkäfer und Nachtschmetterlinge schwirrten zwischen den Bäumen und wurden gejagt von seltsamen Flugeidechsen und von dem ersten Vogel, der auf der Erde erschien, einem Vogel mit echten Federn, aber mit Zähnen im Schnabel wie die Eidechsen und mit einer langen Reihe von Schwanzwirbeln, wie sie heute ähnlich nur der junge Vogel im Ei zeigt.

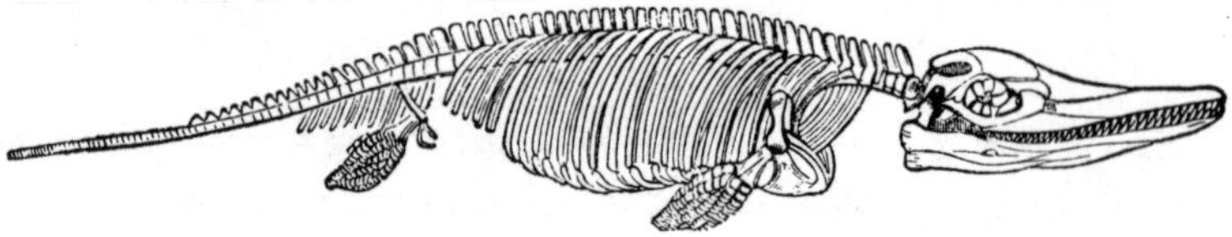

Fischeidechse (Ichthyosaurus)

Zugleich mit dem ersten Vogel lebten auch schon Haartiere, jedoch nur kleine Wesen von der Größe einer Maus und zur Ordnung der Beuteltiere, der niedrigsten aller Säugetiere, gehörig.

Das waren die Inseln des alten Jurameeres, aber es waren nur Inseln, denn noch beherrschten hierzulande die Wasser die Oberfläche der Erde.

Danach kam eine andere Zeit, da war der Felsengrund jenes Meeres hochgehoben über den Wassern und unsere Alb ein trockenes und wunderbar schönes Land. Die Sonne herrschte dort und ewiger Sommer. Schnee und Eis waren unbekannt. Denn noch gab es keine hohen Berge auf der Erde, wo der Schnee ewig dauert und Land und Luft weit und breit erkältet.

Die Bäume des Waldes waren Myrten, Pinien, Zypressen und immergrüne Nußbäume, Eichen und Ulmen. Sie wuchsen hoch hinauf, solange sie wollten, denn niemand fällte sie, und sie trugen Blätter und Früchte durchs ganze Jahr. Palmen und Farnbäume beschatteten die Täler, Waldränder und Waldlichtungen mit ihren gefiederten Zweigen.

Auch gab es damals viele heiße Wasserquellen auf unserer Alb; die sprudelten aus dem warmen Erdinnern.

Am Tag schien die Sonne hell und klar. Am Abend kam der Regen und erfrischte Pflanzen und Tiere. So war das Land reich an Wasser, warmen

Seen und Bächen. Im hohen Rohr an den Ufern tummelten sich die ersten großen Vierfüßer der Erde, doch keiner von ihnen glich den Tieren unserer Tage.

Da kamen zuerst die Beoris, dickhäutige Rüsseltiere, die Stammväter unserer Tapire, die eine Art so groß wie ein Pferd, eine andere wie ein Schaf, eine dritte nur wie ein Hase. Mit ihnen lebten seltsame Tiere, die Thoas, halb Tapir, halb Reh, schlank und fein, ohne Rüssel, wahrscheinlich die Stammväter der Wiederkäuer. Reichliche Nahrung lieferten ihnen die saftigen Uferpflanzen, die Wassernuß und die Lotosblume, die hohen Gräser und die süßen Knospen der Bäume.

Und die Geschlechter der Beoris und der Thoas lebten viele Jahrhunderte, da verschwanden sie und andere traten an ihre Stelle.

Jetzt kam die Zeit, da feuerflüssige Massen aus dem Erdinnern die Kalkfelsen der Alb durchbrachen und ihre Lava über sie ergossen, und weithin leuchteten oft in der Nacht die Feuerherde.

Nun erschien eine Tierwelt auf unserer Alb, so mannigfaltig und so großartig, wie man sie sich nur im Paradies vorstellen kann, und wie sie heutzutage kaum noch in den Urwäldern und an den Seen von Borneo und Sumatra zusammenlebt. Wir finden ihre Gebeine in der Erde. Sie geben uns sicheres Zeugnis, daß diese Tiere hier auf der Alb viele Jahrhunderte ihren Wohnsitz gehabt haben.

Da lebte ein Affe im Wald, fast so groß wie ein Mensch, dem menschenähnlichen Orang-Utan in Borneo am nächsten verwandt. Der baute sich Nester aus Zweigen und Laub auf den Feigenbäumen, Mandel- und Brotfruchtbäumen und lebte von ihren Früchten. Und mit ihm kletterten in dem dichten Gezweig des Waldes andere Affen herum, ein schlanker Gibbon und ein lustiger Quereza und wohl noch viele andere Vierhänder, von denen keine Reste auf unsere Tage gekommen sind.

Das großartigste Tierleben finden wir an den warmen Seen der Alb. Dort lebten die Ungeheuer des Landes. Denn es war die Zeit, wo die großen Dickhäuter, der Mansao und der Gomari, auf der Erde erschienen.

Der Mansao war der Stammvater der Elefanten. Die Erde zitterte unter dem Koloß, denn seine Höhe war zwei und seine Länge drei Mannslängen. Er *hatte Stoßzähne wie unsere heutigen Elefanten, aber seine Kauzähne waren hügelig wie die des Schweines.*

Mit ihm lebte der Gomari, ein anderes dickhäutiges Rüsseltier fast von gleicher Größe. Seine mächtigen Stoßzähne steckten im Unterkiefer und waren nach unten gebogen wie bei keinem Säugetier der Jetztwelt. Seine Nahrung

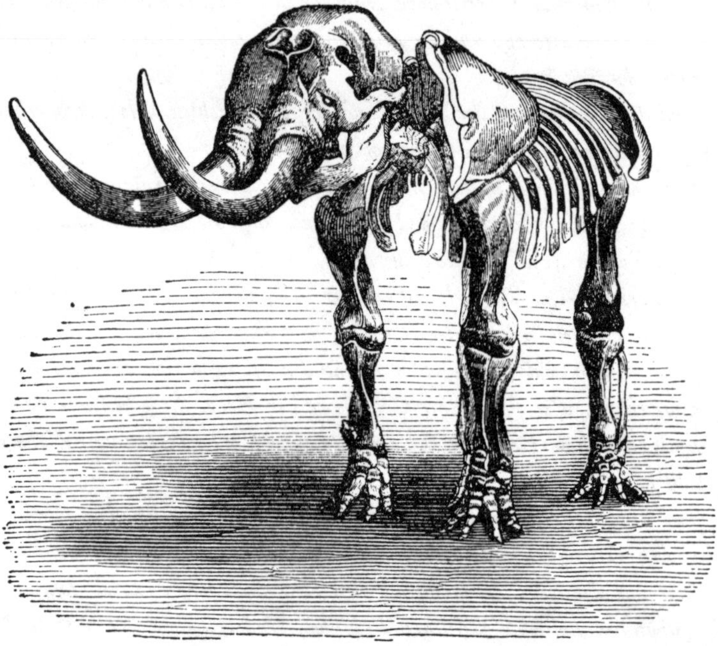

Skelett des Mansao (Mastodon)

und sein Treiben waren nach Art des Nilpferdes. Den ganzen Tag lag das Ungetüm nahe dem Ufer ruhig im Wasser, nur seine mächtige Schnauze mit den Naslöchern ragte heraus, denn es hatte seine krummen Hakenzähne an den Baumwurzeln eingehakt, die in das tiefe Wasser hineinwuchsen.

Weiter lebten an den Seen der Alb vielerlei Arten der mächtigen, dickhäutigen Nashörner und Tapire und Sikas, die Stammväter der Schweine.

Während des Tages, wenn die Sonne heiß brannte, lagen die Tiere träge im Wasser und Schlamm des Albsees. –

Ruhig und friedlich glänzt der Wasserspiegel. Auf den breiten Blättern der Seerosen sonnen sich langschwänzige Alligatorschildkröten, zwischen Schwertlilien und Sparganien schleicht langsam eine Natter auf einen Frosch zu, der dort mit klugen Augen aus grünen Wasseralgen hervorlugt. Langbeinige Flamingos und Ibisse waten am Ufer zwischen dem hohen Kolbenrohr, und auf den Sumpfzypressen, hoch über dem Wasser, sitzen in Reihen schwere Pelikane und putzen bedächtig ihr fettglänzendes Gefieder. Von Zeit zu Zeit erhebt sich einer der plumpen Vögel und stürzt kopfüber hinunter in die klare Flut, um im nächsten Augenblick mit einem zappelnden Barben im Schnabel wieder aufzutauchen.

Wenn der Abend kommt, so wird es unruhig am See. Da erheben sich langsam die schweren Dickhäuter, die Mansaos und die Gomaris, die Nashörner, die Tapire und die Sikas, eines nach dem anderen, und steigen schnaubend und pustend an den morastigen Ufern herauf, schütteln sich und spritzen Wasser und Schlamm weithin, und dann geht es fort mit breitem, schwerem Tritt in den Wald hinein auf Nahrungssuche, in den Wald von immergrünen Eichen-, Ahorn- und Feigenbäumen.

Jedes Tier hat seinen gewohnten Pfad; wehe aber, wenn eines den Pfad des anderen betritt. Dann stürzt sich dieses auf den Eindringling, und sie schlagen sich mit ihren furchtbaren Rüsseln, Stoßzähnen und Hörnern, daß die Erde erbebt und der Wald erdröhnt von ihrem Gebrüll. –

Es gab auch schöne Auen auf der Alb zur selben Zeit und üppigen Graswuchs an Hügeln und Talseiten durchs ganze Jahr.

Hier weideten in der Abendkühle die flinken Runas, die Stammväter unserer Pferde, und die Muntjaks, die Stammväter unserer Hirsche, zusammen in Herden, bunt gemischt, wie heute noch die Zebras mit den Antilopen in Afrika. –

Es ist nahe Sonnenuntergang. Lustig trabt ein Rudel dort den Hügel hinunter zum Bach, zur Tränke. Sie nahen einem dichten Lorbeergebüsch. Schon sind die vordersten, einige Runastuten und Muntjaktiere, daran vor-

Landschaft der Eocänzeit

Im Vordergrund eine Baumgruppe von Malven und Leguminosen; links im Vordergrund ein storchartiger Vogel; im Mittelgrund ein Nashorn; im Hintergrund ein Paläotherium u. s. w.

über, da ertönt ein Gebrüll, und auseinander stiebt das ganze Rudel nach allen Seiten. Vor uns aber steht ein kolossaler Wolf oder Bär und hält ein Runafohlen unter seinen Pratzen. Das ist der furchtbare Torqua, der grausame Beherrscher jener herrlichen Tropenwälder, nach Bau und Zähnen ein Mittelding zwischen Bär und Wolf, aber weit größer als ein Tiger. –

Es lebten noch viele andere, kleinere Tiere zu jener Zeit auf unserer Alb: eine Gattung, die man mit unserem Dachs, eine andere, die man mit dem Hamster, wieder eine, die man mit dem Siebenschläfer vergleichen kann.

Auch diese Kleinen haben böse Feinde: eine Riesenschlange, die, steif von einem Baumast herabhängend, selbst einem Ast gleichend, auf die vorüber-

gehenden Tiere lauert, und eine große Brillenotter, die, zwischen Farnkräuter versteckt, blitzschnell hervorschießt auf die unvorsichtig Nahenden. Ein Biß, ein lähmender Schrecken, und matt und zitternd hüpft der Hase weiter, noch zehn, zwanzig Schritte. Ruhig, sicher ihres tödlichen Giftes, schleicht die Schlange ihm nach; der Hase stürzt, zuckt krampfhaft, streckt sich und verendet, und die gräßliche Otter schlingt ihn hinunter.

Also Schmerz und Tod auch schon damals in einem so herrlichen Lande!

Jahrtausende wohl dauerte jene mannigfaltige und großartige Tierwelt, jene prächtige Pflanzenwelt auf unserer Alb. Noch war der Mensch nicht da, der sich der großen, schönen Natur hätte freuen können.

Und ihre Tage gingen vorüber.

Wieder kam eine andere Zeit. Und das war eine harte Zeit. Da wütete das Feuer überall im Innern unseres Planeten und warf die Hochgebirge empor. Und es türmten sich auf zum Himmel, weit höher als sie heute sind, die Schweizer Alpen, die Gebirge von Grönland und Norwegen, die Pyrenäen, der Kaukasus, der Himalaja und die Kordilleren.

Diese Hochgebirge bedeckten sich mit ewigem Schnee, denn sie reichten hinauf in die kalten Höhen des Luftmeers. Der Schnee wuchs zu Riesenbergen, bis er als Lawine in die Täler herunterstürzte. Er erstarrte an den Hängen zu Eisgletschern und diese schoben sich vor, meilenweit über die Länder am Fuß der Gebirge und in die Meere und erkälteten Luft und Wasser auf der Oberfläche der Erde.

Da wurde es eisig kalt in Deutschland. Die Gletscher reichten von den Schweizerbergen weit herein nach Bayern und Oberschwaben. Ein kaltes Meer voll schwimmender Eisberge bedeckte ganz Norddeutschland. Da wurde auch unsere Schwäbische Alb ein Schneegebirge. Palmen, Zypressen, Feigen- und Mandelbäume erfroren, und mit ihnen ging die ganze, schöne Tierwelt jener Zeit zugrunde bis auf wenige Reste, die sich den neuen Verhältnissen anbequemen konnten.

Flechten und Zwergbirken, kleine Weiden und Moose bedeckten jetzt die Hochfläche der Alb wie heute in Grönland. Statt der munteren Runas und Muntjaks erschienen schwerhufige Renntiere und Moschusochsen und weideten das spärliche Gras auf der trostlosen Ebene. Der Luchs und der Fjällfraß, die sie noch heute am grönländischen Gletscher jagen, verfolgten sie auch hier. Ihnen, dem Murmeltier und dem weißen Alpenhasen genügte der kurze, nordische Sommer, dem der lange, traurige Winter folgte.

Eintönige Kiefern- und Eibenwälder bedeckten jetzt die Gebirgsabhänge, Erlen, Eichen und Weiden die Täler.

In diesen Wäldern und Tälern hauste trotz der Kälte eine großartige Tierwelt: der kolossale Höhlenbär, der mächtige Höhlenlöwe, die Höhlenhyäne, der rothaarige Mammut-Elefant, ein Nashorn, freilich alle mit einem dicken Wollpelz bekleidet; sodann große Wiederkäuer, der Wisent, der Urstier, der Riesenhirsch und das Elen.

Breite Pfade, von diesen Ungeheuern getreten, zogen sich durch die sumpfigen Täler hin in die Waldgebirge hinein. Aber die Pfade kreuzten sich schon mit anderen Pfaden, den Pfaden der Menschen.

Denn jetzt, in dieser kalten Zeit, tritt zum erstenmal der Mensch in Europa auf. Er lebte in Höhlen, die er sich grub, und in solchen, die er im Gebirge vorfand.

Die Felsenhöhlen unserer Alb waren wohl seine ersten Wohnstätten hierzulande.

Es war ein Menschengeschlecht, das in Aussehen, Bau und Sprache uns ganz unähnlich war, dem heutigen Lappländer zu vergleichen, wohl von derselben Rasse, nur wilder als dieser. Es war ein rauhes Jägervolk, ohne Haustiere und ohne Metall, das mit Feuerstein- und anderen Stein- und Holzwaffen den Höhlenbären bekämpfte und von seinem Fleisch, von dem der Renntiere, von Fischen, Wurzeln und Beeren sich nährte.

Das war die Eiszeit.

Und wieder kam eine andere Zeit, da waren die schnell gehobenen Hochgebirge allmählich gesunken, wohl auf die halbe Höhe, und der Schnee wurde weniger und weniger auf ihnen. Denn warme Lüfte wehten über unsere Schweizer Alpen von Süden her. Und von Mittelamerika herüber kam ein warmer Meeresstrom und schmolz die Schneemassen Nordeuropas. Die Eisgletscher zogen sich zurück, und die Täler wurden frei von der kalten Luft. Der Erd-

boden konnte wieder atmen. Pflanzen sprossen, und ein freundlicheres, wärmeres Klima kehrte zurück nach Europa und führte hinüber in ununterbrochener Dauer zu dem heutigen.

Es begann eine jahrhundertelang dauernde Einwanderung der Pflanzen und Tiere von Süden und Osten, von Asien her. Laubbäume, Buchen, Eschen, Ahorne und Linden erschienen wieder, erst einzeln, dann immer häufiger, in den düsteren Eiben- und Föhrenwäldern unserer Bergabhänge. Dazu eine mannigfaltige Flora von Gebüschen und niederen Pflanzen und mit ihnen neue Insekten, die den neuen Pflanzen angehörten, und mit den Insekten die Vögel, die von ihnen lebten, die Rotkehlchen, die Schwarzköpfe, die Nachtigallen und der Kuckuck, aber auch ihre Feinde, die Sperber, die Falken und die Habichte.

Bald sah man auch da und dort in den Wäldern und Tälern einzelne Edelhirsche und Rehe, die von Osten vorrückten. Mit ihnen kam ein neuer Bär, kleiner als der Höhlenbär, derselbe, der noch heute in Rußland, in der Schweiz und in Siebenbürgen lebt.

Jetzt, mit den neuen Tieren und Pflanzen, erschien auch ein neues Menschengeschlecht in Europa. Es war eine weiße, höhere Menschenrasse mit Metallwaffen.

Die alten Pflanzen und Tiere und die alten Höhlenmenschen konnten nicht bestehen neben den neuen. Wie die Eibe durch die Buche, das Renntier durch den Edelhirsch, so wurde der Mensch mit dem Steinbeil verdrängt von dem neuen Menschen mit dem Metallschwert.

So mag in jener grauen Vorzeit in Europa, in Deutschland, überall auf unseren Gefilden und Bergen der Kampf zwischen dem gelben Ureuropäer und dem wohl von Osten eingewanderten, weißen Menschen gewütet haben.

Aber was wissen wir denn überhaupt von jenem europäischen Urvolk, das in unseren Höhlen lebte? Sehr wenig und doch auch sehr viel.

Zwar steht in den Geschichtsbüchern, die doch manches Jahrtausend zurückreichen, kein Wort von ihnen. Auch keine Sage im Volk reicht zu ihnen hinauf. Dennoch haben wir Urkunden von ihnen, so deutlich geschrieben wie die Bücher und vielleicht untrüglicher als sie. Das sind die merkwürdig bearbeiteten Knochen und Renntiergeweihe, Feuersteine und Tonscherben, die Waffen und Gerätschaften der Höhlenmenschen, die wir im Lehm unserer Höhlen finden, und nicht etwa nur in unseren deutschen, sondern auch in denen von Frankreich, Belgien, England und anderen Ländern.

Jahrtausendelang mußten diese Reste da begraben liegen, um endlich der Jetztzeit, die sie zu entziffern versteht, lautes Zeugnis abzulegen über das Leben und Treiben jener ersten Bewohner unseres Erdteils.

Von diesem uralten Volk und seinem Untergang im Kampf mit den neuen Einwanderern habe ich euch eine merkwürdige Geschichte zu erzählen.

I

Vor der Höhle

Es war vor tausend und abertausend Jahren. Die Eiszeit war an ihrem Ende, die Erde wieder wärmer, die Sonne mächtiger geworden. Aber noch war unser Deutschland ein unwirtliches Land; denn noch herrschte die wilde Natur allerorten, und der damalige Mensch, der Höhlenmensch, griff in sie kaum anders ein als das Raubtier, mit dem er kämpfte.

In dieser alten Zeit war es, da sehen wir im Geiste an einem warmen Frühsommer-Nachmittag auf dem freien, sonnigen Platz vor dem Eingang einer unserer Albhöhlen, die jetzt einsam und verlassen im Waldesdüster verborgen liegt, ein lustiges, munteres Treiben. Nackte gelbbraune Kinder mit schwarzen struppigen Haaren kollern auf dem weichen Grasboden herum. Auf einem jungen Bären reitet ein mutwilliger Knabe und schlägt mit einem Tannenzweig auf ihn los, während ein anderer ihn an einer Waldrebe, die er um seinen Hals geschlungen hat, vorwärts zerrt. Dort liegt ein zahmer Wolf; daneben ein etwa vierzehnjähriger Junge, der ihm Kopf und Nacken streichelt, während das Tier ihm gutmütig das Gesicht leckt. Andere Knaben jagen sich in den Ästen eines uralten Eibenbaumes herum, der etwas im Hintergrund, nahe dem Eingang der Höhle steht, und dessen schwarzgrün glänzender Nadelwald sich scharf von dem grauen sonnebeschienenen Felsen abhebt. Aufrecht springt dort einer auf einem waagerechten Ast hinaus, die Arme weit ausgestreckt. Jetzt wird der Ast zu dünn, um ihn zu tragen, und wie der Blitz läßt er sich herunter, ergreift ihn mit beiden Händen, hängt frei schwebend in der Luft und schwingt sich im nächsten Augenblick hinab auf einen anderen, den er ebenso geschickt erfaßt, und von dem er in einem mehrere Klafter tiefen Sprung hinunterhüpft auf den Boden und hinein in die Höhle; mit lustigem Lachen ein zweiter, dritter, vierter Knabe ebenso schnell hinter ihm drein.

Aber nicht lange, so kommen alle wieder aus der Höhle hervor. Jeder hat eine Art Beutel aus Tierfell mit hölzernem Griff in der Hand. Es sind Schleudern. Links vom Eingang der Höhle, gegenüber der Eibe, steht eine knorrige, dicke Eiche hart am Abgrund, nur eben noch in den Spalten des Felsens wurzelnd. Die meisten Äste sind dürr und starren kahl in die blaue Luft hinaus. Hoch droben hängen höchst merkwürdige Zieraten, zuoberst ein mächtiger Höhlenbärenschädel mit grinsenden Zähnen, an einem anderen Ast ein toter Uhu und weiter draußen ein Habicht. Höher oben baumelt eine Wildkatze, an ihrem dicken, buschigen Schweif aufgeknüpft, einige Schritte davon ein Fuchs, lauter Jagdzeichen und zwar solche, die zur Nahrung nicht taugen. Nach ihnen hinauf blicken jetzt die Knaben. Jeder legt vor sich einen Vorrat von runden Kieselsteinen, von der Größe einer starken Kinderfaust, die sie stundenweit unten im Tal zu diesem Zweck sich geholt haben, denn sie finden sich nirgends dort herum auf der Alb.

Das Werfen mit der Schleuder beginnt; zuerst nach dem Bärenschädel, den keiner fehlt, dann nach den höher aufgehangenen Tieren, wobei hin und wieder ein schöner Kieselstein, zum Ärger des Schützen und zum Spaß der übrigen, am Ziel vorbeisausend, weit über den Abgrund hinaus ins Tal fliegt. Nicht weit davon spielen kleine Mädchen mit einem zahmen, jungen Renntier. Lustiges, übermütiges Geschrei ertönt von allen Seiten. Ein großer Kolkrabe und eine Dohle spazieren gravitätisch einher. Der Rabe trägt kleine Steinchen und Topfscherben zusammen. Jetzt sieht er einen Knochen, an dem noch Fleischreste hängen, Überbleibsel einer Mahlzeit. Rasch hüpft er damit in eine Ecke, faßt ihn dort mit den Krallen und nagt ihn vollends ab. Die Dohle ihm nach, immer in achtungsvoller Entfernung.

Im Hintergrund, näher bei der Höhle, kauert mit untergeschlagenen Beinen eine Anzahl Frauen um einen großen Aschenhaufen, aus dem hin und wieder ein Flämmchen emporzüngelt und über dem sich, in ziemlicher Höhe, auf vier hohen Freipfosten ein einfaches, aber dichtes Dach aus Flechtwerk erhebt, zum Schutz gegen den Regen. Die Gesichtsfarbe der Frauen ist gelblich, die Augen schiefliegend, schwarz und halbgeschlossen. Ihre straffen, dunklen Haare hängen in einen Knoten zusammengeknüpft über den Nacken herunter. Sie sind bekleidet mit Renntierfellen, die, vorn zusammengenäht, bis an die Knie reichen. Arme und Füße sind nackt. Einige haben an ihrem Busen kleine Kinder, die, so klein sie sind, munter ihre Köpfchen drehen und wie junge Äffchen mit großen, klugen, unruhigen Augen das Treiben der älteren Kinder verfolgen.

Laut unterhalten sich die Weiber in einer schnarrenden Sprache, sie gestikulieren mit den Händen und verzerren oft seltsam ihr Gesicht; bald lachen sie, bald klingt der Ton wieder weinerlich. Jetzt schweigen sie plötzlich. Alle blicken nach dem Fuß der alten Eibe hin. Auch die fröhlichen Knaben und Mädchen halten ein in ihren Spielen. Es herrscht auf einmal lautlose Stille.

Dort unter der Eibe erhebt sich keuchend und ächzend ein altes Weib, eine sonderbare Erscheinung. Der weit vorwärts geneigte Kopf ist mit langen, schneeweißen Haaren bedeckt, die beinahe bis zum Boden herabfallen. Die mageren braunen, runzligen Arme sind auf Stöcke gestützt. Das Gesicht ist fahl und verzogen, das Kinn springt stark vor, und die langen, weißen Augenbrauen reichen weit herab. Die Augen sind tief eingefallen und scheinen fast ganz geschlossen, so daß man sie für blind halten könnte. Über die Schultern hängt ein helles Wolfsfell. Die weiße Farbe war bei diesem Volke ein Merkmal der Auszeichnung. Es ist die alte Parre, die Urahne der hier versammelten Familie. Langsam tappt sie über den freien Platz vor der Höhle bis an den Rand, wo der steile Fels jäh ins Tal abfällt. Dort erhebt sie die Krücke in der rechten Hand gegen den Himmel nach der untergehenden Sonne. Sie murmelt eintönige Reime in melancholischen, halb singenden, halb sprechenden Tönen; wenn sie eine Reimkehr vollendet hat, fallen die Weiber und Kinder in demselben Ton ein und klatschen in die Hände. Es ist das Abendgebet an die scheidende Sonne. Tiefgebückt humpelt die Alte mit schwerem Tritt zu ihrem Sitz unter der Eibe zurück und neigt wieder ihren Kopf wie zu träumendem Sinnen tief herab.

Jetzt kommt aufs neue lebhafte Bewegung in das muntere, kleine Völkchen. Der Platz wird notdürftig gesäubert und von allen zusammen ein Kreis gebildet. Ein junger Bursche von etwa achtzehn Jahren bringt ein eigentümliches Instrument, ein Stück von einem ausgehöhlten Baumstamm, über dessen obere runde Öffnung ein enthaartes Tierfell gezogen ist. Er stellt es neben die Alte an der Eibe, kauert dahinter nieder, nimmt es zwischen die Knie und beginnt mit den Ballen der Hände in kurzem, hackendem Takt auf die Trommel zu hämmern. Hinter ihn stellt sich ein anderer Bursche mit einem noch einfacheren musikalischen Instrument. Es ist ein langer Röhrenknochen, offenbar von einem Vogelflügel, auf dem er aus Leibeskräften bläst, zwar immer denselben Ton, aber in festem Takt mit dem Trommler.

Mit einem näselnden, nur in wenigen Tönen ohne Worte sich bewegenden und sich immer wiederholenden Gesang fallen die Weiber ein, die Alte klatscht in die Hände, und der allabendliche Tanz beginnt.

Zuerst hüpft ein lustiger Junge mit wallendem Haar aus der Höhle heraus, mitten in den Kreis hinein. Es ist der Knabe mit dem Wolf. Er trägt einen Gürtel von Tannenzweigen über seinem kurzen Pelzrock. Um seinen Kopf windet sich ein Kranz von Efeu, und an den Ohren hinauf stehen die zwei schönen, blauen Flügel des Eichelhähers. Über seine linke Schulter hängt ein Bogen von Schwarzdorn, in der rechten Hand hält er eine Anzahl Haselnußpfeile.

Kaum ist er im Kreise erschienen, so springt auch schon sein Wolf zu ihm herein. Der Knabe beginnt den Tanz, kurz, mit gehobenen

Knien stampfend, zugleich auch Arme und Hände hoch in der Luft in entsprechender Bewegung. Er beugt sich nieder, erhebt sich wieder, er nähert sich bald diesen, bald jenen im Kreise und fuchtelt mit seinen Pfeilen vor ihren Gesichtern herum. Immer schneller wird das Stampfen, immer heftiger ertönt die Trommel; plötzlich, mit einem ungeheuren Satz, springt er über einige Mädchen, die sich scheu dukken, hinweg, aus dem Kreise hinaus. Der Wolf, der indes immer knurrend herumgegangen, läuft ihm nach.

»Bassa, Rulaman! bassa, Rulaman!« das heißt »Bravo, Rulaman!« rufen alle Kinder. Doch schon erscheinen neue Tänzer: drei Mädchen, mit kurzen Federröckchen bekleidet, Brust und Schultern mit frischen Eichenzweigen geschmückt. Ihr langes, schwarzes Haar, auf dem Kopf mit einem Kränzchen gelbleuchtender Schlüsselblumen zusammengehalten, fällt weit herab und flattert lustig im Wind. Sie beginnen einen Reigentanz, sich an den Händen fassend, vorwärts und rückwärts hüpfend. Die beiden äußeren schwingen rote Sträuße von Seidelbast und schlagen damit neckend nach den Kindern im Kreise. Zuletzt werfen sie ihre Blumen der Alten in den Schoß und verschwinden unter den Zuschauern.

Noch einige Tänzer treten auf, da wird plötzlich das heitere Treiben durch einen schrillen Pfiff vom Tal herauf unterbrochen.

2

Heimkehr der Männer

Es war bei aller zeitweilig ausgelassenen Freude ein schweres, hartes, unruhiges Leben, das Leben dieser Ureuropäer, die sich selber Aimats, das heißt »Menschen«, nannten. Wie bei den Raubtieren, so wechselten bei ihnen Hunger und Überfluß miteinander ab. Jagd und Kampf mit der Tierwelt war die bald heitere und lohnende, bald gefährliche und unersprießliche Beschäftigung der Männer. Da das Wild in der Nähe ihrer Wohnstätte natürlich selten war, manchmal auch ganz verschwand, mußten sie weite Jagdzüge unternehmen und die Beute oft tagelang mühsam nach Hause schleppen.

So kamen auch an jenem Abend die Männer der Tulkahöhle von einem fernen Jagdzug nach Hause. Von ihnen erscholl der schrille Ruf, der das Tanzen der Kinder unterbrach.

Viele Pfade führten hinab durch den Wald in das Tal: am Nord- und Westabhang steil und gerade wie unsere Holzrutschen; ein anderer aber am Südabhang des Berges war ziemlich breit und hatte viele Windungen. Oben an seiner letzten Biegung lag eine gute Quelle, auf der Alb eine Seltenheit und daher hochgeschätzt; sie lieferte durchs ganze Jahr den Wasserbedarf, obgleich für den Notfall und für den Winter das Tropfwasser der Höhle genügen konnte. Zu dieser Quelle, die etwa fünf Minuten von der Höhle entfernt nach Süden lag, drängte sich jetzt die ganze Schar von Frauen und Kindern, die Knaben in wildem Rennen voraus.

Den breiten Fußweg herauf waren die Väter zu erwarten, wenn sie Beute brachten.

Nur die alte Parre, die Urahne, blieb ruhig vor der Höhle bei der Eibe sitzen.

Es war indes dunkel geworden. Man konnte von oben herunter die Männer nicht sehen, auch hörte man nicht ihre immer leisen Tritte. Die Frauen und Kinder oben am Brunnen verhielten sich still, denn es konnten auch Feinde sein, die sie überfielen. So sehr war dieses Naturvolk von Jugend auf beständiger Gefahren gewärtig, daß man schon die Kinder, sobald sie von der Höhle entfernt waren und vollends bei Nacht, an vorsichtiges Stillsein gewöhnte, wie der Wolf, wenn er auf Raub auszieht, seine gierig gilfenden Jungen durch Bisse zum Schweigen bringt.

So lugten die vielen dunklen Augen erwartungsvoll durch den finsteren Wald hinunter. Einer aber der Knaben, der mit dem Wolf,

Rulaman, das heißt Rul, der Sohn, konnte nicht länger an sich halten; »Rulaba!« das heißt, Rul, mein Vater, schrie er laut in die Nacht hinein, und »Rulaman!« antwortete sofort eine Männerstimme von unten. Jetzt wußten alle, daß es die Väter waren, und nun stürmten die Knaben jubelnd die breiten Zickzackwege hinunter ihnen entgegen.

Bald waren alle oben an der Quelle. Die Männer, kräftige, gedrungene Gestalten von untersetztem Körperbau, hatten kurze Röcke aus Renntierfellen an. Dicke, schwarze Haare quollen unter der runden Pelzmütze hervor, die den Kopf bedeckte. Das gelbbraune Gesicht war bartlos. Ein besonders starker Mann, der bei seinem Volk als schön und stattlich galt, trug über den Schultern einen Kragen von weißem Wolfspelz. Er führte Rulaman an der Hand. Es war Rul, der Häuptling der Tulkahöhle.

Nun begann ein Schreien, ein Fragen und ein Hin- und Herrennen, wie wenn zuvor abgesperrte Lämmer zu ihren Mutterschafen gelassen werden.

Fünf Tage waren die Männer draußen gewesen, auf einem Jagdzug nach Nordost, das warme Tal des Norgeflusses hinunter, bis an den Twoba-, das heißt Mammutsee, und sie kamen fast leer heim: kein fettes junges Twoba, kein Kalb vom Urstier, nur ein Korb voll großer Hechte, ein Schwan, eine Wildgans und eine Fischotter. Dies war die ganze Ausbeute. Traurig blickten sie drein, denn sie wußten, daß die frischen Fleischvorräte zu Hause aufgezehrt waren.

Die Freude der Kinder über die Rückkehr der Väter wurde dadurch nicht getrübt. In langem Zug wanderte man vollends hinüber zur Höhle, wo die Alte kurz über den schlechten Erfolg verständigt wurde. Brummend erwiderte sie einige Worte und brach dann in ein grelles, höhnisches Gelächter aus. Sie hatte den schlechten Ausgang vorausgesagt und freute sich nun, daß sie recht behielt. Schnell wurde von den Weibern das glimmende Feuer am Eingang der Höhle zu Flammen angefacht, die Fische gebraten und ohne Sorge um die kommenden Tage verzehrt. Der Schwan und die Fischotter wurden sorgfältig abgezogen, die Eingeweide herausgenommen und dann die ganzen Tiere auf einem hohen Rost über dem Feuer dürr gemacht, ebenso die Bälge, die später mit Fett eingerieben als Kleider dienten.

Frauen und Kinder zogen sich zurück in die Höhle. Die Männer aber blieben noch lange draußen bei der alten Parre sitzen, denn wichtige Dinge hatten sie ihr mitzuteilen. Sie hatten am Twobasee merkwürdige Hütten entdeckt, neugebaut, aber ohne Bewohner. Es waren große Blockhäuser aus behauenen Baumstämmen, wie man sie mit Feuersteinäxten nicht herstellen konnte. Auch Boote fanden sie; nicht sogenannte Einbäume, die aus einem großen Baumstamm ausgehöhlt werden, sondern aus Dielen kunstreich zusammengefügte.

Ein den Tulkas verwandter Aimat-Stamm, der in der Nähe des Twobasees wohnte, erzählte ihnen, daß ein Volk mit weißen Gesichtern und weichen Kleidern, aus Fellen, wie kein Tier sie hat, diese Hütten und Kähne gebaut, daß es einige Monate lang wegen der Jagd auf die Twobas am See gelebt und viele erlegt, aber nur die langen, krummen Stoßzähne mitgenommen habe. Es seien freundliche Menschen und sie hätten ihnen kleine, glänzende Ringe geschenkt. Aber sie führen schreckliche Waffen, Speere mit glänzenden, harten Spitzen, und so scharf, daß sie das dicke Fell des Twoba durchbohren. Ebenso glänzend und scharf seien ihre Pfeilspitzen, und ihre Bogen schössen doppelt so weit als die der Aimats. Sie trügen armlange, spitze, breite und prächtig glänzende Messer an der Seite, so blank, daß man sich selbst darin sehen könne wie in einem Wasserspiegel. Mit diesen Messern hauen sie mit einem Hieb einem Renntierkalb den Kopf ab. Um Bäume zu fällen, hätten sie Äxte, die nicht aus Stein seien, sondern schön und glänzend wie ihre Messer. Mit ihnen könnten sie die größten Baumstämme glatt machen oder in dünne Stücke spalten. Auch hätten sie große, zahme Tiere wie Wölfe, junge und alte und so kluge, daß sie des Nachts die Hütten bewachen und heulen, wenn ein Fremder sich nähere. Die Männer hätten versprochen, im Herbst wieder zu kommen und ihre Frauen und Kinder mitzubringen.

Dies und noch vieles andere erzählten Rul und die Männer der alten Parre. Aufmerksam und schweigend hatte sie zugehört, dann rief sie: »Wehe, wehe über uns! Das sind die weißen Kalats, die vom Aufgang der Sonne kommen! Ich kenne sie. Mein Vater ist ihnen auf einem langen Jagdzug weit nach Morgen hin begegnet. Er hat mit ihnen gejagt, und sie haben ihm zum Abschied ein glänzendes Messer aus Sonnenstein geschenkt. Aber er haßte und fürchtete sie, denn sie schlachten und essen ihre Feinde. Sie sagen, die braunen Aimats seien Kinder der Erde, die weißen Kalats aber Kinder der Sonne. Und wahrlich, die Sonne ist nahe bei ihnen und kommt aus ihrer Heimat. Ihre Haut ist weiß und leuchtet wie Schnee. Ihre Haare sind braun und wellig wie ein hüpfendes Bergwasser, und ihre großen Augen blicken ohne Schmerz ihre Mutter, die Sonne, an, die unseren Augen weh tut. Ihre Arme und ihre Beine sind stark und nie müde. Nie leiden die Kalats Hunger. Denn sie leben von Körnern und Pflanzen, die alle Jahre in Menge wachsen. Und in der Zeit der kurzen Tage, wenn unsere Glieder erstarren wie Eis, müssen unsere Männer die Renntiere jagen und den Urstier, aber die Männer der Kalats sitzen zu Hause am Feuer und essen und schlafen. Ihre Weiber haben zwölf Kinder und unsere nur fünf. Und ihre Messer und Beile sind aus Steinen, die die Sonne geschmolzen hat, und darum glänzen sie gelb wie die Sonne. Weh über uns, wenn sie in unser Land kommen! Sie werden unsere Kinder essen, unsere Renntiere, Pferde und Bären erlegen, wir werden Hunger leiden und ihnen als Knechte dienen müssen oder sterben!« –

Es war Mitternacht geworden, eine sternlose Nacht. Düsterer Ernst brütete über den Männern vor der Tulka, deren gelbbraune Gestalten hin und wieder vom Aufflackern eines Spans im gegenüberliegenden Herdfeuer grell erleuchtet wurden. Schweigend erhoben sie sich jetzt. Einer nach dem anderen schritt leise hinein in den finsteren Raum zur

Ruhe. Nur die Alte blieb draußen und hielt träumend und sorgend und murmelnd im Halbschlaf Wache. Über ihr auf einem Ast der Eibe saß der Rabe. Das Geräusch der aufbrechenden Männer hatte ihn geweckt. Er krächzte schläfrig und schüttelte raschelnd sein dunkles Gefieder. Dann wurde es still.

3

In der Tulkahöhle

Wie die Naturvölker heute noch und wie alle unsere Jäger, so waren auch jene alten Albbewohner an frühes Aufstehen gewöhnt. Mit der aufgehenden Sonne wurde es lebendig in der Tulka. Nur sechs Männer bewohnten dieselbe mit ihren Familien, alle Söhne eines Vaters. Aber da sie meist mehrere Frauen hatten, so belief sich die ganze Bevölkerung dennoch auf etwa fünfzig Köpfe. Der Raum in der Höhle reichte dazu vollkommen aus.

Der Eingang zur Tulkahöhle lag am Nordwestabhang eines steilen Berges, nahe dessen Gipfel, unter einem überhängenden Fels. Da war zunächst eine kleine Vorhalle. Dann versperrte ein mächtiges Felsstück den Weg nach innen und zwar so, daß rechts und links ein schmaler Pfad offen blieb, weit und hoch genug, daß ein Mann durchschlüpfen konnte. Hinter dem Felsblock stieg man einige Stufen hinunter, der Gang wurde enger und enger und dabei höher. Er wandte sich rechts, dann wieder links, und erst nach etwa hundert Schritten verbreiterte er sich auf einmal wie zu einer großen Halle.

Hier war es schon ganz finster, und hier war die eigentliche Niederlassung der Bewohner, wo sie besonders vor allen Unbilden der Witterung geschützt waren.

Der Boden war ziemlich eben, trocken und von der Natur mit Tropfstein gepflastert. An den Wänden hin sah man breitere und schmälere Vorsprünge, oft in langer Ausdehnung wie Galerien, dann wieder kleine und große Spalten und nischenartige Vertiefungen. Einzelne herabgestürzte Felsblöcke konnten als Tische, andere, kleinere, als Bänke dienen. Sie waren vielleicht absichtlich hierher gewälzt worden, langsam und mit Mühe, aber man hatte Zeit damals.

Die Temperatur blieb sich winters und sommers ziemlich gleich, etwa wie in unseren Kellern; der Heizung bedurfte das abgehärtete Volk nicht.

So war dieser von der Natur selbst ausgestattete Raum für die Begriffe unserer Aimats eine nicht nur erträgliche, sondern höchst wünschenswerte Behausung. Die Decke der wenigstens dreißig Fuß hohen Halle war mit großen, phantastischen Tropfsteingebilden verziert, aus denen die kindliche Einbildungskraft eines Naturvolkes sich die wunderbarsten Gestalten zusammensetzen konnte. Überdies war der geräumige Felsensaal durch kurze, vorspringende Felswände gleichsam in verschiedene Räume geteilt, so recht geeignet für die einzelnen Familien des Stammes.

Von diesem großen, weiten Raume aus setzte sich die Höhle, wieder zu einem Gang verengt, immer nach Südost fort. Nach etwa hundert Schritten bog man links um eine Ecke in eine zweite, aber kleinere Grotte, die den Eindruck eines Beinhauses machte. Hier lagen auf der einen Seite eine Menge Renntiergeweihe bunt durcheinander, viele noch mit dem Schädel daran, sodann lange Röhrenknochen von Renntieren und Pferden, Köpfe von Höhlenbären, einzelne Kinnbacken, auch ein schöner, mehr als mannslanger Mammutzahn, kurz, ein wahres Knochenmagazin.

Auf der anderen Seite dieser Grotte sah man zunächst einen ganzen Haufen Feuersteinknollen, von der Größe einer Faust bis zu der eines Kopfes; sodann Holzvorräte, die aber offenbar nicht zum Feueranmachen, sondern zu Werkzeugen bestimmt waren. Dickere und dünnere Stämme von Tannen, Eiben, Eichen, Hainbuchen, vom Schwarzdorn, Weißdorn, vom wilden Apfelbaum standen hier an der Wand herum. Es waren, mit Ausnahme der Tannen, lauter harte und zähe Hölzer, die sich für Bogen, Wurfspieße und Axtstiele gut eigneten. Einige besonders schöne, gerade Stämmchen hingen an Waldreben von der Decke herunter, offenbar, damit sie gerade blieben. Alle waren streifenweise geschält, damit sie nicht verbaumten, wie unsere Älbler sagen, das heißt nicht durch Pilze morsch werden. Weiterhin lagen in einer Ecke Weidenbüschel und ein ganzer Haufen

Der Aimat-Töpfer

Waldreben, dicke und dünne. Diese Waldreben, unsere deutschen Lianen, waren als natürliche Seile von großer Wichtigkeit in dem Haushalt jenes Volkes.

Das war die ganze Vorratskammer für ihr Gewerbe, einfach genug und doch vollkommen ausreichend, und ohne Zweifel hielten sich die Tulkamänner für sehr vorsorgliche Hausväter.

Hinter diesem Magazin verengte sich die Höhle. Nach einer kurzen Strecke trat man rechts in eine kleine Halle, die wieder andere Vorräte barg. Das war die Speisekammer für den Winter und für Zeiten der Not.

Hier waren in ziemlicher Höhe mehrere Stangen querüber gespannt, an denen Reihen von hölzernen Haken befestigt waren, um an diesem kühlen Ort, wohin nie Fliegen oder andere fleischverderbende Insekten gelangen konnten, frisches Wild und Fleischvorräte aufzuhängen.

Auch die Wände des kühlen Raumes waren überall benutzt. Da standen und hingen ringsum in den vielen weiten und engen natürlichen Nischen der Steinwände und auf den Vorsprüngen große und kleine, meist schüsselförmige Töpfe, roh und plump aus Lehm und etwas beigemengtem Sand gebildet und am Feuer gehärtet. Solche standen auch auf Stangen, die mit vieler Mühe, zwei, drei nebeneinander, an den Wänden entlang befestigt waren und so gleichsam Bretter bildeten. In diesen Töpfen wurden die Vorräte an ausgelassenem Fett von Bären und anderen Tieren, getrocknete Beeren, Haselnüsse, Baumfrüchte, zumal Holzäpfel und Holzbirnen, gewisse Baumrinden, Kräuter und Wurzeln, Rapunzeln, wilde Möhren, auch getrocknete, eßbare Pilze und Flechten, zum Beispiel isländisches Moos, das damals in Menge auf der Alb wuchs, aufbewahrt. Die Pilze und Flechten waren besonders wertvoll. Man zerrieb sie zu einer Art Mehl, machte mit Wasser einen Teig und buk diesen mit Fett in Töpfen am Feuer.

Aber noch sind wir mit der Beschreibung der unterirdischen Wohnung jenes Völkleins nicht zu Ende.

Noch einmal verengte sich nämlich die Höhle und immer gegen Süden weiter wandernd, gelangte man wieder in eine Grotte, die wegen des beständig herabträufelnden Wassers zum Bewohnen und Aufbewahren von Vorräten unbrauchbar war. Um so wertvoller war sie als nie versiegende Wasserstube für die Fälle feindlicher Belagerung oder auch für den Winter, wo man oft wegen des mehr als mannshohen Schnees nicht zu der Quelle am Zickzackpfad gelangen konnte.

Für diesen Zweck waren in den Fußboden dieses Raumes flache Wasserbecken eingehauen, und das immerwährende Tropfen in diese

Becken war es, wodurch das eintönige Geräusch hervorgebracht wurde, das man schon weit vorn, bald nach dem Eingang in die Tulka, vernahm.

Links von dieser Brunnenkammer folgte ein jäher Absturz nach Osten, dessen Boden bedeckt war mit knietiefem, rotem, weichem Lehm. Auch hier tropfte da und dort Kalkwasser von der Decke herunter, das oben noch beständig neue schöne Tropfsteine absetzte und den Lehm, den es bei seinem Durchsickern durch die Erde mitgenommen hatte, auf den Boden fallen ließ.

An diesem Ort war ein wunderbares Durcheinander aller möglichen Dinge. Zerbrochene oder ausgebrauchte Gerätschaften, Tierknochen, Reste von Mahlzeiten, kleine Fellstücke, kurz alles Abgenutzte und Unbrauchbare wurde dort hinunter geworfen, wenn unsere guten Leute den Weg bis zum Ausgang der Höhle zu unbequem fanden.

Und ist es nicht eine merkwürdige Fügung des Schicksals, daß gerade diese im Lehm der Höhlen eingebetteten Reste uns heutzutage fast allein Aufschlüsse über jenes uralte Volk geben, wie in Dänemark die Kjöggenmöddings in der Nähe des Meeres, mächtige Kehrichthaufen, bestehend aus Massen zerbrochener Muschelschalen, dazwischen zerbrochene Feuersteinmesser und Beile, Hornspitzen und Hornnadeln. Sie geben uns die einzige Nachricht über ein dortiges Urvolk, das unseren Höhlenbewohnern wohl am nächsten verwandt war und auch wohl ungefähr zu derselben Zeit lebte.

Doch zurück in die Wohnungshalle; auch sie und besonders ihre Wände müssen wir noch näher besichtigen. Überall in die Felsspalten, etwa mannshoch vom Boden, waren kürzere und längere hölzerne Zapfen und Haken eingesteckt. An den einen hingen Bogen und wohlgefüllte Pfeilköcher, letztere aus Tierfellen zusammengenäht oder aus Lindenbast geflochten; an den anderen Steinbeile und Speere; wieder an anderen waren die langen Unterkiefer der Höhlenbären mit Hilfe eines kleinen Riemens, der durch ein Loch gezogen wurde, befestigt. Das gab treffliche Spitzhämmer zum Aufhacken der Markknochen, indem der starke Eckzahn die Spitze bildete. Auch schwere Holzkeulen hingen dort.

Andere Pflöcke waren mit Kleidungsstücken, nämlich zusammengenähten Tierfellen, schwer belastet. Diese Felle waren nicht starr und steif, wie man denken könnte. Zwar hatten die Aimats noch keine Ahnung vom Gerben des Leders und der Pelze, aber durch Einreiben mit Fett und Tiergehirn machten sie diese Häute weich, geschmeidig und zugleich undurchdringlich für Regen.

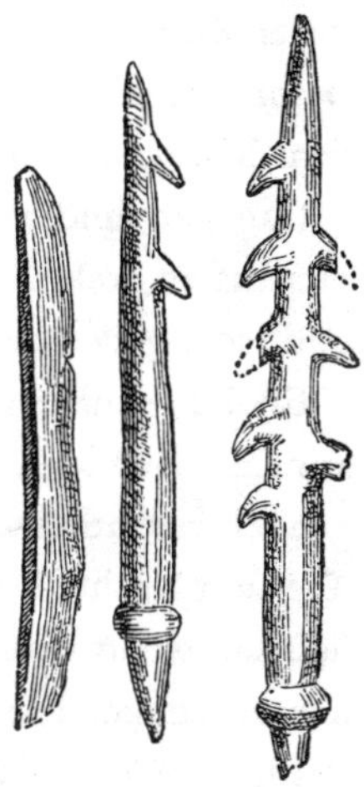

1 Kleine Steinsäge
2 und 3 Pfeilspitzen aus Bein, auch als Angeln brauchbar

Andere Felle – es waren dicke Bärenpelze – dienten als Nachtlager und bedeckten überall an den Wänden herum den Fußboden.

Würden wir aber endlich noch einen Blick in manche der tiefen Wandnischen werfen, so fänden wir da erst die echten Kostbarkeiten des Haushalts. Da waren vor allem höchst merkwürdige Werkzeuge aus Feuerstein (Flint), der überall auf der Alb herum in großen Knollen sich fand. Aus diesem spröden, glasartig mit scharfen Kanten springenden Stein wußte jenes Volk durch geschicktes Schlagen, gewiß oft erst nach vielen mißlungenen Versuchen, Werkzeuge herzustellen, längere und kürzere, die in der Mitte ziemlich dicke Splitter mit scharfen Rändern hatten. Dies waren ihre Messer. Viele hatten einen Griff aus Holz, einige bessere sogar aus Renntiergeweih. Einzelne waren längs der ganzen Schneide hübsch regelmäßig gezähnelt, es waren Sägen. Andere gröbere Flintstücke in Form eines Beiles waren mit Riemen oder Baststreifen an einen Holzstiel gebunden, auch wohl in eine durchbohrte Hornscheide gefaßt; sie dienten als Haubeile zum Holzhacken und zugleich als Waffen.

In diesen Nischen fanden sich weiter die verschiedensten Geräte aus Renntiergeweih und gespaltenen Knochen, große und kleine, dicke und dünne. Da waren starke, zugespitzte, die wohl als Dolche zum Kampf in nächster Nähe dienten, andere sehr feine, pfriemenförmige, einzelne sogar mit einem Öhr, die man zum Nähen benützte.

Daneben lagen Halsbänder aus glänzenden Tierzähnen. Sie waren mit vieler Mühe durchbohrt und wie Perlen an feine Lederriemen gereiht. Besonders geschätzt wurden die Schneidezähne des Pferdes. Sie sollten dem Mann, der sie trug, die Schnelligkeit dieses Tieres verleihen.

Dagegen fand man in der ganzen Höhle keine Spur von Metallgerätschaften, kein Kupfer, keine Bronze, kein Eisen; nur Stein, Bein und Holz gaben den Aimats den Stoff zu ihren Werkzeugen.

Endlich mußte auch für die Beleuchtung der Wohnung gesorgt sein. Ein Bündel Kienspäne war in der Mitte der Halle zwischen einigen schweren Steinen aufgerichtet. Diese Fackel glimmte und flackerte Tag und Nacht als ewiges Feuer. Die Beleuchtung war spärlich, doch ließ sie, wenn man einmal daran gewöhnt war, alles ziemlich deutlich erkennen. Die Lichtwirkungen an den zerrissenen und vielgestaltigen Wänden und an dem mit Tropfstein bedeckten Dach der Höhle waren höchst malerisch und erzeugten einen ewigen Wechsel von Licht- und Schattengebilden, deren Formen freilich durch beständig aufsteigende Rauchwölkchen verdunkelt wurden.

An diesen Gebilden mag sich jenes alte Volk schon erfreut haben. Dagegen war der beständige Rauch, der nach dem Ausgang der Höhle abziehen mußte, schlimm für ihre Augen, und Augenleiden waren bei ihnen eine häufige und schmerzhafte Krankheit; daher rührte wohl auch die Gewohnheit der Aimats, die Lider halb zu schließen. Dies machte ihren Gesichtsausdruck, der sonst lebhaft und nicht unangenehm war, etwas blöde.

Andere, weniger poetische Zieraten, an der Sonne getrocknetes oder am Feuer geräuchertes Bärenfleisch und gedörrte Fische, hingen an der Decke.

Während des Sommers diente die innere Höhle nur für die Nachtruhe. Den ganzen Tag über, von Sonnenaufgang bis Sonnenuntergang, war man draußen. Anders im Winter, wo diese eben nicht kleine Gesellschaft oft mehrere Wochen lang Tag und Nacht hier lebte und webte, zusammen mit den zahmen Tieren, die Überfluß und Mangel, Glück und Unglück mit ihnen teilten.

Nun ist es nicht schwer, sich eine Vorstellung von dem bunten Gewimmel der Menschen und Tiere in der Höhle zu machen. Da sitzt eine Gruppe von Weibern beim Feuer, die mit dem Beinpfriemen, mit Tiersehnen als Faden, an Fellen nähen, die mit Glättbeinen auf einem flachen Stein, wie heute noch die Lappen, die harten Nähte glatt bügeln und sich dabei aufs lebhafteste über ihre Angelegenheiten, ihre Kinder, ihre Pelzkleider, ihren Schmuck, unterhalten.

Daneben sind einige junge Mädchen eifrig beschäftigt, das lange, schwarze Haar mit großen Kämmen zu strählen. Diese sind kunstvoll aus hartem Eichenholz geschnitzt, haben aber nur wenige Zähne. Mark aus Renntierknochen verleiht dem etwas groben Haar Geschmeidigkeit und Glanz, und nicht wenig Mühe wird schließlich auf den großen, korbförmigen Knoten verwendet, der von den einen oben auf dem Kopf, von den anderen mehr im Nacken getragen wird. Ein munterer junger Aimat plaudert mit ihnen, beleuchtet die Arbeit freundlich mit einem Kienspan, lobt bald den Haarknoten des einen, bald den des anderen Mädchens, um zuletzt sich über alle lustig zu machen.

Hier wälzen sich lachende kleine Kinder mit jungen Wölfen und Bären auf dicken Fellen behaglich am Boden herum.

Dort stehen einige Männer und erzählen sich ihre Jagdabenteuer, während andere an Feuersteinen klopfen, Wurfspieße und Pfeilschäfte glätten oder Renntiergeweihe schaben.

In einer Ecke aber sitzt die alte Parre und erzählt älteren Knaben und Mädchen grausige Geschichten aus alter Zeit: von bösen Männern, die in Eulen, von bösen Weibern, die in Fledermäuse verwandelt worden waren, was die Baum- und Felsengeister bei Nacht treiben, wo die Stürme herkommen und der Blitz und der Donner; wie man die Giftschlangen fange, ohne gebissen zu werden, was man tun müsse, wenn man gebissen sei, und wie man das Blut und den Schmerz bei Verwundungen stille. Aber sie weiß auch, wie man aus den weißen Mistelbeeren, die auf den Eichen und Holzäpfelbäumen wachsen, den Vogelleim kocht, um Vögel zu fangen. Sie zeigt ihnen, wie man aus Waldreben, Riemen und Roßhaaren die Schlingen für große und kleine Haartiere und für Vögel macht. Sie weiß alles.

4

Rulamans erster Jagdzug

Nur einen Rasttag durften sich die Männer gönnen, denn schon war die magere, gestern heimgebrachte Beute größtenteils wieder aufgezehrt worden. Es folgte am Abend eine Beratung, wohin ein neuer Jagdzug unternommen werden sollte.

Jagdbares Wild war stundenweit ringsherum kaum mehr zu finden. Wohl aber lebten auf der weniger bewohnten Hochfläche der Alb noch einige Renntierherden und kleine, wilde Pferde, während in den dichten Waldungen an den Abhängen schon einzelne Rehe, Hirsche und Wildschweine sich zeigten.

Lange ratschlagten die im Kreis um die alte Parre her lagernden Männer. Sie waren sämtlich Enkel derselben und verehrten sie hoch. Wie alt sie eigentlich war, niemand wußte es, jedenfalls über hundert Jahre. Ihr Reichtum an Lebenserfahrungen, ihre vielen Erzählungen über die Geschichte des Stammes und besonders auch die genaue Kenntnis der schädlichen und nützlichen Pflanzen und Tiere und wie sie bei Krankheiten zu verwerten waren, verschafften ihr ein Ansehen, daß alle wie zu einem höheren Wesen zu ihr aufblickten.

Noch hatte sie kein Wort gesprochen. Man sah nie, ob sie schlief oder zuhörte; in der Tat aber sah sie wie ein Falke und hörte wie ein Luchs. Plötzlich erhob sie etwas ihren gesenkten Kopf und murmelte: »Kadde«; so nannten sie die Renntiere. Damit war die Sache entschieden. Ihr, der Alten, ging Renntierfleisch über alles, und sie haßte die »neuen« Tiere, wie sie die seit einiger Zeit einwandernden Hirsche und Rehe nannte.

Noch in der Nacht sollte aufgebrochen werden.

Hinter Rul, dem Häuptling und Ältesten der Brüder, stand sein Sohn mit dem Wolf. Dieser trat vor und blickte fragend und bittend den Vater an. »Ja, Rulaman, du kannst mitgehen, aber ohne den Wolf«, sagte der Vater. Nur halb befriedigt schlich sich der Knabe fort.

Bald nach Sonnenuntergang machten sich die Männer fertig. Der junge Rulaman war der erste, der in Jagdrüstung auf dem Platz vor der Höhle erschien. Voll Stolz trat er vor seine Urahne, die alte Parre, und drückte ihr die magere, knöcherne Hand. Daran erkannte sie sogleich ihren Liebling, blickte auf und lachte ihn freundlich an: »Du kommst nicht leer heim, wie die Alten gestern. Du hast deiner Ahne immer fette Gimpel und gute Haselmäuse heimgebracht, jetzt bringst du mir einmal etwas Großes mit.«

Ein Pfiff des Häuptlings gab das Zeichen zum Aufbruch. Gnädig winkte die Alte mit dem Krückstock zum Abschied, und dann schrie sie noch mit gellender Stimme: »Aber wer von euch wird endlich meinen Sohn rächen und mir den Kopf des Burria bringen!«

Dies war ein den Männern wohlbekanntes Wort. So oft sie zu einem Jagdzug aufbrachen, rief sie es ihnen nach. Ein Höhlenlöwe, von den Aimats Burria genannt, hatte nämlich ihren Sohn, den Vater der sechs Tulkamänner, im kräftigsten Mannesalter in einem Wald von der Spitze seiner Männer weggeholt und in seine Höhle geschleppt. Das war der Kummer der Alten schon seit dreißig Jahren.

Ohne ein Wort zu erwidern, brach die kleine Schar auf. Voran Rul, dann Rulaman, dann die fünf anderen Männer und endlich noch die zwei jungen Burschen, die bei dem Tanz vor der Höhle mit Trommel und Pfeife den Takt angegeben hatten.

Jeder der Männer war mit Bogen und Pfeilen, Speer und Steinbeil bewaffnet. Die Speere waren mannslange, zolldicke, hübsch gerundete rotbemalte Stangen aus Hainbuchen, mit beinerner Spitze aus Renntiergeweih. Die Pfeile waren starke Haselnußgerten, die meisten mit Feuerstein-, einige auch mit Beinspitzen. Die Speere dienten zunächst als Lanzen, konnten aber auch als Wurfspieße und wie Alpenstöcke zum Springen über Gebirgsbäche und kleine Schluchten in den weglosen Bergen der damaligen Zeit gebraucht werden.

Der Speer Ruls war mit besonderer Sorgfalt gearbeitet. Die Beinspitze war sehr lang und der rotbemalte Schaft mit schwarzen Einschnitten verziert. Dieselbe Ausschmückung zeigte der Stiel seines Steinbeils. Als Häuptling trug er den seltenen weißen Wolfspelz. Einen solchen hatte auch Rulaman als Häuptlingssohn, und auch sein Steinbeil war dem des Vaters ähnlich gearbeitet.

Alle trugen Sandalen aus Tierfell, die sie mit Riemen festbanden, teils zum Schutz für den Fuß, wegen der Steine, Disteln und Dornen, noch mehr vielleicht, um keine deutlichen Fußspuren für Feinde und Raubtiere zu hinterlassen. Überdies hingen über ihre Schultern Seile und Schnüre aus Waldreben und Weiden und eine Anzahl breiter und schmaler Riemen aus Tierfellen.

Auch die beiden Burschen führten Steinaxt, Bogen und Pfeile, doch fehlte ihnen der Speer, das Zeichen der Manneswürde, den der Jüngling nach strenger Sitte erst nach Erlegung eines Höhlenbären erhielt. Beide hatten überdies schwere, lederne Säcke mit Feuersteinmessern und anderen Gerätschaften gefüllt über den Rücken hängen.

Still ging es durch die dunkle Nacht, immer nach Süden, zunächst den schmalen Pfad aufwärts ins Gebirge. Als sie aus dem Wald heraustraten, wurde zuerst die Windrichtung untersucht, indem Rul, wie unsere Jäger heute noch tun, den Finger in den Mund steckte und in die Luft hielt. Der Wind war gut, er kam gerade von Süden, wo sie die Renntiere vermuteten.

Stundenlang wanderten sie, immer einer in die Fußstapfen des anderen tretend – wie manche Raubtiere tun, wenn sie zusammen auf Beute ausgehen –, über den kurzen, festen Albrasen und über Heidegründe auf der öden Fläche dahin.

Hier gab es keine Pfade mehr wie im Wald; man suchte und fand die Richtung nach wohlbekannten Zeichen, nach hervorragenden alten Bäumen, nach Felsen, Gebüschen und Waldecken. Jede natürliche, auf dem Weg sich darbietende Deckung wurde benützt. Besonders wichtig schienen für sie die großen Haselnuß- und Wacholdergebüsche, die da und dort die eintönige Ebene unterbrachen. Wo diese sich in der mondlosen, aber sternhellen Nacht in der Nähe blikken ließen, schritt Rul darauf zu und lugte und horchte, ehe er weiterging. Aber nur mit Vorsicht nahte er solchen Gesträuchen, denn in ihnen lauerten oft der Höhlenbär und der damalige König der deutschen Tierwelt, der mächtige Höhlenlöwe. Sie überfielen von diesem Versteck aus die in der Abend- und Morgendämmerung ruhig einherweidenden Renntiere und Pferde.

So wechselten beständig Hoffnung auf ein Jagdtier, Furcht vor Überfall von Raubtieren und von feindlichen Stämmen in den Herzen dieser Naturmenschen.

Noch immer war es totenstill, kein lebendes Wesen rührte sich, bis plötzlich aus einem großen Wacholderbusch ein mächtiger, schwarzer Vogel hervorrauschte.

»Kobelo, Kobelo!« schrie Rulaman mit heller Stimme, und schon hatte er den Bogen von der Schulter und den befiederten Pfeil darauf. Einige Schritte rannte er dem Vogel nach, man hörte noch das Schwirren der Bogensehne, dann einen dumpfen, schweren Fall.

Mit lautem Jubelgeschrei schleppte der Junge den schweren, sich sträubenden und flatternden Vogel an einem Flügel daher. Es war ein prächtiger Auerhahn, dem die knöcherne Pfeilspitze mitten durch den Körper gedrungen war.

Aber ernst kehrte sich der Vater zum Knaben: »Nie schießen ohne mein Gebot und nie rufen auf der Jagd.« Dann nahm er ein Feuersteinmesser und schnitt dem Vogel den Hals ab. »Trink!« sagte er. Gierig schlürfte Rulaman, durstig und hungrig wie er war, das strömende warme Blut. Dann band einer der jungen Burschen dem Auerhahn die Füße zusammen und warf ihn über seine Schulter.

Der Tadel Ruls war nur zu begründet gewesen, das zeigte sich in diesem Augenblick; denn kaum waren sie etwas weitergegangen, so hörte man rechts in nicht zu großer Entfernung ein dumpfes Stampfen und dazwischen ein höchst eigentümliches Knattern. Im Nu lagen alle Männer auf dem Boden und spähten nach der Richtung, aus der sie das Getöse vernommen hatten. »Kadde«, flüsterten sie und sahen jetzt deutlich einen großen, dunklen Fleck auf der Ebene, der sich in rasender Geschwindigkeit von ihnen fort bewegte. Es war eine kleine Herde Renntiere, die die Jäger sofort an dem merkwürdigen Knattern erkannten, das die Fußgelenke dieser Tiere bei jeder Bewegung hören ließen, und das sich bei keinem anderen Hirsch, überhaupt bei keinem anderen Tier fand.

»Auf!« rief Rul; »es ist zu spät. Rulaman, du hast uns die Jagd verdorben«, sagte er strafend zu seinem Sohn.

Bereits dämmerte der Tag, kein Renntier, kein Pferd wollte sich mehr zeigen. Schon sah man in der Ferne einen hohen Tannenforst. Dort war, wie sie wohl wußten, die Grenze des Renntierfeldes.

Am Rande des Forstes machte Rul Halt und stieß seinen Wurfspieß in die Erde. Dies war das Zeichen zum Lagern. Sofort warfen die beiden Burschen alles, was sie trugen, auf den Boden und verschwanden im Wald.

Bald kam jeder mit einem Armvoll dürren Holzes zurück. Sie schichteten es zu kleinen Haufen. Dann bohrte einer der Männer mit einem Feuersteinmesser ein enges Loch in einen alten Baumstrunk, drehte darin einen Holzpfahl mit sausender Schnelligkeit, wie sie nur häufige Übung geben kann, bis durch die Reibung zuerst etwas Rauch, dann eine kleine Flamme entstand. Er zündete vermittelst eines trockenen Pilzzunders an, und lustig flackerte bald der Holzstoß.

Feuererzeugung der Aimats

Indessen hatte ein anderer Mann den Auerhahn gerupft und einen Holzspieß durchgesteckt. An jedem Ende ergriff nun diesen einer der Burschen, und so hielten und drehten sie den Vogel über dem Feuer. Schon nach einer Viertelstunde war er geröstet und zum Essen fertig. Dann wurde er mit einem Feuersteinmesser zerlegt und Rul das erste, Rulaman das zweite Stück zugeteilt.

Doch nicht lange dauerte die Rast. Schon umsäumte das Rot des Morgens den Rand der Ebene. Für Renntiere und Pferde war jetzt die günstigste Zeit, die Zeit der Dunkelheit, vorüber. Denn ohne Hund

und zahmes Pferd und ohne weittragende Geschosse konnte der Mensch bei Tag das Tier der Ebene nicht jagen. Nicht anders als der Löwe und der Bär, seine Mitbewerber im Jagdhandwerk, mußte auch er sich in der Dämmerung oder bei Nacht an die ruhig weidenden Tiere heranschleichen oder sie aus einem Hinterhalt, einem Busch oder Felsen, überfallen oder abends an den Tränkplätzen, die er ausgekundschaftet, ihnen auflauern.

So konnte es sich also bis zur nächsten Nacht nur noch um eine Jagd aufs Geratewohl im Wald handeln. Wieder ertönte als Zeichen zum Aufbruch der wohlbekannte Pfiff des Häuptlings mit der Knochenpfeife, und hinein ging es in den noch immer dunklen Wald. Sicher und ohne Zaudern schritt Rul voran, denn er kannte auch diese Pfade meilenweit von seiner Heimat so gut wie die bei der Tulka.

5

Der Kampf mit dem Höhlenlöwen

Rul war etwa hundert Schritte im Wald gegangen, als er vom Pfad ab nach links in das Dickicht einbog. Er hieß die anderen Männer warten und nahm nur Rulaman an der Hand mit sich. »Hier steht ein Burriabaum«, sagte er und zeigte ihm eine mächtige, dicke, einzeln im Tannenhorst stehende Lärche. »Siehst du die langen, tiefen Gruben? Hier wetzt ein Burria seine Krallen schon seit vielen Jahren. Und hier ist Rinde frisch gekratzt. Er war vor kurzem hier. Wir müssen auf unserer Hut sein.« Dann fuhr er ernster fort: »Ich werde alt, und noch lebt der Mörder meines Vaters. Werde ich ihn finden? Oder muß ich die Rache dir überliefern?«

»Hat der Burria keine Höhle?« fragte Rulaman.

»Der Burria hat hundert Pfade zum Jagen, hundert Quellen zum Trinken, hundert Höhlen zum Schlafen«, versetzte Rul ernst, »und die Kraft von hundert Männern zum Kämpfen.« Und damit ging er mit Rulaman zu seinen Brüdern zurück.

Nach einer Stunde Wegs durch den dunklen, einsamen Föhrenwald traten sie auf einen kleinen, freien Rasenplatz heraus, der rings von Wald umgeben war, und über den ein klarer Bach nach einer Schlucht hinabrieselte. Es war jetzt fast Tag. Knietief wateten die Männer durch hohes, taunasses Gras am Bach hin. Plötzlich stand Rul, wie vom Blitz getroffen, still. Da lag, nur wenige Schritte von ihnen entfernt, ein zerrissenes, noch blutendes Pferd. »Der Burria, der Burria!« flüsterten die Männer leise und ängstlich. Sofort hatten sie alle erkannt, daß nur ein Höhlenlöwe, ihr furchtbarster Feind, diese Beute gemacht haben konnte und hier hatte liegen lassen. Ein Höhlenbär hätte sie mit fortgeschleppt in seine Grotte.

Rul wandte sich nach den Männern um. Kampfeslust strahlte in seinen Augen. Für Fleisch zur Nahrung hatte der Löwe gesorgt, jedoch ihm galt es mehr. Rulaman aber zitterte vor Freude, und »Burria, Burria« flüsterte er vor sich hin. Wie oft und wieviel hatte ihm die alte Parre von diesem seltenen Ungetüm erzählt, das seinen Großvater einst gemordet hatte. Nie hatte er einen gesehen. »Wo ist er, wo ist er?« so drängte er sich fragend an einen der Männer.

Eine breite Spur führte durch das hohe Gras nach der dunklen Waldschlucht hinab, eine andere, noch viel breitere, hinein in den Wald. Auf letzterer hatte offenbar der Löwe seine Beute hierher geschleppt, hier am Bach, wie die Löwen es lieben, verzehrt und dann nach der Schlucht sich zurückgezogen. Ja, sogar seine frische Fährte fanden sie. Nicht weit vom Pferd war an einer Stelle das Gras abgekratzt oder abgetreten und die Erde bloßgelegt, ohne Zweifel von den Hufen dieses Tieres, das erst hier vollends getötet worden war. In die weiche Erde war eine Fährte des Löwen tief eingedrückt. Sie war fast kreisrund und maß beinahe einen Fuß im Durchmesser. Eine Bärenfährte wäre länglich eirund gewesen, mehr der des Menschen ähnlich.

So war jetzt den Männern kein Zweifel mehr.

Aber sollte man den Löwen verfolgen? Nicht alle waren dieser Meinung; das sah man an ihren ängstlichen Mienen.

»Er hat sich satt gefressen und satt getrunken, er schläft«, flüsterte Rul. »Auf, ihm nach! Endlich haben wir ihn, den Mörder unseres Vaters! Denkt an die alte Parre. Keiner wird zurückbleiben!«

Tief sich bückend, fast kriechend wie eine Katze, schlich er auf der Spur des Löwen dahin. Nur Rulaman und drei Männer folgten ihm. Rul wandte sich um, sah die ängstlich Zurückgebliebenen und bemerkte jetzt erst seinen mutigen Knaben. Zornig und voll Verachtung blickte er jene an, ergriff dann seinen Knaben bei der Hand, drückte sie zärtlich, gab ihm aber zugleich ein Zeichen, zurückzugehen zu den anderen.

Hoch klopfte das Herz des Jungen, aber ohne Murren gehorchte er, und mit angehaltenem Atem stand er dort und blickte seinem Vater und den Männern nach.

Noch einmal wandte sich Rul um und machte ein Zeichen mit beiden Händen nach oben. Sofort stiegen alle Zurückgebliebenen, auch Rulaman und die Burschen, auf eine hohe, alte Föhre, die in der Nähe stand, mit dicken Ästen, die fast bis auf den Boden herunterreichten.

Indes waren die vier Männer in der Felsschlucht verschwunden. Eben stieg die Sonne wie ein feuriger Ball am Himmel herauf. Unwillkürlich, dabei aber immer seine großen schwarzen, leuchtenden Augen nach der Schlucht gerichtet, flüsterte Rulaman die paar Reime des Morgengrußes an die Sonne, die er so oft von seiner Urahne vernommen.

Da plötzlich hörte man ein donnerähnliches Gebrüll, das schauerlich aus der Waldschlucht herauftönte, und gleich darauf den herzerschütternden Angstschrei eines Menschen.

»Mein Vater, mein Vater!« schrie Rulaman erschreckt, glitt blitzschnell vom Baum herab, ergriff Steinaxt und Bogen und rannte hinunter in die Schlucht.

Keiner der anderen wagte sich zu rühren; »Rulaman, Rulaman!« riefen sie ihm nach; aber schon war er ihren Blicken entschwunden.

Kaum war der Knabe einige hundert Schritte das felsige Rieß hinabgestürzt, erblickte er zwei von den Männern, die seinem Vater gefolgt waren, atemlos den Berg herauf ihm entgegenrennend. Schon von fern riefen sie ihm zu: »Zurück! der Burria, der Burria!« Aber er hörte nicht. Kampfwütig und voll Angst um seinen Vater stürzte der Knabe weiter. Schon nach wenigen Schritten sah er links vom Bach am Fuß einer hohen, senkrechten Felswand das Ungetüm, mit Pfeilen bespickt, aber noch fest aufrechtstehend, und unter seinen Vordertatzen einen Mann, regungslos, wie tot, in der rechten, hochgehobenen Hand eine Steinaxt. Er erblickte den weißen Wolfspelz. Es war sein Vater. Wie ein Falke auf seine Beute schoß er in langen Sätzen den Rain hinauf und war zur Stelle neben dem Löwen.

Ruhig, ohne seiner zu achten, peitschte das Raubtier mit dem Schweif seine Flanken, die glühenden Augen starr und wütend auf einen gegenüberstehenden Baum gerichtet. Dort saß der dritte Mann, ohne sich zu rühren.

»Rulaba, Rulaba!« schrie und schluchzte der Knabe, und dabei schlug er auch schon wütend in wahnsinniger Verzweiflung mit seiner kleinen Feuersteinaxt von der rechten Seite her nach den Schläfen des Tieres, die er eben erreichen konnte, denn so hoch war das Ungeheuer.

Brummend schüttelte dieses seinen buschigen Kopf. Als der brave Junge nicht nachließ, drehte es sich plötzlich um und hieb nach ihm mit der breiten Tatze, wie um eine Fliege abzuwehren. Doch vergeblich. Denn schon war Rulaman unter dem Löwen hindurch nach der anderen Seite geschlüpft.

Bei der Bewegung des Tieres war der alte Rul, auf dessen Brust die rechte Pratze des Löwen gestanden hatte, frei geworden. Im Nu raffte er sich auf. Mit zerrissener Schulter, über und über mit Blut bedeckt, sprang er nach links, packte seinen Knaben mit dem linken Arm und rannte vorwärts der Felswand entlang, einem Gebüsch zu.

Im gleichen Augenblick sauste schwirrend ein Pfeil vom Baum herab, dem Löwen in den Hals. Denn nur darauf, wann er endlich ohne Gefahr für den Bruder schießen konnte, hatte der Mann auf dem Baum gewartet. Diesmal schien der Löwe gut getroffen; er brüllte fürchterlich, zitterte am ganzen Leib, ein Blutstrom stürzte aus seinem Rachen und er sank röchelnd in die Knie. Dann überschlug er sich dreimal und kollerte endlich, eine Menge Steingeröll mit sich wälzend, den kleinen Rain hinab in den Bach.

Noch klammerte sich Rulaman, zitternd vor Aufregung, an seinen blutenden, schwer verwundeten Vater, der ihn herzte und küßte. Rul hatte sich hinter einem Busch niedergelassen. Weder er noch sein Sohn hatten das Tier fallen sehen. Erst das Geräusch der rollenden Steine machte sie darauf aufmerksam.

Indes war auch der Mann, der den letzten Pfeil gesandt hatte, vom Baum heruntergeklettert und rannte zu dem Tier, Rulaman ihm nach. Regungslos lag das Ungeheuer auf der Seite im Bach, und dieser färbte sich rot von seinem Blut.

Noch waren die beiden nicht bei ihm, da erhob es, wohl von dem kalten Wasser aus seiner Betäubung aufgeweckt, langsam den Kopf, richtete sich auf die Vorderfüße und schüttelte sich. Und jetzt, mit einer mächtigen Kraftanstrengung, stand der Löwe wieder aufrecht, blickte zu dem Felsen, wo der Eingang in seine Grotte war, und ohne sich weiter um die zurückfliehenden Menschen zu kümmern, wankte er mit zitternden Schritten die kleine Halde hinauf und verschwand im Dunkel der Höhle.

Rul war schwer verwundet; alle Pfeile und Wurfspieße waren verschossen, und so mußten die Männer sich zum Rückzug entschließen, mit der Hoffnung allerdings, den Löwen später tot zu finden oder vollends leicht erlegen zu können.

Der kleine Held auf der einen, der unverwundete Mann auf der anderen Seite, so führten sie den todesmatten Häuptling durch die Schlucht hinauf zu der Stelle, wo das tote Pferd lag.

Alles dies war in kürzester Zeit vor sich gegangen. Noch saßen die anderen in banger Erwartung auf ihrem Baum.

Kaum oben angekommen, sank Rul, vom Blutverlust erschöpft, in das tiefe Gras nieder und schloß die Augen. Rulaman, der neben dem Vater in die Knie gesunken war und in sein bleiches Angesicht starrte, stieß einen herzergreifenden Schrei aus; er glaubte, der Vater sterbe. Aber man bedeutete ihm, daß er nur schlafe.

Nun wuschen die Männer sorgfältig seine Wunden aus. Es waren furchtbare Risse, oben an der rechten Brust, nahe der Schulter, fünf nebeneinander, von den scharfen Krallen des Raubtiers herrührend. Immer noch rieselte das Blut. Um es zu stillen, preßten die Männer einen getrockneten Pilzschwamm darauf, den sie zu diesem Zweck auf ihren Jagdzügen immer mit sich führten. Dann banden sie noch große, breite Blätter von Mondraute und endlich einen Bausch von Farnkräutern auf die Wunden.

Sie machten ihrem Häuptling ein weiches Mooslager im Schatten der großen Fichte, zogen den bewußtlosen Mann darauf und bedeckten ihn mit Tannenzweigen. Rulaman legte sich an seiner Seite nieder, und bald schlief auch er, von Kummer und Aufregung erschöpft, ein.

Jetzt berieten die Männer, was weiter zu tun wäre. Den Häuptling zurückzulassen und ohne ihn die Jagd fortzusetzen, davon konnte keine Rede sein. Also zurückkehren? Dann war die herrliche, sichere Beute so gut wie aufgegeben. Zudem schien es schwer, den ohnmächtigen Mann meilenweit nach Hause zu tragen. Man beschloß also, nach Hilfe auszusenden, Hilfe für den Verwundeten, Hilfe auch für die vollständige Erlegung des Burria.

Aber zu Hause in der Tulka waren nur noch Weiber und Kinder. Alle blickten nach Repo hin.

Repo hieß der jüngste der Brüder Ruls, sein Liebling. Er war es auch, der allein bei ihm ausgehalten, als der Burria ihn niedergeworfen, und der den letzten Pfeil auf den Löwen gesandt hatte.

»Wir müssen nach dem Angekko in der Huhkahöhle schicken«, sagte Repo; »wenn irgendeiner, kann er unseren Bruder heilen und Leute zur Hilfe bringen«.

Alles schwieg still.

»Ich werde selbst hingehen und ihn holen. Haltet treue Wache bei Rul und Rulaman. Gegen Mitternacht, spätestens gegen Morgen, kann ich mit Hilfe zurück sein.« Aber davon wollten die anderen Männer nichts hören. Wenn Rul fehlte, war Repo stets ihr Führer gewesen. Er mußte auf alle Fälle bleiben.

Wer sonst aber sollte den gefährlichen, weiten Weg allein durch den finsteren Wald unternehmen?

Keiner der anderen erbot sich freiwillig.

»So muß das Los entscheiden«, sagte Repo. Er holte vier kleine Kiesel vom Bach, schwärzte einen derselben mit einer Kohle, warf sie in einen leeren Köcher und ließ die Brüder ziehen. Ohne ein Wort weiter zu verlieren, erhob sich der, den der schwarze Stein getroffen hatte, und verschwand in der Richtung nach Norden im Waldesdunkel.

6

Der Angekko und die Huhkahöhle

Nordöstlich von der Tulka, etwa eine Meile von ihr entfernt, im dunklen Grunde einer tiefen Waldschlucht, lag eine andere Höhle, nicht warm und sonnig wie die Tulka, sondern feucht und kalt, aber weit größer als die Tulka, mit mehreren Seen im Hintergrund, aus denen ein kleiner Bach entsprang. In dieser Höhle, Huhka-, das heißt Uhuhöhle, genannt, lebte ein den Tulkas nahe verwandter und befreundeter Aimat-Stamm, weit zahlreicher als jene.

Der Häuptling dieses Stammes war ein merkwürdiger Mann, der weniger durch Mut und Kraft, wie Rul, als durch Verstand und

Schlauheit herrschte. Als Angekko, das heißt Zauberarzt, war er weit und breit unter dem Urvolk der Aimats berühmt und fast noch mehr gefürchtet.

Auch die Höhle, die er mit seinem Stamm bewohnte, zeichnete sich durch allerlei Merkwürdigkeiten vor allen anderen in der Nachbarschaft aus.

Schon der Eingang war großartig, hoch, gewölbeähnlich, wie das Portal eines Domes, und bot zunächst eine weite, gegen Regen und Sturm geschützte Vorhalle, in der eine große Anzahl Menschen Unterkunft finden konnte. Weiterhin in den Berg hinein führte kein enger Felsenschlitz, wie bei der Tulka, sondern ein breiter, aber niederer Gang. Hier wurde es bald finstere Nacht, und ohne Fackel war es unmöglich, weiter vorzudringen. Dann plötzlich verschmälerte und erhöhte sich der Gang, erweiterte sich aber nie zu einer größeren, trockenen Halle wie in der Tulka. Ein geheimnisvolles, wildes Wasserrauschen tönte aus dem Innern des Felsgebirges. Das Tosen dieses Wasserfalles nahm zu, je weiter man eindrang. Endlich gelangte man zu einem kleinen Bächlein, das durch ein enges Felsloch in unbekannte Tiefen stürzte. Ein schmaler, schlüpfriger Felsenpfad führte am Bächlein aufwärts, weiter ins Innere zu den stillen Seen in ewigem Dunkel. Über den ersten See hat der Angekko einige Baumstämme legen lassen als Brücke; nur er selbst überschritt sie zuweilen, und sein Stamm behauptete, daß die Höhle noch eine Stunde weiter in den Berg hinein sich fortsetze, und daß der Angekko drinnen mit den Erdgeistern verkehre.

Die Höhle lag beinahe unten im Tal. Und über ihr erhob sich ein mächtiger, breiter, senkrecht aufsteigender Fels, in dessen Klüften und Spalten Uhus nisteten, die man öfters, sogar am hellen Tag, vorn am Rande ihrer Löcher sitzen sah. Sie wurden bei den Aimats heilig gehalten, denn man glaubte, daß die Seelen der abgeschiedenen bösen Häuptlinge in ihnen ihren Wohnsitz aufgeschlagen hätten, was bei der natürlichen Würde und Majestät dieses Vogels sehr nahe lag. Sie waren die Lieblingstiere des Angekko. Er hielt streng darauf, daß ihnen kein Leid geschah; er sorgte sogar dafür, daß ihnen in Zeiten, wo sie Mangel litten, verschiedenes Wild, besonders Füchse und Kuder, die die Aimats nicht aßen, an hohen Bäumen in der Nachbarschaft aufgehangen wurde.

So hatte sich in diesem und den benachbarten Felsen allmählich eine kleine Kolonie Uhus angesiedelt. Das tiefe, weithin tönende Geheul dieser Vögel, zumal in den Frühlingsmonaten, machte die ganze Talschlucht für jeden Fremden unheimlich. Besonders aber war es ein wunderbares Schauspiel, wenn am Abend die großen Kolk- oder Aasraben, von dem an den Bäumen hängenden Wild angezogen, sich mit jenen mächtigen Raubvögeln um die Beute rissen.

Das freute dann den alten Angekko. Stundenlang saß er oft, den prächtigen, weißen Wolfspelz über die Schultern gehängt, auf einem kleinen Felsthron, den er sich am Eingang der Höhle errichtet hatte, und sah mit Wohlgefallen diesen Kämpfen zu. Während er sonst immer ernst und finster dreinblickte, konnte er dann oft in die Hände klatschen vor Lust, wenn einer seiner Uhus, für die alle er Namen hatte, einen allzufrechen Raben mit den Krallen faßte, rupfte und auffraß.

Einer dieser Uhus stand ihm besonders nahe. Er hatte ihn sich vor Jahrzehnten schon jung aufgezogen, und durch reichliches Futter und gute Pflege war er zu einem außerordentlich großen und prächtigen Vogel geworden. Er hatte ihm eine kleine Grotte, links oben am Eingang in die Höhle, etwa sechzehn Fuß über dem Boden, zur Wohnung angewiesen. Dort saß die majestätische Eule Tag und Nacht, gleichsam als Wächter der Behausung, und blickte mit ihren großen, gelbroten, feurigen Augen ernst und überlegen hinunter auf das Treiben des Menschenvolkes in der großen Vorhalle.

Dabei war das Tier so zahm und anhänglich, daß es auf einen Pfiff seines Herrn die mächtigen, eine Manneslänge spannenden Schwingen ausbreitete und sanft und geräuschlos, wie alle Eulen tun, auf dessen Schulter herunterflog. Wenn ihn der Angekko nach seinem Namen fragte, so antwortete der Vogel mit tiefer Stimme: »Schuhu, Schuhu«, wobei er feierlich den Kopf neigte und die Augen schloß.

Nie ging der Häuptling ohne diesen Vogel aus; gewöhnlich saß er auf seiner rechten Schulter auf dem weißen Wolfspelz. Wenn er aber,

Der Angekko vor seiner Zauberhütte

wie es oft geschah, als Zauberarzt weite Reisen nach anderen Höhlen machte, so mußte einer seiner Leute ihm den Vogel nachtragen.

Auch seine Zauberhütte hatte er sich in der Nähe dieses Vogels aufgeschlagen. Vorne in der Halle lief längs der Felswand eine Art natürlicher Felsenempore, etwa vier Fuß über dem Boden, hin. Dort oben stand die Hütte, aus Baumstämmen und dichtem Flechtwerk erbaut. Die vier Eckpfosten waren mit Menschenschädeln, die Vorderseite mit einem Renntiergeweih, die Seiten mit Usonköpfen verziert. Sie hatte kein Dach und empfing ihr Licht von oben, so daß der Angekko den Uhu und dieser ihn in nächster Nähe beobachten konnte. Immer war diese Hütte fest verschlossen. Niemand konnte den Häuptling sehen, wenn er darin war; wohl aber hörte und sah er alles, was draußen vorging.

Stets herrschte tiefe Stille drinnen; nur zu bestimmten Zeiten, um Mitternacht, bei Sonnenaufgang, um Mittag und bei Sonnenuntergang, ertönten aus dem Zaubergemach dumpfe Trommelschläge, bald weicher, bald härter, bald langsam, bald rasch hintereinander, oft plötzlich stark und donnerähnlich. Dann sang der Angekko in tiefen Tönen einige Worte, die niemand verstand. Wieder erklang die Trommel, und wieder sang der Angekko. Es war, als ob er eine feierliche Unterredung mit der Trommel hätte. In der Tat deutete er es auch so, indem er behauptete, aus der Trommel spräche sein Gott zu ihm.

Niemand hätte es gewagt, diese Hütte zu betreten, die ihre Türe hinten nach der Felswand zu hatte. Oft blieb der Angekko mehrere Tage und Nächte hintereinander darin. Dann mußte man ihm auf ein bestimmtes Zeichen geröstetes Fleisch und Wasser durch ein kleines Türchen reichen, das er von innen öffnen und schließen konnte. Seine Trinkschale war ein Totenschädel. Man sagte, es sei der Schädel seines Oheims, der vor ihm Häuptling gewesen und eines Tages auf unerklärliche Weise verschwunden war.

Dieser Mann führte eine strenge Herrschaft über seine Leute. Er sprach selten oder nie mit ihnen, außer wenn er Befehle erteilte.

Zwölf Männer mit ihren Familien, wohl über achtzig Menschen, lebten in der Höhle zusammen. Weil sie im Innern feucht und eng war, so hatte der Angekko eine Reihe von Hütten in der Vorhalle und seitwärts im Schutz des überhängenden Felsens, auch auf Bäumen in der Nähe der Höhle errichten lassen, in denen die Leute den größten Teil des Jahres, zumal im Sommer, lebten.

So nahe die Huhkas den Tulkas verwandt waren, so war doch ihr Charakter und sogar ihre Lebensweise vielfach verschieden. Dies rührte hauptsächlich von dem Häuptling, dem Angekko, her, der sie nun schon seit dreißig Jahren beherrschte.

Da er selbst an der gefahrvollen und mühsamen Jagd auf größere Tiere keine Freude hatte, zog er es vor, kleinere Tiere, wie Eichhörnchen, Flugeichhörnchen, Murmeltiere, Hasen, auch wohl Lemminge und Mäuse, sodann die verschiedensten Vögel und besonders auch Fische fangen zu lassen. Unerschöpflich war er in der Erfindung von Fallen für diese Tiere. Hierin unterrichtete er auch sein Volk, daher die Huhkas von den anderen Aimats spöttisch »Sniäramate«, das heißt Mausbesieger, oder auch »Nomelmate«, Hasenbesieger, genannt wurden, mit Anspielung auf den größten Ehrennamen der damaligen Zeit, »Burriamate«, Löwenbesieger.

Auch für Bären hatte er stets eine Anzahl Fallen gerichtet. Sobald er oder einer seiner Leute einen Bärenwechsel ausgekundschaftet hatten, legte er eine Menge Schlingen. Jedoch die Bären der ganzen Nachbarschaft schienen diese zu kennen, und es fingen sich darin mehr Menschen als Bären.

Nur an einer Art Bärenjagd hatte er Gefallen. Wenn man ein solches Tier in der Winterruhe – denn es ist bei den Bären kein dauerhafter, fester Schlaf – in seiner Höhle aufgespürt hatte, so ließ er seine Leute möglichst geräuschlos eine Menge Holzstangen vor der Grotte zusammentragen, sodann eine Stange nach der anderen dem schläfrigen Bären vorhalten. Dieser griff sofort danach, zog sie in die Höhle hinein und verbarrikadierte sich allmählich so vollständig, daß er sich nicht mehr rühren konnte. Dann erstachen sie das Tier in seiner hilflosen Lage mit Lanzen. An dieser Jagd nahm hie und da der Angekko selbst teil, und der alte Mann hüpfte vor Freude, wenn er den Bären so überlistet hatte.

Übrigens sorgte er für sein Volk vortrefflich. In keiner Höhle fand man solche Vorräte an Baumfrüchten, Beeren, eßbaren Pilzen und

Wurzeln wie in der Huhka. Von getrockneten Fischen brachte er für den Winter ungeheure Massen zusammen. Ja, er trieb sogar im Winter einen bedeutenden Handel mit den anderen Berg-Aimats, indem er ihnen Fische, wenn sie in Not kamen, gegen Bären- und Raubtierfelle und Geweihe, von denen die Huhkas selbst nur wenige erbeuteten, eintauschte.

7

Eine Nacht im Urwald

Nachdem Repo den Boten zur Huhkahöhle abgesandt hatte, um den Angekko für den verwundeten Bruder und Hilfe zur Fortsetzung der Jagd zu holen, machten die ermüdeten und hungrigen Männer auf der Waldwiese ein Feuer an und bereiteten sich aus dem vom Löwen erlegten Pferd, von dem freilich der Löwe schon fast die Hälfte aufgezehrt hatte, ein köstliches Mahl.

Man darf dabei nicht an unsere großen schönen, edlen Pferde denken. Jenes wilde deutsche Urpferd war ein kleineres Tier mit dickem Kopf und dünnen Beinen, jedoch ein echtes Pferd mit Mähne und Schweif. Aber seine Mähne war kurz, kraus und aufrecht stehend, seine ganze Behaarung rauhwollig, dicht, lang; die Farbe war bei allen gleich, fahlgrau mit einem schwarzgrauen Aalstreifen über den Rücken; von der gleichen Farbe waren Mähne und Schwanz. Es war im ganzen dem flüchtigen Tarpang, jenem wilden Pferde, nicht unähnlich, das noch heute in Herden auf den Steppen Mittelasiens, besonders in der großen mongolischen Wüste um den Aralsee lebt und von den Einwohnern gejagt und gegessen wird.

Lange dauerte das Mahl. Diese Naturmenschen ließen sich durch die Sorge um ihren daneben liegenden verwundeten Häuptling nicht sehr beunruhigen. Sie konnten unglaublich viel auf einmal essen, ebensogut aber auch tagelang hungern, wie dies auch von allen Raubtieren, mit denen der damalige Mensch in Leben und Nahrung so viel Ähnlichkeit hatte, bekannt ist.

Wie Kinder begannen sie mit dem Besten zuerst, mit dem Gehirn. Sie schlugen mit Feldsteinen die Schädelkapsel auf und rösteten den Inhalt in dieser knöchernen Schüssel. Dann machten sie sich an einen anderen Leckerbissen, an das Mark der langen Röhrenknochen, die sie sehr geschickt der Länge nach zu spalten verstanden.

Jetzt wurde das Fell, das sie mit Feuersteinmessern und mit Hilfe eines dicken, oben und unten abgerundeten Geweihzapfens abgezogen hatten, sorgfältig zusammengepackt und mit Riemen zum Heimtragen geschnürt. Dann legten sich alle sorglos um den Häuptling herum, unter dem Schutzdach der Fichte, zum Schlafen nieder. Freilich kein Schlaf, wie wir ihn uns denken, wo alle Sinne ruhen. Vielmehr ein Schlaf, wie wir ihn bei unserem Wild, bei Hunden, Naturvölkern und auch vielfach noch beim Landvolk beobachten, mit offenem Ohr, fast mit offenem Auge.

Einer bestieg den Baum als Wache, von dem er nur zuweilen herunterkam, um das Feuer zu unterhalten. In diesem Geschäft lösten sie sich nacheinander ab.

Darüber wurde es Abend.

Noch schliefen Rul und Rulaman. Die Männer begannen unruhig zu werden wegen der Nacht. Man beschloß, für den Notfall eine Hütte über dem Häuptling zu bauen, wie sie es öfters taten, wenn sie auf ihren Jagdzügen von der Nacht überrascht wurden. Die Hütte kam in kürzester Zeit zustande. Die Gewandtheit, mit der sie trotz ihrer mangelhaften Werkzeuge die Sache ausführten, war erstaunlich, ebenso die fast unheimliche Stille, womit es geschah. Kein Wort wurde gesprochen, alles Klopfen absichtlich vermieden. Denn nirgends ihre Gegenwart zu verraten, war eine der ersten Klugheitsregeln dieses Jägervolkes.

Vier armdicke Tannenstämmchen wurden in regelmäßiger Entfernung zu einem Viereck in den Boden gesteckt und mit schweren

Steinen, die man um sie herumlegte, aufrecht gehalten. Sodann wurden dünnere dazwischen gesteckt und dieses Gerippe mit Tannenzweigen ausgeflochten, auch ein ganz erträgliches Dach durch übergelegte Stämmchen und Zweige hergestellt. Eine Seite, und zwar die nach Osten, blieb offen, denn die ersten Strahlen der Sonne, die sie als eine Gottheit verehrten, sollten in die Hütte hineinfallen.

So schienen Rul und sein Sohn für alle Fälle wohlgeborgen.

Die Nacht brach herein, eine herrliche Sommernacht mit klarem Sternenhimmel wie die vergangene. Nur nach Westen hin begrenzte eine schwere, schwarze Wolke den Horizont; ein frischer Gebirgswind rauschte durch die Wipfel der Föhren, da und dort knarrte und ächzte leise ein Ast. Der Tannenwald und die würzigen Wiesenkräuter verbreiteten einen köstlichen Duft. Ringsum herrschte Totenstille, die nur hin und wieder von dem fernen Geheul eines Wolfs oder einer Hyäne oder dem Johlen einer Nachteule unterbrochen wurde, Laute, die unsere Aimats so gewohnt waren, daß keiner sich darum kümmerte.

»Wir werden Sturm haben«, sagte Repo.

»Ist wohl der Burria tot?« fragte ein anderer zurück.

Das war ein Gedanke, der längst alle im geheimen beschäftigte, aber keiner hatte gewagt, ihn auszusprechen, um nicht seine Furcht zu verraten.

»Er wird nicht zu dir hinaufsteigen auf den Baum, auf den du fliehen wirst«, erwiderte Repo verächtlich und ging in die Hütte hinein, um, wie er schon oft während des Tages getan hatte, sein Ohr auf die Brust des schlafenden Bruders zu legen.

Freudig kam er zurück. »Sein Hauch ist wieder kräftig geworden, Rul wird uns nicht sterben«, flüsterte er den Brüdern zu.

Wieder wurde es still. Da ertönte ein feiner Pfiff der Wache vom Baum herunter und dann rasch hintereinander drei Laute, wie von einem heulenden Wolf.

Dies war das Zeichen für »ein Wolf in der Nähe«, eine übrigens so unbedeutende Erscheinung, daß die Männer kaum ihre Köpfe erhoben und um sich blickten. Aber sonderbar, ehe sie sichs versahen, rannte der Wolf über die Wiese her, in einem Satz über einen der daliegenden Männer hinweg und hinein in die Hütte.

Jetzt sprangen alle auf, dem Wolf nach. Aber schon hörten sie von dinnen die Stimme Rulamans: »Mein Stalpe, mein guter Stalpe!« Dazwischen heulte das Tier vor Freude, und Rulaman drückte und herzte es und sprang jubelnd mit ihm aus der Hütte, ohne im Augenblick an seinen armen, verwundeten Vater zu denken.

Als der Knabe am Abend nicht zurückgekommen war, hatte sich das treue Tier aus der Tulkahöhle fortgeschlichen, der Fährte seines jungen Herrn nach, und endlich hatte er ihn gefunden.

Über dem Lärm war auch Rul erwacht und aufgesprungen und hinausgerannt. Befremdet sah er um sich. Jetzt erst erinnerte er sich an alles, und jetzt erst fühlte er den furchtbaren Schmerz seiner Wunde.

Unwillkürlich erhoben die Männer ein Freudengeschrei. Repo umarmte seinen Bruder und drückte ihn heftig an sich.

»Wo ist der Burria?« war Ruls erste Frage.

Keine Antwort.

Da fiel sein Blick auf den Wolf. »Wir werden es bald wissen; der Wolf wird es uns sagen!« Da sein rechter Arm gelähmt war, ergriff er mit der linken, gleichgeübten Hand seinen Speer und winkte Repo und Rulaman, ihm zu folgen. Der Wolf ging mit wie ein treuer Hund.

Möglichst leise stiegen sie die Schlucht hinab. Diesmal folgten alle Männer in einiger Entfernung. Plötzlich erhob der Wolf unruhig seinen Kopf und knurrte. Er witterte den Löwen, denn dieser war auch ihm der gefürchtetste Feind.

Rul sah ihn aufmerksam an, ging dann einige Schritte weiter, der Wolf folgte.

»Der Burria ist tot«, sagte jetzt Rul; »sonst hätte der Wolf geheult und wäre schon davon.«

»Glaubst du, Vater?« sagte Rulaman.

»Kein Wolf kämpft für seinen Herrn«, erwiderte Rul.

Das tat Rulaman weh, doch schwieg er still.

Plötzlich trottete der Wolf voraus, immer windend, die Schnauze hoch in der Luft, und so sicher war Rul seiner Sache, daß er sofort dem Wolf, so schnell er konnte, folgte.

Ihm nach die anderen.

Der Wolf wandte sich nicht hinauf nach der Felsgrotte zu, in der sich der verwundete Löwe verkrochen hatte, und wo sie ihn noch vermuteten, sondern lief immer weiter hinunter an dem Gießbach. Ein jäher Felsabsturz, über den der Bach rauschend hinabfiel, hielt sie hier auf.

Dort stand der Wolf still und stierte knurrend in die schwarze Tiefe.

»Der Burria ist hinuntergestürzt. Der Abgrund ist tief, aber wir müssen hinunter. Wir brauchen einen Baum von acht Manneslängen«, sagte Rul zu Repo, der ihm auf den Fersen gefolgt war.

Indes waren auch die anderen Brüder sowie die beiden Burschen zur Stelle gekommen. Die Männer gingen in den Wald, um mit den Steinbeilen einen Baum zu fällen, notdürftig zu entästen und ihn dann an die Kante des Felsens heranzuschaffen.

Mit Steinbeilen den Baum umzuhauen, das war kein Kleines und ist schwer zu begreifen für uns, die wir an Metall und an die besten Werkzeuge gewöhnt sind. Und doch, denken wir einmal nur einige Jahrhunderte zurück, mit wie geringen mechanischen und chemischen Hilfsmitteln die prächtigsten Kunstprodukte des Mittelalters, Gemälde mit fast unvergänglichen Farben, Geschmeide von Gold und Silber hergestellt wurden! Mit wie einfachen Werkzeugen arbeitete noch vor einigen Jahrzehnten der Chinese, der Japaner, und wie ausgezeichnet waren oft ihre Leistungen! Durch Übung, tägliche Übung, Fleiß und Beharrlichkeit lernt man, wie der Amerikaner Franklin sagte, »mit Sägen schneiden und mit Messern sägen«.

Einige Stunden waren über der Arbeit vergangen und der Wolf indes verschwunden. Auf einmal ertönte aus der Tiefe ein Gebrüll, Gestöhne und Gekläff wie von kämpfenden Tieren.

Rulaman erkannte die Stimme seines Lieblings; »Stalpe, Stalpe!« rief er und jammerte laut, denn er glaubte seinen Wolf im Kampf mit dem Löwen. Der Vater, der neben ihm stand, tröstete ihn.

»Der Burria ist tot. Dein Wolf rauft sich nur mit einer feigen Dabba und einem Rudel Nials um die Beute. Ich kenne sie an der Stimme. Er wird alle zusammen leicht meistern.«

Bald hörte man in der Tat nur noch das Knurren des Wolfes, dann aber ein plötzliches Heulen desselben, das sich immer weiter entfernte und allmählich weit unten im Tal verlor.

»Das ist sonderbar«, flüsterte Rul vor sich hin und schüttelte den Kopf.

Die Nacht war stockfinster geworden. Der Himmel hatte sich umwölkt, ein sausender Sturm erhob sich auf einmal im Wald und riß die morschen Äste krachend von den Bäumen herunter. Von fern her ertönte mächtiges Donnerrollen.

Ohne darauf zu achten, arbeiteten die Männer weiter. Eine schwere Arbeit war es, den Baum herauszuschleppen aus dem finsteren, überall mit Gestrüpp verwachsenen Urwald. Grelle Blitze, die von Zeit zu Zeit die ganze Gegend erhellten, halfen ihnen.

Rulaman lag regungslos, lang ausgestreckt, am Rande des Abgrunds und blickte mit überhängendem Kopf hinunter nach seinem treuen Wolf, freilich, ohne das geringste sehen zu können.

Jetzt zuckte ein Blitz gerade vor seinen Augen jäh in den Abgrund, und zugleich ertönte ein furchtbarer Donnerschlag. Der Knabe schauerte zusammen, aber bei der hellen Beleuchtung durch den Blitz hatte er die ganze Lage in der Schlucht mit einem raschen Blick überschaut.

Er schrie laut auf: »Der Burria liegt unten, und auf ihm steht ein riesiger Änak. Wo ist mein armer Stalpe?«

»Hoho«, sagte Rul, »Altväterchen«, so nannten sie den Höhlenbären scherzweise, »du bist in eine Falle geraten, du willst unsere Beute stehlen wie eine elende Dabba! Rulaman, freue dich, wir schmoren heute noch Bärenpfoten!«

Damit lief er rückwärts zu den Männern und berichtete ihnen mit wenig Worten über den Stand der Sache.

»Wieviel Wurfspieße habt ihr noch?« fragte er.

»Nur drei«, antwortete Repo; »die anderen stecken im Burria. Aber Pfeile noch genug.«

»Es ist gut. Kommt alle!«

Mit einem Zeichen der Hand bedeutete er sie, ihm so still als möglich zu folgen. Gleich einem Heerführer stellte er jeden auf seinen Posten am Rande des jäh abstürzenden Felsens.

Wie der verwundete Falke oft seine Beute festhält und alles, selbst die nächste Todesgefahr, darob vergißt, so zitterte dieser schwerverletzte, wilde Jäger vor Jagdlust und fühlte keinen Schmerz mehr. Er ergriff einen Wurfspieß mit seiner Linken, Repo und ein dritter Mann die zwei anderen. Die übrigen, auch Rulaman und die Burschen, legten Pfeile auf die Bogen, und so knieten sie alle mit übergeneigtem Kopf schußbereit am Felsrand und durchbohrten mit ihren Blicken in atemloser Spannung den finsteren Abgrund.

»Beim ersten Blitz lugt scharf, beim zweiten schießt«, flüsterte Rul.

Kaum hatte er dies gesagt, so war ein Blitz heruntergefahren. Nur ein leises »Ah« der Freude ließen die Männer hören. Alle hatten jetzt deutlich den Bären gesehen und konnten genau auf ihn zielen.

Aber offenbar hatte der Bär auch schon die Nähe seines Todfeindes, des Menschen, gewittert. Denn er stand nicht mehr auf dem Löwen, sondern etliche Schritte weiter ab von der Felswand. Dort hatte er sich hoch aufgerichtet und schnüffelte und windete hinauf nach den oben lauernden Männern. So hatten sie ihn gesehen, und wenn er bei dem folgenden Blitz noch so stand, bot er ihren Wurfspießen und Pfeilen seine ganze kolossale Größe und seine günstigste Seite als Zielscheibe dar.

Das wußten alle. Es folgten zwei lange, bange Minuten der Finsternis. War das Gewitter vorüber? Kam kein Blitz mehr ihnen zu Hilfe? Hatte der Bär indes eine andere, weniger schußgerechte Stellung eingenommen oder gar, wie er meist pflegte, vor den Menschen die Flucht ergriffen?

Endlich zuckte ein zweiter Blitz, und nieder sausten in einem Augenblick die Wurfspieße und Pfeile in den Abgrund. Ein fürchterliches Gebrüll, das Wald und Felsen erdröhnen machte, war die Antwort aus der Tiefe.

8

Der Höhlenbär

So wenig Lust und Mut zur Jagd auf den furchtbaren Höhlenlöwen die Männer mit Ausnahme Ruls und Repos bewiesen hatten, so leidenschaftlich war ihr Eifer, seit es sich um die Jagd auf einen Höhlenbären handelte. Denn der Höhlenbär, fast mehr noch als das Renntier und das Pferd, war das eigentliche Jagdtier jener Zeit.

Wohl zwei Dritteile der Knochen, die in den Höhlen Mitteleuropas im Lehm eingebettet gefunden werden, und die sich teilweise als Reste der Mahlzeiten jener Ureuropäer ausweisen, stammen von diesem mächtigen Bären. Aus den Skeletteilen kann man ganz sicher berechnen, daß er bis zu zehn Fuß lang wurde, also bedeutend länger als die größten Eisbären und der kalifornische Grislybär. Seine Schulterhöhe aber betrug nicht ganz fünf Fuß, bei dem Grislybären sechs Fuß bei neun Fuß Länge. Unser Höhlenbär erschien also, wenn er auf allen Vieren ging, ziemlich niedrig, aber außerordentlich lang. Wenn er sich aufrichtete, konnte er mit der Schnauze eine Höhe von etwa zwölf Fuß erreichen.

Man denke sich nun diesen Koloß aufrecht zum Angriff heranschreitend, ihm gegenüber den nur halb so großen Höhlenmenschen

– denn dieser übertraf den heutigen Europäer nicht an Größe –, nur bewaffnet mit einem hölzernen Speer mit Knochenspitze und einer nicht einmal sehr schweren Feuersteinaxt oder Holzkeule. Ein einziger Tatzenhieb jenes Ungetüms mußte den Menschen tot niederstrecken.

Dennoch freuten sich alle auf diese Jagd. Denn sie kannten die Natur des Bären so gut, wußten seine Angriffsweise, seine Schwerfälligkeit zumal im Umwenden, überhaupt sein träges, langsames Wesen so listig auszunutzen, daß sie sich ihm gegenüber stets im voraus ziemlich sicher als Sieger fühlten.

Dazu kam die Aussicht auf das leckere Mahl und auf die reichen Fleischvorräte, die sie für Weib und Kind mit nach Hause nehmen konnten, während sie vom Löwen, wohl aus Aberglauben, nichts aßen.

Auch war dieser Höhlenbär trotz seiner furchtbaren Größe und Stärke, solange er nicht angegriffen wurde, kein so schreckliches Raubtier, wie die größten unserer heutigen Bärenarten, besonders der Eisbär und der Grislybär, es sind. War er aber einmal verwundet, so kannte seine Wut keine Grenzen. Dann ging er ohne Besinnen aufrecht auf den Jäger los und schlug ihn mit den Pratzen nieder oder erdrückte ihn mit den Armen. Dabei kletterte er so gut oder besser als der Mensch und holte ihn auch im Lauf, wenigstens bergauf, leicht ein.

Wo aber die Menschen ihn unbehelligt ließen, ging er ihnen regelmäßig aus dem Weg.

In der Tat weisen seine stumpfen, warzigen Zähne und seine kurzen Krallen sowie sein plumper Körperbau darauf hin, daß er mehr von Baumknospen, jungem Laub und sogar von Gras, Waldbeeren, Pilzen, wohl auch von Schnecken, besonders den großen Nachtschnekken, sich nährte, die auf allen Kalkgebirgen häufig sind, denen ja auch unser deutscher Dachs, bekanntlich ein Bär im kleinen, so eifrig nachgeht.

Vor allem aber war er ein großer Aasjäger. Zu diesem Zweck beging er Tag und Nacht in aller Muße sein weites Urwaldrevier, wo es an verendeten Tieren, großen und kleinen, selten mangelte, sofern keine Menschen in der Nähe wohnten. Sein Geruchssinn war so scharf, daß er die Beute überall leicht aufstöberte. Selbstverständlich behauptete er gegen die anderen Aasjäger jener Zeit, Hyänen, Wölfe, Füchse und Raben, sein strenges Vorrecht. Erst wenn er, der »Vater des Waldes«, sich gesättigt hatte, durften sie sich nahen.

Hin und wieder bestieg er auch einen starken Baum, um Honig und Vogeleier zu holen, auch Vogeljunge, wahre Leckerbissen für alle Bären wie für die ihnen nahestehenden Affen.

Doch zurück zu Rul und seinen Leuten!

Das Gewitter war vorüber. Kein Blitz erleuchtete mehr die tiefe Finsternis. Rul hieß Feuer anmachen. Es war etwa Mitternacht. Allmählich verzogen sich die Wolken, und die freundlichen Sterne zeigten sich wieder am Himmel.

Daß der Bär getroffen, war klar, aber ob tödlich, oder ob er nur verwundet sich noch fortgeschleppt hatte und ihnen verlorengegangen war, das blieb eine bange Frage für sie.

Welchen Wert hätte für jenes Jägervolk der Hund gehabt! Aber dieses treueste Haustier kannten sie noch nicht, wie sie überhaupt keine Haustiere hatten. Sie waren ganz auf ihre eigene Spürkraft angewiesen. Dafür waren aber ihre Sinne, Auge, Ohr, Geruch, ihre Beobachtungsgabe durch den beständigen Aufenthalt im Freien und durch tägliche Übung so geschärft, daß es uns Häusermenschen schwer wird, uns eine richtige Vorstellung davon zu machen.

Horchend saßen Rul und sein Sohn auf dem Felsen, während die anderen wieder zu ihrer Arbeit am Baumstamm zurückgekehrt waren. Durch das Rauschen des nahen Wasserfalls hörte Rul deutlich ein Knistern im Laub und das Brechen dünner, dürrer Zweige. Dies konnte freilich auch von einer Hyäne herrühren. Jetzt vernahm er ein dumpfes Geräusch, wie wenn ein schwerer, weicher Körper rutscht oder sich reibt, sogar ein tiefes, langes Stöhnen glaubte er zu hören. War das etwa der letzte Atemzug des Bären? Das vermutete Rul um so mehr, als der Bär nur bei der ersten Verwundung laut aufgebrüllt hatte.

Endlich verschaffte ihm sein scharfer Geruchsinn die Gewißheit, daß der Bär noch unten sei. Der allen Bärenjägern wohlbekannte eigentümliche Geruch drang zu ihm herauf. Freudig sprang Rul auf und rief: »Rulaman, wir haben ihn noch. Bald muß der Mond aufgehen. Dann werden wir hinuntersteigen.« Freilich, der Knabe hatte die ganze Zeit über mehr an seinen Wolf als an den Bären gedacht.

Indes war der Baumstamm an den Rand des Felsens geschafft worden, mit dem dicken Ende voran, bereit zum Hinablassen.

Da ertönte von oben, von der Waldblöße her, ein heller Pfiff, dann ein zweiter, dritter, vierter, fünfter, die vier letzten schnell hintereinander. »Das sind der Angekko und die Huhkamänner«, sagte Repo, der dies Zeichen, gleichsam als Losungswort, dem abgesandten Boten angegeben hatte. Solche Zeichen waren bei den Aimats gebräuchlich, wurden aber, damit sie nicht etwa von Feinden nachgeahmt werden konnten, für jeden einzelnen Fall geändert.

Man schickte ihnen einen der Burschen entgegen und lud sie ein, herunterzukommen. Jetzt erst erfuhr Rul zu seinem Ärger, daß man seinetwegen zum Angekko gesandt und um Hilfe für die Jagd gebeten hatte.

Obgleich der Tulka- und der Huhkastamm von alters her in guter Freundschaft lebten, so war doch dem geraden, ehrlichen Rul der schlaue Angekko im Innern zuwider. Er durchschaute den alten Uhu, wie er ihn nannte, wohl und hatte wenig Glauben an seine Zauberkräfte. Daher hielten sich auch die Tulkabewohner in Krankheitsfällen lieber an ihre erfahrene alte Parre. Aus Klugheit aber, die auch bei diesem Naturvolk schon eine Rolle spielte, vielleicht auch, weil der Angekko fast doppelt so alt war als er, begegnete Rul ihm doch immer freundlich und mit Achtung.

Langsam kamen die Leute näher, die Bachschlucht herunter. Voran der Tulkabote, einen brennenden Kienspan in der Hand, dann der Angekko in höchst merkwürdigem Aufzug, mit einem Gefolge von acht Männern. Feierlich, in langem, weißem Wolfspelz, trat er heran; hinter ihm mit dem Uhu ein Mann, der ihm auch ein schön gearbeitetes Steinbeil und einen Speer nachtrug. Der Angekko selbst hielt in der Rechten einen langen polierten, rot und schwarz gefärbten Stab, mit einer beinernen Spitze an dem einen und einem abgerundeten Griff aus Renntiergeweih am anderen Ende. In der Linken trug er einen gleichfalls feingeglätteten, aber nur fußlangen Geweihzinken, den er wie ein Zepter hielt. Um seinen Hals hing wohl ein Dutzend Ketten von Tierzähnen, die seine ganze Brust bedeckten. Auf dem Kopf ragte ein kegelförmiger Helm aus Leder hoch empor. Er war rot bemalt mit verschiedenen schwarzen Linien und Figuren, unten mit einem schönen, breiten Marderpelz verbrämt und mit einem Riemen unter dem Kinn festgebunden. Sein Renntierrock war ein ausgesucht schöner, unten und am Hals, wie der Helm, mit Marderpelz eingefaßt. Um seine Hüften trug er einen breiten Ledergurt, über und über mit den Unterkiefern des Kuders (Wildkatze) behangen, dessen feine, scharfe Eckzähne wie Perlen glänzten. Die Unterkiefer von dem sonst verachteten Tier wurden sorgfältig gesammelt; sie galten als Zaubermittel. Wenn der Angekko ging, rasselten sie zusammen und machten ein unheimliches Geräusch wie die Schwanzklappern einer Klapperschlange. Unten am Gürtel hingen viele kleine Beutelchen aus Leder, in denen er seine Arzneimittel bei sich trug.

Er war von kleiner Statur, wohl einen Kopf kleiner als die übrigen Männer. Aber der hohe Helm verlieh ihm eine die anderen sogar etwas überragende Höhe.

Lange, weiße Haare, denn der Mann war alt, fielen auf den Nacken und die Schultern herab. Auch war ihm das Gehen offenbar etwas schwer. Daher beteiligte er sich an der Jagd und an Kriegszügen schon seit langem nicht mehr und trat seine Häuptlingswürde für diese Fälle einem jüngeren Mann ab. Aber noch vollkommen aufrecht und mit Würde schritt er jetzt einher, und Rul mußte es, nach des Zaubervaters Meinung, wohl für eine große Gnade halten, daß er seinetwillen diesen weiten Weg bei Nacht zurückgelegt hatte.

Mit tiefer Ehrfurcht begrüßten ihn die Tulkamänner. Sie knieten vor ihm nieder und legten dabei als Zeichen der Untertänigkeit die linke Hand auf ihren Kopf. Er murmelte den Leuten etwas wie einen Gruß zu, wobei er mit dem Stab einen Halbkreis über ihnen in der Luft beschrieb.

Rul stand etwas ferner und nahte sich langsam, seinen Sohn an der Hand. Der Angekko streckte ihm seine Knochenzepter entgegen. Rul ergriff es einen Augenblick und gab es ihm dann zurück. Das war die Begrüßungsform und zugleich eine Freundschaftsversicherung der Häuptlinge. Offenbar aber war jener erstaunt und etwas verblüfft, daß Rul scheinbar so gesund einherschritt. Er fragte ihn nach der Wunde; Rul deutete auf seine Brust. Der Angekko hieß ihn sich niederlegen, öffnete den Verband und untersuchte lange und ernsthaft die Wunde. Er legte sein Ohr an Ruls Brust, um den Herzschlag zu prüfen, und schüttelte bedenklich sein Haupt. Dann nahm er aus einem der Beutelchen an seinem Gürtel ein braunes Pulver, streute es in die Wunde, und, indem er mit seinem Knochenzepter darauf herumstrich, sagte er feierlich: »Wann dreimal die Sonne untergegangen, ist der Schmerz vorbei; wann dreimal der Mond eine Kugel geworden, ist die Wunde heil.«

Während Rul noch am Boden lag, war der Mond aufgegangen. Dies machte ihn sehr unruhig. Doch dachte er dabei nicht an seine Wunde und deren Heilung, sondern nur noch an den Bären.

Sofort eilte er an den Felsrand, aber der Mond schien nicht hinunter in die Tiefe.

Ob es nun die Aufregung des Wundfiebers war oder die Furcht, die Huhkamänner könnten ihm und seinen Leuten zuvorkommen, oder ob er glaubte, daß der Bär schon tot sei, Rul faßte plötzlich den tollkühnen Entschluß, jetzt in der Nacht, trotz seines gelähmten Armes, hinabzusteigen. Sofort gab er Befehl, den Baum über den Abgrund hinunterrutschen zu lassen. Der Baum hatte kaum die nötige Länge, um unten aufzustoßen. Um ein Hin- und Herschwanken zu verhüten, wurde er oben an Seilen von vier Männern festgehalten.

Jetzt ergriff Rul eines der brennenden Holzstücke und gab es Repo in die Hand. Er selbst nahm seine Steinaxt in die Linke, bedeutete Rulaman, bei dem Angekko zu bleiben, und rief: »Wer Lust hat, folge mir!« Er schwang sich über den Abgrund und begann hinunterzusteigen, unmittelbar hinter ihm Repo. Keiner wollte zurückbleiben, und einer nach dem anderen kletterten sie hinab.

Rul war etwa zwei Drittel hinunter, nur noch ungefähr sechzehn Fuß vom Boden, da hieß er Repo die Fackel schwingen, und nun sahen sie den großartigen Erfolg ihrer Jagd.

Der mächtige Burria lag tot, seiner ganzen Länge nach, hart am Felsrand. Offenbar hatte er sich nach seinem furchtbaren Sturz gar nicht mehr gerührt. Der mächtige Bär aber saß etwa zehn Schritte seitwärts auf seinen Hinterpranken. Er lehnte sich an einen dicken, alten, bemoosten Baumstrunk, an dem er vermutlich die Pfeile und Wurfspieße abgerieben hatte. Mit starrem, dummem Blick stierte er die Fackel an. Rul zögerte einen Augenblick; er hatte gehofft, ihn tot zu finden; jetzt sah er, daß das furchtbare Tier nur leicht verwundet war, und durchschaute schnell die gräßliche Gefahr für sich und seine Leute.

»Hinauf! zurück!« schrie er aus Leibeskräften den Männern zu, die über ihm, einer hart hinter dem anderen, den Baumstamm umklammert hielten. Jetzt erst dachte er daran, daß ihm der eine Arm zum Kampfe fehlte, wenn er sich mit dem anderen festhalten mußte.

In der Tat erhob sich der Bär und schritt langsam, offenbar mit Schmerzen, dem Baumstamm zu. Rul sah, daß er den linken Vorderfuß schleppte. Das gab ihm einen Hoffnungsschimmer, denn das Tier konnte nun wenigstens nicht klettern. Jetzt war der Bär unten am Baumstamm angekommen, und sei es, daß die Männer Ruls Befehl

»Hinauf! zurück!« wegen des rauschenden Wasserfalls nicht verstanden hatten oder daß oben ein Hindernis eingetreten war, weder Rul noch Repo konnten von der Stelle, denn unmittelbar über dem Kopf Repos befand sich noch sein Hintermann.

Der Bär richtete sich an dem Stamm auf. Beinahe so hoch wie zwei Männer stand er da und glotzte das Licht an. Seine linke Pratze hing lahm herunter, die rechte aber streckte er hoch empor. Beinahe konnte er Ruls Füße erreichen. Er tastete an dem Baum herum. Die Männer am Baumstamm stießen alle einen Schrei aus, denn der Baum wankte hin und her, fiel aber glücklicherweise nicht um, weil er oben von den Huhkas gehalten wurde.

»Beuge dich herunter und halte mich fest um den Hals!« rief Rul in seiner verzweifelten Lage Repo zu. Gesagt, getan. Rul wurde festgehalten und hatte den linken Arm frei. Da umfaßte der Bär mit seinem rechten Arm den Baum, um ihn herunterzureißen. Schon sauste auch Ruls Steinaxt auf seine Pratze nieder. Brüllend vor Schmerz und Wut stürzte das Tier, das nun ganz hilfslos geworden war, nach der Seite über und riß im Fallen den Baum mit sich hinunter. Der Last des Bären waren die Männer oben nicht gewachsen gewesen und hatten die Seile gehen lassen.

Glücklicherweise rutschte der Baum nur langsam an der Felswand hinab; das große Gewicht des Bären drückte ihn an den Felsen, was ein rasches Fallen unmöglich machte. So kamen die Männer, die noch am Baum hingen, alle wohlbehalten unten an, indem sie, ehe der Baum ganz zur Erde stürzte, hinuntersprangen.

Die beiden Ungetüme lagen jetzt hart beieinander, der Burria tot, der Höhlenbär, der ihm an Größe beinahe nichts nachgab, brüllend und hilflos sich wälzend daneben.

Rul atmete auf und brach unwillkürlich in lauten Siegesjubel aus.

Der kleine Rulaman hatte oben auf dem Felsrand liegend mit klopfendem Herzen alles beobachtet. Mit keinem Laut verriet er seine furchtbare Angst um den Vater. Aber als er dessen Stimme erkannte, zitterte er vor Freude und rief laut hinunter: »Rulaba, Rulaba, lebst du noch?«

»Wir sind alle gesund«, schrie Rul aus der Tiefe hinauf.

»Kann ich nicht hinunterkommen?« rief Rulaman entgegen. Er erhielt keine Antwort. Rul hatte anderes zu tun.

Keiner hatte in den ersten Augenblicken der Freude daran gedacht, dem stöhnenden Bären vollends den Todesstreich zu geben. Als Repo die Fackel, die nur noch einen dunklen Schein verbreitete, durch Schwingen wieder zum Aufflammen brachte, sahen sie zu ihrem Schrecken das Tier aufrecht auf dem Löwen sitzen. Mit wenigen Sätzen sprang Rul auf den Löwen und hieb dem Raubtier mit ganzer Kraft sein Steinbeil von der Seite in die Schläfe.

Mit dumpfem Todesröcheln stürzte der Bär über den toten Löwen hin.

9

Die Beute

Da die Mehrzahl der Männer nach Ruls Ruf »Zurück!« wieder hinaufgeklettert war, hatte es sich so getroffen, daß nur Tulkamänner, die ihrem Häuptling zuerst gefolgt waren, mit dem stürzenden Baum hinunterkamen. Alle Huhkas waren oben. Dies freute Rul und die Seinigen nicht wenig. Nun war kein Zweifel, daß wenn auch nicht alles Fleisch, so doch die Siegesdenkzeichen, nämlich die Köpfe und die Felle der beiden Raubtiere, in die Tulka kamen, da sie allein die Beute erlegt hatten.

Nunmehr wurde ein mächtiges Feuer angemacht, das die ganze Schlucht weit herum fast taghell erleuchtete.

Zunächst schnitten sie dem Bären die vier Tatzen herunter, zogen den Pelz davon und rösteten die Leckerbissen am Feuer. Rul hatte seit dem vorigen Morgen nichts genossen, aber der köstliche Braten wollte ihm nicht munden ohne seinen wackeren Jungen.

»Rulaman!« rief er hinauf, »sage den Freunden, sie sollen dich an Seilen herunterlassen.«

Nicht lange und der Knabe schwebte über dem Abgrund an einem Tau, das die Huhkamänner oben festhielten, und an dem er langsam herunterrutschte.

»Halte dich mit deinem Beil vom Felsen ab«, rief Rul hinauf, »sonst schneiden die scharfen Kanten das Seil entzwei.«

Hoch oben auf dem Löwen stand der Vater. Mit ausgestrecktem Arm empfing er den schwebenden Knaben und setzte ihn, wie auf einen Hochsitz, auf den weichen, noch warmen Pelz des Bären nieder. Der Junge schauderte einen Augenblick, dann aber blickte er stolz um sich und ließ sich ein Stück Bärentatze, das man ihm hinaufreichte, trefflich schmecken.

Ernst redete Rul ihn an: »Rulaman, das ist der Mörder deines Ahns. Du bist gerächt, Vater! Endlich, endlich darf uns die alte Parre nicht mehr schmähen. O, wie würde sie jauchzen, wenn sie jetzt hier sein könnte! Schade, daß es die Zeit des grünen Laubes ist. Wäre es die Zeit der kurzen Tage, so würden wir den ganzen Burria auf Schlitten nach Hause schaffen, und wenn wir drei Tage bräuchten!«

Wie konnte Rul mit solcher Sicherheit gerade diesen Löwen als den bezeichnen, der vor mehr als dreißig Jahren seinen Vater zerrissen hatte? Und doch war es ohne Zweifel so. Der alte männliche Löwe hat immer sein ganz bestimmtes Jagdrevier; es erstreckt sich meilenweit, und er duldet keinen anderen darin. So war auch jener Burria wohlbekannt und weithin gefürchtet. Schon seit Jahrzehnten lebte er hier, allein, ohne Weibchen, der letzte seines Stammes in dieser Gegend.

Nach beendigtem Mahl kam eine schwere Arbeit, das Zerlegen der Tiere. Beide waren Riesen ihrer Art. Der Löwe maß, ausgestreckt wie er dalag, von der Schnauzenspitze bis zur Schwanzwurzel beinah zwei Mannslängen. Der Bär kam ihm an Länge nahezu gleich, während er ihn vermöge seiner plumpen, breiten Gestalt an Körpermasse und Gewicht noch übertraf.

Sehr eigentümlich war das Fell des Burria, ganz abweichend von dem unserer heutigen großen Katzen, des Löwen, des Tigers, des Panthers und des Jaguars.

Schon die Farbe war eine ganz andere.

Wie eine genauere Beobachtung immer mehr zeigt, stimmen die Farben der meisten wilden Tiere trefflich zu ihrer Umgebung. Nur so können sie ihre Beute überraschen. Deshalb ist der Bär des Nordens weiß wie Schnee und Eis, auf denen er dem Seehund auflauert. Der Löwe in Afrika ist gelblich wie der Wüstensand der Sahara, auf dem er die Antilope anschleicht. Der bengalische Tiger ist gelb mit senkrechten schwarzen Streifen. Er lauert im Dschungelgebüsch der großen asiatischen Flüsse auf die zur Tränke kommenden Antilopen, Hirsche und Büffel. Dem dort herrschenden gelblichen Halbdunkel entspricht die gelbe Grundfarbe seines Fells, und die senkrechten Streifen ahmen die aufrecht stehenden Rohre nach. Von dem buntgefleckten Panther wissen wir, daß man dieses kühne Raubtier an einem Felsen oder auf einem Baum in Abessinien schon in geringer Entfernung kaum zu sehen vermag, so genau stimmt sein gelbes, schwarzgeflecktes Fell zu den mannigfaltigen Farben, den Licht- und Schattenwirkungen der Blätter und Blumen und überhaupt der Pflanzenwelt, die ihn umgibt. Ähnlich ist es bei dem Jaguar in Brasilien.

So mußte auch die Farbe unseres deutschen Höhlenlöwen seiner Umgebung entsprechen, dem düsteren Waldesdunkel, in dem er sich gewöhnlich aufhielt, und den gelbgrauen Tönen der Heidefläche des deutschen Hochgebirges, wenn er im Freien jagte. Sie war ein Gemisch aus Gelb, Braun und Schwarz, am ähnlichsten wohl der Farbe des Wolfes.

Sein Pelz war nicht glatt, kurzhaarig, glänzend, wie der des Löwen, des Tigers und der meisten Tropentiere, sondern dick, kraus, wollig und warm für den langen deutschen Winter. Daher wurde das Fell hoch geschätzt bei den Aimats, um so höher, weil das Tier sehr selten geworden war und noch seltener ein Angriff auf es gewagt wurde. Eine eigentliche Mähne von welligen, fließenden Haaren, wie der heutige Löwe, hatte der Höhlenlöwe nicht, wohl aber war vermutlich der wollige Pelz, wie bei dem deutschen Wisent und dem nordamerikanischen Bison, auf Kopf, Hals und Schultern von außerordentlicher

Länge und Dicke, so daß die Gesamtfigur, die viel bedeutendere Größe ausgenommen, dennoch unserem heutigen Löwen nicht unähnlich war.

Vor allem geschätzt als höchster Schmuck des Mannes waren die furchtbaren Eckzähne dieses Raubtiers sowie seine mächtigen Krallen. Beide waren fast doppelt so lang wie die des heutigen Löwen.

Wenn wir bedenken, daß der heute lebende, etwa sieben bis acht Fuß lange Berberlöwe mit einem halberwachsenen Rind im Maul noch über den fünf Fuß hohen Dornenzaun des Negerkraals springt, wie groß muß dann die Stärke des deutschen Höhlenlöwen gewesen sein!

Es war ein schweres Stück Arbeit, das große Tier zum Abhäuten auf den Rücken zu legen, die vier Beine in die Höhe zu richten, auseinander zu ziehen und festzuhalten. Letzteres geschah mit Seilen, die man an schwere Steine, oder was immer in der Nähe war, festband. Nunmehr wurde erst der Längsschnitt über Hals, Brust und Bauch geführt, dann vier Schnitte in die Quere, je einer von der Mittellinie an der Innenseite jedes Fußes entlang bis zu den Pratzen. Um die Schnitte durch ein solches Fell mit einem Feuersteinmesser zu führen, dazu gehörte freilich die fast tägliche Übung dieser Leute im Abhäuten von Wild. Nachdem die Schnitte gemacht worden waren, konnten leicht vier Männer zugleich weiterarbeiten.

Auch beim eigentlichen Abziehen benutzten die Aimats zunächst das Feuersteinmesser; dann aber, wenn sie einen Lappen fassen konnten, ein anderes eigentümliches Werkzeug, ein unten und oben abgerundetes Stück Renntiergeweih; mit ihm und der Faust drückten sie das Zellgewebe zwischen dem Fell und den Muskeln durch und machten so große Stücke der Haut auf einmal frei. Wo dies nicht weiter ging, half das Feuersteinmesser wieder nach.

In weniger als einer Stunde war der Löwe abgetan. Auffallend war bei dieser Arbeit das lustige, übermütige Geplauder der Männer, womit sie den toten Löwen, vor dem sie, solange er lebte, entsetzliche Furcht gehabt hatten, verhöhnten.

Der ganze Kopf, die vier Pratzen und der buschige Schwanz blieben am Fell. Und in der Tat, ein wahres Prachtstück war dies, wert, nicht nur die armselige Wohnung des Höhlenmenschen, sondern einen Fürstensaal zu schmücken. Der abgezogene Körper wurde liegen gelassen. So sehr sich die Aimats sonst alle Teile des Wildes bis auf die Knochen hinaus zu Nutzen machten, berührten sie doch das Fleisch des Höhlenlöwen nicht; es herrschte der Aberglaube unter ihnen, daß die Seelen der Vatermörder nach ihrem Tod in diesen mordgierigen Katzen wohnen müßten. Auch mögen sie Abscheu gehabt haben vor dem Fleisch eines Tieres, das so viele Menschen gefressen hatte.

Während die Leute sich an den Bären machten, um an ihm dieselbe Arbeit zu tun, trat Rul nochmals zu dem Körper des Löwen und untersuchte genauer die Wunden. Leicht fand er die von den vier Wurfspießen, die das Tier anfangs getroffen. Es waren alles nur Fleischwunden, zwei auf der Seite zwischen den Rippen, eine in der Schultergegend und die vierte in dem mächtigen Nackenmuskel. Diese Wunden hatten nur schwach geblutet. Dagegen hatte die Pfeilwunde eine furchtbare Wirkung gehabt. Der ganze Hals war schwarzrot mit Blut unterlaufen. Der Pfeil war hart am Leib abgebrochen, vielleicht erst bei dem Sturz des Tieres in den Abgrund hinunter. Fast die ganze Hälfte, ein zwei Fuß langes Stück, steckte noch im Leib und konnte von Rul nur mit Anstrengung herausgezogen werden. Der Pfeil war gerade von vorn in den unteren Teil des Halses eingedrungen und hatte sich, weil er vom Baum herabgeschossen war, tief in die Brusthöhle und in die Lungen des Tieres eingebohrt; daher war auch sein Rachen voll Blut.

Das alles zeigte Rul seinem Sohn, der wißbegierig dabeistand und alles aufs aufmerksamste verfolgte. »Unsere vier Wurfspieße«, sagte er zu ihm, »haben den Burria nur gekitzelt. Repos Pfeil allein hat ihm den Tod gebracht. Auch deine Beilhiebe, Rulaman, haben keine Spur am Kopf zurückgelassen. Den Burria hast du nicht getötet, aber deinem Vater hast du das Leben gerettet.« Mit leuchtenden Augen hörte der Knabe zu, ohne ein Wort zu erwidern.

Dann brachte Rul seinem Bruder Repo, der das Abbalgen des Bären leitete, die blutige, abgebrochene Pfeilspitze und sagte laut, damit es alle hören sollten: »So tief steckte dein Pfeil in der Brust des Burria; dir gehören seine Zähne.« Repo brach das Stück Holz ab und bewahrte sorgfältig die beinerne Pfeilspitze. Denn eine Waffe, mit der man besonderes Jagdglück gehabt hatte, galt auch fernerhin fast für unfehlbar, wurde daher sehr hoch geschätzt und auf Kind und Kindeskind vererbt.

Die Tulkamänner hatten die Abhäutung und die vollständige Zerlegung des Bären in vier mächtige Stücke, zwei Vorder- und zwei Hinterhälften, vollendet und sich eben daran gemacht, einen Teil der Eingeweide, Herz, Leber und Magen, zu braten, als von der linken Seite, vom Wald her, endlich die Huhkamänner mit dem Angekko erschienen.

Natürlich hatte es den Alten nicht wenig verdrossen, daß er mit seinen Leuten bei dem wichtigen Geschäft des Abhäutens und Zerteilens nicht zugegen sein konnte. Er fürchtete, jetzt bei der Verteilung der Beute zu kurz zu kommen. Er war ein Feinschmecker und liebte die fetten Bärentatzen über alles. Diesmal war ihm nur der Duft derselben von unten herauf in die Nase gestiegen, und deutlich konnte er von oben herab die anderen schmausen sehen. Seine Leute hatten ihm vorgeschlagen, ein Seil oben an einem Fels zu befestigen und sich alle, einer nach dem anderen, hinabzulassen. Davon wollte der Angekko, der sehr viel auf sein Leben hielt, nichts hören. Auch schien es ihm, dem großen Zauberer, unwürdig, an einem Seil in der Luft zu schweben. So mußten die Huhkamänner mit ihm einen weiten Umweg nach der linken Seite zu einschlagen, und dies war die Ursache, daß sie so spät erst unten auf dem Schauplatz erschienen, glücklicherweise aber noch zeitig genug, um an dem eigentlichen Bärenschmaus teilzunehmen, der jetzt beginnen sollte.

Rul breitete das Bärenfell auf dem Boden aus und forderte den Angekko auf, Platz zu nehmen. Hinter ihn setzte sich sein Mann mit dem Uhu, Rul ihm gegenüber und Rulaman zwischen beiden.

Lange dauerte wieder der Schmaus, und aufs freundschaftlichste bewirteten die Tulkamänner ihre Nachbarn mit dem köstlichen Braten.

Das erste Stück vom Herzen gebührte natürlich dem Angekko. Dieser hinwiederum gab den ersten Bissen seinem Uhu, den er jetzt auf seine Schulter genommen hatte und an dessen ernsthaften Mienen und Uhurufen sich Rulaman ergötzte. Der Vogel mußte sehr hungrig sein, denn hastig griff er nach dem Stück, sträubte nach Eulenart die Federn und breitete seine mächtigen Schwingen nach vorn über seine Beute. Dabei schlug er unglücklicherweise dem Angekko den Helm vom Kopf. Darüber lachte Rulaman. Der Angekko machte ein bitterböses Gesicht und wollte den Vogel von seiner Schulter herunterschütteln. Aber je mehr er schüttelte, um so fester krallte sich der Uhu ein. Jetzt konnte selbst Rul kaum mehr des Lachens sich enthalten, griff rasch den Vogel bei den Ständern und setzte ihn auf Rulamans Schoß, der ihn durch Streicheln und Krauen im Nacken bald zur Ruhe brachte. Der Angekko konnte lange seine Fassung nicht wiederfinden. Er war und blieb von nun an verstimmt. Alles sollte ihm, dem großen Zaubermeister, heute mißglücken. Er beschloß fest, seine Höhle nicht so bald wieder zu verlassen.

Noch ernster wurde er, als ihm Rul von der Ankunft der weißen Kalats am Twobasee und von ihren Hütten erzählte. Rul plante nämlich einen förmlichen Vertilgungskrieg gegen die weißen Eindringlinge und forderte den Angekko auf, seinen Einfluß, der ihm als Zauberarzt weit und breit bei den Aimats zu Gebot stand, geltend zu machen, um diese alle unter sich zu versöhnen in gemeinschaftlicher Sache gegen die Weißen. Der Angekko antwortete ausweichend, riet abzuwarten, jedenfalls zuerst, wenn auch nur scheinbar, den Weißen freundlich zu begegnen. Vor allem müsse er seinen Gott befragen.

Rulaman hatte indessen bei aller Freude, die er genossen, eine schwere Sorge auf dem Herzen. Wo war sein Wolf? Er war verschwunden, lange ehe sie in die Schlucht heruntergekommen. Der Vater tröstete ihn, der Wolf wisse den Weg zur Tulkahöhle wohl und sei vielleicht schon zu Hause.

Endlich wurde aufgebrochen, als der Morgen tagte.

An vier dicken, mehr als mannslangen Fichtenstangen, die man nebenan im Walde gehauen hatte, wurden die großen Bärenviertel aufgehangen, jede Stange mit einem Viertel von zwei Männern, einem vorn und einem hinten, getragen. Ebenso bildeten die zwei zusammengeschnürten Tierfelle je eine Tracht für zwei Männer. Zwölf Leute wurden auf diese Art beladen und im Tragen von allen abgewechselt. Nur der Häuptling mit Rulaman und der Angekko mit dem Uhuträger waren ausgenommen.

Ein Bärenviertel bestimmte Rul für den Angekko und die Huhkaleute. Alles übrige sollten die Tulkamänner wie billig für sich behalten.

Schwerbeladen ging der Zug der Heimat zu. Rul mit seinem Sohn voran, dann die Leute und zum Schluß der Angekko mit dem Uhu.

Zunächst zog sich der Pfad durch einen dichten Tannenwald allmählich abwärts, dann an steilen Felswänden und über Steingeröllrutschen vollends hinunter. Langsam, aber sicheren Trittes, ohne eine Spur von Schwindel, hatten die schwer tragenden Männer auch diesen gefährlichsten Teil des Weges glücklich zurückgelegt, als ein prächtiges, wildes, von der Sonne beleuchtetes Felsental sich vor ihnen öffnete.

Freilich, für die Romantik der Natur hatte jenes Volk weder Sinn noch Zeit. Wir dürfen sie darum nicht geringer schätzen; denn die Sorge und harte Arbeit um die tägliche Nahrung, wie sie ihnen oblag, würde wohl auch bald in jedem von uns den Sinn für solche Betrachtungen ersticken.

Nun ging es an einem vielfach versumpften Bach, streckenweise auch durch denselben, aufwärts bis zu dessen Quelle. Diese lag in einem düsteren Waldesgrund, ein stiller, breiter Wasserkessel von unendlicher Tiefe, rings vom steilen Waldgebirge eingeschlossen und am Rand von mächtigen, alten, dunkelgrünen Eibenbäumen beschattet. Das immer kalte Wasser hatte eine düstere, schwarzblaue Farbe. Walbasee, See des Lebens, hieß dieser geheimnisvolle Teich bei den Aimats. Hier, so glaubten sie, war der Eingang in die große schöne, unterirdische Höhle, wo die Seelen der abgeschiedenen guten Menschen in ungetrübten Freuden und Genüssen unter einem großen Häuptling ewig lebten, während die der bösen in unheimlichen Nachttieren, in Eulen und Fledermäusen, ruhelos auf der Erde wandern und die Menschen schrecken mußten.

Rul machte Halt. Alle entluden sich schnell ihrer Bürde, und wie die Tiere des Waldes tranken die erschöpften, schweißtriefenden Männer mit wahrer Lust aus der kalten Flut, Rulaman voran, ohne daß ihn der sorgsame Vater abhielt. So nah stand der damalige Mensch noch der Natur, daß ihm die unmittelbare Befriedigung der natürlichen Triebe, die uns Krankheit und Tod bringen würde, nicht mehr schadete, als wenn der gehetzte Hirsch sich in einen See stürzt, um seinen Durst zu löschen und sein siedendes Blut zu kühlen.

Wie Fischottern schwammen und tauchten die Aimats in dem erfrischenden Wasser herum, setzten sich ans Ufer, um sich zu sonnen, jagten wie Kinder, ohne an die überstandenen und kommenden Strapazen zu denken, am Rande herum, auf die Bäume hinauf und wieder ins Wasser; Rulaman, den alle liebten, immer den anderen voraus.

Jetzt wurde Feuer gemacht, ein gutes Stück Bärenfleisch verzehrt, und weiter ging es frohen Mutes der Heimat zu.

Durch eine lang sich hinwindende Schlucht führte der Weg bergan. Die Schlucht war jetzt trocken, aber viel Steingeröll und Felsblöcke zeigten, daß hier im Frühjahr und bei anhaltendem Regen ein wilder Gießbach hinunterstürzte. Als sie oben auf der Höhe angekommen waren, erfrischte sie der kühle Albwind. Stundenlang wanderten sie am Rande des Gebirges und des Waldes hin. Ein Trupp wilder Pferde zeigte sich in weiter Ferne auf der Ebene, aber man dachte jetzt an keine Jagd mehr.

Doch wurde noch ein erfreulicher Fund gemacht. Ganz am Ende der öden Fläche, als sie eben wieder in den Wald einbiegen wollten, fanden sie unter einer breiten, einzelstehenden Eibe ein totes Renntier. Es hatte schon mehrere Tage gelegen, war bereits in Verwesung übergegangen und Fleisch und Fell waren unbrauchbar. Dagegen war das herrliche Geweih immer noch von großem Wert für sie. Durch wenige geschickte Steinbeilhiebe wurde es mit dem obersten Teil der Schädelkapsel abgeschlagen. Dabei fand sich eine tiefe, klaffende Wunde im Nacken des Tieres.

»Das hat ein Albos getan oder ein Giedk«, meinte der Mann, der das Geweih abhieb; »er ist von der Eibe auf den guten Kadde heruntergesprungen und hat ihm den Hals abgebissen.«

Nun lenkte man in den Wald hinein und eine Zeitlang abwärts dem Tal zu. Hier wurde der Pfad auffallend eben und schön. Er zog sich fast in gerader Linie, auf halber Höhe des Gebirges, an dessen Südseite über dem Armital hin.

»Das ist ein guter Weg«, sagte Rulaman; »warum sind nicht alle unsere Wege so gut?«

»Es ist ein alter Numbagang«, antwortete Rul. »Sie haben die schönsten Wege gehabt. Du kennst ja die Rede: Eben und glatt wie ein Numbapfad.«

»Ich habe nie ein Numba gesehen«, sagte Rulaman.

Und Rul erzählte: »Das war das letzte in unserer Nähe, das diesen Weg getreten hat. Wohl fünfzig Jahre lang ist es täglich hier gewandelt. Jedermann kannte und fürchtete es. Niemand wagte sich in seine Nähe. Es war ein böses altes, schlaues Tier, das in keine Schlinge und Falle ging. Eines Tages aber wurde es von meinem Vater in einem Schilfsumpf hier im Tal tot gefunden. Einige seiner

Zähne hat die alte Parre noch unter ihren geheimen Schätzen. Ich war ein Knabe, als der Vater den mächtigen Kopf nach Hause brachte. Zwei ungeheure Hörner saßen auf dessen Nase. Das vordere war fast so hoch wie ich selbst damals. Zwei Männer trugen den Kopf, zwei die Haut; aber diese konnte man zu nichts gebrauchen. Sie ließ sich nicht schneiden. Auch das Fleisch war hart und schlecht. Nur die alte Parre fand es gut. Aus einigen Fetzen der Haut kochte sie einen weichen, durchsichtigen Brei und aß ihn als Leckerbissen. Aus den Hörnern schabte sie das Pulver, womit sie das Blut stillt.

Du weißt, sie liebt diese alten Tiere, die noch in ihrer Jugend häufig waren und jetzt bald nicht mehr sein werden, besonders die Numbas und die mächtigen Twobas (Mammuts), die Riesen der Erde.«

»Hast du nie Twobas gejagt?« fragte Rulaman.

»Auch Twobas gab es früher im Armitale«, erwiderte Rul. »Sie kämpften oft mit den Numbas, und dabei brüllten die Ungetüme fürchterlich. Nachher haben die Nallis, die Vettern unserer alten Parre, sie ausgerottet. Sie haben die Haut und die Hörner an Händler verkauft. Die Händler haben sie den weißen Kalats gebracht, die nach Sonnenaufgang am Langen Fluß wohnen. Dort fertigen sie schöne Dinge daraus an, die wir nicht machen können, besonders aus den großen, langen Zähnen der Twobas.«

»Aber wie konnten denn die Nallis die großen Numbas und Twobas erlegen?«

Rul antwortete: »Sie haben bei Tag, während das Numba unten im Tal im Sumpf lag, eine tiefe Grube gegraben auf seinem Pfad und sie listig mit Zweigen zugedeckt. Sie wußten wohl, daß das Numba keinen Zweig, keinen Stein, nichts auf seinem Pfad duldet. Dann lauerten sie in der Nähe. Wenn nun das Numba grunzend seines Weges kam, so schrien sie und reizten es. In seiner Wut stürzte es auf die Zweige in seinem Wege los und auf die Männer, die jenseits der Grube standen, und fiel in diese hinunter. Aber da hat es oft lange gedauert, bis sie es töten konnten. Die Haut war so dick, daß kein

Die Nallis erlegen ein Twoba

Wurfspieß durchging. Oft haben sie es verhungern lassen, und es war schauerlich, wie die Tiere Tag und Nacht brüllten.«

»Aber die Twobas?« fragte Rulaman dazwischen.

»Mit den fuchshaarigen Twobas ging es nicht leicht. Sie sind schlaue, vorsichtige Tiere und untersuchen genau den Weg, ehe sie den Fuß darauf setzen. Doch wußten die Nallis auch diese in Gruben zu locken, wenn es ihnen zufällig gelang, eines ihrer Jungen, solange es den Eltern noch nicht überallhin folgen konnte, zu erhaschen. Dann setzten sie dieses in die tiefe, mit Gezweig und Erde überdeckte Grube, und die Elternliebe trug stets bald den Sieg davon über die gewohnte Vorsicht. Das winselnde Junge zog die Alten herbei, und in der Hast, ihm zu Hilfe zu kommen, stürzten sie hinein. Unzählige Steinwürfe und Pfeile töteten dann die Alten mit dem Jungen. Meist aber jagten sie die Twobas auf andere Art. Sie legten ihnen Fußschlingen aus starken Riemen auf ihre Pfade, und wenn sich eins am Fuß gefangen hatte, beschossen sie es stundenlang mit Wurfspießen und Pfeilen. Öfters riß sich dann das Tier noch los und rannte in Schmerz und Wut meilenweit dem Wasser zu. Dort sind viele, vom Blutverlust erschöpft, untergesunken und ertrunken. Drunten im Twobasee müssen Haufen ihrer Knochen auf dem Seegrunde liegen. Auch einen schlauen Schlangenmann hatten die Nallis, der manchen Twoba allein erlegte. Er sammelte das Gift von vielen Schlangen und tauchte kleine, feine Dornpfeile darein. Dann lauerte er den Twobas beim Baden auf und schoß ihnen, wenn sie brüllend in wilder Lust das Maul weit öffneten, die schlimmen kleinen Pfeile in den Rachen. Kaum merkte das Tier den feinen Stich. Doch bald schwoll von dem Gift die Zunge und der ganze Rachen an. Das Tier wälzte sich und brüllte grausig in seiner Todesangst und in kurzer Zeit erstickte es elendiglich.«

Noch vieles erzählte der Vater dem Sohn auf dem bequemen Numbapfad: wie es früher viel kälter gewesen im Land und die Winter viel länger bei den Ahnen, und wie diese sich in dicke Wolfspelze gekleidet statt in Renntierfelle.

Dann sprach er von weißen Bären, die früher hier hausten und jetzt ganz ausgestorben waren, daß auch die Renntiere und Pferde immer seltener würden, und wie schwer es schon geworden, Wild genug zur Nahrung zu erlegen.

Weiter erzählte er ihm von den Hütten der weißen Kalats am Twobasee, die sie neulich entdeckt hatten, von deren Booten, gelbglänzenden Messern und Beilen und von ihren merkwürdigen Kleidern; dann von neuen Tieren, die man früher nicht gesehen; von großen Waldrenntieren mit runden, vielästigen Geweihen, die sich da und dort einzeln im Tal des Norgeflusses im Wald zeigten und wütend auf die Renntiere losgingen, wo immer sie sie träfen; von einem kleineren Waldrenntier, schlank, fein, großäugig, aber scheu und flink wie der Wind und von neuen Vögeln in den Gebüschen am Twobasee, die wunderbar schön sängen ganze Nächte hindurch.

Es wurde Abend, als die Männer endlich an der Quelle am Zickzackweg ankamen. Hier verabschiedete sich der Angekko mit den Seinen, nachdem er Rul noch mit Wundpulver versorgt hatte. Rul schenkte ihm das schöne Renntiergeweih und lud ihn ein zum großen Burriafest auf den nächsten Tag.

Der todmüde Angekko lehnte ab, versprach aber zur Verherrlichung des Festes eine Anzahl Männer, Frauen und Kinder herüberzuschicken.

Rulaman war vorausgeeilt und hatte mit jugendlicher Hast der alten Parre von dem großen Jagdglück Kunde gebracht. Nur von dem, was er selbst getan, sagte er nichts.

Die Männer kamen mit dem Fell des Burria. Der mächtige, blutende Kopf hing tief herab. So traten sie vor die alte Parre und legten die Last vor ihr nieder. Kaum sah die Alte die Löwenhaut, da sprang sie auf wie toll und schrie: »Das ist er, das ist er! Du Männermörder hast mir meinen Sohn gemordet!« Sie packte den toten Kopf mit ihren dürren Fingern, schüttelte ihn und schrie und tobte und lachte wie außer sich.

10

Das Burriafest

Wenn ein bengalischer Tiger in Ostindien seinen Wohnort in der Nähe eines Dorfes aufschlägt, so kommt es gar nicht selten vor, daß die Bewohner, nachdem ein Familienglied nach dem anderen von ihm weggeholt worden, in ihrer Verzweiflung Haus und Hof verlassen und sich anderswo ansiedeln. Und doch haben diese Leute, wenn nicht Schießgewehre, so doch treffliche Metallwaffen genug.

In neuerer Zeit wenden sich in solchen Fällen die Inder häufig an die englischen Offiziere, bei denen eine Tigerjagd als das Ideal des »sportsman«, des Jägers, gilt und deren höchster Stolz es ist, das Fell eines selbsterlegten Radja-Utangs, wie ihn die Malaien heißen, mit nach England zu bringen und ihr Arbeitszimmer damit zu schmücken. Zu dieser Erlegung bedarf und benutzt der Jäger die vollkommensten Schußwaffen, zwei, drei der besten Doppelbüchsen mit Stahlkugeln; und für den Notfall ist er immer gedeckt durch ebensogut bewaffnete Freunde oder Diener.

Nun denke man sich dagegen erst die Freude und den Stolz jener braven, tapferen, aber fast hilflosen Ureuropäer, wenn es ihnen einmal gelungen war, mit ihren fast kindlichen Pfeilen aus Haselnußgerten und den einfachen Wurfspießen einen Höhlenlöwen, das Ungetüm ihrer Wälder, das seit einem halben Jahrhundert die ganze Gegend tageweit unsicher gemacht hatte, zu erlegen. Das war ein Ereignis für jene Menschen und für die ganze Nachbarschaft, von dem noch Kind und Kindeskind erzählte. Daher wurde auch jedesmal ein großes Fest veranstaltet, an dem sich nicht nur die Männer, sondern auch Frauen und Kinder beteiligten.

Mit Tagesanbruch erschien schon das ganze Volk auf dem freien Platz vor der Tulka und harrte begierig der Dinge, die da kommen sollten. Auch von der Huhkahöhle stellte sich der versprochene Zu-

zug von zwanzig Männern, Frauen und Kindern ein. Von allen Anwesenden hatte niemand ein Burriafest mitgemacht als die alte Parre. Man legte daher die ganze Anordnung der Sache in ihre Hand.

Zuerst wurde ein Gestell aus Holz gebaut. An einer zehn Fuß langen Stange, die den Rücken vorstellte, wurden vier Pfosten als Beine

Das Burriafest

befestigt, dann die schöne Haut des Burria über dieses Gestell geworfen und notdürftig mit Baumzweigen und Laub ausgestopft. So stand der Löwe in furchtbarer Majestät vor der Tulka. Mit Grausen sahen die Kinder und Frauen an dem fürchterlichen Tier hinauf, mit Wut und Hohn die alte Parre. Zu ihr hin hatte man den Kopf des Tieres gerichtet.

Der Tanz, wenn wir das oft unschöne, wilde Springen der Naturvölker so nennen dürfen, begann, begleitet von Trommel und Pfeife und dem eintönigen, melancholischen Gesang der Weiber. Zuerst kamen die Männer, mit ihren besten Kleidern und Waffen angetan, voran Repo als Burriamate, das heißt Burriabesieger. Diesen stolzen Namen durfte er fortan führen. Die Steinbeile in der rechten Hand in der Luft schwingend, sprangen sie, einer hinter dem anderen, in kurzen Sätzen mit hochgehobenen Knien stampfend, in weitem Kreis um das Tier herum, und jeder, wenn er an dem Kopf vorbei kam, gab ihm einen sausenden Hieb, der die ganze Gestalt erzittern machte. Das dauerte eine Viertelstunde, dann kam die Reihe an die Weiber.

Sie waren festlich bekleidet mit weißen Mänteln, die aus Schwanenpelzen zusammengenäht waren, Hals und Arme reich mit Ketten von Tierzähnen behangen. Zuerst bildeten sie einen Kreis, indem sie sich bei den Händen faßten; dann hüpften und sprangen sie mit tollem Geschrei um den Löwen herum. Jede faßte einen langen Tannenzweig, und nun sangen sie das Burrialied, wie es ihnen die alte Parre angab, indem sie am Ende jeder Zeile bei dem Rufe »Burria« dem grimmigen Menschenmörder einen derben Rutenstreich versetzten:

Wieviel hast du Männer getötet, o Burria!
Heldenmänner im grauen Wolfsfell, o Burria!
Hast sie zerfleischt mit den Feuersteinzähnen, o Burria!
Hast mit Lust ihr Blut getrunken, o Burria!
Hast mit der dornigen Zunge ihr Fleisch geleckt, o Burria!
Wieviel arme Weiber hast du gemordet, o Burria!
Schwache, Wurzeln suchende Weiber, o Burria!
Schande über dich, wie ein schleichender Wolf, o Burria!
Du, der starke Riese, der mächtige Burria!
Wieviel Kinder hast du verschlungen, o Burria!
Hüpfende, Blumen pflückende Kinder, o Burria!
Schande über dich und deine Mutter, o Burria!
Aber der Pfeil des Helden traf dich ins Herz, o Burria!

Hast dich lang' wohl gewälzt in Todesschmerzen, o Burria!
Jetzt muß hängen dein Schädel am kahlen Ast, o Burria!
Schmählich baumeln neben dem Fuchs, o Burria!
Und es brennt dir die Sonne den kahlen Scheitel, o Burria!
Und es regnet dir auf den breiten Kopf, o Burria!
Und es schneit dir auf die schwarze Schnauze, o Burria!
Und es werfen Steine nach dir die Knaben, o Burria!
Dir in den aufgesperrten Rachen, o Burria!
Schande, Schande, dir und deiner Mutter, o Burria!

Der zweite Teil des Spiels begann.

Eine Art Galgen wurde gebaut aus drei hohen Stangen, die man oben mit Waldreben zusammenband und unten wie ein Zeltgerüst im Dreieck auseinander spreizte. Ein langes Seil wurde um den Hals des Burria gebunden, über die Spitze des Galgens geworfen und das Tier von den Männern hinaufgezogen, dann das Seil plötzlich nachgelassen, so daß der ausgestopfte Löwe dröhnend herunterstürzte. Dies wurde wohl ein dutzendmal unter großem Jubel wiederholt.

Dann setzte sich alles zum Schmause nieder, für den ein ganzes Bärenviertel geröstet wurde. Den Hauptleckerbissen bildeten dabei die Markknochen. Zu dem Mark gelangten sie auf sehr einfache Weise. Sie hielten den Knochen über das Feuer, um das Mark innen flüssig zu machen, dann schlugen sie die beiden Enden des Knochens mit einem Stein ab und saugten das Mark mit schmatzendem Wohlbehagen heraus.

Jetzt kam der dritte Teil.

Während des Schmauses hatten zwei Männer den Burria in die Höhle hineingeschleppt und nachdem sie das Holzgerippe aus dem Pelz entfernt, schlüpften sie selbst hinein, einer hinter dem anderen, und ließen sich das Fell notdürftig zunähen.

So sprang plötzlich unter fürchterlichem Gebrüll der Burria aus der Höhle heraus, mitten unter die Schmausenden. Alles stob auseinander, besonders die Kinder, die den Burria leibhaftig wiedererstanden unter sich glaubten. Auch der kleine, zahme Bär rannte angstvoll brüllend davon, und der Rabe und die Dohle flogen krächzend auf die Bäume. Es begann eine wilde Jagd. Die Weiber flohen, die Männer stürzten mit den Waffen auf den Burria los; es war ein höllisches Getümmel.

Da sprang mit einem ungeheuern Satz der junge Rulaman auf den Burria hinauf. Das Ungetüm schüttelte sich, wälzte sich auch auf dem Boden herum, aber Rulaman hielt fest, indem er den Hals umklammerte, bis der Burria erwürgt zu Boden stürzte. Nun näherte sich allmählich alles wieder, lachte und hüpfte und jubelte. Noch einmal erhob sich der Riese aus seiner Ohnmacht und raste, von den Männern verfolgt, immer den kühnen Reiter auf dem Rücken, zurück in die Höhle, aus der noch lange Gebrüll und Geschrei hervortönte.

Allmählich kehrte die Ruhe zurück, und der Schmaus wurde fortgesetzt.

Jetzt folgte der vierte Teil.

Unter Angstgebrüll stürzte der kolossale Bär, den man gestern erlegt hatte, aus der Höhle hervor, hinter ihm her der Burria. Es bebegann ein fürchterlicher Kampf, bis beide ermattet und leblos am Boden lagen. Unter allgemeinem Lachen krochen die Männer aus den Bälgen heraus. Damit waren die Spiele zu Ende.

Nun folgte eine feierliche Szene. Der junge Held Rulaman, der seinem Vater das Leben gerettet hatte, sollte nach dem Beschluß der Männer jetzt schon den Speer, das Zeichen des Mannes, erhalten, der sonst erst dem Jüngling, nachdem er einen Bären erlegt, zuteil wurde.

Festlich geschmückt, im weißen Wolfspelz, mit Bogen und Steinaxt bewaffnet, trat er, von Repo, dem Burriamate, geführt, aus der Höhle.

Es wurde ein großer Kreis geschlossen mit der alten Parre unter ihrer Eibe, zu ihrer Rechten Rul, der Vater. Schüchtern trat der

Junge in den Kreis vor die alte Parre hin, die einen rot und schwarz bemalten Speer, wie ihn sonst nur Häuptlinge trugen, in der Hand hielt. Vor ihr stand ein junges Mädchen mit einem Kranz aus Hainbuchenlaub, dem Baum, aus welchem die Speere gefertigt wurden. Die Alte murmelte einige feierliche Worte, dann kniete Rulaman vor ihr nieder und empfing aus ihrer Hand den Speer, worauf ihm das Mädchen den grünen Kranz aufsetzte. Er erhob sich und fiel seinem Vater, Freudentränen im Auge, in die Arme. Jetzt traten die Männer auf ihn zu, schüttelten ihm einer nach dem anderen die Hand, und als Zeichen seiner neuen Würde tanzten sie mit ihm den Speertanz, den nur Männer tanzen durften.

Dann ergriff Rul ein Steinmesser und schnitt dem Burria den Kopf ab, schlug die prächtigen, beinahe halbfußlangen Eckzähne aus dem Schädel und übergab sie Repo, dem Burriamate.

Repo aber sprach: »Nicht also; ich nehme einen. Der andere gebührt dem braven Rulaman«, und reichte ihm ihn. Dann wurden die fingerlangen Krallen ausgelöst und unter die Männer, die an der Jagd teilgenommen hatten, verteilt. Die Krallen hatten großen Wert, denn man glaubte, daß ein Mann, der eine solche Klaue am Hals trug, von keinem anderen Tier, Bär, Wolf, Luchs oder dergleichen, besiegt würde.

Der Pelz, auf dem Platz unter der Eibe ausgebreitet, sollte fortan als Sitz für die alte Parre dienen. Der Löwenkopf selbst wurde hoch an der Eiche als Siegestrophäe und Zielscheibe für die Pfeile, Wurfspieße und Schleudern der Knaben aufgehängt, und bis in die Nacht hinein übten sich die Jungen an diesem lustigen Spiel.

Dies war das Burriafest vor der Tulka. Es war das letzte. Das Schicksal dieses tapferen Völkleins sollte sich bald erfüllen. Schon war ein anderes Geschlecht im Land, neben dem es nicht bestehen konnte.

Nach Jahr und Tag stand die Höhle traurig und verlassen, ein Zufluchtsort für Bären und Hyänen, bis auch sie verschwanden.

Jetzt liegt die Höhle düster und einsam in einem forstlich wohlgepflegten Buchenwald. Der schöne freie Platz vor ihr, auf dem sich einst das ganze Leben eines Menschenstammes bewegte, ist zum großen Teil in den Abgrund hinuntergestürzt. Von der einsam stehengebliebenen rechten Ecke blicken friedliche Reisende hinunter in die grünen Auen des Armitales und auf den hohen Schornstein einer Fabrik. Gegenüber aber knallt die Peitsche des Albbauern auf der Steige, der den mit Albkorn reichlich beladenen Wagen zu Markt ins Tal führt.

Noch tönt von den schroffen Felswänden herab, wie eine Stimme aus längst vergangenen Tagen, an Frühsommerabenden der melancholische Ruf des einsamen Uhus, derselbe Ruf, der schon vor Jahrtausenden, auch während jenes Burriafestes, erklungen war.

II

Reise an den See

Wenn wir das Leben unserer Aimats nur nach den wenigen Tagen, die wir bis jetzt geschildert haben, beurteilen wollten, so könnte man denken, es sei ein vollständig regelloses gewesen. Das war aber nicht so. Auch ihr Jahreslauf teilte sich wie der unsrige nach Jahreszeiten und Monaten, und wie unserem Landvolk, das noch heute weit mehr mit der Natur lebt als der Städter, so brachte auch ihnen jede Jahreszeit, ja sogar jeder Monat, seine besonderen Arbeiten und Genüsse, Freuden und Leiden.

Schon die Art, wie sie die Monate benannten, weist darauf hin. Da gab es einen »Kadde«-, das heißt Renntiermonat; es war der Mai, die Zeit, wo die jungen Renntiere zur Welt kamen und wo man diese mit ihren Müttern ohne Mühe fing und fast ganz von Renntieren lebte. Dann kam der »Mansika«-, das heißt Erdbeermonat. Darauf folgte der Reisemonat, der Juli. Der August war der »Hauk«-, das heißt »Hechtmonat«. Die beiden letzteren zumal spielten eine große Rolle im Leben des Aimats. Gegen Mitte Juli nämlich regte sich die Wanderlust in allen Höhlenbewohnern der Alb. Von nah und fern zogen sie in langen Karawanen sechs, acht bis zehn Tagereisen weit nach den Seen, deren es einen größeren nach Norden zu im Tal des Norgeflusses gab, Twobasee genannt, eine noch bedeutendere Anzahl aber nach Süden, nach dem Eisgebirge zu.

Jung und alt freute sich schon lange vorher auf diesen sommerlichen Ausflug, fast die einzige Zeit im Jahr, wo man auch mit anderen Stämmen zusammentraf, besonders mit den See-Aimats, die im Gegensatz zu den Berg-Aimats, die in Höhlen lebten, sich Erdwohnungen an den Ufern der Seen gebaut hatten. Sie lebten fast ausschließlich von Fischen, an denen damals kein Mangel war, denn die Menschenbevölkerung des Landes war noch sehr dünn und nicht entfernt mit der jetzigen zu vergleichen.

Man hatte nun die Wahl zwischen dem Twobasee im Norden, wo die Weißen schon ihre Hütten gebaut hatten, und dem Som-, das heißt Welssee im Süden. Um mit den Weißen nicht in Berührung zu kommen, entschied die alte Parre für den letzteren.

Die Hauptregel für den Reisenden lautete: wenig Gepäck. Sie zu befolgen war unseren Aimats leicht gemacht. Alles, was nicht durchaus nötig war, blieb in der Höhle zurück. Bei dem gänzlichen Mangel an Haustieren, die Lasten hätten tragen können, mußte alles zu Fuß wandern. Die Kleinen wurden von ihren Müttern in einem Korb auf dem Rücken getragen. Für die Alten, die nicht mehr gehen konnten, mußte etwas umständlicher gesorgt werden. So wurde für die alte Parre eine Art Tragbahre, ein großer Weidenkorb zwischen zwei Stangen, angefertigt, ein zweiter, ähnlicher Korb für Renntierfelle zum Zeltbau, für Werkzeuge und Töpfe. Jeder dieser Körbe wurde von zwei Männern, die Stangen über die Schulter gelegt, getragen.

An einem schönen Julimorgen, noch vor Sonnenaufgang, brach man auf, nachdem der Höhleneingang notdürftig mit Baumstämmen gegen Bären und andere wilde Tiere verrammelt war. An gemeinen Diebstahl von seiten anderer Menschen dachte man nicht. Diebstahl war in jenem Steinzeitalter, wie man es im Gegensatz zu unserem, wo das Gold herrscht, nennen könnte, fast unbekannt.

Den Zug eröffnete wie immer der Häuptling, diesmal mit Rulaman, der seit dem Burriafest bei keinem Ausflug mehr von seiner Seite gewichen war. Ihm folgten die Männer mit der alten Parre, dann der übrige Troß, Weiber und Kinder. Die jungen Burschen beschlossen den Zug.

Auch der junge Bär und das kleine Renntier trotteten mit. Sie mußten es sich sogar auf dem Weg oft gefallen lassen, daß Knaben und Mädchen aus Mutwillen oder wenn sie müde geworden waren, sich ihnen auf den Rücken setzten.

Rabe und Dohle waren alte Vögel, die schon oft diese Sommerreise mitgemacht hatten, und auch sie schienen voll Wanderlust. Krächzend flogen sie bald um den Zug herum, bald ein gut Stück voraus, als müßten sie den Weg zeigen. Gewöhnlich aber saßen sie gemütlich auf dem Korbrand der alten Parre, die sich gern mit ihnen zu schaffen machte.

Natürlich konnten nur kurze Tagereisen zurückgelegt werden, und der Somsee, der für Männer allein vier Tagemärsche entfernt war, wurde meist erst nach einer Woche erreicht.

Man wanderte nur nachmittags bis Sonnenuntergang, dann wurde im Wald oder auf der Ebene unter großen Bäumen, immer in der Nähe einer Quelle oder eines Baches, gelagert und Feuer angemacht. Für jede Nacht wurden Zelte aufgeschlagen, die man mit Renntierfellen bedeckte.

Mit Tagesanbruch zogen die Männer auf die Jagd. Es war kein Geringes, für so viele Menschen, groß und klein, Nahrung zu schaffen. Doch war das Wild in jenen unbewohnteren Gegenden, durch

Aimats auf der Wanderung

welche die Karawane ihren Weg nahm, noch reichlich. Freilich wurde auch fast nichts verschmäht. Nicht nur größere Tiere, sondern auch Hasen, Eichhörnchen, Haselmäuse, sodann alle Arten Vögel, ausgenommen die Eulen, im Notfall selbst Eidechsen und Frösche, waren willkommen.

Auch die Weiber und Kinder halfen getreulich mit. Vom frühen Morgen bis zum Mittag, wo Mahlzeit gehalten wurde, zerstreuten sie sich über Berg und Tal, durch Ebene und Wald, um Erdbeeren, wilde Stachelbeeren, Pilze, Rapunzeln, wilde Möhren und anderes zu suchen.

Die älteren Knaben und Mädchen bildeten eigene Jagdpartien. Diese galten vor allem den Vögeln. In den dichtesten Gebüschen, in den höchsten Baumkronen erspähten sie die Nester, und wie Eichhörnchen kletterten sie, Knaben und Mädchen, auf die höchsten Eichen, Tannen, Eiben und Erlen. Wo Junge im Nest waren, wußten sie mit Leimruten und Roßhaarschlingen leicht auch die Alten auf dem Nest zu fangen, und ohne Gnade wanderten alle miteinander, alte und junge, in den Kochtopf.

War vollends ein Bach in der Nähe, so jagten sie eifrig den Forellen und Krebsen nach. Die Forellen haschten sie sehr geschickt mit den Händen in den Uferlöchern; für die Krebse legten sie Fleisch aus und fingen sie oft in großer Menge. Sie wurden roh mit der Schale verzehrt und galten als besondere Leckerbissen. Ja, mit nichts konnten sie die gute, alte Parre, die stets allein mit den zahmen Tieren bei den Zelten Wache hielt, mehr erfreuen, als wenn sie ihr eine Anzahl dieser zappelnden Geschöpfe in den Schoß schütteten.

Das waren glückliche Tage für das junge Volk, diese Tage der Wanderung, aber auch ein jäher Schrecken und schweres Leid trafen sie auf der Reise.

Es war beim Lagern an dem uns wohlbekannten Walbasee. Dort wurde ein kleines Mädchen beim Erdbeersuchen von einer Otter in den Fuß gebissen. Schreiend brachten sie die anderen Kinder, die die Gefahr wohl kannten, zur alten Parre. Es hatte wohl eine halbe Stunde gedauert, bis sie ankamen, denn der Weg war weit. Das Glied war schon dick angeschwollen, das Kind totenbleich und vor Angst und Schmerz fast ohnmächtig.

Die erfahrene Alte schüttelte den Kopf, wollte aber doch nichts unversucht lassen, sog die Wunde aus und brannte sie mit glühender Kohle. Standhaft, ohne zu schreien, ertrug das Kind den furchtbaren Schmerz. Dann legte die Alte einen glatten Kieselstein auf und band ihn mit dünnen Lederriemen so fest als möglich. Sie rieb das dick geschwollene Bein mit ihren mageren Händen, unverständliche Worte vor sich hinsummend. Allein, all ihre Kunst war diesmal vergeblich. Unter furchtbaren Krämpfen starb das arme Kind schon nach wenigen Stunden.

Das war ein harter Schlag für die Tulkaleute. Sie waren doch eigentlich nur eine Familie, gleichsam lauter Brüder und Schwestern. Das Kind war ein Töchterchen des braven Repo. Als er mittags von der Jagd nach Hause gekommen war und seine kleine Rutha tot fand, schrie der starke Burriamate, dem kein körperlicher Schmerz je einen Wehlaut erpreßt hätte, laut auf und rannte wie wahnsinnig fort in den Wald. Erst nach drei Tagen kam er abgemagert und bleich wieder bei der Karawane an.

Dem toten Kind füllte man, der Sitte gemäß, beide Händchen mit den besten Beeren, die man finden konnte, zur Wanderung in die große, schöne Höhle, in der die Aimats nach dem Tode alle zusammen wohnen sollten. Die kleine Leiche wurde in einen Wolfspelz eingenäht und am Fuß eines freistehenden, uralten Eichenbaumes im nahen Wald, nicht weit vom Walbasee, begraben.

Dann wälzten die Männer einige schwere Steine auf den Hügel, damit die Leiche nicht von Bären, Hyänen oder Wölfen ausgegraben würde. Auch alle anderen warfen einen Stein darauf. Dies war auch sonst Brauch bei den Aimats. Keiner ging an solchen Grabhügeln, die man da und dort in Feld und Wald antraf, vorüber, ohne seinen Stein zu den übrigen zu werfen.

Zum Schluß wurde unter dem jammervollen, melancholischen Klagegesang der Weiber und Mädchen bei Fackelschein der übliche Totenreigen von den Kindern um das Grab herum getanzt.

Am anderen Tag schien die kleine Rutha schon vergessen. Ein Aberglaube verbot es, in der ersten Woche von den Verstorbenen zu reden. Man lebte weiter in altgewohnter Weise. Während der Vater seinen Schmerz in der Einsamkeit verbarg, gebot die Sitte der Mutter ein dreitägiges Fasten.

Vom Walbasee, wo sie die schwere Trauer gehabt hatten, zog unser Aimatvölklein weiter, zunächst an den Langen Fluß. Der Weg dahin führte durch das felsumkränzte, grüne Ulatal. Hier war eine ihnen wohlbekannte Ansiedlung von Aimats, die Ulahöhle, vielbeneidet von den Stammesgenossen wegen des fischreichen Baches, der nah am Eingang vorüberfloß, berühmt weithin durch ihren Häuptling, den Kenner des schwarzen Wassergesteins, in dem verborgene Quellen lagen. Manche Höhle verdankte ihm die Auffindung eines solchen kostbaren Schatzes in ihrer Nähe.

Rakso, so hieß der Häuptling der Ulas, war ein kluger, munterer Mann, ein treuer Jugendfreund Ruls, dessen ernsterem Sinn die nie getrübte Heiterkeit und die lustigen Einfälle des anderen wohl taten. Rul sprach mit ihm von den Kalats. Rakso nahm die Sache nicht gerade schwer. »Was ist's drum?« meinte er; »wenn die Kalats uns zu nahe rücken, so ziehen wir an den See. Mich plagt ohnehin oft genug die Langeweile in der Winterhöhle. Am See geht's anders zu; da gibt's mehr Leute, Lust und Leben und gar der Eistanz auf dem glatten See!« Rul aber erwiderte: »Sprich nicht davon; ich kann meine Berge nicht lassen!«

Rul lud den Freund zur Mitreise an den See ein, und dieser war sofort dazu bereit.

Es wurde also Rasttag gemacht, bis die Ulas zur Reise fertig waren. Nach reichlicher Labung an frischen Ulaforellen zog am anderen Morgen die vergrößerte Karawane weiter.

Die Ulahöhle

Als sie endlich am Langen Fluß, einem breiten, reißenden Strom, der »weit, weit nach dem Aufgang der Sonne zu fließt«, angekommen waren, machte man halt. Sie mußten hinüber, denn erst einige Tagereisen südlich lag der Somsee. Das Übersetzen war immer der gefürchtetste und gefahrvollste Teil der Reise. Unsere sonst so tollkühnen Tulkas fühlten sich dem ungewohnten Element gegenüber weniger zuversichtlich. Einige Flöße aus alter Zeit lagen hier am Ufer. Vielleicht war dies seit Jahrhunderten die Stelle, wo die nördlich des Flusses wohnenden Aimats überzufahren pflegten. Die Flöße waren immer mangelhaft und mußten jedesmal wieder hergestellt werden. Treulich standen hierbei die sachverständigen Ulas mit Rat und Tat bei.

Am dritten Tag wagten sie die Überfahrt, und sie ging unter vielem Lärm der Kinder und der zahmen Tiere glücklich vonstatten.

Von da ging die damalige Karawanenstraße am rechten Ufer des Langen Flusses hinauf bis zum Kansabach, in dessen Tälchen aufwärts die Aimats endlich am Mittag des achten Tages das Ziel ihrer Reise, den Somsee, erreichten.

12

Höhlenbauten und Pfahlbauten

Eiszeit nennt man, wie schon erwähnt, jene lange Kälteperiode, die wohl nicht plötzlich, sondern ganz allmählich, wahrscheinlich infolge der Schneeansammlung auf den neuerstandenen Hochgebirgen, über Europa hereinbrach, nachdem vorher tropische Wärme und tropische Natur hier geherrscht hatten. Am Ende dieser kalten Periode, als das Klima dem unsrigen wieder ähnlicher geworden war, lebten die Aimats in unseren schwäbischen Höhlen. Sie waren durchaus nicht die einzigen Menschen auf unserem Erdteil, sondern nur ein Stamm jenes Urvolks mit Stein- und Beinwerkzeugen, von dem wir jetzt fast über ganz Europa hin sichere Spuren gefunden haben.

So bequem die natürlichen Höhlen sich als Aufenthaltsort für die Bedürfnisse jener Menschen darboten, so nah liegt die Frage: wo haben denn alle anderen Ureuropäer gewohnt? Denn die Zahl der Höhlen ist ja ein sehr begrenzte.

Zudem vermehrt sich der Mensch, wenn er in einigermaßen günstigen Verhältnissen lebt, sehr schnell, und die Stammeshöhle wurde oft gar bald für die wachsende Schar zu klein.

Leicht läßt sich denken, daß sie dann in der Nähe der Höhle, besonders im Schutz vorspringender Felsen, sich einfache Holzhütten gebaut haben. Solche waren auch entfernt von den Höhlen, bei längerem, aber vorübergehendem Aufenthalt an einem Ort auf Jagdzügen, zweckdienlich und leicht auszuführen, und es sind in der Tat derlei zeitweilige Wohnsitze der Feuersteinmenschen aus den Resten, Werkzeugen und Knochen, die sich fanden, nachgewiesen worden.

Es ist auch nicht schwer, aus der bisher geschilderten Lebensweise jenes Volkes zu schließen, was für dauernde Wohnungen sie sich da gebaut haben mögen, wo keine natürliche Höhle sich darbot.

Diese Wohnung mußte vor allem dreierlei bieten: Schutz gegen die Kälte des Winters, Schutz gegen die wilden Tiere, die überall hausten, und Schutz gegen andere Menschen. Denn auch damals wurde in Krieg und Kampf Menschenblut von Menschen vergossen, wie dies der Fall sein wird, solange es Menschen gibt; das Recht der Gewalt, das Recht des Stärkeren, ist ja leider ein Naturgesetz für alle lebenden Wesen und wird es immer auch für den Menschen bleiben.

Sehen wir uns nun einige heute lebende Naturvölker an, denn der Mensch auf der niedrigsten Stufe ist, wie wir mehr und mehr finden, überall im Grunde der gleiche.

Die Dajaker, ein braunes Jägervolk, das die inneren Waldgegenden der großen Sundainsel Borneo bewohnt, bauen ihre leichten Hütten im Wald – um vor nächtlichem Überfall von wilden Tieren und feindlichen Stämmen sicher zu sein – auf hohe, in die Erde gerammte Pfähle, auch auf geeignete Bäume, natürliche Pfähle. Wohnen sie am Fluß oder an einem See, so lieben sie es zu weiterer Sicherheit, ihre Häuser über dem Wasser aufzurichten.

Konnte ein solcher Pfahlbau unseren Ureuropäern als Wohnung dienen? Vielleicht für den Sommer, aber für den damaligen harten deutschen Winter sicher nicht, ja nicht einmal für unseren Winter. Liegt es nicht nahe zu denken, daß ein Volk, von dem ein großer Teil in natürlichen Höhlen lebte, sich da, wo es keine solchen fand, künstliche baute?

Die Kamtschadalen, ein Jägervolk im nördlichen Rußland, das ganz wie unsere Ureuropäer wesentlich von der Jagd auf Bären und Renntiere lebt, wohnen noch heute in sogenannten Jurten, zwei Meter tiefen und etwa elf Meter im Durchmesser in die Erde gegrabenen Löchern. Damit die Wände nicht einrutschen, sind sie mit Balken bekleidet und gestützt. Das Dach einer solchen unterirdischen Wohnung ruht auf ebener Erde. Es ist aus Balken gearbeitet, sehr dick, gleicht einem abgestumpften Kegel und wird durch Pfähle im Innern gestützt. Oben hat es ein viereckiges Loch, das zugleich Rauchfang und Eingangstür ist. Von ihm geht als Treppe ein eingekerbter Balken in die Hütte hinunter. In einer solchen Jurte wohnen bis zwanzig Personen jeden Alters und Geschlechts zusammen.

In der Mitte der Hütte brennt ein beständiges Feuer.

Die südlicher wohnenden Kamtschadalen bauen sich für den Sommer auf ungefähr vier Meter hohen Pfählen eine Hütte, bestehend aus einem Balkenboden und einem kegelförmigen, mit Gras bedeckten Dach. Ein Balken mit stufenartigen Einkerbungen ist die Treppe. Es gibt kein Fenster, nur die kleine Türe läßt einiges Licht ein, und oben im Dach ist wieder ein Loch für den Rauch.

Also für den Sommer Dajaker Pfahlbauten, für den Winter eine Höhlenwohnung.

Ähnlich wohnten wohl auch jene Ureuropäer. Kamtschadalische Jurten und Pfahlwohnungen konnten sie mit ihren Feuersteinwerkzeugen recht gut herstellen. Sofern also die Aimats an Seen lebten, gruben sie ihre Winterwohnungen in die Erde am Ufer, die Sommerwohnungen aber bauten sie auf Pfählen in den See hinein, zu größerer Sicherheit, wie die Dajaker, und weil es für ein Fischervolk besonders bequem war, den Fang unmittelbar vom Boot aus ins Haus zu bringen.

Sehr wahrscheinlich dienten die Sommerbauten zugleich als Vorratshäuser für den Winter, wie sie die Lappen noch heute über dem Wasser haben.

Das waren die allerersten Anfänge der Pfahlbauten, die in einer viel späteren Zeit, zum Beispiel an den Schweizer Seen, von einem anderen, schon höher kultivierten Volk – vielleicht einem Mischvolk von Kalats und Aimats, – so vollkommen und fest ausgeführt wurden

Der See-Aimat brennt den Einbaum aus

und deren Reste jetzt an vielen Orten in Europa an Seen nachgewiesen worden sind.

So trafen unsere Tulkaleute am Somsee eine ganze Niederlassung von Stammesverwandten, die man See-Aimats nannte. Noch starrten damals die Gletscher von den Schweizer Alpen herunter bis fast an die Seen hin, und neun Monate dauerte der Winter. Mannshoch bedeckte dann der Schnee die weite Landschaft, über die sich an den Ufern die Menschenwohnungen wie große weiße Maulwurfshaufen erhoben, aus deren Spitzen Rauchwölkchen aufstiegen. Gegenüber stand der Pfahlbau mit den getrockneten Fischen, und unten an den Pfählen waren die Einbäume angebunden, jene einfachsten, aus einem einzigen ausgehöhlten Baumstamm bestehenden Fischerboote.

Eine andere Landschaft trafen unsere Berg-Aimats jetzt in ihrem Seemonat (Juli) an. Wohl glänzten die Schneeberge in der Ferne und die Eisgletscher in nächster Nähe. Aber hart am Eis begann, wie heute noch in Grönland, eine freundliche Sommerlandschaft. Eine üppige Grasfläche diente Herden von wilden Renntieren und Pferden zur Weide, und schwarze Kiefernwaldungen begrenzten fernhin den Horizont. Die Winterwohnungen der Fischer standen verlassen. Alles lebte unten am See in den Pfahlbauten und auf den Booten, Männer, Weiber und Kinder, lustig und froh, aber immer geschäftig die kurzen Sommermonate zu nützen, um einzuernten für den langen Winter.

13

Zwei Monate am See

Als die Tulkaleute ihre Brüder am See in der schönsten Jahreszeit antrafen, wie sie mit leichter Mühe Boote voll köstlicher Fische heimbrachten, an langen Seilen in der Sonne trockneten und ihre Vorratshäuser damit füllten, da könnte wohl dem einen oder anderen etwas Neid gekommen sein, besonders denen, die den langen, kalten Winter am See nicht kannten. Aber sicher hätte keiner der Tulkas mit ihnen getauscht. Denn immer durften sich die Berg-Aimats als den kühneren, mutigeren und stärkeren Stamm betrachten. Zwar der Hunger, der bei ihnen oft hart anklopfte, war bei dem Fischervolk fast unbekannt. Aber anderseits waren sie durch den leichteren Nahrungserwerb und durch die weniger kräftige Nahrung ein trägeres, schwerfälligeres, freilich auch friedlicheres Geschlecht geworden. Der Höhlenlöwe, der nur im Gebirge lebte, machte ihnen nicht zu schaffen; nur der Bär, der selbst Fische liebt und zu fangen versteht, stattete ihnen im Winter hin und wieder Besuche ab, und auch Renntiere und Pferde wurden dann und wann von ihnen gejagt. Für Rul und seine an Strapazen gewöhnten Brüder waren es leichte, friedliche Monate. In ihren Einbäumen ruderten die Männer am frühen Morgen in den See hinaus, und gewöhnlich kamen sie mit reich beladenen Booten heim.

Netze aus gedrehten Fäden besaßen sie nicht. Hanf und Flachs und die Verarbeitung ihrer Fasern brachten erst später die Kalats von Osten. Dagegen hatten sie grobe Netze aus Bastfasern, Angeln, Harpunen und vor allem Fischreusen. Die Fischreuse oder der Fischkorb wird ja auch heute noch in den verschiedensten Formen und Größen bei allen Fischervölkern gebraucht, bei den Indianern Amerikas an beiden Ozeanen und an den großen Seen und Flüssen, bei den westindischen Negern am Meer und überall in Europa.

In Westindien ist es ein großer, viereckiger Korb aus Bambusrohrgeflecht, an dessen vier Seiten sich Öffnungen zum Hineinschlüpfen der Fische befinden. Diese Eingänge sind innen durch spitzige Pfählchen so verwahrt, daß jeder größere Fisch wohl hinein, aber, ohne sich an die Pfählchen zu stoßen, nicht wieder herausschlüpfen kann. Auf diese Körbe werden oben übers Kreuz zwei Stangen festgebunden, an den vier Ecken der Stangen Lianen befestigt, die oben in eine einzige zusammengehen. Diese ist außerordentlich lang, denn man legt den Korb bis zu dreißig Meter in die Meerestiefe. Das Auslegen geschieht sehr einfach. Als Lockspeise wird Fleisch in die Reuse gelegt. Man fährt mit einem Boot ins Meer hinaus, beschwert den Korb oben mit Steinen und läßt ihn langsam sinken. Am anderen Ende der Liane wird ein schwimmendes Holzstück befestigt, das man am andern Tag leicht wiederfindet. Ich war selbst öfters Augenzeuge, wie diese Körbe mit vielen, schönen Fischen fast gefüllt herausgezogen wurden.

Ganz ähnlich waren die Reusen der Aimats, wie man denn heute noch am Bodensee Fischkörbe an über zwanzig Meter langen, aus der deutschen Liane, der Waldrebe, verfertigten Seilen auf den Seegrund hinabläßt.

Die Angeln und Harpunen der Aimats waren natürlich nicht aus Metall, sondern aus Stücken von Renntiergeweih, sehr hübsch und zweckmäßig mit eingesägten Widerhaken hergestellt.

In den Reusen fingen sie den fetten Aal und die schön schwarz und gelb gefleckten Quappen. Für andere Fische benützten sie Legangeln, die sie an langen, starken, aus Tierdärmen gedrehten Schnüren in den See versenkten: für den köstlichen Rheinlanken, eine Art Lachs, bis achtzehn Kilogramm schwer, für die Lachsforelle, die Rotforelle, den Schnäpel mit seinem lang hervorstehenden Oberkiefer, die trefflichen Blaufelchen, lauter herrliche Fische, die in der Tiefe leben.

Den Hecht fingen sie auf eine andere, viel einfachere Weise. Sie banden an die Schnur einer Angelrute statt der Angel eine weite Schleife aus Roßhaaren, die durch einige kleine, unten angebundene Steinchen sich senkrecht im Wasser hielt. Diese Schlinge wurde dem Hecht, wenn er ruhig träumend in der Nähe des Ufers am Grund lag, behutsam von vorn über den Kopf gezogen und, sobald sie hinter den Brustflossen angekommen, der Fisch mit einem kräftigen Ruck aus dem Wasser heraus ans Land geschleudert.

Als der beste Fang galt den Aimats der mächtige Som, nach dem sie auch den See benannten. Es ist der Wels, der Haifisch unserer schwäbischen Seen. Er war an den sumpfigen Ufern zu jener Zeit ziemlich häufig, aber nicht leicht zu fangen, weil er bei Tag im Sumpf begraben lag. Die Aimats harpunierten ihn, wenn er in mondhellen Nächten ans flache Ufer kam. Es galt immer für ein besonderes Glück, ihn zu erlegen, und wenn eines dieser oft mannslangen Ungetüme gefangen wurde, so gab es einen Schmaus, wie wenn man in den Bergen einen Bären erlegt hatte.

In allem, was den Fischfang betraf, taten es natürlich die See-Aimats den Tulkaleuten weit zuvor; ja, vom Netzflechten aus waren sie auf das Flechten von Körben und Matten gekommen. Von ihnen erhielten die Berg-Aimats allerlei Gerätschaften für die Fischerei durch Tausch gegen Steinmesser und Steinäxte aus dem Feuerstein der Alb, auch gegen Bären- und Renntierfelle und Geweihe. So entstand bereits damals, mit der durch die Verschiedenheit des Wohnorts bedingten Teilung der Arbeit, der Handel.

Schon die Knaben der See-Aimats waren ausgezeichnete Ruderer und Schwimmer, und Rulaman, der im Wald und auf den Felsen und Bäumen, mit Bogen und Pfeilen und mit dem Wurfspeer überall der erste gewesen war, sah nicht ohne Eifersucht auf die dortigen Jungen, die wie Enten schwammen und tauchten. Wettspiele zu Wasser und zu Lande, und hie und da auch ernstliche Kämpfe zwischen der Berg- und Seejugend waren nicht selten und endeten meist zum Ruhme der einen Partei, wenn sie auf dem Land, zum Ruhme der anderen, wenn sie auf oder im Wasser ausgefochten wurden.

Besonders glänzte Rulaman im Bogenschießen. Dazu boten die prächtigen, grau und weiß glänzenden Möwen, die in Schwärmen die Seeufer belebten, und die Schwäne, die damals noch in großer Anzahl auf kleinen Schilfinseln im See nisteten, herrliche Gelegenheit. Der Junge war stolz genug, nie auf einen Vogel anders als im Fluge zu schießen, und verspottete die Fischbuben, wie er sie nannte, wenn sie die Vögel hinterlistigerweise wie Fische mit Angeln köderten.

Einmal hatte er einen heißen Kampf mit den Möwen zu bestehen. Der Tulkarabe hatte sich am See an den weggeworfenen Fischköpfen gütlich getan und wagte jetzt einen kühnen Flug über das Wasser, als eine kleine Schar der spitzflügeligen Silbermöwen, vielleicht um ihn zu reizen, hart an ihm vorbeistreifte. Sei es nun, daß der einsame Schwarze sich der munteren Gesellschaft anschließen oder sie strafen wollte, im Nu war er in einen Kampf mit ihnen verwickelt. Die gewandten Flieger hackten nach ihm von oben, von der Seite, von unten und zerzausten ihn so, daß die schwarzen Federn weithin durch die Luft flogen.

Der arme Vogel schrie jammervoll und flog, so gut er konnte, dem Ufer zu, wo glücklicherweise Rulaman mit seinem Bogen stand, neben ihm eine Schar Fischerjungen, die sich über den Sieg der Möwen sehr freuten.

Rulaman zitterte vor Zorn, erspähte den Augenblick, wo eine der Möwen weiter von dem Raben entfernt war, und schoß sie herunter, dann eine zweite und dritte. Jetzt erst schien es den Seevögeln geraten, das Weite zu suchen.

Auch den Angekko dürfen wir nicht vergessen. Bald nach den Tulkas hatte er sich mit seinem ganzen Stamm eingefunden. Ihm war der Aufenthalt am See stets die Zeit der reichsten Ernte. Hier, weit mehr als in seiner eigenen Heimat, war der Glaube an ihn und seine Wundermacht ein unbedingter. Von allen Seiten über den See her, dessen Ufer in den Sommermonaten überall mit Hütten und Menschen bedeckt waren, brachte man ihm Kranke vor seine Zauberhütte, die auf einer kleinen Anhöhe errichtet, mit rot und schwarz bemalten Renntierhäuten behangen und weithin sichtbar war. Vor dem Eingang saß auf einer Stange der Uhu.

Scharen von Menschen sah man oft lange vor seiner Hütte harren, während von innen in feierlichen Schlägen die Zaubertrommel und der Gesang des Angekko ertönten. Endlich erschien er in seinem üblichen Aufzug und nahm die Heilung je nach der Anzahl der Leidenden rascher oder langsamer vor, meist geheimnisvoll innerhalb der Hütte. Die Bezahlung erhielt er in getrockneten Fischen, mit denen dann seine Leute einen mächtigen Pfahlbau unten am See mühelos füllten. –

»Ein einförmiges Kapitel«, werden manche der jungen Leser denken, aber es war zum Verständnis des Lebens unserer Aimats durchaus nötig. Denn ihr müßt wissen, daß Tage, reich an gefahrvollen Ereignissen, wie ihr Jungen sie am liebsten hört, Gott sei Dank im

Leben aller Menschen die selteneren sind; denn alle Völker und alle Menschen meiden die Gefahr, soweit sie können.

Freilich, wenn man in unsere Geschichtsbücher hineinblickt, so könnte man denken, die Griechen, die Römer und die alten Germanen, sowie auch unsere neueren europäischen Völker hätten weiter nichts zu tun gehabt, als blutige Kriege zu führen. Und doch lebten und leben alle Nationen durchschnittlich ein friedliches Dasein.

Der alte Römer, der die Welt eroberte, tat dies nur im Laufe langer Jahrhunderte. Er war nicht in erster Linie Krieger, sondern Ackerbauer, Handwerker, Beamter, Bürger und Familienvater, ganz wie wir. Ähnlich verhielt es sich auch bei den Aimats, nur daß ihnen, den Jägern, die Ernährung der Ihrigen mehr Gefahr brachte als einem zivilisierten Volk.

14

Rulaman und Obu

Die Häuptlingswürde bei den Aimats war in der Regel erblich, jedoch nur dann, wenn der Sohn des Häuptlings durch Verstand, Mut und Kraft die Würde verdiente. War dies nicht der Fall oder war kein Sohn vorhanden, so traten nach dem Tod des Häuptlings die Männer zusammen und wählten den Tüchtigsten.

Daß Rulaman nach Rul dessen Stellung einnehmen sollte, schien seit der Burriajagd entschieden. Auch liebten ihn alle seine Kameraden, zu denen er sich immer noch, trotzdem er den Speer erhalten hatte, mit Vorliebe gesellte. Nur einen wurmten die Ehren, die Rulaman genoß. Es war der Bursche, der jeden Abend zum Tanz die Trommel schlug, Obu mit Namen. Vier Jahre älter als Rulaman, war er der nächste gewesen, der den Speer erhalten und »Mann« werden sollte. Nun war ihm Rulaman zuvorgekommen, und der strenge

Brauch wollte es, daß ihm alle Speerlosen (so nannte man die Jüngeren im Gegensatz zu den Männern) zu gehorchen hatten.

Dies schien Obu, der selbst auch ein wackerer, mutiger und starker Jüngling war, fast unmöglich, und oft kränkte er Rulaman mit bösen Worten.

Es war Herbst. Die Tulkas waren vor Wochen schon, reich mit getrockneten Fischen beladen, in ihre Berge zurückgekehrt. Die schönen Beeren des alten Eibenbaumes waren indes rot geworden und leuchteten freundlich aus dem dunklen Nadelgrün hervor; schon knarrten die Äste im kalten Herbstwind. Die Sonne schien noch hell und klar durch die kahlen Baumwipfel herein, aber ihre Strahlen hatten keine Wärme mehr.

Die Jugend spielte auf dem Platz vor der Höhle, wenn man ihre Übungen, die stets auf den späteren Ernst des Lebens vorbereiteten, Spiele nennen darf.

Aus dem Felsen hoch über dem Eingang in die Tulka ragte ein alter Baumstrunk hervor, mannsdick und auch von der Höhe eines Mannes. Man hatte ihm künstlich einige Formen gegeben. Ohne Mühe konnte man einen plumpen Bären darin erkennen, der aufrecht, den Kopf nach unten gesenkt, am Boden saß und eine Pratze in die Luft hinausstreckte. In der Brustgegend sah man einen handgroßen schwarzen Fleck. Das war die Zielscheibe. Der Bär mußte schon oft dazu gedient haben, denn er war sehr zerfetzt und zersplittert.

Lange hatten die Jungen nach dem Bären geschossen, erst mit Pfeilen aus Haselnußgerten mit Feuersteinspitzen, dann mit kleinen Wurfspießen aus dem zähen Hainbuchenholz. Keiner fehlte das Tier, das am Ende ganz mit Pfeilen und Speeren bespickt war. Aber noch keiner hatte den schwarzen Fleck getroffen, der das Herz vorstellen sollte.

Indes hatte Rulaman neben der alten Parre gesessen, der er gerne oft stundenlang zuhörte.

»Rulaman«, rief jetzt neckend Obu, »der Änak lebt noch immer, und ein Häuptling fehlt nie!«

Der Herausgeforderte erhob sich schweigend und holte aus der Höhle seinen guten Eibenbogen, der höher war als er selber. Er legte an, schoß, und tief bohrte sich die Steinspitze des Pfeils in das schwarze Herz des Bären.

»Bassa Rulaman!« jubelten die Jungen freudig. Obu schwieg.

Jetzt begann ein anderes Spiel.

Obu nahm ein langes Seil aus Waldreben mit einer Schlinge am Ende, schleuderte es geschickt über den Kopf des Holzbären, kletterte daran hinauf und warf Pfeile und Wurfspieße herunter.

Einer der großen Äste der alten Eibe war in Höhe von etwa sechs Mann quer über den Rasen hin nach der gegenüber am Abgrund stehenden Eiche zu gewachsen. Über diesen Ast warf Obu von dem Bären aus, auf dem er saß, sein Seil, dessen Schlinge noch am Kopf des Bären festhielt. Das andere Ende hielten die Knaben unten fest, und in wenigen Augenblicken war Obu, mit den Händen sich an dem quergespannten Seil haltend, hinüber auf den Baumast geturnt, schlang dann das Seil noch einigemal um den Ast und rutschte hinunter.

Nun kletterten kleine und große Knaben, einer nach dem anderen, hinauf, hinunter und schwangen sich daran von den unteren Ästen der Eibe weit über den Platz hin zu dem Felsen und wieder zurück.

Eben war die Reihe an Rulaman, als der Rabe, der bis dahin, als ob er den eifrigsten Anteil nähme, die Knaben bei ihren Übungen umflattert hatte, sich krächzend auf einen der höchsten Äste der Eiche erhob, der weit über den Abgrund kahl hinausreichte.

Wieder rief Obu, der mit verschränkten Armen am Eingang der Höhle lehnte, spöttisch Rulaman zu: »Auf, kleiner Häuptling! Wenn du zum Raben hinauffliegst und ihn herunterholst, küsse ich dir die Füße!« Das bedeutete: ich will dir untertänig, dein Knecht sein.

Rulaman war betroffen und sah zornig zu Obu hinüber. Alle Knaben blickten erwartungsvoll nach ihm, ob er den waghalsigen Flug durch die Luft machen würde. Er besann sich einen Augenblick, dann, mit einem langen Absprung, schwang er sich an dem Seil auf einen der niederen Äste der Eibe, und von hier mit einem gewaltigen Schwung flog er in der Tat an dem Seil, quer über den ganzen Platz, hoch auf den Eichenast zu dem Raben und ließ sich sicher und ruhig wie ein Adler über dem Abgrund auf dem Ast nieder.

Rulamans kühner Schwung

Atemlos starrten die Knaben hinauf.

Auch die Weiber waren aufmerksam geworden; sie kreischten laut, als sie den Knaben oben in der schwindelnden Höhe sahen. Nur die alte Parre rief freudig aus: »Abargan, Abargan!« und klatschte lustig in die Hände.

Der Rabe war abgeflogen, kehrte aber auf den Ruf Rulamans gehorsam auf seine Schulter zurück. So kam dieser mit dem Raben, der flatternd sich an seinem Herrn festkrallte, in einem weiten Schwung an dem Seil glücklich wieder unten am Fuß der Eibe an.

Er trat vor Obu hin und sagte trotzig und stolz: »Küsse mir die Füße!« Und Obu tat es.

Da ergriff ihn Rulaman bei der Hand und richtete ihn auf, denn es tat ihm leid, daß der große Jüngling vor ihm kniete.

Er holte seinen Eibenbogen, den er lieb hatte, gab ihn Obu und sagte: »Nimm ihn von mir und gib mir deinen«. Solch ein Waffenaustausch war ein Zeichen inniger Freundschaft, und von Stund an war Obu unzertrennlich von ihm. Rulaman hatte seinen Feind nicht nur besiegt, sondern einen Freund in ihm gewonnen für Leben und Tod.

15

Obu erlegt seinen Bären

Obu wollte Mann werden; er mußte einen Bären erlegen. Das wußte Rulaman und versprach ihm seine Hilfe.

Ohne jemand etwas von ihrem Vorhaben mitzuteilen, verließen die beiden in einer Nacht wohlbewaffnet die Tulkahöhle.

Es war Spätherbst. Die alten Höhlenbären hatten sich nach fetter Herbstmast bereits in ihre Höhlen zur Winterruhe zurückgezogen, während die jungen, die ein-, zwei- und dreijährigen – denn der Bär braucht fünf Jahre, bis er ausgewachsen ist – noch in der Nähe der Winterhöhle der Mutter herumstreiften. Nur zeitweise, an warmen Tagen, erschien noch die Alte. Jedenfalls aber war sie immer bereit, einem Jungen in Not zu Hilfe zu eilen.

Obu hatte etwa eine halbe Sonne, das heißt Tagereise weit von der Tulka entfernt, nach der Nallihöhle hin, den Felsschlupf einer Bärenfamilie ausgekundschaftet. Es war ein einzelner Fels mitten in einem dichten Kiefernwald. Unten ausgehöhlt und nach Süden geneigt bildete er eine tiefe, wettergeschützte Grotte. Etwa eine Viertelstunde davon entfernt auf einer kleinen Waldblöße stand ein alter

Holzapfelbaum, dessen Früchte Bären und Menschen – jene bei Nacht, diese bei Tag – eifrig sammelten. Dort hatte Obu einen Pestun mit zwei Jungen vom letzten Jahre gesehen. Pestun nannte man den drei- bis vierjährigen, nahezu erwachsenen Bären, der bis zu seiner Volljährigkeit bei der Alten blieb und förmlich die Dienste eines Knechts, besonders eines Kinderwärters, verrichten mußte. Ihre Spuren verfolgend, hatte Obu auch den Schlupf der Alten entdeckt.

Gegen Morgen langten die beiden Freunde in der Nähe des Apfelbaums an, versteckten sich in einem dichten Gebüsch und lauerten. Es wurde heller Tag, und kein Bär wollte sich zeigen. Ein Eichelhäher kam auf den Baum geflogen, und dieser Verräter der Jäger hatte sie kaum erblickt, als er laut kreischend im Kreis über ihnen herumflog, recht als wollte er sagen: Hier sind sie! Wütend legte Obu einen Pfeil auf seinen Bogen und schoß ihn herunter.

Es lohnte sich nicht mehr, auf die Bären zu warten, denn am Tag, das wußten sie, verließen diese ihre Höhlen selten in menschenbewohnten Gegenden. Sie suchten nach frischen Spuren unter dem Apfelbaum, und bald fanden sie deren genug. Viele der kleinen, herben, gelben Äpfelchen waren angebissen und wieder weggeworfen worden. Das konnten nur die kleinen, übermütigen Bärchen getan haben. Auch fanden sie Bärenhaare am Stamm des Apfelbaums, wo sich die Kleinen das Fell gerieben hatten. Obu und Rulaman waren darüber sehr vergnügt, obgleich sie nun warten mußten bis zur nächsten Nacht.

Vorsichtig und sorglich, um keine Spur zurückzulassen, schlichen sie sich fort, wohl eine Stunde weit, schossen auf dem Weg einige Wildtauben zum Morgenimbiß, machten Feuer an und verzehrten sie mit jugendlichem Hunger.

Auf einmal hörten sie ein Flüstern von Stimmen in der Nähe. Es war ein junges Mädchen mit kleinen Kindern, vermutlich aus der ungefähr eine Meile entfernten Nallihöhle, die Brombeeren gesucht und dem Rauch, den sie von ferne gesehen hatten, nachgegangen waren. Als sie sahen, daß es Fremde waren, erschraken sie und wollten davonspringen. Obu aber rief sie herbei und gab ihnen von den Tauben zu essen. »Wie heißt du?« fragte der Jüngling das Mädchen, »bist du nicht die schöne Ara von der Nallihöhle?«

»Ich heiße Ara«, antwortete sie schüchtern. »Der Nargu von der Nallihöhle ist mein Urahn.«

Die Jünglinge lernen die schöne Ara kennen

Mit Wohlgefallen ruhten die Blicke Obus auf der schönen Gestalt, denn sie war groß und schlank und heller von Farbe als die anderen Aimatmädchen. Ihre Haare waren nicht straff, sondern flossen wellig und weich über den Rücken hinunter und wurden auf dem Kopf zusammengehalten von einem breiten, glänzenden Kupferreif; ihre großen, dunklen Augen leuchteten wie die Sonne und erwärmten den, den sie anblickten. Auch trug sie kein Fellkleid, sondern ein rotes Röckchen aus Wolle, wie es Obu und Rulaman nie gesehen hatten.

Rulaman fragte das Mädchen: »Woher hast du den glänzenden Reif und das schöne Kleid?«

»Sie sind von meinem Ahn, dem Nargu«, antwortete Ara; »er hat noch schönere zu Hause in seiner Grotte. Er sendet Boten weit nach dem Aufgang der Sonne zu den Kalats, und die Boten bringen sie mit. Er hat auch glänzende Armringe aus Sonnenstein und Halsketten und große, glänzende Messer und Beile. Aber er will sie niemand zeigen als nur mir, denn er hat mich lieb.«

Lange saßen sie dort zusammen im Wald und plauderten miteinander wie Kinder. Dann streiften sie herum und schossen einige Vögel. Mittags wurde nochmals ein gemeinschaftliches Mahl gehalten und nachher getanzt.

Es wurde Abend, die Nallikinder mußten nach Hause. Obu nahm seine schöne Zahnkette vom Hals und reichte sie dem Mädchen zum Abschied. Sie nahm sie an und dankte mit einem freundlichen Blick.

Von der beabsichtigten Bärenjagd hatten sie vorsichtig geschwiegen. Jetzt aber war es höchste Zeit, zurückzukehren auf den Anstand.

Mit angefeuchteten Fingern erforschten sie die Windrichtung und legten sich dieser entsprechend so in ein Gebüsch, daß der Wind von dem Bärenwechsel her zu ihnen kam.

Es wurde finstere Nacht, alles blieb still. Sehnsüchtig warteten sie auf den Mond, der um Mitternacht aufgehen sollte. Endlich erschien er und erleuchtete taghell die Waldblöße und den Apfelbaum vor ihnen.

Der Wald rings herum war herbstlich braun; weiße Birkenstämme glänzten da und dort aus dem Dickicht hervor. Einzelne gelbbelaubte Äste, die weit in die Lichtung hereinragten, leuchteten goldig im Mondlicht. Die Blätter zitterten im leichten Herbstwind und warfen unheimlich bewegte Schatten auf den Boden. Da der Wald größtenteils schon entlaubt war, konnten sie weit in der Richtung sehen, aus der sie die Bären erwarteten. »Die Sonne der Jagd« – so nannten sie oft den Mond – »ist uns Freund«, sagte Rulaman. Obu antwortete nicht. Er schien zu träumen. Dachte er an das schöne Nallimädchen?

»Lege deinen Pfeil auf«, flüsterte Rulaman, »rasch, sie kommen!«

Er hatte in weiter Ferne ein leises Knistern im Laub gehört. Das Geräusch kam näher. Noch konnte man nichts sehen. Plötzlich ertönte das schrille Kreischen eines jungen Bären.

»Der Kleine hat eine Ohrfeige von dem Pestun erhalten«, flüsterte Obu; »vermutlich ist er vorausgelaufen.«

Es währte noch eine halbe Stunde. Endlich sahen sie einen breiten Schatten, es war der Pestun, und hinter ihm trollten demütig zwei runde, mollige Bärchen.

Noch trat der Pestun nicht heraus auf die Lichtung, sondern lief, immer im dichten Gebüsch sich haltend, am Rand hin und her. Endlich wagte er es. Sobald er den freien Platz betreten hatte, richtete er sich auf den Hinterpranken auf, und, den Kopf hoch in die Höhe reckend, schnüffelte und windete er nach allen Seiten. Es war, obgleich noch ein junger Bär, doch ein stattliches Tier, weit über Mannshöhe und bedeutend größer als der erwachsene braune Bär von heute.

Unsere jungen Jäger zitterten vor Freude. Sie hatten ihren Platz gut gewählt. Der Bär witterte sie nicht. Vollkommen beruhigt, trollte er nach dem Apfelbaum zu, die runden, braunen Kleinen hinter ihm her. Mit wahrer Gier warfen sich diese auf die heruntergefallenen Äpfel und kauten und schmatzten nach Herzenslust.

Längst lagen die Pfeile auf den Bogen, und die Sehne war halb gespannt. Sie erwarteten, daß der Pestun den Baum besteigen würde, um frische Äpfel zu holen und zu schütteln. Erst wenn er dort oben war, wollten sie auf ihn schießen. Dann durften sie hoffen, ihm eine größere Anzahl Pfeile beizubringen, ehe er sich auf sie stürzen oder flüchten konnte.

Aber der Pestun schien sich heute die heruntergefallenen Äpfel genügen zu lassen. Er suchte sich die besten auf dem Boden aus und dabei kam er immer näher an das Gebüsch, hinter dem Rulaman und sein Freund knieten.

Die Kleinen hatten genug gefressen, denn sie wälzten sich voll Wohlbehagen auf den Äpfeln herum. Wenn der Pestun jetzt fortging, ohne den Baum zu besteigen, so war nochmals eine Nacht verloren.

Sollte man es wagen, ihn auf dem Boden zu schießen? Beide hatten diesen Gedanken, aber von Zuflüstern war keine Rede mehr.

Jetzt war der Pestun nur noch sechs Schritte von ihnen entfernt. Nun hatte er auch plötzlich von ihnen Wind bekommen. Blitzschnell richtete er sich auf und schnüffelte in ihrer Richtung.

Wie auf ein Zeichen blickten sich Obu und Rulaman an, und im nächsten Augenblick schwirrte der Pfeil Obus. Er sollte den ersten Schuß allein haben, darüber waren sie einig geworden.

Mit einem fürchterlichen, aber kurzen Gebrüll stürzte der Bär nach hinten über. Er war offenbar ins Herz getroffen, denn bald stöhnte er nur noch leise, rollte auf dem Boden hin und zurück, stampfte mit den Beinen und schien tot.

Kreischend und grillend sprangen die beiden Kleinen nach dem Pestun hin, krallten sich in sein dickes, schwarzbraunes Fell ein und blickten so halbversteckt in Todesangst um sich.

Es war still geworden, denn auch die kleinen Bärchen wagten kaum zu atmen. In weiter Ferne antwortete ein dumpfes Geheul auf den Todesschrei des Pestun.

Wie Habichte schossen die jungen Jäger voll Siegeslust auf ihre Beute los. Natürlich konnten sie nur daran denken, den Kopf des Tieres und ein Junges heim zu bringen. Die Höhle der Alten war so nah, daß sie in kürzester Frist zur Stelle sein konnte. Dieser in ihrer Wut waren sie nicht gewachsen. So schnell als möglich wurde der Kopf des Pestun abgeschnitten und an einen Riemen gebunden, um ihn über die Schulter zu hängen. Dann fesselten sie einem der Kleinen die Füße, rissen den Siegespfeil aus, um ihn als Zeichen mitzunehmen, und fort ging es, in rasender Eile der Heimat zu, Obu den schweren Kopf des Pestun, Rulaman das kleine Bärchen auf dem Rücken.

Nur einige hundert Schritte waren sie gelaufen, da versagte ihnen wegen der schweren Last der Atem. Einen Augenblick hielten sie an und horchten. Noch war es totenstill.

Wieder rannten sie eine Strecke vorwärts, und wieder hielten sie an. Da hörten sie den Kleinen, den sie bei dem toten Pestun zurückgelassen hatten, jämmerlich schreien. Gleich darauf erdröhnte der ganze Wald von dem furchtbaren Wutgebrüll der Alten. Offenbar war sie schon zur Stelle. Die jungen Jäger wußten, daß sie sich eine Zeitlang mit dem Kleinen und mit dem toten Pestun zu schaffen machen würde, ehe sie an Verfolgung dachte.

Was war zu tun? Um keinen Preis hätte Obu den Kopf zurückgelassen, ebensowenig Rulaman seine Beute. Also weiter!

Um sich blickend, sah Obu im Mondschein deutlich den Schatten der ungeheuren Este, so nannte man den alten weiblichen Bären, hinter ihnen auf ihrer Fährte.

Vorsichtig hatten die beiden in ihrem Lauf Ränke, das heißt scharfe Zickzackwindungen gemacht, um die witternde Alte zu verwirren.

Aber bald war diese so nah, daß an weitere Flucht nicht zu denken war. Also auf einen Baum und zwar einen, der schwach genug war, daß die Bärin nicht daran denken durfte, ihn zu erklettern, aber auch dick genug, daß diese sie nicht herabschütteln konnte. Ein solcher fand sich bald; es war eine weit hinauf astlose Fichte, die mit Windeseile erklettert wurde.

Jetzt erst, hoch in den Ästen des Baumes, atmeten sie leichter. Noch war die Gefahr schrecklich genug, und doch fühlten sie sich schon fast gerettet.

In raschem Trott, immer wieder die Nase auf dem Boden, zuweilen auch den Kopf in die Luft reckend und windend, sahen sie die Este, genau auf dem Weg, den sie zurückgelegt hatten, auf ihren Baum zukommen. Sie banden den Bärenkopf und das Junge an einen Ast, nahmen Bogen und Pfeile von der Schulter und machten sich zum Empfang des Feindes bereit. Noch hatte jeder Pfeile genug, das war ein Trost.

Die Alte ließ nicht lange auf sich warten. Unten am Baum angekommen schien sie einen Augenblick verwirrt, als die Spur nicht weiter ging. Sie lief im Kreis um die Fichte herum, dann richtete sie sich in ihrer ganzen Größe auf und windete zu der Krone des Baumes hinauf. Sie erblickte die Jünglinge und stieß einen furchtbaren Wutschrei aus. Kreischend antwortete das gebundene Kleine vom Ast herunter.

Im selben Augenblick schossen Rulaman und Obu ihre Pfeile ab.

Ohne sich darum zu kümmern, faßte die Alte den Baum und schüttelte ihn so, daß sie sich mit ganzer Kraft festklammern mußten. Dann versuchte die Este, den Baum umarmend, ihn mit ihrem Gewicht zu Boden zu drücken. Der Baum krachte, aber er stand noch fest. Jetzt kratzte und biß sie in ihrer Wut die Rinde ab. Endlich ließ sie sich ermattet am Fuß der Fichte nieder und starrte schnaubend und von Zeit zu Zeit kurz brüllend hinauf.

Sobald der Baum nicht mehr schwankte und unsere Jäger die Arme wieder frei hatten, flog ein Pfeil nach dem anderen auf die Bärin herunter. Die Este beachtete das kaum und schlug nur dann und wann einen, der etwas tiefer ins Fleisch eingedrungen war, ärgerlich mit der Pratze ab.

Jetzt traf sie ein Pfeil ins Auge. Der rasende Schmerz durchzuckte den ganzen mächtigen Körper, sie drehte sich taumelnd im Halbkreis nach der Seite des verwundeten Auges, legte sich nieder und riß stöhnend den Pfeil aus dem Auge heraus.

Jubelnd rief Obu Rulaman zu: »Ein Auge ist fort; wenn wir das andere noch treffen, sind wir gerettet!«

Indes war das Kleine, das die Este in ihrer Aufregung bei dem Pestun zurückgelassen hatte, nachgekommen und sprang freudig quiekend auf die Mutter zu. Und die Alte, obgleich aus wohl dreißig schmerzenden Wunden blutend, nahm es in ihre Arme und herzte und leckte es.

Kaum hörte das kleine Bärchen oben auf dem Baum die Stimme seines Zwillingsbruders, so fing es aufs neue kläglich zu winseln an. Das erinnerte die Este wieder an ihre Feinde. Es schien der Halbblinden plötzlich ein neuer Gedanke gekommen. Sie begann den Baum an der Wurzel auszugraben. Schon hatte sie einige der Hauptwurzeln wütend zerrissen und entzwei gebissen. Der Baum neigte sich stark nach einer Seite. Alle Pfeile waren verschossen. Für den Notfall hatten sich die Jünglinge aus den Ästen der Fichte Speere gemacht.

Jetzt schüttelte die Alte nochmals aus Leibeskräften am Baum, während Rulaman, frei auf einem der unteren Äste stehend, zum Speerwurf ausholte. Wie ein Stein flog der kühne Junge, der sich nicht festgehalten hatte, auf den Boden herunter. Noch stand der Baum.

»Stelle dich tot«, rief Obu laut. Rulaman lag regungslos auf der Erde. Die Este stürzte auf ihn zu, schüttelte ihn, wendete ihn mehreremal um und beroch ihn im Gesicht. Rulaman hatte die Augen geschlossen. Er zuckte nicht.

Indes hatte Obu das kleine Bärchen losgebunden und war mit ihm in einem ungeheuren Satz auf der anderen Seite des Baumes auf den Boden gesprungen. Das noch gefesselte kleine Tierchen schrie jämmerlich, und sofort wandte sich die Alte von Rulaman ab nach ihrem Jungen. Obu aber schleuderte es, so weit er konnte, in den Wald hinein. Ihm nach rannte die Este, denn ihre Mutterliebe war stärker als der Durst nach Rache.

Eine Zeitlang war die Alte, wie Obu richtig berechnet hatte, mit dem Kleinen beschäftigt. Sie suchte auf alle Weise die Riemenfesseln von ihm loszumachen. So hatten unsere Freunde eine kleine Weile Luft.

Rulaman lag still am Boden. Obu sprang zu ihm hin und suchte ihn aufzurichten. Er war nur wenig verletzt, aber etwas betäubt vom Sturz, und mit einiger Mühe bestiegen sie zusammen einen anderen Baum, nachdem Obu alle Pfeile, die er unten fand, eilig zusammengerafft hatte.

Nicht lange dauerte es und die Bärin erschien an dem neuen Baum. Sie richtete sich an ihm auf und suchte mit dem einen Auge, das ihr geblieben war, nach den Jünglingen. Jetzt faßte Obu einen kühnen Entschluß. Er stieg am Baumstamm herunter, so nahe zu der Este hin, daß sie ihn fast erreichen konnte. Dort hielt er sich fest und stieß mit seinem Speer, so rasch er konnte, wiederholt nach dem gesunden Auge der Este. Wütend schlug die Bärin nach ihm mit der Tatze, aber Obu ließ nicht ab, und endlich, ein fürchterlicher Schrei, das Auge war getroffen, und die Bärin sank umnachtet und blind am Fuß des Baumes nieder.

Laut jubelte Obu und stieg zu Rulaman hinauf, der todesmatt oben auf einem Ast sitzen geblieben war. In überwallender Freude umarmten sich die beiden. Jetzt waren sie gerettet.

Rulaman war neu belebt. Sie konnten der gefährlichen Alten entfliehen, sogar mit ihrer Beute, dem Pestunkopf und dem Kleinen. Aber was ihnen vor einigen Augenblicken noch als Höchstes erschienen war, das genügte ihnen jetzt nicht mehr.

»Rulaman«, sagte Obu, »wir müssen zwei Bärenköpfe mitbringen, du einen und ich einen. Aber wie die Alte töten?«

So geräuschlos als möglich kletterten sie vom Baum herunter und schlichen sich, der eine von hinten, der andere von vorn, nur mit den Steinbeilen bewaffnet, an die blinde Este heran. Die Bärin witterte sie und schlug rasend nach allen Seiten um sich; ja sie sprang auf sie los, stieß aber dabei den Kopf an einen Baum und setzte sich in stummer Verzweiflung nieder.

Da verfiel Obu auf den Gedanken, die Este mit einer Schlinge zu erwürgen. Aus allen Riemen, die sie bei sich hatten, machte er eine starke Schleife. Dann verfertigten sie aus langen, dünnen Fichtenästen, die sie durch Drehen gelenkig machten, ein langes Tau und banden die Schlinge daran.

Diese Arbeit hatte fast eine Stunde in Anspruch genommen. Die Este schien, vom Blutverlust erschöpft und ermattet, eingeschlafen. Alles war still, nur die kleinen Bärchen ließen hin und wieder ein feines Winseln ertönen.

Sobald sie mit dem Seil fertig waren, warfen sie es über einen starken Baumast in der Nähe, um das Tier, wenn es in der Schlinge gefangen, daran zu erdrosseln.

Obu ergriff die Schlinge und warf sie der Este über den Kopf. Aber noch ehe er sie zuziehen konnte, hatte diese, ruhig wie im Traum, mit ihrer Pfote die Schlinge abgestreift. Jetzt sprang Obu tollkühn von hinten heran, griff nach der Schlinge und wollte sie rasch dem Bären wieder über den Kopf ziehen. Es war, als ob die Alte dies erwartet und nur auf ihn gelauert hätte. Blitzschnell warf sie sich nach hinten herum, packte Obu mit einer Pfote und riß und drückte ihn mit beiden Armen an sich.

Obu stieß keinen Laut aus. Rulaman rief verzweiflungsvoll seinen Namen. Er erhielt keine Antwort. Die Este warf sich brummend mit ihrer Beute auf den Boden und bedeckte den armen Jüngling ganz mit ihrem schweren, mächtigen Körper. Es war, als ob sie ihn in stiller Wut erdrücken und zermalmen wollte.

Rulaman sah nichts mehr von seinem Freunde und war überzeugt, daß er tot sei. Seine Lage war verzweifelt. Sollte er so nach Hause zurückkehren? Er machte sich die bittersten Vorwürfe. War er nicht schuld an dem Tod seines Freundes? Hatte er ihn nicht veranlaßt, mit ihm allein den kühnen Jagdzug zu unternehmen? Und warum hatten sie nicht genug gehabt an der herrlichen Beute? Warum kehrten sie nicht heim, als die Este geblendet war? In einem langen Schrei des Schmerzes machte sich sein junges Herz Luft.

Er überließ sich nicht lange seiner Verzweiflung. Konnte er Obu nicht mehr retten, so wollte er ihn rächen. Aber wie? Konnte er die

Este nicht, so lange sie dalag, mit einem Schlag auf den Kopf betäuben und dann mit einem Messer erstechen? Der erste Schlag mußte entscheidend sein, sonst war auch er verloren, das wußte er. Konnte er einen derartigen Schlag mit der Steinaxt führen? Es erschien ihm unmöglich. Eine starke Holzkeule, so schwer er sie haben

Rulaman tötet die alte Bärin

konnte, mußte es sein. Blitzschnell jagten sich diese Gedanken in seinem Gehirn und fort sprang er, um einen geeigneten Baum zu suchen und zu fällen.

Als er endlich nach einer halben Stunde zurückkam, fand er die Este wie tot auf dem Rücken liegend; Obu lag auf ihr, von einem ihrer Arme festgehalten. Die Este schnarchte laut. Der Augenblick schien günstig, Rulaman sprang herzu und führte wütend und Rache schnaubend beim Anblick seines toten Freundes mit aller Kraft einen furchtbaren Keulenhieb auf den Schädel der Bärin. Mit tiefem Stöhnen und Röcheln ließ sie den Kopf zurückfallen; auch der Arm, der Obu festhielt, fiel schlaff herunter. Sie war jetzt schwer betäubt und ehe sie wieder erwachte, hatte ihr Rulaman eine tiefe klaffende Wunde seitlich in den Hals geschnitten, aus der das rote Blut wie aus einer Brunnenröhre herausschoß. Die Bärin kam nicht mehr zu sich. Mit dem Blut war ihr Leben entströmt.

Rulaman warf sich auf seinen entseelten Freund und weinte laut. In der Verzweiflung trug er ihn eine Strecke weit der Heimat zu. Aber es war ja nicht möglich, ihn heim zu schleppen. Er mußte nach Hause, um Hilfe zu holen.

In einem dichten Gebüsch machte er ein weiches Lager von Moos und legte Obu darauf, das Gesicht nach Sonnenaufgang gerichtet. Dann bedeckte er ihn mit Zweigen und legte sein Steinbeil sowie seinen Bogen und einige Pfeile neben ihn. Endlich holte er auch den Pestunkopf vom Baum herunter und setzte ihn zu seinen Füßen nieder.

Die fürchterliche Nacht war vorüber. Der Morgen graute, als Rulaman sich zur Heimkehr nach der Tulka anschickte.

Aber war Obu auch wirklich tot? Er dachte an seinen Vater nach dem Burriakampf. Er kniete nieder und legte sein Ohr an die Brust Obus; jedoch er hörte keinen Herzschlag mehr. Er ergriff die kalte Hand und heiße Tränen fielen darauf. Dann sprang er rasch auf und rannte fort.

Aber sollte er ganz leer nach Hause kommen? Er kehrte nochmals um, schnitt den schweren Kopf der Este vollends ab, band ihn an einen Riemen, indem er Löcher in das dicke Fell bohrte, und trat, mit der großen Siegesbeute schwerbeladen und doch tiefbetrübt, den Rückweg zur Tulka an.

16

Der reiche Nargu und die Nallihöhle

Wenn man von der Tulka in das Armital hinabstieg, so führte auf der anderen Seite des Tales ein vielbetretener Pfad hinauf auf einen der unwirtlichsten und kältesten Teile der Alb. Hielt man sich immer westlich, so gelangte man nach einem Marsch von einer halben Tagereise wieder an den Absturz des Gebirges, an einen tiefen, wilden Taleinschnitt mit mächtigen Felsen. Hinter diesem engen Tal, immer nach Westen, lag die Nallihöhle, die größte Höhle weit und breit. Hier wohnten gegen vierzig Aimatfamilien, ungefähr dreihundert Menschen.

Diese Aimats unterschieden sich in mancher Beziehung von unseren Tulkas, obgleich die alte Parre selbst eine Nalli war.

Noch heute kann man bei den Bewohnern der Dörfer, die an unserem zerrissenen und zerklüfteten Albrande liegen, die Beobachtung machen, daß fast jedes Dorf, das eine mehr, das andere weniger, seine eigentümlich ausgeprägten Charakterzüge hat.

Auch die verschiedenen wilden Indianerstämme Nordamerikas, obgleich alle einer Rasse angehörend, haben oft recht verschiedene Lebensarten, Gewohnheiten und Charakterzüge. Die einen sind friedlicher, die anderen kriegerischer Natur; die einen neigen mehr zu feigem Diebstahl, andere zu gewalttätigem Raub. In der Regel sind es dort bei den Indianern und so auch bei unseren alten Aimats einzelne hervorragende Persönlichkeiten gewesen, die auf lange Zeit einem Stamm den Stempel aufdrückten.

So waren die Tulkas ein kräftiges, mutiges, sogar tollkühnes Völklein, das hauptsächlich von der großen, gefährlichen Jagd lebte, daher immer nur wenige Männer hatte, weil sie selten alt wurden. Der Großvater, ja schon der Urgroßvater Rulamans waren im Kampf mit wilden Tieren gefallen.

Anders die Huhkas, die, dem Charakter des Angekko entsprechend, die friedlichere, kleine Jagd betrieben und überhaupt die Klugheit der Gewalt vorzogen.

Ähnlich, aber doch nicht in derselben Art, waren die Nallis.

Schon die Umgebung ihrer Höhle war eine andere als bei der Tulka und Huhka. Nicht im Waldesdunkel, sondern frei und offen lag der Eingang. In seiner Nähe standen keine Eichen und Eiben, sondern eine große Anzahl Holzäpfel- und Holzbirnenbäume, die offenbar absichtlich hier gepflanzt waren.

Auch hier war es ein alter Häuptling, der die Sitten seines Volkes seit langem beeinflußte. Es war der alte Nargu, ein großer, starker Mann, ein jüngerer Halbbruder der alten Parre. Er war weit und breit berühmt unter den Aimats als Feuerstein- oder Flintschläger, also als Waffenschmied. Von nah und fern brachte man diesem Mann schon seit einem halben Jahrhundert die besten Feuersteinkugeln, sodann Tierfelle, Tierzähne, Fleisch und dergleichen und erhielt dafür die schönen, von ihm geschlagenen Flintsteinwaffen, Messer, Pfeile und Pfeilspitzen. Sogar rohe Kunstprodukte, Zeichnungen auf Stein und Elfenbein und geschnitzte Arbeiten, die Anfänge der menschlichen Kunst, finden wir bei diesem merkwürdigen Mann.

Seine Werkstätte war eine verschlossene Grotte in einer großen Höhle, und auch er, ganz wie der Angekko, umgab sie mit einem gewissen Geheimnis. Nur seine Söhne und Enkel hatten Zutritt. Seine Kunst sollte in seiner engsten Familie bleiben. Er hoffte, daß so bei dieser auch die Häuptlingswürde am ehesten erhalten bliebe.

Besonders aber trieb der reiche Nargu, wie man ihn allgemein nannte, mit den Weißen im Osten Handel, den er durch kleine Karawanen, die immer monatelang ausblieben, vermittelte. Er sandte an die Weißen Mammutzähne, Nashorn- und Bärenhäute, wogegen ihm diese Metallwaffen, einige kostbare, feinere Nahrungsmittel, wie Hirse, Salz, vor allem aber ein aus Pferdemilch bereitetes Getränk,

Kum genannt, lieferten. Alle diese Dinge behielt er für sich und seine nächsten Verwandten. Aus der Hirse ließ er durch Zerreiben zwischen Steinen Mehl bereiten und Brot daraus backen. Den Kum brachten die Karawanen in Schläuchen, das heißt in Renntiermagen. Dieses Getränk liebte er leidenschaftlich. Es hatte eine merkwürdige, für sein übriges Volk, dem er es streng vorenthielt, unbegreifliche Wirkung auf den Nargu. Denn so oft er davon genossen hatte, befiel den sonst gutmütigen Alten eine Wut und Raserei, unter der seine Untertanen schwer zu leiden hatten.

Wie war der Alte eigentlich zu seinem Handel mit den Weißen gekommen? Nur soviel wußte man, daß schon sein Vater einst viele Jahre bei ihnen gelebt und mit ihnen gejagt hatte. Ja, man sagte, die Mutter des Nargu sei eine weiße Kalat gewesen und sein Vater habe ihn als kleinen Knaben heimgebracht.

In der Tat hielt der Nargu offenbar mehr auf die Freundschaft mit den Weißen als auf die mit seinen Stammesgenossen, den Aimats der anderen Höhlen, auf deren Häuptlinge er sogar tief herabsah.

Eine jener Karawanen hatte dem Nargu auch ein merkwürdiges Tier von den Weißen mitgebracht, eine kleine Art Wolf, ganz zahm, und dem Alten, der ihn selbst pflegte, sehr zugetan. Er begleitete ihn auf Schritt und Tritt, teilte bei Nacht sein Lager, ja, sobald sich das geringste Geräusch vernehmen ließ, bellte der kleine Wolf. Es war ein Hund, das erste Haustier, das die Aimats sahen.

Der Alte war in der Jugend ein eifriger Jäger gewesen, und auch jetzt noch streifte er ganz allein, nur von seinem Hund begleitet, durch Wald und Feld. Dabei trug er schöne, gelbglänzende Metallwaffen. Besonders vor einem langen, glänzenden Messer in seinem Gürtel hatte sein Volk eine gewaltige Furcht, seit er einmal in seiner Raserei einem Mann, der ihn ärgerte, mit einem Hieb den Kopf damit abgehauen hatte.

Eifersüchtig achtete er darauf, daß die Jagd in seinem Revier weit und breit nur nach seinem Willen ausgeübt wurde. Unter seine besondere Obhut hatte er die Höhlenbären genommen, die er liebte. Alle ihre Grotten waren ihm wohlbekannt. Sein Volk behauptete, daß er oft zu den alten Bärenmüttern hineingehe und ihnen Futter bringe. Ja, so weit ging seine Fürsorge für diese Tiere, daß er ihnen da und dort an günstigen Orten Holzäpfel- und Holzbirnenbäume pflanzte. Seine Leckerbissen aber waren die fetten Bärenjungen, von denen er hin und wieder eines nach Hause brachte, während er die Alten sorgfältig schonte.

Es war am frühen Morgen nach jener schrecklichen Nacht, in der Obu und Rulaman mit den Bären gekämpft hatten. Der Alte durchstreifte wie gewöhnlich sein Waldrevier und zwar in der Richtung nach Osten, da er von seiner jungen Enkeltochter erfahren, daß fremde Burschen in jener Gegend gejagt hatten, was ihn sehr verdroß. So kam er auch an jene Waldblöße mit dem Apfelbaum, wo Rulaman und Obu den Pestun erlegt hatten. Der Hund war vorausgesprungen und schlug an, wie wenn er ein Wild stellte.

Der Alte kam rasch näher und erblickte am Fuß des Apfelbaumes den enthaupteten Bären. Sofort vermutete er, daß es der Pestun von dem benachbarten, ihm wohlbekannten Bärenschlupf sei. Er eilte dahin, der Hund, der die Bärenwechsel so gut kannte wie sein Herr, voraus. Er fand die Grotte leer. Wo war die alte Este mit den Jungen, von denen er eines schon als fetten, köstlichen Herbstbraten für sich ausersehen hatte? Er lief zurück nach dem Apfelbaum. Jetzt nahm der Hund eine andere Fährte nach Osten auf und führte ihn zu dem Kampfplatz der letzten Nacht. Hier lag in einer breiten Blutlache seine gute, alte Este, die er schon seit mehr als zwanzig Jahren kannte und hegte, auch sie ohne Kopf und an ihre Brust geklammert ein noch lebendes, winselndes, junges Bärchen. Ihr Körper war mit Pfeilen bespickt. Er zog einige heraus, sie waren nicht aus seiner Werkstätte. »Die erbärmlichen Pfeilspitzen hätten dir nichts getan«, brummte er. Daneben lag das lange Holzseil. »O, also jämmerlich erdrosselt haben sie dich, die feigen Buben!« Jetzt sah er auch den halb ausgegrabenen, zerkratzten Baum. »Aber du hast dich brav gehalten, du gute Este!«

Während der Hund eifrig an dem Blut leckte, hörte der Nargu in der Nähe das schwache Wimmern des anderen Jungen. Er eilte der Stimme nach und fand es auf dem Rücken liegend, die geknebelten Füßchen jämmerlich in die Luft streckend.

Jetzt kannte seine Wut keine Grenzen mehr. »Das haben die fremden Burschen getan!« schrie er; »aber ich will dich rächen, du arme Este!«

Welches Glück für unsere jungen Freunde, daß der Alte nicht einige Stunden früher hier ankam. Welches Glück für Obu, der kaum hundert Schritt entfernt im Gebüsch lag, daß weder der Nargu noch sein Hund weiter suchten!

Der Alte packte das geknebelte Bärchen, rief seinen Hund und rannte, so rasch es seine alten Beine vermochten, der Nallihöhle zu.

Die ganze Höhle geriet in Aufregung. Schon nach wenigen Stunden war der Nargu mit vielen Männern, Weibern und Kindern wieder auf dem Platz. Ohne sich allzusehr über den Tod der Bärin zu grämen, machten die Leute sich sofort an die Abhäutung und Zerlegung derselben. Der alte Nargu hatte in seinem Zorn zu Hause Kum getrunken. Er raste, mit dem kupfernen Schwert in der Luft fuchtelnd, hin und her. Als er das lange Holzseil wieder erblickte, ließ er seine Wut an diesem aus und zerhieb es in hundert Stücke.

Gegen Abend wanderten die Nallis schwerbeladen nach Hause.

In der Tulkahöhle war das Verschwinden der beiden Jünglinge schon am frühen Morgen bemerkt worden. Doch kamen solche eigenmächtigen Ausflüge der Jungen nicht selten vor, und man vermutete sofort, daß die beiden Freunde zusammen gegangen waren. Als aber die Nacht kam, als es vollends Morgen wurde, da begannen die Eltern der beiden besorgt zu werden. »Die Nacht ist niemands Freund«, sagen wir, und das galt damals in noch viel stärkerem Maße.

Die alte Parre tröstete sie: »Rulaman wird noch einmal ein großer Häuptling werden; ihm ist kein Leid widerfahren, das weiß ich.«

Endlich, am Abend des zweiten Tages, kam der erschöpfte Knabe nach einem langen, beschwerlichen Marsch mit seiner prächtigen Siegesbeute an. Wie nur den Männern erlaubt war, hatte er schon unten am Berg den schrillen Ruf der Heimkehr ertönen lassen, vielleicht unwillkürlich seinem schweren Herzen Luft machend, vielleicht auch, um so bald als nur möglich eines der Seinen wiederzusehen.

Rul hatte den Ruf vernommen. Er selbst eilte Rulaman den Zickzackweg hinunter entgegen und nahm ihm seine schwere Bürde ab. Langsam wanderten die beiden, Hand in Hand, den Berg hinauf und oft drückte der Vater die Hand des Sohnes.

Rulaman erzählte ernst und ruhig, nicht wie ein Knabe, sondern wie ein Mann. Die Schreckensnacht des Burriakampfes, vielleicht noch mehr die letzte, fürchterliche Nacht, wo er seinen Freund verloren, hatten ihn vor der Zeit zum Mann gereift. Und das war gut, denn bald sollte das Geschick die Tatkraft und die Klugheit eines Mannes von ihm fordern.

Mit Stolz hörte Rul die Heldentaten der beiden Tulkajungen. Der Verlust des braven Obu ging ihm tief zu Herzen. Doch schöpfte er aus der Erzählung Rulamans Hoffnung, daß der tapfere Jüngling vielleicht noch am Leben sei.

Als Rulaman in Schweiß gebadet und mit Blut bespritzt mit dem ungeheuren Bärenkopf vor der Tulka erschien, da erhob sich die alte Parre, eine seltene Ehrenbezeugung. So mußte der Jüngling nach Hause kommen, das war im Sinne des alten Aimatweibes. Mit Entsetzen und lauten Klagen vernahm die Mutter Obus, dessen Vater längst gleichfalls von einem Bären getötet worden, das herbe Geschick ihres Sohnes, der ihr Stolz gewesen war.

Doch die alte Parre rief freudig und vergnügt: »Rulaman, erzähle uns!« Und alles stellte sich im Kreis um den jungen Helden auf.

Rulaman berichtete, wie sie in der ersten Nacht nichts gefunden, wie sie mit dem Nallimädchen zusammengetroffen, wie ihr Obu sein Halsband geschenkt, wie sie dann den Pestun von den Kleinen weg erschossen, dann die Este geblendet und erlegt, und wie er den entseelten Obu fortgeschleppt und verborgen habe.

Als die alte Parre von dem Nallimädchen hörte und daß sie die Bären unweit der Nallihöhle erlegt hätten, da wurde sie sehr ernst. Denn sie kannte ihren Bruder, den reichen Nargu. »Dein Obu wird wiederkommen«, sagte sie zärtlich zu Rulaman, »aber das Nallimädchen wird ihm mein Bruder nicht geben, eher den Tod. Kinder, ihr habt dem alten Nargu ins Auge gestoßen, das wird uns schweren Kummer bringen.«

Alle standen still und betroffen.

Da nahm der gerade, ehrliche Rul das Wort: »Wir müssen den Alten versöhnen. Keine Feindschaft! Alle Aimats müssen einig sein, einig gegen die Weißen. Diese sind unser aller Feinde! Sie nehmen unser Land, sie töten die Tiere, von denen wir leben. Wenn Obu noch lebt, so muß er um das Nallimädchen werben. Wir lassen dem Alten die erlegten Bären, schicken ihm die Köpfe zurück und prächtige Geschenke dazu.«

Ungläubig schüttelte die Alte den Kopf, antwortete aber nicht.

Vor allem galt es jetzt, Obu aufzusuchen. Noch in der Nacht sollte aufgebrochen werden. Nach dem Rat der Alten, die jetzt schon einen Überfall der Nallis befürchtete, wollte man zwei Männer zum Schutz der Höhle zurücklassen.

Nachdem Rulaman sich notdürftig erholt hatte, verließen die Männer die Tulka. Der Mond stand hell am Himmel. Man schlug denselben Weg ein, den die beiden in der ersten Nacht gegangen waren.

Gegen Morgen erreichten sie die Stelle, wo Rulaman seinen Freund hingebettet hatte. Er bog die Zweige auseinander. Obu war nicht mehr da. Hatte ihn ein Wolf, eine Hyäne oder ein Bär geholt? Sicher nicht, denn auch seine Waffen und der Kopf des Pestun waren fort. Oder war Obu wieder erwacht und hatte sich fortgeschleppt?

Rulaman führte sie weiter an den Ort, wo sie die Este erlegt hatten. Auch sie war nicht mehr da. Nur einige Eingeweide lagen in der schwarzen Blutlache. Der ganze Platz ringsum schien von vielen Menschen zertreten. Sie gingen weiter zu dem Apfelbaum; auch der Körper des Pestun war fort.

»Die Nallis sind hier gewesen«, sagte Rul jetzt bestimmt.

Hatten sie auch Obu gefunden und mitgenommen? Sollte man zu ihnen hinübersenden?

Rul beschloß, zuerst eine Streife durch den Wald zu machen. War Obu wieder erwacht, so hatte er sich natürlich in der Richtung der Tulka, nach Osten, gewendet.

Die Männer bildeten eine lange Kette. Obgleich sie nur wenige waren, konnten sie so doch einen Streifen des Waldes, fast eine Viertelstunde breit, absuchen. »Obu, Obu!« riefen sie laut in den dunklen Kiefernwald hinein. Dann horchten sie lange. Und wieder riefen sie: »Obu!« Und wieder waren sie lange still, um seine etwaigen Rufe nicht zu übertönen. Nur das Echo antwortete bald hier, bald dort von einem Felsen oder einer Schlucht zurück.

So mochten sie eine Stunde Wegs abgesucht haben, als einer der Männer in der Nähe eines Felsens einen Fuchs aufscheuchte, der an einem Bärenkopf zerrte. Er rief alle zusammen. Wie es beim Streifen Sitte war, bezeichnete sich jeder zuvor die Stelle, wo er stehen geblieben, durch Anbrechen einiger Gebüsche.

Rulaman erkannte sofort an der Schlinge, die noch an dem Bärenkopf befestigt war, den Kopf ihres Pestun. Der Fuchs konnte den schweren Bärenkopf nicht eine Stunde weit geschleppt haben. Also hatte ihn wohl Obu hierher oder in die Nähe gebracht? Jedenfalls hatten die Nallis Obu nicht fortgetragen, denn sie hätten sicher auch den Bärenkopf mitgenommen. Sorgfältig wurde die ganze Umgebung, wo der Kopf gefunden worden war, durchforscht.

Ein ihnen bekannter Pfad führte in der Nähe vorüber, dem Armital zu. Der Boden des Pfads war lehmig und naß. Sie fanden Fußspuren und dann sogar Spuren von Händen. Nur wenige Schritte weiter, da sahen sie in der Ferne den braven Jüngling mitten im Weg liegen.

Er war erschöpft zusammengebrochen. Rulaman stürzte sich auf den Freund und rief seinen Namen. Obu schlug die Augen auf, schloß sie aber sogleich wieder.

Sie machten eine Bahre, auf die man ihn legte, mit einer Rücklehne, an die er den Kopf lehnen konnte. So trugen sie ihn heim.

Rulaman war glücklich: sein Freund lebte.

17

Die Werbung

Bald ein Monat war verflossen, seitdem man Obu halbtot nach Hause gebracht hatte. Die Bärin hatte ihn an den Armen zerfleischt und ihm mehrere Rippen eingedrückt; der vielerfahrenen alten Parre und der treuen Pflege seiner Mutter und seines Freundes war es gelungen, ihn wieder herzustellen.

Wie er es redlich verdient, hatte er den Speer erhalten und war Mann geworden. Damit hatte er sich auch das Recht erworben, eine Familie zu gründen. Seine Braut sollte Ara, das Nallimädchen, sein, das er und Rulaman im Wald getroffen. Sie hatte ja schon damals das Halsband als Liebeszeichen von ihm angenommen.

Eine schwere Sorge lastete auf Obu und auf allen, die dort in der Tulka über diese wichtige Angelegenheit schon seit einigen Wochen berieten.

Seit jener verhängnisvollen Bärenjagd hatten sie nichts mehr von dem reichen Nargu gehört. Doch wußte Obu wohl, wie schwer er

Kampf der Tulkas mit den Nallis in den Vaitafelsen

ihn beleidigt, denn er hatte von seinem versteckten Lager aus, wo Rulaman ihn hingebettet, den alten Häuptling in seiner Wut bei der Este beobachtet.

Obu war damals, noch ehe der Nargu angekommen war, aus seinem Ohnmachtsschlaf erwacht. Ein warmer Hauch über seinem Gesicht, ein Lecken und endlich ein nagender Schmerz an den Ohren hatten ihn wieder zu sich gebracht. Als er die Augen aufschlug, sah er vor sich den Kopf einer Hyäne, die sich in ihrer Art die leichte Beute zunutze machen wollte. Er griff nach seinem Beil, das ihm Rulaman glücklicherweise zur Seite gelegt hatte, und verjagte ohne Mühe die feige Dabba. Aber er war nicht imstande gewesen, sich auf die Beine zu erheben.

Bald darauf hörte er das Bellen des Hundes, und dann kam der Nargu. Seine Lage war schrecklich. Jeden Augenblick konnte ihn der Hund entdecken. Jedoch die Gefahr ging glücklich vorüber.

Als der Nargu mit dem Hund weggegangen war, wußte Obu, daß er in kurzer Zeit mit Leuten wiederkommen würde. Fort mußte er also um jeden Preis.

Er erhob sich mit Anstrengung aller seiner Kräfte und schleppte sich bald aufrecht, bald auf Händen und Füßen, den Pestunkopf nachziehend, bis zu der Stelle, wo ihn die Tulkaleute wieder bewußtlos gefunden hatten.

So kannte also auch Obu schon den strengen Mann, von dem das Schicksal seiner Werbung abhängen sollte.

Dennoch wollte er es wagen, und Rul selbst sagte Ja dazu, teils um Obus willen, den er lieb gewonnen hatte, noch mehr vielleicht aus Klugheit, um seinem Urahn und dem großen Stamm der Nallis wieder die Hand der Freundschaft zu bieten. Auch alle anderen Tulkamänner stimmten zu.

Nur die alte Parre warnte: »Der Nargu vergißt nie. Er wartet monate-, jahrelang, aber sicherlich rächt er sich. Das ist so Brauch der Nallis. Denkt an den grausigen Felsenkampf, als die Nallis die Tulka stürmen wollten, um mich, die Geraubte, wiederzuholen. Schauerlich war das Geheul der von den Felsstücken Zerquetschten. Aber auch mancher Tulka fiel von den scharfen Nallipfeilen, deren Wunden nicht heilen wollten. Ich glaube fast, sie hatten die Pfeile in Schlangengift getaucht. Es war mitten im Sommer, früh an einem Regenmorgen, und die Männer kämpften fast nackt. Die Nallis kamen nicht über den Brunnenweg, sondern gerade den steilen Berg herauf. Wochenlang hatte man den Überfall erwartet, und die Tulkawachen erlauschten die heranrückenden Feinde schon im Vaitatale. So stürzten ihnen unsere Männer entgegen den Berg hinunter bis zu den Vaitafelsen, wo das glänzende Wundkraut wächst. Fast fünfzig und fünfzig Jahre sind darüber vergangen, aber so sicher noch die schönen Keulen der erschlagenen Nallis über der Tulka hängen als Siegeszeichen, so gewiß denkt mein Bruder, der alte Nargu, an Rache für jene Niederlage seines stolzen Vaters, obgleich er selbst damals noch ein Knabe war. Doch um der Kalats willen versucht es, ihn zu versöhnen! Aber nehmt Waffen mit zur Werbung. Hört ihr's? Waffen!«

Nach altem Brauch warb der Jüngling in Begleitung eines älteren Mannes, der die Geschenke für den Häuptling und die Eltern des Mädchens brachte. Obu bat Repo, mit ihm zu gehen. Aber was für Geschenke waren gut genug für den reichen Nargu? Von den Bärenköpfen konnte keine Rede mehr sein, auch hätten sie den Alten nur aufs neue aufgebracht. Die alte Parre selbst riet, ihm das Kostbarste, was die Tulkahöhle barg, das Burriafell, zu bringen, obwohl es ihr Stolz und ihre Freude war. Für eine Versöhnung aller Aimats gegen die Weißen war auch ihr kein Opfer zu groß.

Rul gab Repo einen langen, schön geglätteten Dolch aus Renntiergeweih mit, als Zeichen der Freundschaft und eines Bündnisantrags.

In neuen Renntiergewändern, schöne, lange Wolfspelze über den Schultern, verließen Repo und Obu die Tulka. Statt der Renntiermützen trugen sie heute solche aus weißem Wolfspelz. Auf Repos Mütze war eine ganze Reihe von braunen Büschelchen aus Bärenhaar gesteckt, auf Obus nur eins. Diese Büschelchen an der Festmütze des Mannes galten als hohe Ehre. Sie zeigten die Anzahl der Höhlenbären an, die er erlegt hatte. Außerdem waren Hals und Brust reich mit glänzenden Zahnketten behangen, und die Brust des Burriamate zierte der mächtige Hauer des Höhlenlöwen. Sie waren in voller Waffenrüstung, das Burriafell trugen sie zusammen an einem langen, starken Speer.

Es war Abend geworden, als sie in der Nähe der Nallihöhle anlangten.

Eine große Menge von Männern, Frauen und Kindern bewegte sich vor der Höhle unter den Apfelbäumen, deren Früchte man eben einerntete.

Obus Blicke suchten Ara. Er sah sie mit einem Körbchen voll Äpfel auf dem Kopf nach der Höhle wandern. Auch sie hatte ihn erblickt und kam freundlich auf ihn zu.

Repo hatte einen der älteren Männer angesprochen und verlangte nach dem Häuptling. Mit Befremden sah der Nalli den Tulkamann an. Offenbar erkannte er ihn. Er ging hinein in die Höhle, um dem Nargu die Botschaft zu bringen.

Unterdessen waren Frauen und Kinder neugierig herbeigekommen; ein Flüstern ging durch die Menge; man starrte die Tulkas staunend an, ohne sie freundlich zu begrüßen, wie es sonst bei den Aimats Sitte war.

Erst nach geraumer Zeit kehrte der Bote aus der Höhle zurück. Repo sollte allein hineinkommen. Dieser zögerte. Führte der Alte Rache und Verrat im Sinn? Es war wohl bekannt unter den Aimats, daß er schon öfters Menschen im Zorn getötet hatte. Doch Repo wollte nicht als feig gelten, und im Notfall hatte er sein gutes Beil. Er warf das Burriafell über die Schulter und trat hinein.

Der alte Nargu saß allein in einer Seitengrotte nahe dem Eingang der Höhle. Nur sein treuer Hund war bei ihm. Jene Grotte war aber nicht seine Werkstätte, sondern sein Empfangszimmer. Die Wände waren ringsherum reich mit schönen weißen Wolfspelzen behangen, der Boden mit dicken Bärenfellen bedeckt.

Eine der pelzverkleideten Wände des Gemachs war über und über besetzt mit Waffen und Werkzeugen aus Stein, mit Beilen, Lanzen- und Pfeilspitzen, Messern und Sägblättchen. Weitaus die meisten waren aus dem Flint (Feuerstein) der Alb, nur einige, länglich-herzförmige Beile aus einem schönen glänzenden, grünen Stein gefertigt. Dies waren kostbare Stücke, vom fernen Osten eingeführt. In der Mitte der Wand funkelten Ringe, Messer und einige Schwerter aus Kupfer. An der Wand gegenüber sah man eine ähnliche Sammlung der verschiedensten Waffen aus Renntiergeweih, sämtlich, wie jene aus Flint, von dem Alten selbst verfertigt. Auch ein prächtiger Dolch aus Twobazahn (Elfenbein) war darunter. Vor allem prangte hier ein großes Stück eines Twobazahns, auf dem mancherlei Figuren eingegraben waren, zum Beispiel die Umrisse des Twoba selbst, sodann – auf glatten Geweihstücken – die von Renntieren, Uson, Bären, sogar von Menschen. Ob diese Zeichnungen von der Hand des Nargu herrührten, oder ob er diese Stücke mit den ersten Anfängen menschlicher Kunst, wie die Kupferwaffen und die grünen Steinbeile, von den weißen Kalats eingehandelt hatte, wissen wir nicht.

Sicher mußte diese Grotte für die Begriffe der Aimats ein wahres Prunkgemach sein. Dessen schien sich auch der Alte vollkommen

Zeichnung eines Bären auf einem Stein (Schatzkammer des Nargu)

bewußt. Denn breit und stolz saß er im Hintergrund auf einer mit Fuchspelz bedeckten Steinbank. Auch die Kleidung des Nargu war, wohl für den feierlichen Empfang, prächtig. Er trug ein langes rotes, gewobenes Gewand, mit weißem Pelz verbrämt, das er von den Weißen

Repo in der Nallihöhle beim reichen Nargu

im Handel erworben hatte. Sein Hals war mit einer Kette von glänzenden kupfernen Blättchen, Arme und Beine mit eben solchen Spangen geschmückt. Auf dem Kopf trug er einen spitzen Hut, besäumt mit Schwanenpelz und gleichfalls mit blinkenden Kupferblättchen und Ringen verziert.

In der Hand hielt der Alte eine Trinkschale, aus der Schädelkapsel eines Renntiers gefertigt. Er hatte wohl Kum getrunken. Eine schlimme Vorbedeutung für Repo, der diese Leidenschaft wohl kannte.

»Wer bist du und wer schickt dich?« fuhr er Repo stolz und hart an. Repo bot ihm den Renntierdolch und damit im Namen seines Häuptlings Freundschaft an. Er sprach von der notwendigen Einigkeit der Aimats gegen die herannahenden Weißen. Der Alte aber antwortete wie ein kluger Handelsmann: »Ich habe keine Feindschaft mit den Weißen. Weiße und Aimats, beide sind meine Freunde. Wenn die Weißen in unser Land kommen wollen, so wollen wir ihnen freundlich entgegengehen. Sie werden uns lehren, die Tiere zu unseren Dienern zu machen, nützliche Bäume und Kräuter zu pflanzen und aus dem Sonnenstein Messer und Beile zu fertigen. Die weißen Häuptlinge sind mächtiger als wir. Ihr Volk ist folgsamer als unser Volk. Wenn wir ihnen feindlich entgegentreten, so werden sie uns Häuptlinge töten und die Aimats zu Sklaven machen.« So sprach der Nargu.

Indes waren die Blicke des Alten auf das Burriafell gefallen. Seine Züge glätteten sich. Er fragte, wo und wie sie den Burria erlegt, und schüttelte sogar Repo als Burriamate die Hand. Er erhob sich von seinem Sitz, breitete das Burriafell seiner ganzen Länge nach über den Boden aus, und mit Wohlgefallen ruhten die Augen des habgierigen Häuptlings auf dem kostbaren Geschenk.

Jetzt wagte Repo, für Obu um seine Enkeltochter Ara zu werben.

»Wo ist der Jüngling?« fragte Nargu.

Obu trat ein. Die Miene des Alten, der sich wieder niedergelassen hatte, verfinsterte sich. Zitternd stand der sonst so mutige Obu vor dem harten Mann.

»Wo hast du Ara gesehen?« fragte er.

Obu, der seine Fassung wiedergefunden hatte, beantwortete seine Frage frei und offen.

Jetzt hob der Alte einige Pfeilspitzen aus Feuerstein vom Boden auf, noch von Blut gerötet.

»Kennst du diese Steine?« fragte er Obu.

Obu versetzte ehrlich: »Es sind Spitzen von meinen Pfeilen.«

Wie von einer Schlange gebissen sprang der Alte von seinem Sitz auf, riß ein Schwert von der Wand, trat vor Obu hin und schrie: »Also hast du, du selbst, meine arme Este und meinen Pestun gemordet! Und du Kopfabschneider, du Schlingenjäger, du wagst es, um ein Nallimädchen zu freien! Ihr Tulkawilddiebe, ihr Hungerleider müßt ja das Fleisch stehlen für eure Weiber und Kinder!«

Dabei erhob er sein Schwert und wollte Obu niederhauen. In demselben Augenblick traf das wuchtige Steinbeil Repos die Hand des Nargu, so daß das Kupferschwert klirrend an die Wand flog.

Jetzt sprang der große Hund des Nargu, der knurrend hinter seinem Herrn gestanden hatte, Repo an die Kehle. Aber ihn schlug Obu mit dem Steinbeil nieder. Der Alte schrie wie rasend, und ein furchtbares Getümmel entstand am Eingang der Höhle.

Die Nallimänner drangen auf die beiden ein, jedoch diese, wütend ihre Steinbeile über dem Kopf schwingend, machten sich eine Gasse und retteten sich kämpfend und aus vielen Wunden blutend durch den tollen Haufen ins Freie und fort in den Wald. Keiner der Nallis wagte es, den durch ihre Tapferkeit weit und breit berühmten Tulkamännern zu folgen.

18

Überfall der Nallihöhle

Die Zeit der kurzen Tage nahte. Seit Wochen hatte die Sonne sich verborgen, und der kalte, trübe Nebeldunst des Spätherbstes lastete schwer auf der Erde. Schon deckte der leichte Schnee wie ein Leichentuch das Armital. Durch seine Mitte wand sich, wie eine lange, mächtige Schlange, der dunkle Bach im Erlengebüsch und Röhricht dahin. Gleich schwarzen Wänden erhoben sich zu beiden Seiten die düsteren Eiben- und Fichtenwaldungen, die damals die felsigen Abhänge des Gebirges bedeckten.

Vorbereitungen zum Kampf

Mit Wunden und Blut, mit Hohn und Schmach hatte der stolze Nargu dem ehrlichen Rul auf seinen Freundschaftsantrag geantwortet. »Blut fordert Blut«, so lautete das traurige Gesetz, von Anfang an ins Menschenherz geschrieben.

Seit Repo und Obu von der Nallihöhle zurückgekehrt waren, schien alle Freude, alle Lust aus der Tulka verbannt.

In der Mitte des freien Platzes, wo noch vor kurzem vergnügte Kinder sich getummelt hatten, war jetzt eine hohe Stange aufgerichtet. Oben an ihr hing ein in Blut getauchtes Wolfsfell als Zeichen der ausgebrochenen Fehde.

Ernst und schweigsam gingen die Männer einher, Gesicht und Hände rot bemalt: jetzt waren sie Krieger. Nur flüsternd unterhielten sich die Weiber und Kinder.

Jeden Tag mußte man eines Überfalles von seiten der Nallis gewärtig sein. Nachts wurden oft Kundschafter in der Richtung nach ihrer Höhle ausgesandt. Darüber vergingen mehrere Wochen.

Rul saß stundenlang bei der alten Parre in ernster Unterredung. Eines Tages verließ er die Höhle allein und wanderte hinüber nach der Huhka zu dem Angekko. Er schien heiterer, als er zurückkam. In der Tat war ihm leichter ums Herz geworden, denn sein Entschluß war gefaßt. Des langen Wartens müde, wollte er selbst den Angriff machen, und der Angekko, vielleicht in Hoffnung auf Anteil an der Beute, hatte ihm sechs Mann Hilfe zugesagt. So waren sie dreizehn Krieger, immer noch ein kleines Häuflein gegen vierzig Nallimänner.

Rulaman, so wollte es Rul, durfte nicht mitziehen; er sollte seine Hände noch nicht in Menschenblut tauchen.

Es war alles vorbereitet und des Winkes des Häuptlings gewärtig. Da brachte eines Morgens ein Kundschafter die Nachricht, daß ein Haufen Nallimänner zur Tur-, das heißt Urstierjagd nach jenseits des Norgeflusses aufgebrochen sei. Sofort wurde für diese Nacht der Überfall auf die Nallihöhle beschlossen und dem Angekko Botschaft gesandt.

Nachdem sie sich an einem kräftigen Mahl aus geröstetem Bärenfleisch gestärkt hatten, stiegen die sieben Tulkakrieger ins Armital hinab. Dort unten wollten sie mit den Huhkas zusammentreffen. Rulaman, dem der Vater den wichtigen Schutz der Höhle übertragen hatte, gab ihnen noch das Geleit den Berg hinunter.

Nah bei einem Erlengebüsch, hart am Bach, erwartete man die Huhkas. Hier nahm Rul Abschied von seinem Sohn. Gehorsam aber schweren Herzens wandte sich Rulaman zurück nach der Tulka.

Die Huhkas kamen.

Der Angekko hatte ihnen einen ledernen Sack mit getrockneten Fischen zur Zehrung mitgegeben, worüber die Tulkas spöttelten.

Alle Männer waren gekleidet und bewaffnet, wie wir sie sonst auch zur Jagd ausziehen sahen. Nur trugen sie jetzt im Winter über dem Renntierrock noch einen Wolfspelz und statt der Sandalen hohe Stiefel aus Renntierfell. Auch waren ihre Renntiermützen heute mit Rabenfedern besteckt. Der Rabe, der mutig selbst auf den größten Raubvogel stößt, galt den Aimats als das Sinnbild der Kampfeslust und des Krieges. Man beschloß, die gewohnten Pfade zu vermeiden. Die Krieger wateten zunächst im Bett des rauschenden Baches durch das Armital aufwärts.

Die Nacht war stockfinster, nur der Schnee verbreitete einen schwachen Lichtschimmer. Hin und wieder flatterte, mit rauschendem Flügelschlag, eine Wildente vorbei, die die Männer aufgescheucht hatten. In einiger Entfernung glitt wie ein Schatten ein Wolf durch das Gebüsch. War es Rulamans Stalpe?

Nach einer Stunde Wegs gabelte sich das Tal. Jetzt verließen sie den Bach, der sich in dem linken Talarm fortsetzte. Sie bogen rechts ab dem Berge zu. Es ging eine steile Schlucht hinauf, das Bett eines Gießbaches im Frühjahr. Hier war alles Urwald und dichte Finsternis. Einer trat in die Fußstapfen des anderen. So sicher und behutsam war der Tritt dieses Naturvolkes, daß selten ein Stein ins Rollen kam. Kein Wort wurde gesprochen. Oft hielt Rul, der an der Spitze ging, plötzlich an und horchte. Und wenn er stand, standen wie eine Mauer alle hinter ihm.

Oben auf der Höhe angekommen, wurde haltgemacht. Jetzt beschloß man, wegen der Kundschafter der Nallis, nicht weiter zusammen zu gehen, sondern nur zu zweien und in verschiedener Richtung zerstreut. Zum späteren Sammelpunkt wurde ein allen bekannter, hoher, schroffer, einzeln stehender Fels, etwa Dreiviertelstunden weit von der Nallihöhle, bestimmt und als Erkennungszeichen auf dem Weg, falls sie sich etwa begegneten, drei kurz und schnell hintereinander ausgestoßene Schuhurufe.

Rul und der Anführer der Huhkamänner wechselten noch einige Worte. Strahlenförmig verteilten sich dann die Kriegerpaare über die schneebedeckte Hochfläche.

Rul erschien zuerst am Sammlungsfels, mit ihm ein Huhkamann. Absichtlich hatte er jedem Tulka einen Huhka beigegeben. Es dauerte lange, bis zwei weitere Kriegerpaare erschienen.

Schon dämmerte der Morgen, ein rötlicher Schein flimmerte von Osten her durch den grauen Dunst. Unruhig ging Rul auf und ab. Oft stand er still und spähte und horchte nach der Gegend, woher die anderen kommen sollten. Auch Repo fehlte noch.

Links in der Ferne sah man von Zeit zu Zeit ein Feuer aufflammen. »Das ist das Feuer vor der Nallihöhle«, sagte Rul. »Warum haben die Nallis offenes Feuer in der Nacht, wenn Fehde ausgebrochen ist, und die Männer nicht zu Hause sind?« so fragte er kopfschüttelnd einen der Kundschafter. »Die Weiber hielten ein Fest bis tief in die Nacht«, antwortete dieser. »Dann ist der schlaue alte Nargu nicht zu Hause, oder er hat uns eine Falle gestellt.«

Eine Amsel im nahen Gebüsch schnatterte ihren Warnruf. Sie flog kreischend mit kurzen Flügelschlägen hart vor Rul auf.

»Wir können nicht länger warten«, sagte er, brach einen Fichtenzweig ab und stellte ihn aufrecht in die Mitte des freien Platzes vor den Felsen, mit sechs Steinen, die er um ihn herumlegte.

Dies war das Zeichen, daß sie zu sechsen hier gewesen und aufgebrochen waren. Ein leiser Pfiff, und vorwärts ging es in gebückter Haltung und, soweit möglich, gedeckt durch Bäume und Gebüsche. Nur fünfzig Schritte von der Höhle, hinter dichtem Wacholdergestrüpp, machten sie nochmals halt.

Breit und blutrot stieg die Sonne am Horizont auf und warf ihre ersten purpurnen Strahlen auf die graue Felsenpforte der Nallihöhle. Kein lebendes Wesen rührte sich hier.

»Schieß den Raben von der Stange am Eingang herunter!« flüsterte Rul einem seiner Leute zu, »er könnte uns verraten.« Der Pfeil schwirrte, und der Rabe stürzte. Aber im nächsten Augenblick erholte er sich wieder und flatterte unter lautem Gekreisch zur Höhle.

»Drauf! Vorwärts!« rief Rul und rannte nach der Höhle. Da flog ein Hagel von Pfeilen aus einem Gebüsch am Eingang der Höhle auf die Männer. Sie waren in einen Hinterhalt geraten.

Die drei vordersten, Rul und zwei seiner Brüder, stürzten; Rul war schwer verwundet. Die drei Huhkas rannten zurück in den Wald.

Die ganze Höhle wurde jetzt lebendig. Männer, Weiber und Kinder stürmten heraus und sprangen und schrieen durcheinander und lachten und jubelten und tanzten um die Feinde herum, die sich in ihrem Blut auf dem Boden wälzten.

Jetzt erschien auch der alte Nargu. »Ihr wolltet den alten Nargu überlisten, ihr Bärendiebe!« schrie er die gefallenen Tulkas an. »Aber sind nur drei gekommen?« fragte er erstaunt. Als er gehört, daß drei andere geflohen seien, schickte er einen Teil seiner Männer zur Verfolgung nach, jedoch immer vorsichtig noch einige bei der Höhle zurückbehaltend.

Eine halbe Stunde war vergangen. Noch immer tanzten die Weiber und Kinder und höhnten den kühnen Rul, der, indes wieder zu sich gekommen, wie ein schwer getroffener Löwe trotzig und wild um sich blickte.

Da erscholl von der Seite her, wo die waldlose Ebene weithin sich erstreckte, lautes Kriegsgeschrei. Es war Repo mit seinen sechs Leuten und den drei geflohenen Huhkas. Alle Nallis flüchteten zur Höhle.

Schauerlich war das Geheul der Tulkas ob der gefallenen Brüder. Ohne sich lange bei ihnen aufzuhalten, stürmten sie, Repo und Obu voran, den Nallis nach in die Höhle hinein. Dort vor dem Prunkgemach des Nargu standen die Nallimänner und hielten Wache. Auf den Häuptling hatten es Repo und Obu abgesehen. Die Wachen wurden niedergeschlagen und die beiden drangen hinein, mit ihnen Ara, das mutige Nallimädchen.

Aufrecht und fest stand der alte Nargu dort, sein glänzendes Schwert in der Hand. Vor ihn stellte sich Ara und streckte flehend ihre Arme den beiden Tulkahelden entgegen. »Obu, ich folge dir!« rief sie; »laßt meinem Ahn das Leben!«

Die Männer stutzten. Von draußen ertönte jetzt das entsetzliche Jammergeschrei der verwundeten Weiber und Kinder.

»Ist das jetzt Brauch bei den Aimats«, schrie der Alte, »die Weiber und Kinder zu schlachten! Vorwärts, tötet euern alten Ohm!« Und dabei hob er sein Schwert in die Höhe.

Repo wandte sich um und schrie mit Donnerstimme in die Höhle hinaus: »Laßt ab von den Weibern!«

Zugleich fiel Ara vor ihrem Großvater nieder, umklammerte seine Knie und bat: »Mach' Frieden mit den Tulkas!«

»Wir wollen unsere Hände nicht mit dem Blut unseres Ohms färben«, rief Repo jetzt. »Gelobe uns Ende der Fehde und fortan Freundschaft!«

»Ist euer Häuptling tot?« fragte der Alte.

»Er ist von einem Pfeil durchbohrt«, versetzte Repo, »aber er lebt noch.«

»Laßt uns zu ihm gehen!« sagte Nargu.

Der Alte schritt voran, ihm nach die anderen; Repo rief seine Männer zusammen.

Es war still geworden, nur leises Stöhnen und Ächzen ertönte noch aus der Höhle heraus.

Nargu trat hin vor Rul, der sich mühsam auf seinen Arm stützte. »Nimm dies Schwert von deinem Ohm, kühner Rul«, sagte er bewegt. »Freundschaft sei fortan zwischen den Nallis und den Tulkas!«

Rul nahm die Waffe, und ein Strahl der Freude glänzte aus seinen matten Augen. »Ich werde sterben«, sagte er, »aber die Tulkas werden Wort halten! Seid einig gegen die Kalats!« Wieder brach er ohnmächtig zusammen.

»Eilen wir nach Hause!« rief Repo.

Die Männer machten Tragbahren aus ihren Wurfspießen und luden die verwundeten Brüder darauf.

Nargu beschenkte alle Krieger mit prächtigen Steinwaffen. Ara aber nahm zärtlich Abschied von ihrem Großvater. Dann ergriff sie Obu bei der Hand und folgte ihm. Man schlug den Weg über die Hochebene ein. Im Tal angekommen, setzten sie die Verwundeten am Bach nieder und wuschen ihnen die Wunden aus.

Nochmals schlug Rul die Augen auf. Repo stand bei ihm und richtete ihn in seinen Armen halb auf. »Repo«, sagte Rul, »ich sterbe. Sei du Häuptling meiner braven Tulkas, bis Rulaman alt genug ist. Ihm bring dieses Schwert von Sonnenstein.« Dann rief er laut: »Rulaman, mein Sohn, wo bist du? Darf ich deine leuchtenden Augen nicht mehr sehen, deine süße Stimme nicht mehr hören?

Rulaman, ich sehe dich groß werden, aber nicht unter deinem Volk! Ich sehe die Tulkas sterben, die Huhkas und die Nallis fallen. Du allein wirst leben!« Dann schloß er die Augen und flüsterte: »Ich sehe einen braunen Adler unter weißen Tauben. Und die Tauben folgen ihm, und er schützt die Tauben mit seinen Schwingen. Des Adlers Augen sind meines Rulamans Augen, und seine Stimme ist Rulamans Stimme. Aber die Tauben sind fremde Tauben – ich kenne sie nicht.«

Rul war in die Brust getroffen. Er starb am Bach im Armital.

19

Ruls Begräbnis

Es war beinahe Mitternacht, als unsere Tulkakrieger mit dem gefallenen Häuptling unten an ihrem Berg ankamen. Nur Rulaman und die alte Parre wachten noch oben bei der Höhle. Das bekannte Zeichen der Männer ertönte. Der brave Junge eilte hinüber nach der Quelle und wie einst, dieses Mal aber mit schwerklopfendem Herzen, rief er: »Rulaba! Rulaba!« durch den finsteren Wald. Niemand antwortete ihm heute. Angstbeklommen rannte er die Zickzackpfade hinab. Da lag der Vater auf einer Bahre von Lanzen. Mit einem gräßlichen Schrei stürzte er über ihn hin. Schweigend standen die Männer. Endlich richtete er sich auf: »Ist er tot?«

»Er ist tot«, antwortete Repo.

»Tot!« schrie der Arme verzweiflungsvoll, »und ihr lebt noch!«

Obu fiel ihm um den Hals und rief: »Rulaman, töte mich als Racheopfer an deines Vaters Grab. Mein ist alle Schuld.«

Rulaman riß sich los, warf sich über den toten Häuptling und schrie: »Rulaba! Rulaba!« und legte sein Ohr an die kalten Lippen, als müßte er noch ein Wort von dem Helden hören. Doch der Vater blieb stumm. Plötzlich erhob sich der Jüngling wieder und rief:

»Wer hat ihn gemordet?«

»Der erste Pfeil der Nallis traf ihn«, antwortete Repo. Er erzählte ihm den Hergang, wie Rul unten am Bach gestorben, des Vaters letzte Worte des Abschieds von Rulaman und überreichte ihm das schöne Schwert.

Rulaman ergriff es schweigend, drückte Obu noch die Hand und verschwand im Wald.

Als die Männer mit dem toten Häuptling vor der Tulka ankamen, fanden sie die alte Parre bewußtlos vor der Höhle liegen. Mit schlimmer Ahnung hatte sie die Krieger entlassen, und als sie den Schmerzensschrei Rulamans vom Tal herauf vernommen hatte, wußte sie alles. Wie wahnsinnig wollte sie ihnen entgegeneilen, brach aber zusammen. Man trug sie und den Toten in die Höhle.

Die Tage der Trauer für unseren Tulkastamm sollten jetzt nicht mehr aufhören.

Am anderen Morgen wurde die Kriegsstange vor der Höhle niedergelegt. Männer, Frauen und Kinder färbten sich Gesicht und Hände schwarz. Ein Gerüst wurde errichtet in der Mitte des Platzes, vier mannshohe Pfähle mit einem Dach aus dünnen Baumstämmen und Zweigen. Darauf legte man den toten Häuptling, angetan mit seinen kostbarsten Kleidern, seine besten Waffen neben ihn; das gute Steinbeil in seine Rechte, die Lanze in die Linke.

Indes hatten die Huhkamänner die traurige Mär in ihre Höhle gebracht. Schon am Nachmittag erschien der Angekko mit seinem ganzen Stamm.

Wie ein Steinbild saß die alte Parre auf ihrem Platz unter der Eibe; teilnahmslos und schweigend starrte sie vor sich hin. Neben sie zu ihrer Rechten setzte sich der Angekko, zu ihrer Linken Repo.

Die anderen, Männer, Weiber und Kinder, bildeten einen weiten Kreis um das Gerüst. Sie unterhielten sich flüsternd und von Zeit zu Zeit, auf ein gegebenes Zeichen, stimmten sie einen eintönigen, schauerlichen Klagegesang an.

Am Abend zogen alle Männer aus, um das Wild für den Leichenschmaus, einen Bären, zu erlegen. Der Angekko bezeichnete ihnen den Schlupf eines solchen nicht weit von seiner Höhle. Schon am anderen Morgen schleppten sie die schwere Beute herbei.

Nach alter Sitte mußte am dritten Tag die feierliche Beisetzung stattfinden.

Eine der vielen kleinen Grotten, wie sie sich überall in den Albfelsen finden, diente seit alter Zeit als Totengruft für die im Kampf gefallenen Männer. Sie lag in einem Winkel des Gebirges zwischen der Tulka und Huhka, am Ende des Mate-, das heißt Heldentals, einer kalten, nördlichen Waldschlucht. Vor ihr war ein großer, freier Platz geebnet und in dessen Mitte ein mächtiger Felsblock aufgerichtet.

Reste früherer Leichenmahle, Asche, Kohlen, zerschlagene Tierknochen, zerbrochene Steinmesser, lagen zerstreut umher. Alte Eiben,

Im Matetal

im Kreise gepflanzt, beschatteten mit dunkelgrünen Blättern die einsame, düstere Stätte. Eine große Steinplatte, senkrecht aufgerichtet, verschloß den Eingang der Felsgrotte, damit kein Raubtier zu den Toten gelangen konnte. In der Höhle waren zwei Räume, ein großer, weiter, niederer und ein kleiner, enger, aber höherer, letzterer den Häuptlingen vorbehalten. Dort im großen Raum lagen die Leichen, nach Mumienart zusammengeschnürt, neben- und aufeinander.

Die Häuptlinge im kleinen Gemach setzte man aufrecht auf Felsblöcke, den Rücken gegen die Wand gelehnt, das Zepter aus Renntiergeweih in der Hand.

Am dritten Tag gegen Mittag erschien der alte Nargu mit zehn seiner Männer vor der Tulka. Obu und Ara, von Repo gesandt, hatten ihn abgeholt. Die alte Parre erhob sich vor ihm. Seit dreißig Jahren zum erstenmal wieder blickte sie in das Gesicht ihres Bruders.

Am Morgen desselben Tages war auch Rulaman aus der Waldeinsamkeit zurückgekehrt, blaß, abgehärmt und ernst. Kein Laut verriet seinen tiefen Schmerz.

Ein langer Trauerzug setzte sich am Nachmittag von der Tulka aus nach dem Matetal in Bewegung. Voran vier Nallimänner mit der Tragbahre, der tote Häuptling mit einem Bärenfell bedeckt. Hinter ihnen in ihrem Reisekorb wurde die alte Parre von zwei Huhkaleuten getragen. Dann folgten der Nargu, der Angekko, Repo und Rulaman, alle im Feiergewand und in Kriegerrüstung. Nach ihnen die übrigen Männer, von denen vier den zum Leichenmahl bestimmten Bären auf Stangen trugen. Zuletzt die Weiber und Kinder unter erschütterndem Klagegesang.

Vor der Grabhöhle wurde der Häuptling aufrecht auf den Fels in die Mitte gesetzt, und feierlich, wie einen Lebenden, redeten ihn nun nach alter Sitte die Häuptlinge der anderen Höhlen an. Zuerst der Nargu:

»Komm zurück aus der Walbahöhle, du Edler, und höre mich!
Ich habe dich gehaßt dein Leben lang; was war der Grund?
Dein Ahn stahl mir die Schwester, und der Zorn meines Vaters fraß fort in mir.
Warum kamet ihr nicht und versöhntet euren Ohm, ihr Tulkavettern?
Oftmals zitterte mein Herz vor Freude, wenn ich deine Taten hörte, du Mutiger:
Wie du in raschem Sprung einholtest die flüchtige Kadde,
Wie dein Pfeil nie fehlte den Adler hoch in den Lüften,

Wie du den Dolch einbohrtest ins Herz dem riesigen Änak,
Wie du niederschlugst mit mächtigem Faustschlag den Uson,
Wie du, dem kühnen Raben gleich, der den Habicht anfällt,
Auge in Auge bekämpftest den furchtbaren Burria.
Denke nicht mehr des alten Haders. Empfange freundlich
Mit den andern Häuptlingsgeistern den alten Nargu,
Wann er bald niedersteigt zu der warmen, hellen Walbahöhle,
Wo ewiger Friede! Nimm zum Pfande den Ring aus Sonnenstein!
Seh ich ihn leuchten einst dort in der Walba, so erkenn ich daran
Den Tulkahelden, Rul, den Kühnen.«

Dann trat der Angekko dem toten Rul gegenüber und sprach:

»Warum verläßt du uns in des Lebens Vollkraft,
Herrlicher Rul, du Rabe an Mut, du Numba an Stärke!
Ja, kurz ist, wir sehen es, das Leben des Helden,
Denn der Gefahren für den Kühnen sind zu viele.
Aber aller Gefahren schrecklichste ist der feindliche Bruder;
Denn nicht aus der Nähe nur, wie der Änak und Burria,
Nein, schon von fern her trifft er auch den stärksten Gegner,
Und nicht immer ist der heilende Arzt zur Seite.
So nimm nun auf den Weg diesen Dolch, meine schönste Waffe,
Und sprich Gutes von mir in der Walbahöhle,
Denn auch ich bin alt und werde bald folgen.«

Wildstürmende Kriegstänze der Männer, begleitet von Schlachtgesängen und Trommelschlägen, wechselten jetzt mit ruhigeren Tänzen der Weiber und schwermütigen Klagen. Das dauerte bis in die Nacht hinein. Dann wurde vor dem Felsblock ein großer Holzstoß aufgeschichtet und angezündet.

Plötzlich, auf ein Zeichen des alten Nargu, ward es still. Die ganze Schar hatte sich dem toten Häuptling gegenüber aufgestellt. Hochauf loderten die Flammen des Holzstoßes und beleuchteten grell die bleichen Züge des Helden.

Als das Feuer herabgebrannt war, wurden Kienfackeln angezündet, die schwere Steinplatte vom Eingang der Grabesgrotte weggewälzt, die Leiche auf die Bahre gelegt und von vier Tulkamännern in die Häuptlingsgrotte hineingetragen. Nur die Häuptlinge, die alte Parre und Rulaman folgten.

Mittlerweile war der Bär zum Leichenschmaus zerlegt und geröstet, eine ganze Keule abgetrennt und zu den Füßen des Häuptlings gelegt worden, als Zehrung auf dem Weg in die Walbahöhle.

Die Beisetzung war beendet. Die Häuptlinge und die Tulkamänner kamen zurück aus der Höhle, nur die alte Parre und Rulaman verweilten noch länger darin.

Wie mit einem Schlag schien jetzt eine Wandlung über die ganze Versammlung gekommen zu sein. Da und dort wurden Feuer angemacht, um die man sich gruppenweise lagerte. Fast schien alle Trauer vergessen, denn lautes, munteres Gespräch erscholl von allen Seiten.

Der Bär wurde verteilt, das Gehirn aus der aufgeschlagenen Schädelkapsel den Häuptlingen dargeboten, die Markknochen an den Enden aufgeschlagen und von den Männern ausgesaugt.

Der Schmaus dauerte bis nach Mitternacht. Da erschien die alte Parre unter dem Eingang der Grotte und rief mit lauter Stimme den Nargu, den Angekko und Repo und Rulaman zu sich hinein.

Eine Totengrotte aus der Aimatzeit, wie sie im Jahre 1852 ausgegraben wurde

Dort, in der von außen nur spärlich erleuchteten Totenkammer, gönnte sie zum erstenmal ihrem Bruder Nargu das Wort.

»Nargu, deine Schuld ist groß«, sprach sie, »denn durch deinen Haß ist dieser Held, der beste Aimat, ermordet. Aber er spricht durch mich, der edle Rul: leget eure Hände in meine kalte Rechte, ihr Häuptlinge der Aimats, und schwört, daß dies der letzte Brudermord sein soll. Wer hinfort einen Aimat tötet, der soll nie kommen in die Walbahöhle.« Ernst, fast bitter erwiderte darauf der Nargu: »Rul ist nicht ermordet, er ist als Krieger gefallen. Hätten wir nicht gewacht lange Nächte hindurch, so säße wohl ich jetzt hier an seiner Stelle. Ist es meine Schuld, daß er das schwarze Los zog beim Todeswürfeln? Darum ehre auch du, Schwester, des Toten Willen. Vergib und vergiß endlich den alten Hader.«

Einer nach dem anderen ergriff die Rechte Ruls, zuletzt Rulaman. Dann nahmen die Häuptlinge feierlich Abschied von der alten Parre, herzlichen Abschied voneinander und brachen auf, jeder in seine Heimat.

In der Tulka mußte, so forderte es der strenge Brauch, ein ganzes Jahr um den toten Häuptling getrauert und kein Freudenfest, keine Hochzeit durfte gefeiert werden.

So wurde auch Obus Hochzeitsfeier um ein Jahr verschoben, doch blieb Ara fortan in der Tulka.

20

Der Tur und der Uson im Norgewald

Die schwere Sorge für die tägliche Nahrung verbot unseren Aimats von selbst eine lange, träge Trauerzeit. Schon in jener Nacht im Matetal bei dem Leichenschmaus hatten sie für den ersten tiefen Schneefall eine Tur- und Usonjagd verabredet, eine gefährliche Jagd, obgleich sie nicht einem Raubtier, sondern nur Wiederkäuern galt.

Tulkas, Huhkas und Nallis wollten zusammengehen, das erstemal wieder seit mehreren Jahrzehnten.

Zwei Arten mächtiger, wilder Stiere lebten damals im deutschen Urwald, der langhörnige Ur oder Auer, den die Aimats Tur nannten, ungefähr von der Gestalt unseres Rindes, und der hochschulterige, dickbemähnte, kurzhörnige Wisent, der Uson, den man jetzt fälschlich Auerochs nennt. Beide sind längst in Deutschland ausgerottet. Zu Cäsars Zeiten lebte der »Urus, etwas kleiner als ein Elefant und mit langen Hörnern«, also der Tur, im Herzinischen Wald. Das Nibelungenlied weiß von beiden Arten. Siegfried erlegt sie in den Vogesen:

Darnach schlug er schiere
Einen Wisent und einen Elch,
Starker Ure viere
Und einen grimmen Schelch.

Tur und Uson waren, wie Mammut und Nashorn, in der Nähe der Wohnsitze der Aimats längst sehr selten geworden. Da das Fleisch der Kälber und Kühe und der jungen Bullen ihnen als Leckerbissen galt, hatten sie die Tiere durch ihre häufigen Jagden teils ausgerottet, teils vertrieben. Aber es gab noch große Herden in einem viele Tagereisen breiten und langen Wald jenseits des Norgeflusses.

Wenn man vom Tulkaberg aus dem Lauf des Armibaches in der Richtung nach Mitternacht und Abend folgte, gelangte man nach einer halben Tagereise in das breite Tal des Norge, der bald ruhig, oft zu breiten Seen anschwellend, durch sumpfige Wiesenauen zwischen Erlen und Weiden dahinfloß, bald zwischen hohen, steilen Hügeln zusammengedrängt schäumend über schiefrige Felshänge hinabstürzte. Jenseits des Norge bedeckte schwarzer Urwald weithin das hügelige Land. Die Kronen der Jahrhunderte alten Eiben und Föhren, Eichen und Birken bildeten meilenweit ein undurchdringliches Laubdach, wo kein Unterholz, kein Kraut aufkommen konnte. Wenn einer der Baumriesen, vor Alter kernfaul oder gipfeldürr geworden, endlich in sich selbst zusammenbrach, vermoderte er an der Stelle und düngte den Boden zu neuem, üppigerem Baumwuchs, der in kurzer Zeit die Lücke im Laubdach wieder schloß. So herrschte dämmerndes Halbdunkel in dieser Waldwüste, deren gespenstige, unheimliche Stille nur durch das Picken der Spechte und den melancholischen Ruf der Wildtauben unterbrochen wurde. Die Niederungen in diesem Urwald waren weitausgedehnte Moorwiesen; trocken im Sommer, bedeckten sie sich zum großen Teil mit üppigem Graswuchs, während die tiefsten Stellen auch dann Morastsümpfe blieben.

Diese Waldblößen waren es, wo die mächtigen Stiere hausten. Sie beherrschten von hier aus die ganze Wildnis. Kein menschlicher Pfad führte hindurch. Kein Aimat, ja kein Raubtier, kein Burria, kein Höhlenbär, kein Wolf, keine Hyäne wagte sich hinein. Nur der baumkletternde Fjälfraß und der Luchs, denen das zusammenhängende Laubdach als Brücke diente, waren vor den mächtigen und mutigen Tieren sicher.

Ruhig weideten auf jenen Auen den ganzen Sommer hindurch die in großen Rudeln lebenden Rinder. Sorglos grasten die Kühe, und mutwillig hüpften und blökten die Kälber um sie her, während die Bullen wachten und die Herden fest zusammenhielten. Versuchte es je der hungergepeinigte Burria, vom Wald gedeckt, sich anzuschleichen, so witterte ihn bald der nächste Stier. Hochauf richtete sich sein Kopf, er horchte und äugte, er scharrte mit den Vorderfüßen, schlug seine Flanken mit dem Schweif, brummte wütend, senkte seinen Kopf zu Boden und stürzte wie toll auf den Feind los, ein zweiter, dritter, vierter ihm nach. Nur eiligste Flucht konnte den Löwen retten, oder er sank, selbst wenn er den ersten Stier niederschlug, von den stahlharten Hörnern der zu Hilfe eilenden Bullen durchbohrt, nieder und wurde mit den Füßen zerstampft und zermalmt. So kämpft heute noch der starke Kaffernbüffel im südlichen Afrika gegen den mächtigen Kaplöwen. So kämpfte dort im Norgewald der noch viel stärkere Tur gegen den riesigen Burria.

Weit lästiger aber und beunruhigender als die großen Raubtiere waren für jene wilden Rinder die kleinen, fliegenden Feinde, die Stechmücken und die Bremsen, die sie in den heißen Sommermonaten quälten. Wurden diese, wie bei herannahendem Gewitter, besonders aufdringlich und blutdürstig, so stürzte oft plötzlich das ganze Rudel der gefolterten Rinder in toller Flucht nach den morastigen Sümpfen hinunter, um sich dort zu wälzen und bis zum Kopf unterzutauchen. Über die schwüle Mittagszeit der heißesten Monate steckten sie stundenlang in diesen Suhlen und verschafften sich, wenn sie denselben entstiegen, in dem auf ihrem Fell hängengebliebenen Schlamm für geraume Zeit einen schützenden Mantel gegen ihre Peiniger.

Streng hielt sich der Tur vom Uson gesondert. Jede Art hatte ihre eigenen Weideplätze. Die Herden lebten im Sommer ein friedliches Dasein. Nur zu Zeiten gab es innerhalb der Herden einen harten Kampf der eifersüchtigen Bullen untereinander. Dröhnend stießen dann ihre breiten Stirnen zusammen, und oft stürzten jüngere Tiere, von einem riesigen Hauptstier getroffen, tot nieder.

Noch zwei andere Wiederkäuer lebten in diesem weit nach Mitternacht ausgedehnten deutschen Urwald. Es waren der Schelak und der Elak der Aimats, der Schelch und der Elch der Nibelungen, ungeheure Hirsche. Zwei Klafter spannte das Geweih der breitstirnigen Schelaks. Dieses Geweih war nicht rund, wie das unseres Edelhirschs, sondern nach den Enden zu verflacht, schaufelförmig und zackig wie das des Renntiers und des Damwilds. Der Elak aber ist das heute noch in Nordeuropa, in Ostpreußen und auch in Kanada lebende Elen, das den Schelak an Größe noch übertraf, dessen Geweihe bedeutend kürzer aber sehr breit sind. Diese Hirsche banden sich im Sommer nicht an bestimmte Weideplätze wie die Rinder, sondern durchstreiften in kleinen Familien die lichteren Waldgründe und ästen Zweige, Laub, Rinde und Flechten im Unterholz.

Das war das Tierleben im Sommer im Norgewald. Anders im Winter.

Wenn der Schnee mehrere Fuß hoch die gewohnten Weiden bedeckte, trieb der Hunger die Rinder zur Wanderung. Notgedrungen verließen sie den sicheren Urwald und stiegen von den Hügeln hinunter nach den Schilfauen des Norgetales. Die Hirsche, die auch jetzt noch im Wald ihre Nahrung fanden, rotteten sich zu großen Rudeln zusammen und rückten in die verlassenen Waldblößen ein. Dort stampften sie, in regelmäßigen Reihen schreitend, wie heute noch in Kanada, den tiefen Schnee nieder und machten sich so weithin feste Plätze, auf denen sie sich frei tummeln konnten und die sie mutig gegen etwaige Angriffe von Menschen und Raubtieren verteidigten. Ihre Äsung bestand, ähnlich wie im Sommer, in Flechten, Baumknospen und Rinde von jungen Bäumen.

Es gelang den Aimats nur selten, dem Schelak und dem Elak nahe zu kommen; denn sie blieben jahraus, jahrein im sicheren Hort des Waldes. Wohl aber siegte die menschliche List über den ins Freie hinausgetretenen Tur und Uson. Auch diese hielten sich zwar im Winter bei Tag im Vorwald verborgen, aber gegen Abend wagten sie sich hinaus an die Wasser des Norge, um das kümmerlich dort wachsende Gras und halbwelkes Schilf abzuweiden. Hier machte der Aimat Jagd auf sie.

Kaum eine Woche war verflossen seit dem Tod des tapferen Rul, als ein tiefer Schneefall, weithin das Land deckend, die Aimats an die Jagd auf die Urstiere mahnte, eine gefährliche Jagd, freilich auch die nutzbringendste im ganzen Jahr. Noch war die Zeit nicht gekommen. Zuvor mußte sich der Schnee fest gelagert haben und eine hartgefrorene Decke bilden.

Nach einer weiteren Woche – das Wetter war indessen hell und eisig kalt geworden – sandte Repo Boten nach der Huhka- und nach der Nallihöhle. An der Stelle, wo der Armibach in den Norge fließt, sollten die Jäger sich treffen. Unsere Männer waren ausgerüstet wie sonst; aber unter die Sohlen der Renntierstiefel hatten sie sich jetzt

Schneesandalen gebunden, flache Weidengeflechte, mit steifem, geglättetem Leder überzogen, zwei Fuß lang und einen halben Fuß breit, auf denen sie frei, ohne einzusinken, wie auf Schlittschuhen mit Windeseile über die Schneefläche dahingleiten konnten.

Repo, Rulaman, Obu und die vier anderen Tulkas waren als erste zur Stelle. Es war ein frischer, sonniger Wintermorgen, die Luft klar, der Blick weithin offen. Bäume und Gebüsche glitzerten blendendweiß von gefrorenem Reif. Im jenseitigen Vorwald lagerten vermutlich die wilden Rinder, die den Aimat und die Gefahr wohl kannten. So mußten die Männer behutsam durch das steif gefrorene, knisternde Röhricht sich durchwinden, um nicht vor der Zeit von dem Wild entdeckt zu werden.

Den Norge deckte spiegelglattes, festes Eis bis auf eine wenige Klafter breite Strömung am jenseitigen Ufer, wo der wilde Fluß im letzten Sommer sein tiefes Bett gerissen hatte.

Eine Notbrücke über den Strom zu schlagen, auszuspähen, wo die Rinder in der Nacht im Freien geäst, von wo aus man sie am Abend überfallen und wohin man sie endlich treiben müsse, das war die Aufgabe des Tages, und damit wurde sofort begonnen.

Möglichst leise fällten sie einige Weidenbäume, legten sie über die Strömung und banden sie zu einem Steg zusammen. Sieben Zweige wurden in den Schnee gesteckt zum Zeichen für die Nachfolgenden. Dann ging es hinüber über die Brücke und, vom Röhricht gedeckt, am anderen Ufer hinauf bis an eine Stelle, wo der Wald hart an den Fluß herantrat, dort hinein in den Forst, und auf einem ungeheuren Umweg durchforschte man in aller Stille den ganzen Vorwald. Nirgends fanden sie die ersehnten tiefen Fußstapfen der Rinder. Sollten sie den gewohnten Wechsel verlassen haben, etwa weil der Fluß nach der Waldseite hin sein tiefes Bett gerissen hatte und so die besten Winterweiden jenseits des Flusses lagen?

Endlich ertönte ein Klopfen in bestimmtem Takt an einem Baumstamm, ähnlich wie das des Spechtes und den Aimats wohlbekannt.

Einer der streifenden Männer hatte die Spur gefunden und das verabredete Zeichen gegeben. Alle kamen zur Stelle. Es war der Lagerplatz einer kleinen Turherde; die Formen der kleinen und großen Tiere waren deutlich im Schnee abgedrückt. Nach diesen Lagerstätten im Schnee zählten sie einen erwachsenen Bullen, sechs Kühe und einige zwanzig junge Tiere, glückliche Vorzeichen, denn vor allem die alten Bullen machten die Jagd gefährlich und hier war nur einer. Doch dieser eine war ein riesiges Tier. Hoch an einem Baumstamm entdeckte Obu Haare, wo der Stier sich die Stirn gerieben hatte.

Es war offenbar die Lagerstätte des gestrigen Tages. Wo lagen sie heute? Schon jetzt waren unsere Tulkas zwei Stunden von der verabredeten Stelle am Einfluß des Armibaches entfernt. Sollten sie ohne die anderen weiterpirschen? Sie machten halt, wagten aber kein Feuer anzuzünden, weil das Wild den Rauch weithin wittern konnte. Hungrig kauten sie an getrockneten Fischen, die sie mitgebracht hatten. So verflossen eine, zwei Stunden; es war Mittag geworden.

Endlich kamen die Huhkas und Nallis, die sich auf dem Weg getroffen hatten. Sie waren über die vorbereitete Brücke gegangen und den Spuren der Tulkas gefolgt. Da sich weder der Angekko noch der alte Nargu eingefunden hatten, fiel Repo die Führung der Jagd zu. Er zählte ohne seine eigenen Leute dreißig Männer, für die damalige Zeit eine ansehnliche Macht. Sofort entwarf er einen großartigen Jagdplan, gegründet auf die Anzahl der Männer und die Turherde, die nicht weit entfernt sein konnte.

Groß war die Freude der neuen Ankömmlinge über die gefundene Lagerstätte der Tiere. Man brach sofort auf und verfolgte den Weg, den die Herde von hier aus gemacht hatte.

Die Fährten führten immer im Vorwald weiter, am Fluß abwärts, dann, nach etwa einer Stunde Wegs, aus dem Wald heraus, hinunter an den Norge. Mit äußerster Vorsicht traten zuerst Repo, Rulaman und Obu ins Freie hinaus und schlichen sich auf den Fährten, möglichst durch Gebüsch gedeckt, weiter bis ans Wasser. Hier verlor sich die Spur; also waren die Rinder hinübergeschwommen.

Jenseits breitete sich eine weite, mit Röhricht bedeckte Morastfläche aus. Nach rechts hin erhob sich in einiger Entfernung ein sanft ansteigender Hügel, mit dunklem Föhrenwald bedeckt, wie eine kleine schwarze Oase in der weiten Schneewüste.

Also hier hatten die Tiere gestern den Fluß überquert und im Röhricht, wo der Sumpf nicht zu tief war, geäst. Zweierlei war möglich. Entweder sie waren zurückgeschwommen über den Fluß nach dem großen Urwald, oder sie lagen dort drüben in der einsamen Waldinsel.

Repo und den beiden Jünglingen zitterte das Herz vor Freude bei dem Gedanken, daß das letztere das Wahrscheinlichere war. Denn obgleich der Tur ein vortrefflicher Schwimmer war, mied er das eiskalte Wasser im Winter. Auch war die Strömung des zusammengedrängten Flusses, besonders für die Kälber, gefahrdrohend.

»Die Sonne steht schon tief am Himmel«, sagte Repo; »ehe sie hinuntersinkt, müssen wir wissen, wo die Ture liegen, und wie wir sie zu treiben haben; wenn nicht, so müssen wir die Nacht umsonst frieren und verscheuchen weithin das Wild durch unser Feuer. Also zurück so schnell als möglich zu den anderen und weiter suchen!«

Unbedingt glaubten und folgten alle Männer dem jagdkundigen Tulkahäuptling. Sechs Leute mit Obu ließ er am diesseitigen Ufer hinabstreifen, soweit als jenseits das Rohrfeld sich erstreckte. Waren die Rinder auf dieser Strecke nicht ausgetreten, so steckten sie zweifellos in dem kleinen Föhrenwald. Die sichere Hoffnung darauf bewog ihn, mit der ganzen übrigen Mannschaft innerhalb des Vorwaldes so rasch als möglich stromaufwärts zu laufen, um hoch oben den Fluß zu überqueren und den Tieren in den Rücken zu kommen. Der Wind war ungünstig. Er blies heftig aus Mitternacht, gerade von ihnen nach dem Wäldchen. So mußten sie in einem weiten Umkreis dieses umgehen, um von der anderen Seite, von Süden her, dem lagernden Wild zu nahen.

Rasch war der neue Steg gelegt. Mann hinter Mann, in langer Reihe, wie eine dunkle, im Schnee hinkriechende Schlange, schlichen sie sich tief duckend möglichst geräuschlos hinüber, dann immer durch das Röhricht, alle Deckungen benützend, wohl eine Stunde lang bis zu einem großen Weidengebüsch, das, tausend Schritte von dem kleinen Föhrenwald nach Süden entfernt, ihnen Deckung und zugleich alle Gelegenheit zur Beobachtung und zur Vorbereitung auf den Abend bot.

Während sich die Huhkas und Nallis an gedörrtem Bärenfleisch erholten, kletterten Repo und Rulaman auf eine hohe Weide, um von ihr aus die ganze Gegend auszukundschaften. Mit durchbohrenden Blicken spähten sie vor allem in das schwarze Föhrenwäldchen hinein. Es war die vor dem Wind geschützte Seite des Hügels, und dazu die sonnige, südliche, die sie sahen. Hier lagen zweifelsohne die Tiere, wenn sie überhaupt da waren. In der Tat glaubte Rulaman einen Augenblick, einige dunkle Formen sich am Boden bewegen zu sehen.

Repo war noch höher an der Weide emporgestiegen und hatte oben einen weit über den Wipfel des Baumes hinausreichenden langen Ast mit einer Renntiermütze darauf an den Stamm gebunden, zum Zeichen für Obu, wo sie seien. Kaum war die Mütze hoch in der Luft erschienen, da sah Rulaman deutlich drüben zwischen den Föhren eine schwarze Masse sich erheben, und da stand er, der mächtige Turbulle, in seiner ganzen Größe, starr zu ihnen herüber auf die Weide äugend. Wenn er jetzt das geringste Geräusch hörte oder wenn er sie witterte, so rannte sicher das ganze Rudel im nächsten Augenblick in wilder Flucht auf und davon. Die Jagd wäre verloren und alle Mühe umsonst gewesen. Denn außerhalb seines gewohnten Waldreviers war der Tur ein schüchternes Tier und floh vor dem Menschen, wo er ihn erblickte, solange ihn dieser nicht angriff und in die Enge trieb.

Es war ein Glück für unsere Jäger, daß der stark wehende Wind alle Wachsamkeit des Tieres täuschte. Doch blieb es noch eine Weile unruhig; es schüttelte seinen schweren Kopf, riß, wie um den fernen

Feind herauszufordern, mit seinem fast klafterlangen Gehörn den Boden auf und schleuderte Gras und Moos und Gebüsch in die Luft.

Während Rulaman auf seinem Wachtposten blieb, stieg Repo rasch hinunter, um alles zum Angriff fertig zu machen. Sein Plan war, die ganze Herde in einen tiefen, mit Schnee bedeckten Sumpf zu treiben, der sich, wie er wußte, hinter dem Hügel, nicht weit vom Norge, hinzog. Dort konnten die Jäger auf ihren Schneeschuhen die tief einsinkenden Rinder leicht überwältigen. Eilig ließ er aus Rohr und Weiden dicke, lange Fackeln binden. Die eine Hälfte der Jäger, die mutigsten und stärksten, sollten die Lanze und den scharf zugespitzten Dolch, die anderen die Fackeln tragen.

Obu traf ein; wie erwartet, hatte er keine Spuren von den Rindern in den Wald zurück gefunden.

Längst war die Sonne hinter den Hügeln des schwarzen Norgewaldes verschwunden, als sie mit den Vorbereitungen zu Ende waren. Ein dicker, grauer Nebeldunst stieg vom Norge auf, lagerte sich über das Tal und verdeckte auch den Blick auf den Föhrenwald. Rulaman stieg herunter von seinem Wachtposten. Das letzte, was er sah, war, daß auch einzelne Turkühe sich schon erhoben hatten.

Noch schien es Repo nicht dunkel genug zum Beginn des Treibens. Wenigstens konnten die Fackeln noch nicht ihre volle Wirkung tun. Unruhig und brennend vor Jagdlust schlich er sich mit Obu und Rulaman, vom Nebel gedeckt, so nah an den Hügel heran, daß sie die Tiere schnauben hören konnten, ohne sie noch zu sehen. Offenbar war das ganze Rudel schon auf den Beinen. Sie lauschten mit angehaltenem Atem.

Jetzt setzte sich die Herde in Bewegung, in der Richtung nach Mittag, dem Albgebirge zu. Dies war ungünstig. Auf diesem Weg konnten ihnen alle entrinnen. Also auf der Stelle mußte das Treiben beginnen.

Alles stand bereit. In wenigen Augenblicken hatte man Feuer, und bald brannten die Fackeln. Rasch ordnete Repo die Fackelträger in zwei Häuflein. Die einen schickte er zum Norgeufer, links am Föhrenhügel vorbei, um die etwa nach dem Fluß und dem Urwald durchbrechenden Tiere zurückzuscheuchen. An die Spitze der anderen stellte er den klugen Obu. Diese sollten, so schnell als sie auf Schneeschuhen konnten, nach rechts, dem Gebirge zu, der Stierherde den Weg abschneiden und sie auf den Sumpf hinter dem Hügel zurückwerfen. Repo mit Rulaman und allen Bewaffneten rückte rasch zu dem Föhrenwäldchen vor, um von dort aus je nach Erfolg einzugreifen, zunächst um die Tiere, falls sie in das Wäldchen zurückfliehen würden, zu empfangen. Weiter hatte Repo angeordnet, daß die Tulkamänner den Kampf mit dem Bullen auf sich allein nehmen sollten, um auch die anderen zur Tatkraft aufzumuntern.

Es dauerte nicht lange, und ein Höllenlärm erhob sich seitens der Fackelträger.

Dann vernahmen die Jäger im Wäldchen von fernher das Stampfen und Pusten der schwer im Schnee arbeitenden, in wahnsinniger Angst vor dem Feuer rückwärts fliehenden Rinder. Näher und näher zog sich das wilde Getöse. Offenbar flohen sie nach dem Wäldchen. Dort war der Kampf für die Aimats ungleich schwerer als im Sumpf, aber es war keine Zeit mehr zu langem Besinnen. Nichts fruchtete das Schreien der Jäger. Schon drangen einige junge Rinder in den Wald, dann einige Kühe und zuletzt der schwere Bulle. Die Männer mußten zur Seite springen, um nicht von der ungestümen, alles zu Boden werfenden Herde niedergetreten zu werden.

Nun folgte eine grauenvolle Szene in dem kleinen Föhrenhain. Laut erscholl in der Nacht das wilde Kriegsgeheul der kämpfenden Männer, die, hinter Baumstämmen gedeckt, mit Speeren und Dolchen auf die Rinder losstießen, das dumpfe Wutgebrüll der Tiere, die sobald sie in dem dunklen Wald angekommen, verzweifelt sich zur Wehr setzten, dazwischen ertönten gellende Schmerzensschreie der Jäger, die von den in der Dunkelheit toll hin und her rennenden Tieren niedergeworfen wurden, dann wieder das ängstliche Blöken der

Kälber, die nach ihren Müttern, und das breite, tiefe, langgedehnte Braigen der Kühe, die nach ihren Jungen schrieen. Dieses ganze tobende Schlachtgetümmel aber war nur halb erleuchtet von dem Helldunkel einer sternklaren, mondlosen Nacht und von den bald da, bald dort am Rande des Gehölzes aufblitzenden Fackeln.

Schon nach kurzer Zeit hatte sich das ganze Rudel der Ture, so viele ihrer noch lebten, auf den mittleren, höchsten Punkt des Hügels zurückgezogen. Dort war eine größere Lichtung, und dort hatte sich der erfahrene Bulle gestellt, weil ihn sein langes Gehörn zwischen den Bäumen an freier Bewegung hinderte, neben ihm seine Herde. Klug und kampfbereit bildeten die mutigen Tiere einen Kreis um die Kälber und Jungen, die Köpfe und Hörner nach außen gerichtet.

Eine Zeitlang trat Ruhe ein.

Repo, von dessen Seite der kühne Rulaman keinen Augenblick gewichen war, rief alle Männer zusammen. Nur zehn folgten dem lauten Befehl. Einige lagen stöhnend am Boden, viele waren mutlos auf die Bäume geklettert. Was tun?

Sie konnten sich mit einiger Beute zurückziehen; wollten sie weiter kämpfen, so hatten sie schwere und gefährliche Arbeit vor sich. Noch in voller Kraft, obgleich aus vielen Wunden blutend, stand dort oben der wütende Turbulle. Er brüllte dumpf und wühlte, jetzt selbst den Angriff herausfordernd, mit seinen Hörnern und Vorderfüßen den Boden auf; um ihn her die ebenso todesmutigen, für ihre Kälber kämpfenden Kühe. Ihnen gegenüber stand das kleine Häuflein der Aimats mit den armseligen, meist schon unbrauchbar gewordenen Waffen.

Repo rief Obu herbei, dem es schwer genug gefallen war, tatenlos außen am Waldrand bei den Fackelträgern zu weilen, um sie zu festem Ausharren zu ermutigen. Er brannte vor Kampfbegier.

»Obu, wir brauchen Pfeile. Wo sind die Waffen der Fackelträger?«

»Droben im Weidengebüsch«, antwortete dieser. Drauf Repo:

»Schafft sie rasch herbei!« Dann schrie er mit Donnerstimme nach den Bäumen hinauf: »Herunter, ihr feigen Dabbas!«

Einer nach dem andern näherte sich ängstlich und beschämt. Darauf sandte Repo einen Boten zu den Fackelträgern, die unten am Norge im Hinterhalt lagen. Jetzt wichen die Tiere nicht mehr aus dem Wald, das wußte er.

Die Waffen kamen, Bogen und Pfeile, Wurfspieße und Dolche in Mengen. Alle Männer bis auf die verwundeten waren jetzt zusammen.

Auf dem Turhügel

Repo zählte wieder dreißig kampffähige Jäger für den nächsten Angriff. Er stellte sie im Kreis rings um die Waldblöße. Auf ein Zeichen flog aus nächster Nähe ein Hagel von Pfeilen auf die in der Mitte zusammengedrängten Rinder. Das Ziel war leicht und sicher zu treffen und dennoch gering die Wirkung. Es folgte ein zweiter, dritter, vierter Pfeilhagel. Immer noch standen die Tiere, an deren dickem Fell die meisten Pfeile abprallten. Dumpf brummend behaupteten sie ihren Platz.

Repo flüsterte Obu und Rulaman einige Worte zu. Dann riß er den weißen Wolfspelz von der Schulter und warf ihn gerade dem Turbullen entgegen. Dieser, blind vor Wut, stürzte allein darauf zu. Da schossen blitzschnell die drei vom Waldrand auf ihn los, und während der Bulle das Wolfsfell mit seinem langen Gehörn zerzauste und in die Luft warf, bohrte ihm Repo von der einen, Obu von der anderen Seite hinter dem Schulterblatt den Dolch in die Brust. Mit dumpfem Gebrüll sank das ungeheure Tier in die Knie. Jetzt sprang Rulaman vor und stieß ihm sein Messer in den vorwärts gebeugten Nacken. Wie vom Blitz getroffen stürzte der mächtige, schwarze Riese zusammen.

Lautes Freudengeschrei der Männer erhob sich ringsum. Als wären sie durch das Beispiel der wenigen Tapferen plötzlich mit deren Mut beseelt, stürmten sie alle zusammen auf die führerlose Herde in der Mitte zu. Noch standen die Rinder; nur einige junge Bullen brachen durch und flohen zwischen den Bäumen zum Norge hinunter. Keine Kuh wich von der Stelle, und in blutgierigem Schlachten metzelten die Männer erbarmungslos alle samt den Kälbern nieder.

Es war eine reiche Beute, wie sie die Aimats in Jahrzehnten vielleicht nur einmal machten; ein Bulle, sechs Kühe, neun halberwachsene Rinder und sechs Kälber lagen erlegt am Boden. Nur jene vier jungen Bullen, die durchgebrochen, waren dem Schicksal der armen Herde entronnen und hatten sich wohl bereits jenseits des Norge im Urwald in Sicherheit gebracht.

In toller Ausgelassenheit tanzten die Jäger um das erlegte Wild herum und stampften freudetrunken den von Blut geröteten und erweichten Boden. Bei dem nachfolgenden fetten Mahl brauchten sie diesmal nicht zu sparen. Sie zündeten auf dem Gipfel des Hügels ein mächtiges Feuer an, setzten sich auf die noch warmen, toten Rinder und verzehrten unter Scherzen und Reden drei große Turkälber, ließen auch nichts davon übrig als Knochen und Häute. Auch die Verwundeten konnten am Schmaus teilnehmen, denn keiner war für ihre Begriffe erheblich verletzt. Die gefährliche Jagd war außerordentlich glücklich verlaufen. Repo hatte seine neue Häuptlingswürde in großartiger Weise eingeweiht. Sein Ansehen auch bei den anderen Aimats war sicher fortan ein unbestrittenes. Dies freute ihn sehr. Er durfte nach diesem Erfolg auf der Jagd auch fernerhin auf treues Zusammenhalten der drei Höhlenstämme rechnen.

Nur einer vermochte nicht einzustimmen in den allgemeinen Jubel. Es war Rulaman. Kühn und eifrig war er stets der Vordersten einer gewesen, solange es Mut und Anstrengung galt. Jetzt saß er allein unter einem Baum, weit ab von den anderen, und blickte in stillem Träumen vor sich hin. Bald vermißte ihn Repo, suchte und fand ihn. Dann kam auch Obu, und so saßen sie lange dort, fern der wilden Lustbarkeit, und sprachen von dem kühnen Rul und seinen Taten.

»O, wie wird sich der Edle freuen«, rief Repo aus, »wenn er in der Walba die Kunde von diesem großen Tage vernimmt, der den Bund der drei Höhlen besiegelt!« Dann setzte er ernst hinzu: »Und wer wird ihm zuerst diese Nachricht bringen?«

Es war lange nach Mitternacht. Endlich legte sich alles zur Ruhe nieder. Tiefe Stille herrschte über dem Hügel, wo kurz vorher, wie auf einem Schlachtfeld, wildes Morden gewütet hatte. Man stellte Wachen aus, und es dauerte nicht lange, so machten diese Lärm. Ein Rudel hungriger Wölfe, von dem weithin dampfenden Blutgeruch angezogen, war vom Albgebirge herangetrabt, aber ebenso bald wieder verscheucht; einige davon, die zu frech in das Wäldchen eingedrungen waren, mußten ihre Gier mit dem Leben büßen. Auch ein prächtiger Farka war unter dem Rudel. So nannten die Aimats den seltenen weißen Wolf, der ihnen das kostbarste Pelzwerk lieferte. Die Wachen hatten nach ihm geschossen, aber gefehlt. Auch Hyänen erschienen, schlichen aber nur scheu in einiger Entfernung um das Lager, heißhungrig nach dem leckeren Mahl winselnd.

Die müden, satten Jäger schliefen lange in den Tag hinein. Nun galt es, die Beute aufzubrechen und heimzuschaffen, eine lange, mühevolle Arbeit.

Wenn nur die Kälte andauerte, damit das Fleisch nicht verdarb! Der Schnee war fest genug, um Schlitten zu tragen, und trefflich verstanden sich die Aimats darauf, solche im Notfall zu bauen.

Die großen Tiere mußten ganz zerlegt werden, denn nur mit einer Last von etwa dem Gewicht eines Mannes pflegte man die Schlitten zu beladen. Der Bulle wog wohl zwölfmal, eine Kuh siebenmal dieses Gewicht.

Um die Heimschaffung zu erleichtern, auch um den Weibern und Kindern ein Vergnügen zu bereiten, sandte Repo Boten zu den drei Höhlen. Alle sollten kommen, denen der Weg nicht zu weit wäre. Prächtige Stücke von Kälbern schickte er der alten Parre, dem Nargu und dem Angekko voraus.

Während die eine Hälfte der Männer unter Obu die Schlitten baute, begannen die anderen damit, die Tiere auszuweiden und das von den Eingeweiden Brauchbare auf die Seite zu packen. Dahin gehörten außer dem Fett besonders noch die langen, dünnen Därme, welche gedreht treffliche Schnüre und Seile lieferten, die sofort beim Packen Verwendung fanden. Dann wurde die Abhäutung des Bullen vorgenommen. Er hatte ein schönes, schwarzes Fell mit einem gelblichen Längsstreifen über den Rücken, und, als es ausgebreitet dalag, war es so groß, daß sechs Männer hätten auf ihm lagern können. Einmütig bestimmte man es zum Ehrengeschenk für den glücklichen neuen Häuptling. Das Fleisch des ganzen Bullen und der kolossale Kopf mit den ungeheuren Hörnern sollten der Tulkahöhle als Beuteanteil zum Voraus gehören, alles übrige auf Repos Anordnung, nach der Anzahl der Männer, die jede Höhle zur Jagd gestellt hatte, gleich verteilt werden.

Am Abend erschienen die Huhka- und Tulkaweiber mit ihren Kindern. Ihr Jubel, als sie die Väter bei der großen Beute wiedersahen, war grenzenlos. Sie hatten, wie Repo durch die Boten befohlen, Zelte mitgebracht, und so wurde der kleine Föhrenberg für eine halbe Woche ein buntes Zeltlager, belebt von über hundert glücklichen, im Überfluß schwelgenden Menschen. Anderen Tages am Mittag kamen auch die Nallis in großer Menge angerückt. Drei Tage jubelte und arbeitete man in diesem Winterlager. Erst am vierten Tag war alles zum Aufbruch vorbereitet, die Beute verteilt, und Männer, Weiber und Kinder zogen in langem Zuge die reich beladenen Schlitten ihren Höhlen zu.

Der kleine Föhrenhügel, auf dem sie so reiche Beute gemacht hatten, hieß fortan bei unseren Aimats der Turhain.

21

Der weiße Wolf

»Ein Farka war in dem Rudel«, so hatten die Wachen in der ersten Nacht im Turhain verkündet. Der seltene weiße Wolf oder Farka stand unter allen Jagdtieren jener Zeit, nur den ebenso seltenen Burria ausgenommen, obenan. Sein schneeweiß glänzender Pelz war die Auszeichnung des Häuptlings. Nur er und seine Söhne durften ihn tragen. Groß war der Ruhm, und für besonders glücklich galt jeder Aimat, dem es gelungen war, einen Farka zu erbeuten. Ja, wie der Töter eines Höhlenlöwen sein Leben lang mit dem ehrenvollen Beinamen »Burriamate« ausgezeichnet wurde, so hieß der Glückliche, der einen weißen Wolf erlegt hatte, fortan »Farkamate«.

Die Kunde von dem prächtigen Farka ließ unsere beiden Freunde Obu und Rulaman nicht schlafen. Schon drei Nächte, solange unsere Aimats auf dem Turhain lagerten, hatten sie abwechslungsweise gewacht und auf die Wölfe gelauert. Aber umsonst. Diese heulten wohl jede Nacht aus der Ferne vom Albgebirge her, aber sie wagten sich nicht näher heran.

Am Morgen des vierten Tages, als alles sich zum Aufbruch rüstete, hielten die Freunde Rat.

»Rulaman«, sagte Obu, »du hast mir treulich geholfen, meinen Bären zu töten, dir verdanke ich die schöne Ara, so helfe ich dir jetzt zu einem schönen Farkapelz. Die Wölfe warten nur, bis es hier ruhig geworden ist, und schon diese Nacht, wenn keine Feuer mehr brennen, kommen sie sicher. Wollen wir nicht zurückbleiben, wir beide allein?«

»Wir bleiben«, antwortete Rulaman sofort entschlossen. Niemand sollte um den Plan wissen, als Repo und Ara.

Ara war mit den anderen Tulkafrauen angekommen. So kurze Zeit sie erst unter den Tulkas und Huhkas verweilte, so groß war schon ihr Ansehen bei ihnen. Sofort hatte sie es übernommen, die Wunden zu verbinden, und deren gab es viele, wenn auch keine schweren. Im übrigen arbeitete sie nicht viel mit den anderen Frauen, sondern wie eine Gebieterin wandelte sie umher, ordnete hier und ordnete da und hatte für jeden ein freundliches Wort. So war sie es gewöhnt von Jugend auf schon in der Nallihöhle, und niemand wagte es, sie darob zu tadeln. Vielmehr liebten sie alle, und mit besonderem Wohlgefallen lauschten Männer und Weiber der klugen Rede der schönen Nallitochter, wie sie sie nannten, wenn sie in der Feierstunde lange, merkwürdige Geschichten erzählte, die sie von ihrem Ahn, dem alten Nargu, gehört hatte: von der Sonne und ihrem Lauf am Himmel, von dem Mond und den Sternen und von den weißen Kalats, oder wenn sie gar berichtete, was sie selbst von den Vögeln im Wald vernommen hatte, denn sie verstand ihren Gesang und ihre Sprache, und wo immer sie sich im Wald zeigte, da flatterten sie zutraulich um sie herum, und sie fütterte sie und redete mit ihnen. Was Wunder, daß Obu stolz war auf seine Ara, doch nicht weniger stolz war diese auf ihren tapferen Jüngling.

Als Ara von dem Plan der beiden hörte, riet sie zuerst: »Laßt es genug sein.« Als sie aber merkte, daß ihr Entschluß fest stand, da bat sie flehentlich: »Laßt mich bei euch bleiben. Ich kenne wohl die

Rede: Geht der Aimat zur Jagd, bleibt zu Hause die Magd; aber«, fuhr sie stolz sich erhebend mit leuchtenden Augen fort, »bin ich nicht die Enkelin des großen, weisen Nargu? Hat er mich nicht gewöhnt, nie Furcht zu kennen? Mein Pfeil trifft so sicher wie euer Pfeil, und kein Jüngling tat es mir je zuvor im Speerewerfen.«

Rulaman hatte längst die schöne Ara liebgewonnen wie eine Schwester. Er selbst bat jetzt für sie bei Obu.

So blieben die drei zurück. Sie versteckten sich im Gebüsch, bis die anderen alle abgezogen waren. Vor Abend waren die Wölfe nicht zu erwarten. Nur langsam verstrichen unseren ungeduldigen Jägern die Stunden.

Endlich dunkelte es. Die Sonne war untergegangen. Ein schmaler, rotgelber Streif leuchtete noch am Horizont und ergoß ein blasses Licht über die unabsehbare Schneefläche.

»Jetzt auf die Bäume!« rief Obu. Sie bestiegen drei Föhren am Rand der Waldblöße. Alle drei, auch Ara, waren bewaffnet mit Pfeilen und Wurfspeeren. Um die Tiere nicht abzuschrecken, hatten sie kein Feuer angezündet. Froh und guten Mutes sahen sie der Nacht entgegen, ja, für unsere erprobten Jäger Obu und Rulaman galt eine Wolfsjagd fast als Vergnügen. Auch Ara freute sich, daß es ihr gelungen war, an einer ernstlichen Jagd teilzunehmen, und sie jubelte, als endlich von fern, vom Gebirge her, das ersehnte erste Geheul des Leitwolfs erscholl.

Es war sternhell. Sie hatten ihre Bäume so gut gewählt, daß sie von ihnen über die anderen Föhren hinweg weit über die Schneefläche bis ans Gebirge sehen konnten. Aber so scharf sie auslugten, noch zeigte sich nichts auf dem weiten Plan.

»Der Wind ist nicht günstig«, sagte Obu; »sie werden uns wittern, aber der Hunger wird ihnen schon Mut machen.«

Ein tiefes Gebrüll ertönte von jenseits des Norge, vom Urwald herüber. Ara schrak zusammen. Das hatte sie nie gehört. »Was war das?« flüsterte sie.

»Ein Usonbulle«, antwortete Rulaman; »vermutlich hat er ein Raubtier gewittert, denn sonst treten sie ja immer ruhig und lautlos aus dem Wald.«

Wieder wurde es still. Nur die gefrorenen Schilfstengel am Norge rauschten. Einige Hyänen kläfften im Röhricht aus jener Gegend, wo am Morgen die lange Karawane ihren Weg genommen hatte. Unsere Jäger beachteten sie nicht. Ihr heiseres Bellen war allen wohlbekannt.

Endlich erblickte Ara weit nach dem Gebirge zu einen dunklen Schein auf dem Schnee, der langsam sich zu bewegen schien wie ein wandernder Wolkenschatten. Sie zeigte hinüber.

»Das sind sie«, flüsterte Obu; »wir werden wohl noch eine geraume Zeit hier oben frieren müssen, bis sie uns vor den Bogen kommen.«

Näher und näher zog sich die dunkle Wolke heran, aber kein Laut ließ sich vernehmen. Endlich sah man deutlich einzelne Formen an den Rändern.

»Das geht ja rasch!« rief Obu lustig; »die Stalpe haben Hunger, sie trotten. Es ist ein großer Haufen. Wir werden Arbeit genug bekommen. Ara! nur fest an den Baum geklammert! Wer hinunter fällt, ist verloren.«

Jetzt war das Rudel nur noch etwa tausend Schritt entfernt. Plötzlich stand es still. Der Leitwolf heulte grausig in die Nacht hinein. Das ganze Pack antwortete.

»Sie haben uns gewittert«, rief Rulaman.

Ara klopfte das Herz. Die Wölfe schienen unschlüssig.

»Jetzt machen sie den Jagdplan«, scherzte Obu. So war es in der Tat. Denn bald teilte sich das Rudel in drei Haufen. Während der größte von vorn in langsamem Schritt vorsichtig an das Wäldchen sich heranpirschte, trottete ein zweites Häuflein nach rechts, ein drittes links um den Hügel herum.

»Das hast du gut ausgedacht, alter Stalpe«, rief Obu; »du willst uns von vorn und von den Seiten zugleich fassen. Rulaman, es wird Ernst. Es sind ihrer wohl dreißig, fast zuviel für uns, wenn sie hungrig und dreist sind. Und was sagst du, Ara«, rief er freundlich scherzend zu ihr hinüber; »wie heißt doch die Rede? Geht der Aimat zur Jagd, bleibt zu Hause die Magd!«

In der Tat war es Ara etwas bang zumute, und sie antwortete nicht.

»Ich sehe den Farka!« rief Rulaman freudig. »Er ist bei dem Mitteltrupp. Willst du nicht den ersten Schuß auf ihn haben? Dann wirst du Farkamate«, flüsterte er scherzend Ara zu.

Sie ärgerte sich über die Neckereien und rief stolz hinüber: »Ja, ich will, so wahr mein Ahn Nargu heißt.«

Die drei Haufen der Wölfe hatten sich indes aufgelöst. Von allen Seiten gingen die klugen Tiere einzeln gegen den Hügel vor. Alle kamen fast zu gleicher Zeit unten am Waldrand an. Im Dunkel der Föhren entschwanden sie den Blicken. Deutlich sah man überall zwischen den Bäumen da und dort die funkelnden Augen der gierigen Räuber.

»Ihr Hunger ist größer als ihre Vorsicht«, flüsterte Obu.

Kaum hatte er dies gesagt, so heulte wie auf ein Zeichen das ganze Rudel zusammen. Das klang schauerlich aus den Föhren heraus.

Ara zitterte. Auch die beiden Jünglinge schienen plötzlich an Gefahr zu denken. Beide nur um Aras willen. »Wüßte ich sie doch zu Hause!« rief Obu zu Rulaman hinüber.

Mit einem Mal stürzten die hungrigen Tiere von allen Seiten auf das leckere Mahl in der Mitte des Hügels zu und zerrissen gierig die Haufen Eingeweide, die ihnen die Jäger zurückgelassen hatten.

»Siehst du den schönen Farka?« flüsterte Obu. »Er weiß es, daß Ara ihn treffen soll, ihr ist er am nächsten.«

Im selben Augenblick schwirrte eine Bogensehne. Ara hatte geschossen. Der Farka stürzte und wälzte sich mit Geheul am Boden.

»Bassa, Ara!« riefen beide wie aus einem Mund.

Alle Wölfe stutzten und richteten die Köpfe in die Höhe. In ihrem Heißhunger hatten sie die Feinde, die sie ja schon von fern gewittert, vergessen. Jetzt erblickten sie sie auf den Bäumen, und racheschnaubend heulten sie nach ihnen hinauf. Unsere Jäger verloren den Mut nicht. Auch Ara schien durch ihren glücklichen Schuß wie neubelebt, und Pfeil auf Pfeil flog von den dreien hinunter in die Reihen der Wölfe.

Ara, Obu und Rulaman im Kampf mit den Wölfen

Bald wälzten sich mehrere am Boden, und schon ergriff eine Anzahl die Flucht. Auch der weiße Farka erhob sich wieder und folgte den Fliehenden.

Da sprang Obu vom Baum herunter und, ohne auf die anderen Wölfe zu achten, mit dem Speer in der Hand dem Farka nach in den Wald hinein. Kaum war er unten, da stürzten die übrigen Wölfe wutbrüllend auf ihn los. Doch schon war Rulaman an seiner Seite, und mit einem Schrei der Verzweiflung glitt auch die mutige Ara am Baum hinunter und hinüber zu Obu.

Es war ein harter Kampf der drei gegen sechs wütende Raubtiere. Erst als zwei durchbohrt am Boden lagen, flohen die anderen. Rulaman war niedergeworfen worden. Ein Wolf hatte ihn in die Brust gebissen. Aber schnell hatte er sich wieder aufgerafft und weitergekämpft.

»Bist du verwundet?« fragte Ara ängstlich Obu. »Etwas zerrissen an Armen und Beinen«, versetzte dieser. »Aber wo ist der Farka?«

»Er ist den anderen nach«, sagte Rulaman. »Doch wir holen ihn ein!«

Sie suchten auf der Spur der geflohenen Wölfe, und nicht weit vom Wald auf der Schneebene entdeckten sie das verwundete Tier, das den anderen nicht hatte folgen können. Noch einmal stellte sich der Wolf wütend gegen seine Verfolger. Da stieß ihm Rulaman seinen Speer von vorn in die Brust.

Jubelnd schleppten sie die herrliche Beute nach dem Wäldchen. Dort lagen noch vier weitere getötete Wölfe. Was sie wollten, hatten sie vollauf erreicht. Alle drei waren müde vom Kampf. Rulaman blutete stark. Ara verband ihm und Obu die Wunden. Auch sie selbst hatte eine Bißwunde im Arm, und sie war stolz darauf.

Rulaman machte Feuer an und Obu briet einen Wolfsschinken. Das war ein großes Labsal für unsere hungrigen Jäger. Dann häutete er den schönen weißen Wolf ab. »Ein prächtiges Pelzlager für unsere Ara Farkamate«, meinte Rulaman. Erschöpft schliefen sie ein. Am anderen Tag bauten sie einen kleinen Schlitten und fuhren ihre kostbare Beute nach Hause.

22

Die Kalats sind da

Es war Frühjahr geworden. Der Buchfink schmetterte zum erstenmal wieder seinen kräftigen mutigen Schlag von der alten Eiche vor der Tulka herab, während gegenüber hoch auf der Eibe eine Amsel ihr weiches schwermütiges Lied flötete.

So kündigte damals, so kündigt noch heute der deutsche Wald sein Wiedererwachen an. Frische Lebenslust jubelte aus der Brust jenes kleinen Sängers, dem jetzt sein Weibchen von Afrika zurückgekehrt war. Er selbst hatte den rauhen deutschen Winter mit den Aimats durchgemacht; er hatte viel gehungert, viel gefroren, aber nun wollte er bald Hochzeit machen und hatte sich ein neues Kleid angetan, prangend in frischen, munteren Farben. Schön pfirsichrot war seine Brust, schwarzblau sein Köpfchen, gelbglänzend die Flügel. Er flog herunter von der Eiche auf den freien Platz vor der Höhle und hüpfte kühn und kampfesmutig einher. Das war sein Revier, seines allein. Wehe dem Nebenbuhler, der sich nur in die Nähe wagte! Es war ein alter Vogel. Er hatte seit einem Jahrzehnt hier seinen Standort; er gehörte zur Tulka, und alle kannten ihn.

Die alte Parre hörte seinen Schlag und richtete sich auf; »Sabliga«, rief sie; wollte ihn locken, wie sie so oft getan; aber ihre trockenen Lippen brachten keinen Ton mehr hervor. »Pfeife ihm, Ara!« sagte sie zu dieser, die neben ihr unter der Eibe saß.

Da ertönte ein sausendes Flügelschwirren; ein zarter, jammervoller Angstschrei, dann der grelle, wütende Kampfruf des Raben.

»Was war das?« fragte die Alte hastig.

»Ein Sokol hat den armen Sabliga geholt!« rief Ara, »und ist fort mit ihm, hinunter ins Tal; unser braver Karga ihm nach!«

Die Alte fuhr auf: »Wie sah er aus, der Sokol?«

»Ich kenne ihn nicht«, sagte Ara; »ich sah noch nie einen solchen, er leuchtete rot in der Sonne. Er schoß daher wie ein Blitzstrahl, streifte den armen Sabliga vom Boden weg, und fort ist er mit ihm.«

Die Züge der Alten verzogen sich krampfhaft. »O Kind, das ist ein Kalatvogel!« murmelte sie; »der gute Karga wird den Schlauen nicht mehr einholen. Er wird – –«, die zahnlosen Kiefer der Alten zitterten; sie konnte nicht weiterreden.

Ein Mädchen sprang herüber zu den beiden und brachte ein goldgelbes Federchen des Sabliga, das ihm der wilde Räuber ausgerissen hatte. Ara weinte. Die kleinen Mädchen schluchzten, und mutig toll rannten die Knaben an den Rand des Abgrunds, wo der Sokol verschwunden war. Sie hatten die Pfeile auf den kleinen Bogen und schrieen wütend hinab in das Waldtal.

»Wann kommen die Männer heim?« fragte sorglich die Alte.

Der Sokol holt den Sabliga

»Am Abend«, antwortete Ara; »sie fischen drüben im Nufatal.«

Am Abend kehrten die Männer zurück. Ihre Ausbeute war klein. Eine Überschwemmung, wie sie die Schneeschmelze im Gebirge oft bringt, hatte viele alte Forellenlöcher zerstört.

Weit schwerer traf die alte Parre eine andere Nachricht.

»Die Kalats sind drüben im Nufatal«, berichtete Repo. »Sie haben ein großes Lager, lange Zelte auf großen Schlitten, und die Schlitten stehen auf runden Baumscheiben. Viele Pferde und andere Tiere, die wir nie gesehen haben, weiden bei dem Lager. Sie hauen die größten Bäume und bauen sich Wohnungen daraus. Sie kamen zu uns herunter an den Bach und gaben uns diese glänzenden Stückchen aus Sonnenstein im Tausch gegen unsere Fische. Sie werden unsere Weiber erfreuen.«

»Werft sie fort«, schrie die Alte wütend. »Das sind Zauberringe! Wie viele Kalats waren es denn?«

»Fünfzig und fünfzig«, erwiderte Rulaman. »Mehr als alle Aimats zusammen, und jeder hatte einen großen zahmen Wolf, wie der Nargu. Die Wölfe heulten wütend, als sie uns sahen, und stürzten auf uns los. Aber die Kalats riefen sie zurück, und jene folgten ihren Worten wie Kinder.«

»Habt ihr Frauen und Kinder gesehen?« fragte die Alte wieder.

»Einige Knaben ritten auf den weidenden Pferden«, sagte Rulaman, »und drei Weiber kamen an den Bach herunter, um Wasser zu schöpfen. Sie deuteten auf uns und lachten, als sie uns sahen.«

»Wie habt ihr denn die Worte der Kalats verstanden?« fragte Ara, die dabeistand; »nur der Nargu kennt ihre Sprache, und er hat sie mich gelehrt.«

»Sie machten Zeichen mit den Händen und deuteten, was sie wollten«, antwortete Rulaman. »Ihr Häuptling, ein großer, schöner Mann in prächtigen Kleidern, zeigte nach den Bergen; er wollte wohl wissen, wo wir wohnen.«

»Wehe, wehe über uns!« rief die Alte, »das Nufatal ist zu nahe! Sendet Boten an die Huhkas und an die Nallis! Erinnert sie an den Schwur in die Hand des toten Rul im Matetal!« –

Wenn man vom Tulkaberg aus nach Mitternacht zu dem Armibach folgte, dann, noch ehe er sich in den Norge ergoß und nach Osten sich wandte, konnte man über einen schmalen Gebirgssattel hinübersteigen ins Nufatal, durch dessen schöne Wiesenauen der klare Stanabach sich dahinschlängelte, reich an Forellen und Krebsen.

Nach Mitternacht zu lag das Tal weit offen; nach Mittag, Morgen und Abend war es in weitem Halbkreis von den schroffen Ausläufern des Albgebirges umspannt. Vor allen thronte als hehrer Wachtposten im Osten ein prächtiger Bergkegel, von dem man weit hinaus blickte in das flachhügelige Norgetal. Das war der große Nufaberg. Fast kahl ragt er heute in die blauen Lüfte hinein; weit hinauf an seinen warmen Geländen baut ein emsiges Völklein seine Weinreben, nur die obere Hälfte deckt schöner mannigfaltiger Laubwald. Damals aber war er vom Fuß bis zum Scheitel mit dunklem Eibenwald bedeckt.

Dieses schöne warme Nufatal hatte sich das von Osten her vordringende Volk der Kalats zu einer Kolonie ausersehen. Woher kam dieses Volk? War es plötzlich da, wie vom Sturm hergeweht? So erschien es wohl unseren Aimats. Aber es war anders.

Wie am Meer, wenn die Flut zu ihrer festgesetzten Zeit hereinkommt, erst eine breite, niedere Welle sanft über das flache Gestade hereinschwimmt, als wollte sie es nur versuchen, zaghaft die Mutter Erde zu umarmen, dann höhere und höhere Wogen folgen, bis zuletzt brausend der Ozean anstürmt, alles niederwirft und das ganze ihm gehörige Gebiet erobert, so ergoß sich, erst langsam, dann immer stärker anschwellend, damals die Völkerflut von Osten, von Asien her, über Europa.

Wie die Einwanderung der Europäer nach Amerika nun schon vier Jahrhunderte lang anhält und noch lange so fortdauern wird, bis kein rothäutiger Indianer mehr auf angestammtem Boden den Büffel jagt, so dauerte wohl jahrhundertelang die Einwanderung der Kalats vom Osten, bis endlich alle Ureuropäer, die Aimats der Eiszeit, vertilgt oder nach den Hochgebirgen und nach Norden zurückgedrängt worden waren.

Lange ehe unsere Geschichte auf der Alb spielte, hatten die weißen Kalats das östliche Europa, besonders die Talebene des Langen Flusses inne, jenes Flusses, den die Aimats, wenn sie an die Seen zogen, überschreiten mußten. Auch waren ja schon Nachrichten über sie zu unseren Höhlenbewohnern gedrungen, und wir wissen, daß der alte Nargu Karawanen zu ihnen sandte und mit ihnen im Tauschhandel stand.

Die Kalats trieben Viehzucht und Ackerbau. Sie hatten Haustiere, Hunde, Rinder, Schafe und Pferde, die ihre Ahnen dereinst von den Steppen Asiens mitgebracht hatten. Sie bauten Getreide, hatten also Brot, und das Brot vermehrte schnell die Anzahl der Menschen. So wuchs das Volk, und immer neues Land war nötig. Sie drängten heraus durch die Flußtäler, die natürlichen Wanderstraßen der Menschen, immer weiter von Ost nach West und endlich auch nach Süddeutschland herein.

Eine Woche war verflossen, seit die Tulkamänner die Nachricht von der Ankunft der Kalats im Nufatal nach Hause gebracht hatten. Wie einst, als die Fehde mit den Nallis ausgebrochen war, hielten seitdem jede Nacht zwei Männer vor der Höhle Wache. So hatte es die alte Parre gewollt. Auch sie selbst blieb, seit es Frühjahr geworden war, immer die ganze Nacht draußen unter der Eibe, träumend und sinnend im Halbschlaf. Oft fuhr sie mitten in der Nacht unruhig mit lautem Rufen auf, als wolle sie Männer zum Kampf ermutigen. Einmal, es war eine finstere, stürmische Nacht, schrie sie plötzlich: »Waldbrand! ich rieche Waldbrand!« Die Wachen, die am Feuer gelegen hatten, sprangen auf.

»Waldbrand«, das war ein Schreckensruf für die Aimats. Der harzreiche Nadelholzwald, der damals das Albgebirge zum größten Teil bedeckte, brannte zu jeder Jahreszeit leicht. Fast immer wütete das Feuer fort, oft meilenweit und tage- und wochenlang, bis ein mächtiger Regen oder die Grenze des Waldes auch ihm eine Grenze setzte. Dem Aimat galt es daher als schweres Verbrechen, den Wald anzubrennen. Wo sollte er jagen, wenn in der Umgegend seiner Höhle der Wald vernichtet war? Ja, nicht selten wurden Höhlen von ihren Bewohnern verlassen, wenn durch Zufall oder durch Feinde dies Unglück sie betroffen hatte.

»Waldbrand!« schrien jetzt die Wachen laut in die Höhle hinein. Bald war alles draußen auf dem Platz. Die Alte hatte zuerst den Rauch nur riechen können. Jetzt sah man schon deutlich nach Mitternacht und Morgen hin eine helle Röte weithin am Himmel. Eine dunkelgelbe Flamme schoß in der Mitte der Röte empor wie eine Riesenfackel.

»Es ist der Nufaberg!« rief Repo; »er brennt. Die Kalats haben die alten Eiben angezündet. Was wollen sie? Wollen sie den Ihren in der Ferne ein Zeichen geben, damit noch mehr kommen?«

Die Alte schüttelte den Kopf. »Ich kenne das; die Kalats bauen ihren Häuptlingen Steinhöhlen auf den Bergen. Von dort sehen diese hinunter ins Tal, wo ihr Volk arbeitet, und herrschen über dasselbe. Die Schlauen haben gut gewählt. Vom Nufaberg aus werden sie uns alle unterjochen. Wie geht der Sturm?« fragte sie dann.

»Gerade aus Mitternacht«, antwortete Repo.

»So kann das Feuer bis morgen bei uns sein«, sagte die Alte. »Laßt mich noch einmal die alten Zaubersprüche versuchen, ob ich den furchtbaren Brand beschwöre.«

Sie ließ sich von zwei Männern an den Rand des Abgrunds tragen. Dort erhob sie ihre Krücken gegen das Feuer und schrie laute, befehlende, drohende Worte in Nacht und Sturm hinein. Sie wurde nicht müde, wohl eine halbe Stunde lang. Und in der Tat, allmählich legte sich der Sturm. Dichter Regen rauschte herab. Die Flamme des Nufaberges sank niedriger und niedriger, sie verschwand und mit ihr die breite Röte am Himmel. Ein dicker, qualmiger Rauch legte sich über die Erde.

Laut auf lachte die Alte und jubelte höhnisch: »Also noch meistert der Aimatzauber das Kalatfeuer!«

Sofort sandte man Obu mit einem anderen Mann nach dem Nufa hin auf Kundschaft aus. Es wurde Morgen und Mittag. Die Boten kamen nicht zurück. Endlich ertönte das bekannte Zeichen von unten am Berg. Rulaman und Ara gingen ihnen entgegen hinüber nach der

Quelle. Sonderbare Tritte, wie von schweren Tieren, ertönten den Zickzackweg herauf. Bald sahen sie einige Männer in bunten Gewändern, auf Pferden sitzend, hinter ihnen einen großen Troß von Kriegern mit funkelnden Waffen, und vor dem Zuge her die Tulkaboten. Offenbar waren die Fremden Kalatkrieger.

Rulaman und Ara gingen eilend zurück zur Tulka, Nachricht zu bringen. Bald folgte ihnen der fremde Zug. Ruhig und stolz, den weißen Wolfspelz um die Schultern, empfing Repo, mitten auf dem Platz vor der Höhle stehend, die Ankömmlinge, ihm zur Seite Rulaman, hinter ihm seine Männer, alle mit Steinbeilen bewaffnet.

Hoch zu Roß saß der Kalathäuptling. Er war angetan mit einem schönen blau und roten Rock. Eine bunte Mütze mit Federbusch bedeckte den Kopf. Lange, lockige Haare wallten ihm über die Schultern. Er trug glänzende Ringe an Armen und Beinen, eine schwere, strahlende Kette um den Hals und ein blinkendes Schwert in der Rechten. Neben ihm hielt ein zweiter Reiter, barhäuptig, mit langem Silberhaar, in weitem, schneeweißem Gewand bis auf die Füße herunter, einen breiten, goldgestickten Ledergurt um die Lenden und einen goldenen Stab in der Hand. Hinter ihnen standen wohl dreißig Männer zu Fuß in dünnen, blauen Röcken mit Ledergürteln, alle gleich, fast ärmlich gekleidet, jedoch gut bewaffnet mit funkelnden Schwertern und Lanzen.

Die Kalats blickten freundlich, heiter und neugierig drein und schienen nichts Schlimmes im Schild zu führen. Seltsamerweise waren Obu und dem anderen Tulkamann, die als Führer dem Zug vorangingen, die Hände auf den Rücken gebunden.

»Was wollt ihr?« redete Repo trotzig den Reiter an; »warum habt ihr unseren Leuten die Hände gebunden?«

Der Kalat schüttelte lächelnd den Kopf, er verstand die Frage nicht. Da trat Ara entschlossen vor und wiederholte, so gut sie es vermochte, Repos Worte in der Kalatsprache. Freundlich und mit wohlwollendem Lächeln bot ihr der Reiter die Hand, die sie aber

Gulloch mit dem Druiden vor der Tulkahöhle

nicht nahm, denn sie war ergrimmt über die Schmach, die ihrem Obu angetan worden war.

»Sei ruhig, schönes Mädchen, wir kommen im Frieden! Fern sei es, daß wir euch Schaden brächten. Ich möchte mit eurem Häuptling reden, ihn bitten, daß er mit mir jagt, daß seine Leute uns helfen und meine Leute ihm. Auch diesen beiden«, dabei deutete er auf Obu und seinen Begleiter, »wollten wir kein Leid antun. Sie sollten uns nur zu euch führen, aber sie wollten nicht oder verstanden uns nicht. Aber wie kommst du, herrliches Mädchen, in die Höhle dieser Wilden? Bist du nicht eine Kalattochter? Woher kennst du unsere Sprache?«

Ohne zu antworten, wandte sich Ara um und wiederholte Repo die Worte des Kalat in der Aimatsprache.

Indes hatte Repo ohne weiteres die Handfesseln Obus und seines Bruders durchschnitten. Als Ara geendet hatte, fragte er Obu selbst über den Hergang.

Sie seien im Nufatal plötzlich von den zahmen Kalatwölfen umringt worden, berichtete dieser, die sie wütend angebellt hätten. Die Kalats seien herbeigekommen und hätten sie vor den Häuptling geführt. Dieser habe ihnen zu essen gegeben und ein braunes Wasser zum Trinken, das vom Kopf bis zum Fuß wärme. Dann habe er durch Zeichen verlangt, sie sollten ihn nach ihrer Höhle führen. Dies hätten sie verweigert und seien fortgerannt. Wieder hätten sie die Wölfe eingeholt, und nun habe man ihnen die Hände auf den Rücken gebunden. Bald seien der Häuptling und der alte weiße Mann auf Pferde gestiegen. Krieger seien erschienen, und nun habe man ihnen unter Drohungen mit einem Dolch bedeutet, den Weg nach ihrer Höhle zu zeigen. »Was sollten wir tun?« fuhr Obu fort; »ließen wir uns töten, so fanden sie doch die Tulka bald genug. Oder sollten wir sie irreführen im Wald, dann zürnten sie uns und euch um so mehr. ‚Wir tun euch und den Eurigen nichts Böses‘, so versicherten sie uns wiederholt mit ihren Zeichen, wir glaubten es halb und führten sie hierher.«

»Ihr habt recht getan«, sagte Repo und wandte sich an den fremden Häuptling: »Wenn ihr unsere Freunde sein wollt, warum bandet ihr unsere Brüder? Der Aimat ist arm und hat nichts als die Kraft seiner Arme und Beine. Aber diese müssen frei sein! Nie hat ein Aimat Fesseln getragen. Frei geht er durch seine Wälder. Keiner ist der Herr des anderen, nur im Krieg und auf der Jagd befiehlt der Häuptling; nur wann er will, gehorcht der Aimat.«

Wieder verdolmetschte Ara die Worte Repos. Dieser erwartete einen Zornesausbruch des Kalat. Aber ohne zu antworten, stieg er vom Pferd, rief einem der Krieger, der einen Korb trug, nahm daraus zwei glänzende Kupferspangen, trat hin zu Obu und steckte ihm eine an den Arm, die andere gab er seinem Gefährten. Dann trat er vor Repo, zog einen prächtigen Dolch aus seinem Gürtel und reichte ihm diesen mit den Worten: »Du sprichst wie ein Held und wie ein Kalathäuptling. Du bist es wert, zu herrschen. Wir müssen Freunde werden.«

Repo zögerte. Plötzlich entschlossen, nahm er den Dolch und reichte dagegen dem Fremden seinen eigenen, einfachen, aus Bein geformten. Freundlich dankte der Kalat, während Repo sprach: »Die du hier siehst, sind meine Brüder und Vettern. Alle sind wie ich, und wenn du mich einen Helden nennst, so sind sie es auch. Laß uns frei in unseren Wäldern. Wir tun euch kein Leid, wenn ihr uns nicht angreift. Aber laß uns eine Grenze machen zwischen hier und dem Nufatal. Kein Aimat und kein Kalat soll sie überschreiten!«

Bei diesen Worten erscholl von der Alten, von der Eibe herüber, ein höhnisches Gelächter. Der Kalat sah hinüber und erschrak über diesen Anblick. Dann, sich wieder an Repo wendend, sagte er: »Nicht also, mein Freund, wir brauchen Leute, die der Gegend kundig sind, beim Jagen; ich habe viele Jünglinge und ihr habt viele Mädchen. Wir wollen ein Volk machen. Eure Töchter werden glücklich sein und nie mehr Hunger leiden.«

»Unsere Zahl ist gering«, sagte Repo, »und der wilde Wolf und der zahme können nicht zusammen leben.«

»Wo sind die anderen Höhlen?« fragte der Kalat; »haben sie mehr Volk als ihr?«

»Ich werde ihnen von euch berichten«, antwortete Repo ausweichend, »und mit ihren Häuptlingen von deinem Wunsche reden.«

Jetzt fiel der Blick des Kalat auf den prächtigen Turkopf, der hoch über dem Eingang der Höhle befestigt war. »Wo gibt es diese Tiere?« fragte er.

»Weit von hier in einem großen Wald. Es sind wilde, gefährliche Tiere«, sagte Repo.

»Willst du mich nicht dahin führen, daß wir zusammen jagen?«

»Niemand wagt sich im Sommer in jenen Wald«, antwortete Repo.

»Der Kalat jagt das ganze Jahr hindurch!« lachte der Fremde; »er hat Hunde und Pferde«. Freundlich bittend fuhr er fort: »Gib mir den Turkopf als Pfand der Freundschaft. Die beiden Hörner sollen zwei prächtige Trinkhörner werden, das eine für dich, für mich das andere. Wie ist dein Name?«

»Repo«, erwiderte dieser.

»Ich heiße Gulloch«, sagte der Kalat. Wieder winkte er dem Mann mit dem Korb, nahm eine prächtige, glänzende Halskette heraus und hing sie Repo um. Je freundlicher der Kalat und je freigebiger, um so verschlossener wurde der Aimat. Doch, war es Gutmütigkeit oder war es Klugheit, er nahm die Kette an, ließ den Turkopf herunterholen und gab ihn dem Kalat.

Jetzt fiel der junge Rulaman im weißen Wolfspelz dem Häuptling in die Augen. »Ist dies ein Knabe oder ein Mann?« fragte er Repo; »warum trägt er schon Männerwaffen?«

»Ein Mann«, antwortete Repo; »er ist Häuptlingssohn und wird Häuptling werden und hat schon als Knabe mit Löwen gekämpft.«

Freundlich ging der Kalat auf ihn zu, schüttelte ihm die Hand und hing auch ihm eine Ehrenkette um den Hals. »Auch ich«, sagte er warm, »habe einen Sohn zu Hause in deinem Alter. Komm zu uns und sieh ihn. Ihr sollt Freunde werden.«

Nun streifte der Kalat einen goldfunkelnden Ring von seinem Finger, trat auf Ara zu, ergriff sie bei der Hand und wollte ihr den Ring an den Finger stecken. »Wie ist dein Name?« fragte er, zärtlich ihr ins Auge blickend.

»Ara«, antwortete sie stolz; »dort steht der Mann, dem ich angehören werde«, und damit trat sie zu Obu hinüber. Der Ring fiel zu Boden. Der Kalat warf Obu einen feindlichen Blick zu, aber schnell faßte er sich wieder. »Es wird Abend«, sagte er; »wir reiten heim. Kommt bald zu uns herüber ins Nufatal.«

Schweigend hatte bis dahin der zweite Reiter, der Greis im langen, weißen Gewand, der Unterredung zugehört. Es war ein Druide. Kein Wort war seinem lauschenden Ohr, kein Blick, keine Miene der Aimats seinem forschenden Auge entgangen. Jetzt richtete er sich hoch auf im Sattel, erhob die Rechte mit dem Goldstab und langsam und feierlich, mit hohltönender Stimme, rief er den Aimats zu: »Seid keine Toren! Unsere Götter haben uns den Weg gezeigt in euer Land und uns befohlen: wohnet hier! Und wir werden hier bleiben. Seid ihr uns Freunde, so werdet ihr mit uns arbeiten, mit uns essen, mit uns den Göttern opfern. Seid ihr uns aber Feinde, so werden unsere Götter euch zürnen und eure Männer im Donner treffen und eure Weiber und Kinder werden unsere Sklaven sein.«

Als Ara auch diese Worte des Druiden verdolmetschte, da richtete sich die alte Parre auf und schrie: »Nun, ihr Aimats, habt ihr jetzt die Wahrheit gehört? Aber fürchtet euch nicht vor ihren Göttern. Hat nicht das alte Aimatweib das Kalatfeuer niedergeschlagen?« Und damit brach sie in ihr höhnisches Gelächter aus.

Der Druide verstand zwar ihre Worte nicht, aber er merkte wohl ihren Sinn. Ohne weiter darauf zu achten, wandte er sein Tier um. Währenddes hatte auch der Häuptling sein Pferd wieder bestiegen. Sie ritten weg. Repo und Rulaman begleiteten sie bis zur Quelle. Dort nahm Gulloch freundlichen Abschied, der Druide aber blieb kalt und teilnahmslos.

23
Verkehr mit den Kalats

Als Repo und Rulaman von der Quelle zur Tulka zurückkamen, war ein Geschrei und eine Aufregung unter den Männern und Weibern der Höhle wie in einem Krähenwalde, den soeben ein Raubvogel heimgesucht hat. Weiber und Kinder, die während der Anwesenheit der Fremden scheu und staunend beiseite gestanden hatten, lärmten jetzt laut durcheinander. Jedes wollte erzählen, was es gesehen und gehört, vor allem aber drängten sie sich um jene, die so glücklich gewesen waren, die prächtigen Geschenke von dem Kalat zu erhalten. Ach, wie wunderbar strahlten diese Spangen, diese Ketten und gar der feine Goldreif für den Finger mit dem funkelnden roten Stein! Was waren dagegen ihre eigenen armseligen Halsketten aus Tierzähnen!

Alles, was der Druide Drohendes gesprochen hatte, schien vergessen. Der Glanz des Metalls blendete ihre Augen, und wahrlich, wir haben kein Recht, sie deshalb zu tadeln. Noch heute heißt es bei so vielen: »Nach Golde drängt, am Golde hängt doch alles.«

Nur die alte Parre und die Männer waren nicht bestochen durch den leuchtenden Schmuck.

»Gebt mir eure Kalatketten!« rief sie Repo und Rulaman zu. Sie nahmen sie ab und warfen sie der Alten in den Schoß.

»Nun auch die Armspangen!« Obu reichte sie ihr, auch den für Ara bestimmten goldenen Ring.

»Nun bringt mir einen Herdstein und ein gutes Beil!«

Mit grinsendem Lachen häufte sie die glänzenden Geschmeide auf dem Stein zusammen, nahm das Beil und zerhieb und zerschmetterte sie unter Verwünschungen in tausend Stücke, raffte dann diese gierig mit den mageren Händen zusammen und warf sie über ihre linke Schulter hinter sich in den Wald. »Diese Zaubermittel werden uns keinen Schaden mehr tun!« höhnte sie.

»Was habt ihr noch weiter von den Kalats?«

»Den Dolch«, antwortete Repo, »und ich werde ihn behalten.«

Die Alte richtete sich auf und blickte ihn forschend an. »Behalte ihn, du wirst ihn brauchen können. Aber es eilt nicht, warte deiner Zeit«, und leise zischend setzte sie hinzu: »Zuerst triff den Alten, den Weißen, ich hasse ihn.« Dann wandte sie sich zu Obu: »Hüte deine Taube, Obu, daß nicht der fremde Sokol sie raubt. O, seid doch klug, ihr Aimats! Wie freundlich nahm er Abschied! Aber ihr müßt wissen: das Gesicht des Kalat lacht, wenn sein Herz weint, und es weint, wenn sein Herz lacht. Und wenn seine Augen Liebe blicken, so haßt er, und wenn sie stolz ausschauen, so fürchtet er sich. Also müßt ihr auch tun, ihr Kinder, bis der Tag kommt, wo ihr die Fremden schlachten werdet wie die Turherde im Turhain – oder sie euch«, so schloß sie, von furchtbarer Aufregung erschöpft.

Dann hieß sie alle zurückgehen bis auf Repo und Rulaman, griff mit der Rechten nach der Hand Rulamans, mit der Linken nach der Repos und flüsterte leise: »Hört, was ich euch sage: die Nallis und die Huhkas haben keine Männer. Sieben können nicht kämpfen gegen fünfzig und fünfzig. Aber List ist die Waffe des Schwachen. Ich will euch eine Geschichte erzählen, die geschehen wird in der Zeit der kurzen Tage. Sieben Aimats jagen mit dem ganzen Heer der Kalats droben auf dem weiten Hofafelde. Auf Schneeschuhen gleiten alle dahin über die ausgedehnte Schneefläche. Es wird Nacht, eine dunkle, stürmische Nacht. Man eilt nach Hause. Die Aimats sollen den nächsten Weg zeigen. Sie zünden Fackeln an und fahren voraus. Ihr kennt den Hofafels, der hundert Manneslängen hinabstürzt in das Salatal. Dorthin fliegen mit Blitzesschnelle die Aimats, halten plötzlich an am Abgrund, werfen die Fackeln hinunter und springen beiseite. Das ganze Heer der Kalats aber stürzt den Fackeln nach, hinunter in den gähnenden Schlund.«

Repo antwortete nichts. Still brütete er über dem kühnen Plan der Alten. Rulaman aber rief ernst: »Nicht also, Großahne, das ist nicht meines Vaters Rul Stimme, die aus dir redet. Soll der Aimat beginnen mit Verrat und schlimmer sein als der Kalat?«

»O Kind«, lachte die Alte, »törichtes, gutes Kind«, und dabei streichelte sie liebkosend seine Stirn, »meines Lebens Länge ist mehr denn zwanzigmal fünf Sonnenkreise und deines noch nicht dreimal fünf. Doch was reden wir! Was geschehen soll, wird geschehen. Oder wer kann sagen: So tue ich und so wird es werden? Ist nicht alles schon zum voraus geordnet? O, daß ich ihn sehen und fragen könnte, den großen Häuptling in der Walbahöhle, den Lenker aller Aimats, den Beherrscher der Sonne, des Mondes und der Sterne, der Wälder und der Auen und der Flüsse, der Tiere des Waldes und der Vögel und der Fische! Spricht er zum Aimat: ‚Weine!‘ so weint er, oder ‚Lache!‘ so lacht er, und wenn er zum Kalat sagt: ‚Töte!‘ so tötet er. Aber der Aimat und der Kalat meinen, es sei ihr Wille, der alles ausrichtet.«

Rulaman war vor ihr niedergekniet und sah zu ihr auf wie zu einer Seherin.

»Erhebe dich, mein Sohn«, schloß die Alte; »tue, wie dein Vater Rul aus der Walba dir ins Ohr flüstert. Sah ich nicht einen strahlenden Reif von Sonnenstein um deine Stirne am Tage, da dich die Sonne zum erstenmal küßte? Und ein Gewand um deine Schulter, wie die Farben des Sonnenbogens am Himmel, wenn es regnet? So wird es sein! Zwar meine Augen werden es nicht mehr sehen, aber ich werde mich darob freuen in der Walbahöhle.«

Anderen Tags wanderte Repo hinüber in die Huhka zum Angekko. Als dieser von dem großen Zauberer im weißen Gewand hörte, wurde er sehr bedenklich. Was war er, der Angekko, neben diesem?

»Unsere Zeit ist aus«, rief er bestürzt. Doch ließ er sich dazu bereden, mit Repo zum Nargu zu gehen und mit ihm Rat zu pflegen.

Es war spät am Abend, als sie in der Nallihöhle ankamen. Den alten Nargu überraschte die Nachricht nicht. Er wußte schon alles. Groß-

Die Kalats auf der Wanderung

artig bewirtete er die beiden Häuptlinge in seinem Prachtgemach, und sie saßen dort die Nacht hindurch. Der Nargu wollte nichts von Feindschaft gegen die Kalats hören, in denen er halbe Verwandte sah. »Unsere Macht ist nichts gegen die ihrige«, sagte er, »und unser Volk wird viel lernen von ihnen und glücklicher und zufriedener sein. Es wird uns Häuptlingen leichter werden, über unsere Aimats zu herrschen, wenn sie sehen, wie der Kalathäuptling über sein Volk herrscht und dieses ihm gehorcht.«

Auch der Angekko wollte nichts von Kampf und Gewalt gegen die Kalats wissen.

Die alte Parre hat recht gehabt, dachte Repo. Es gibt keine Männer in der Huhka- und in der Nallihöhle. Er wagte nicht, den blutdürstigen Vertilgungsplan der alten Parre den beiden Häuptlingen mitzuteilen. Fürchtete er etwa Verrat? –

Kaum ein Monat war vergangen, so arbeiteten dreißig Nalli- und zehn Huhkamänner drüben im Nufatal.

Schon hatte dort die ganze Gegend ein verändertes Aussehen. Eine lange Reihe von runden Hütten stand am Stanabach. Ein großes Stück des schönen Wiesentals war aufgerissen zu schwarzem Ackerfeld. Dort hatten die Kalats Weizen gesät, um ernten zu können im Herbst. Jetzt arbeiteten alle zusammen droben auf dem Nufaberg. Dieser bot einen trostlosen Anblick. Das Feuer hatte ihn kahl gebrannt vom Fuß bis zum Scheitel, nur Asche und Kohle trieben im Wind umher, und traurig ragten da und dort die halbverkohlten Stämme der alten Eiben in die Luft.

Oben auf der schmalen Kuppe des Berges waren Hunderte von Menschen in geschäftiger Bewegung. Mit scharfen kupfernen Hacken arbeiteten sie tiefe Höhlen in den Boden hinein. Andere behauten Steine und überwölbten damit die Höhlen zu Kellern. Über denselben sollte das hohe Steinhaus des Häuptlings und des Druiden sich erheben. Schwere Felsblöcke wurden von den Pferden auf Holzschleifen herbeigezogen, ein Wunder für unsere Nallis und Huhkas. Schon sah man rings am Rand des geebneten Berggipfels eine Ringmauer entstehen, die die ganze Feste umfassen sollte.

Ahnungslos und unverdrossen arbeiteten die Nallis und Huhkas auf Befehl ihrer Häuptlinge mit an der Aufrichtung der neuen Zwingburg. Zwar die Arbeit war für sie schwer und ungewohnt; aber man gab ihnen Brot zum Essen, soviel sie wollten, und zweimal am Tag tranken sie aus hölzernen Bechern den braunen Kum, jenes Getränk, das die Karawanen dem Nargu gebracht hatten. Bald liebten sie es über die Maßen, denn es wärmte und stärkte sie und machte ihre Augen munter und glänzend. Auch neue, bunte Kleider erhielten sie von den Kalats, leichter und bequemer als ihre Fellkleider, und sie freuten sich an den schönen Farben. Vor allem aber zogen sie die häufigen, regelmäßig wiederkehrenden Feste zu den Kalats hin, denn schon diesen war immer der siebente Tag ein Ruhe- und Festtag. Da legten sie ihre besten Gewänder an. Ein Rind wurde geschlachtet und ein Teil davon von dem Druiden auf einem steinernen Altar als Opfer verbrannt, das übrige unter die Leute verteilt. Bis in die Nacht hinein wurde geschmaust, getanzt und gejubelt. Zu diesen Festtagen kamen auch die Weiber und Mädchen aus der Nalli- und aus der Huhkahöhle nach dem Nufaberg hinüber. Wie glücklich waren sie, wenn ihnen die Kalats einige Stücke farbigen Tuchs oder gar Ringe von Sonnenstein oder hohle, schön verzierte Täfelchen, das heißt Münzen, schenkten.

Nur von den Tulkas arbeitete keiner auf dem Nufaberg, obgleich häufig Kalatboten hinüberkamen, um Wild, Pelze und Geweihe, an denen die Tulka Überfluß hatte, gegen Messer, Pfeil- und Lanzenspitzen und Schwerter aus Sonnenstein einzutauschen. Diese waren den Aimatjägern sehr willkommen. Weder Repo noch einer seiner Männer hatte bis jetzt den Nufaberg besucht. Wohl aber hatten sie seit dem Besuch des Kalathäuptlings vor der Tulka auf den Rat der klugen alten Parre ernstlich sich bemüht, die notwendigsten Worte der Kalatsprache von Ara zu erlernen. Es war ein ergötzliches Schauspiel, die wilden Männer öfters im Kreis um das schöne Nallimädchen herum sitzen zu sehen, um unter Lachen und Scherzen die fremden Laute zu üben und ganze Sätze nachzusprechen, was diesen begabten Natursöhnen überraschend schnell gelang.

24

Aimats und Kalats zusammen auf der Jagd

Schon nahte der Seemonat heran. Die Tulkas dachten an ihre alljährliche Wanderung. Aber es lag eine dumpfe, schwüle Stimmung über ihnen, und besonders die alte Parre, die sonst immer den Tag des Aufbruchs lange vorher bestimmte, schien dieses Mal unschlüssig und wenig geneigt zu der weiten Reise.

Da erschienen eines Tages zwei Kalatboten vor der Höhle, deren jeder ein schönes Pferd führte, prächtig mit Sattel und Zaum geschmückt. An einem der Sättel hing an funkelnder Kette ein Trinkhorn, über und über mit glänzenden Reifchen verziert, der Rand mit einem breiten, strahlenden Erzring eingefaßt.

Einer der Boten meldete: »Dies ist das Turhorn von meinem Herrn, dem edlen Gulloch, für den großen Häuptling der Tulkahöhle. Er wird Jagd halten droben auf der Kadde-Ebene, wann zum zwölften Male die Sonne aufgegangen. Er sendet hier Pferde für den Häuptling und den Häuptlingssohn und hofft, daß sie und alle Tulkamänner an der Jagd teilnehmen.«

Repo ließ die Boten freundlich bewirten. Nach kurzem Besinnen versprach er, mit den Seinigen zu kommen.

Wie groß war die kindliche Freude unserer Tulkaleute, als sie die schönen Pferde vor ihrer Höhle hatten und sie mit aller Muße streicheln und liebkosen konnten. Sie holten ihnen Gras, Blätter und was sie nur glaubten, daß den gutmütigen Tieren munden würde. Plötzlich aber sträubten diese die Mähnen und schnaubten furchtsam. Der zahme Tulkabär war neugierig herangetrollt und wollte die fremden Tiere beschnuppern. Doch schon versetzte ihm eines der Pferde einen derben Hufschlag auf seine zottigen Flanken, und heulend und brummend flüchtete er in die Höhle hinein. Laut jubelte darob die ganze Gesellschaft.

Noch am selben Tag versuchten Repo und Rulaman auf der breiten Wiese oben über der Tulka, wo sonst die Knaben ihre Spiele trieben, die Pferde zu reiten. Es gelang ihnen trefflich. In einer Woche schon waren diese an tägliche Leibesübung gewohnten Jäger gewandte Reiter. Mit nie gekannter Lust, so als hätte er Flügel bekommen, stürmte Rulaman in sausendem Rennen über die Hochfläche dahin. Die anderen Tulkas, die ihren Übungen zusahen, jauchzten vor Freude, wenn die beiden über die Wiese dahinflogen, die weißen Wolfspelze wie Silbermöwen hinter ihnen im Winde flatternd.

Am zwölften Tag trafen, wie verabredet, die Tulkas mit den Kalats auf der Kadde-Ebene zur Jagd zusammen.

Es war ein großartiger Jagdzug, der dort an der Waldecke ihrer wartete. Staunend blickten unsere Aimats auf die vielen bunten, glänzend bewaffneten Jäger zu Pferde und auf die Menge von Treibern zu Fuß, die große zottige Hunde an Riemen führten. Auch viele Nallis und Huhkas waren unter diesen. Aber weder der Angekko noch der alte Nargu waren erschienen, obgleich der Kalathäuptling auch ihnen Pferde gesandt hatte.

Zwei der Kalatreiter sprengten, sobald sie unserer Tulkas ansichtig wurden, auf diese zu. Munter wieherten die Tulkapferde ihren Kameraden entgegen. Ritterlich und freundlich begrüßten die beiden Kalats unsere rauhen Albjäger. Es waren Gulloch und sein Sohn Kando.

Einfacher als sonst, aber doch stattlich genug, war heute ihre Kleidung: ein grünes Wams, knapp anliegende Lederbeinkleider und Jagdstiefel, eine Pelzmütze mit einem Vogelflügel am Rand, sonst kein Schmuck, und als Waffen nur ein kurzes Schwert am Ledergurt und eine Lanze mit leuchtender Kupferspitze, der schwarze Schaft mit Erzringen hübsch verziert.

Repo und Rulaman trugen ihre gewohnten Renntierkleider. Die Fellmützen mit den Bärenhaarbüschelchen und die prächtigen weißen Wolfspelze, leichthin über die linke Schulter geworfen, kleideten die wilden, wettergebräunten Söhne des Gebirges so gut, daß sie dem stolzen Kalatfürsten wohl ebenbürtig nahen konnten. Freilich, ihre Waffen waren nicht mehr die alten Aimatwaffen. Statt der beinernen Spitze leuchtete jetzt auch an ihren Lanzen eine lange Spitze von Metall, die sie von den Kalats ertauscht hatten, und kupferne Schwerter blinkten auch ihnen an der Seite. Nur seinen guten, alten Eibenbogen hatte Rulaman nicht missen mögen. Auch heute, wie sonst, wenn er zur Jagd ging, hing ihm dieser nebst einem wohlgefüllten Köcher über die Schulter.

Kando, ein schmucker, schöner Jüngling mit langem, braunem Lockenhaar, ritt sofort an Rulamans Seite und schüttelte ihm treuherzig die Hand. Auch Rulaman schlug das Herz freudig, als er in das offene Antlitz des jungen Weißen blickte. Wie schade, daß er ein Kalat ist, dachte er.

Gulloch machte, so gut er es vermochte, seinem Gast den Jagdplan begreiflich. Seine Jäger hatten ausgekundschaftet, daß eine Herde Kadde über Tag an einem Waldrand lag, wo man sie leicht zu umstellen hoffen konnte. Er gab Repo die Richtung an, und bald erkannte dieser, daß es der Wald war, wo einst der Burria das wilde Pferd zerrissen hatte. Repo teilte dies Gulloch mit. Der stutzte einen Augenblick, denn die Kalats waren nicht gewöhnt, mit Löwen zu kämpfen. Repo aber tröstete ihn lächelnd: »Es ist der letzte Burria gewesen, und dies hier ist einer seiner Zähne.« Dabei wies er auf den an seiner Brust hängenden Fangzahn des Höhlenlöwen.

Staunend betrachtete Gulloch den furchtbaren Hauer und sagte: »Ein herrlicher Schmuck, eine fürstliche Zier.«

»Darum trägt ihn der Burriamate«, versetzte Repo stolz.

Es war ein prächtiger, frischer Sommermorgen. Die Sonne war groß und rotglühend über dem dunklen Wald aufgetaucht; ein leichter, rötlichgrauer Ton schwebte wie ein Schleier über der Erde. Der weite Rasen glänzte von Tauperlen, und würzige Gebirgsluft kräftigte und reizte Herz und Sinn der Männer. Alles bebte vor Jagdlust. Die Jäger riefen, befahlen, die Pferde stampften, die Hunde zerrten vorwärts an den Leinen. Auf einen Wink des Häuptlings ertönte ein Hornzeichen, ein ungewohnter Ton für unsere Tulkas. In wunderbarer Ordnung setzte sich der lange Zug in Bewegung, die Treiber mit den Hunden voraus.

»Wohin wollt ihr die Kadde treiben?« fragte Repo, der neben Gulloch ritt.

»Wir jagen sie nach dem Nufa hin«, antwortete Gulloch, »bis hinaus auf die schroffen Felsabhänge am Rande des Gebirges; dort müssen sie uns stehen, und wir stechen leicht die ganze Herde mit den Lanzen nieder.«

»Kennt ihr die Kadde?« fragte Repo zurück; »sie stellen sich gern zur Wehr, wenn man sie in die Enge treibt, und eben haben sie noch dazu Junge und zwiefachen Mut.«

»Ich habe noch nie eure Kadde gejagt, aber wir sitzen ja zu Pferde«, lachte der Kalat, »unsere Hunde werden sie schon zu fassen wissen, wenn sie Kampfeslust verspüren sollten.«

»Werden eure Pferde standhalten«, fragte Repo wieder, »wenn die Kadde mit ihren furchtbaren Geweihen sie anrennen?«

»Unsere Pferde halten stand in der Männerschlacht, wenn Reiter gegen Reiter mit der Lanze anstürmt und die Schwerter klirren.« –

»Was willst du mit dem Bogen?« fragte Kando Rulaman.

»Wir tragen Bogen und Pfeile als Kinder schon, und nie verlasse ich die Höhle ohne sie.«

»Gut für Vögel«, sagte Kando.

»Auch für Löwen«, antwortete Rulaman.

»Mit der Beinspitze?« fragte Kando lächelnd.

»Mit der Beinspitze«, erwiderte Rulaman. »Mein Ohm dort hat mit einem solchen Pfeil den letzten Burria in dem Wald dort oben erschossen.«

»Und du warst dabei?« fragte Kando.

»Es war mein erster Jagdgang«, antwortete Rulaman, »und ich kam dem Burria so nah wie jetzt dir. Dieser mächtige Hauer an meinem Hals stammt von ihm.«

Kando maß ihn von Kopf zu Fuß. Rulaman wurde größer in seinen Augen. »Bei uns tun die Hunde alles«, sagte er ärgerlich; »sie zerren das Wild an den Boden, und der Jäger sticht es dann nieder.«

»So hat nicht jeder eurer Männer seinen Bären erbeutet, ehe er Mann wurde?« fragte Rulaman.

»Seinen Bären erbeutet?« wiederholte Kando fragend; »wir hetzen auch die Bären mit Hunden zu Tode. Willst du mich mitnehmen zur Bärenjagd zu Fuß und ohne Hunde?«

»Und wenn du umkämest«, erwiderte Rulaman, »würde mir dein Vater nicht zürnen?«

»Denkst du, die Kalats seien mutloser als die Aimats?«

»Ihr habt die Gefahr und den Tierkampf nicht nötig«, sagte Rulaman, »der Aimat aber lebt davon.«

»Ich wünschte, ich wäre ein Aimat und könnte mit euch in Höhlen wohnen und wild durch die Wälder streifen und mit Löwen und Bären kämpfen«, rief Kando in mutiger Erregung.

Rulaman sah ihn mit leuchtenden Augen an.

Einige Stunden waren die Reiter hinter den Treibern mit den Hunden geritten, als Gulloch wieder ein Zeichen mit dem Horn geben ließ. Jetzt trennte sich der Zug. Die Fußgänger mit der Meute gingen in der Richtung nach Morgen weiter, während die Reiter sich links abwandten nach einem Wald hin, der in weiter Ferne nach Mitternacht zu sichtbar wurde.

»Wir wollen jetzt gerade zum Nufawald reiten«, sagte Gulloch. »Die Treiber und die Hunde können allein den Umweg machen.« Darauf fuhr er lustig fort:

Treibjagd der Kalats in ihrer Heimat

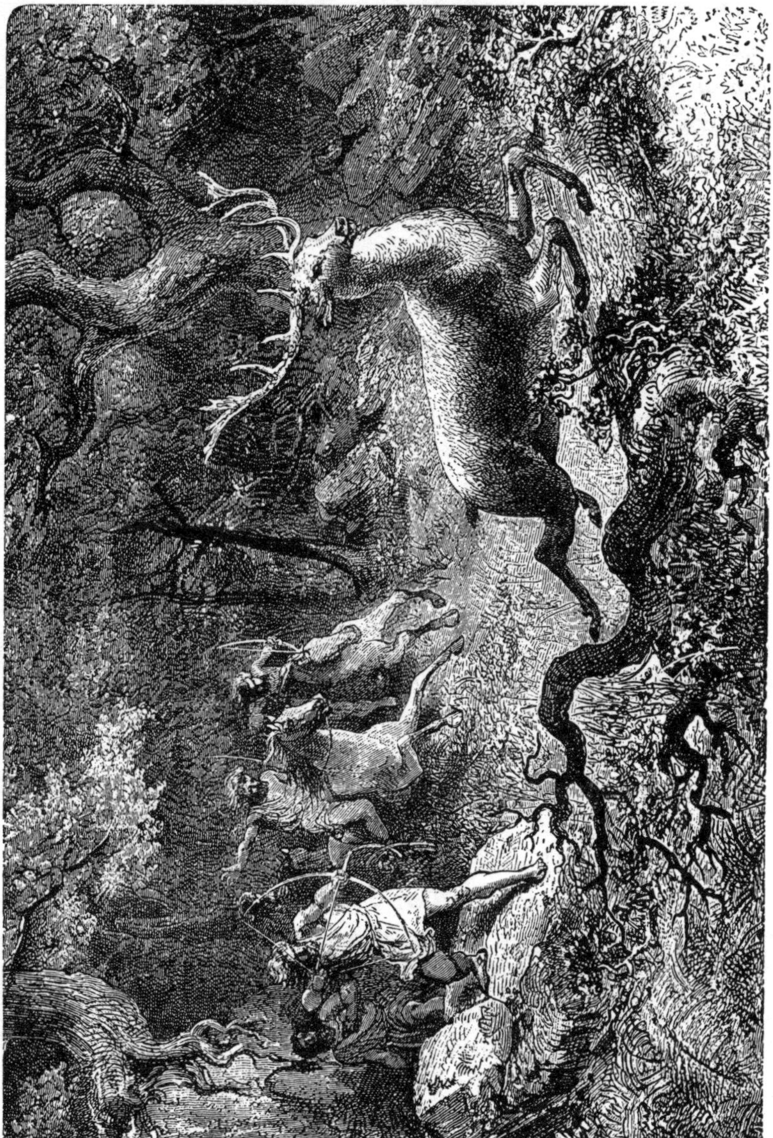

»Bald werden sie uns die Kaddeherde dort hinüberjagen. Dann lassen wir die Hunde los, und Reiter und Hunde jagen hinterdrein, daß die Erde zittert. Hurra, Trara, Trara!« Und er schnalzte mit den Fingern.

»Welche Tiere habt ihr denn in eurer Heimat so gejagt?« fragte Repo ruhig.

»Wir haben große Kadde, stolz und mutig, mit runden, spitzen Geweihen. Aber sie leben nicht in Rudeln, und so jagten wir stets nur ein Tier.«

»Fünfzig Reiter und fünfzig Hunde auf eine arme Kadde?« lächelte Repo.

»Wir jagen nicht um des Fleisches willen, sondern uns zur Lust. Zur Nahrung haben wir Brot.«

»Und das Brot macht ihr aus Graskörnern? Wird euer Volk nicht schwach und mutlos von dem Gras?«

»Wir brauen auch Kum aus Pferdemilch. Der gibt immer Mut, wo es not tut.«

»Wie habt ihr die Pferde so zahm gemacht und die Hunde?«

»Das haben schon unsere Ahnen getan vor langer Zeit. Wir haben auch Bus, zahme Kadde mit kurzen Hörnern. Von ihrer Milch leben unsere Weiber und Kinder. Wann wirst du endlich nach dem Nufatal kommen, das alles zu sehen?«

»Wirst du mir dort zeigen, wie man den Sonnenstein macht?«

»Wenn du mein Freund sein wirst.«

Jetzt ging es in munterem Trab quer über die Ebene.

»Warum dröhnt der Boden so sonderbar unter uns?« fragte Gulloch.

»Wir reiten über der Walbahöhle.«

»Wo ist die Walbahöhle?«

»Überall unter diesen Bergen. Dort wohnen die Geister unserer Toten.«

»Habt ihr sie gesehen?« fragte Gulloch lächelnd.

»Ich werde sie sehen an dem Tage, wo die Sonne mich zum letztenmal küßt«, sagte Repo ernst.

»Wer sagt euch das?«

»Ich weiß es.«

»Die Geister der Kalats wohnen droben auf der Sonne«, sagte Gulloch.

»Wer sagt euch das?«

»Unsere Druiden.«

»Es ist gut so«, sagte Repo; »so wird nach dem Tode kein Hader sein zwischen uns und euch.«

»Warum wollt ihr nicht Kalats werden und unseren Druiden glauben, die alles wissen?«

»Weil wir Aimats sind«, antwortete Repo stolz.

Endlich waren sie an dem dichten, schwarzen Nufawald angelangt, der den Rand des Gebirges nach Mitternacht, nach dem Nufaberg, umsäumte. Rechts vom Wald, etwas nach Morgen, streckte sich eine lange waldlose Landzunge weit hinaus, schmäler und schmäler werdend, bis an die schroff ins Tal abstürzenden Burafelsen.

»Dort hinaus jagen wir die Kadde«, sagte Gulloch, »und was unseren Speeren entrinnt, wird den Sprung ins Tal machen müssen. Ein flotter Sprung! Schade, daß unser alter Druide nicht hier ist, den Spaß mit anzusehen.«

Repo biß sich auf die Lippen, schwieg aber still.

Jetzt gab Gulloch ein Zeichen. Der Reiterzug hielt an. Man stieg ab. Die Pferde wurden zusammengekoppelt.

»Wir wollen uns lagern und uns an einem Jagdimbiß stärken. Es wird Stunden dauern, bis die Kadde kommen«, meinte Gulloch.

Jäger brachten Käse und Brot. Auch das Turhorn kam, bis zum Rande mit Kum gefüllt. Gulloch reichte es Repo, indem er sprach: »Wie schön ist es, daß wir heute das Horn auf der Jagd einweihen.«

»Ein scharfer Trank«, sagte Repo, indem er das Horn zurückgab; »ich liebe ihn nicht.«

»So wirst du nie ein Kalat«, versetzte Gulloch.

»Ich hoffe es«, sagte Repo. –

»Es wird langweilig«, rief Kando Rulaman zu; »schießen wir um die Wette! Du mit dem Pfeil, ich mit dem Speer.« Und schon rief er einem Jäger zu: »Halt mir deine Mütze als Ziel!«

Gehorsam hielt der Mann seine Mütze hinaus, den Arm weit ausgereckt. Kandos Speer flog. Ein Schrei – der Speer war dem Jäger mitten durch die Hand gegangen.

»Ein schlechter Schuß; der zweite soll besser sein«, sagte Kando verdrießlich.

Rulaman war schon nach dem verwundeten Kalat hingeeilt. Behutsam und mitleidig zog er den Speer aus der Wunde. Umstehende Jäger lachten. Kando kam heran:

»Rulaman, der Schuß ist an dir!« rief er und befahl einem anderen Jäger, seine Mütze zu halten als Ziel für den Kameraden. Strafend blickte ihn dieser an: »Der Aimat schießt nicht auf Menschen, außer im Kriege.«

Kando lächelte verlegen. Rulaman nahm Wundpulver aus seiner Ledertasche, streute es dem Mann auf und verband die Wunde mit Farnkräutern.

Jetzt erst richtete er sich auf, nahm seine eigene Fellmütze, warf sie hoch hinauf, legte rasch den Pfeil auf seinen Bogen, die Sehne schwirrte; die Mütze war getroffen, die beinerne Spitze hatte sie mitten durchbohrt.

»Ein Fürstenschuß!« rief Gulloch, der auf das Spiel der Jünglinge aufmerksam geworden war. Kando aber schoß nicht zum zweitenmal.

Repo saß sinnend neben Gulloch. Stunden waren vergangen, Mittag war vorüber. »Ich fürchte, unsere Treiber haben fehlgetrieben. Dann sollen sie der Strafe nicht entgehen«, sagte Gulloch ärgerlich.

Repo blickte erstaunt auf. »Ist es wahr, daß ihr eure Leute mit Ruten züchtigt?« fragte er.

»Ohne Hiebe – keine Triebe, keine Lust zur Arbeit«, erwiderte Gulloch.

»Und sie schlagen euch nicht tot?«

»Mich tot? Mein ist die Gewalt über Leben und Tod; mein allein!« rief Gulloch leidenschaftlich. »Ich lasse töten, wen ich will.«

»Ein Glück für dich, daß du über keine Tulkamänner herrschst.«

Gulloch erhob stolz den Kopf und begann: »Tulkamänner –«, aber er fuhr nicht fort und unterdrückte gewaltsam, was er sagen wollte.

Auch Repo wollte die gefährliche Unterhaltung nicht fortsetzen. Er wußte genug und lenkte ab. »Mich wundert nicht, daß die Kadde noch nicht da sind«, sagte er. »Es war ein weiter Weg für die Jäger zu Fuß, und die Kadde sind schlau und machen Ränke«, und er legte wieder, wie er immer von Zeit zu Zeit getan, das Ohr an den Boden, um zu horchen.

Plötzlich sprang er auf und rief laut: »Die Kadde kommen!«

Rasch saß alles zu Pferde. Die Reiter suchten sich am Waldrand zu verbergen, damit die Renntiere sie nicht von ferne sehen und umwenden konnten.

Alles harrte in gespannter Erwartung, auch die Pferde schienen zu wissen, daß das Rennen begann. Sie bissen in die Zügel, schnaubten und schäumten, schüttelten die Köpfe hinauf, hinab und scharrten die Erde vor Lust.

Endlich sah man, weit nach Abend hin, eine graue Staubwolke. Sie kam näher und näher, wurde breiter und breiter. Jetzt hörte man deutlich ein Dröhnen, dann ein Stampfen, sonderbar, wie in bestimmtem Takt.

Da kamen sie. Aber den Zug eröffneten nicht Renntiere, sondern eine Herde von etwa zwanzig wilden Pferden, die wohl unterwegs aufgescheucht worden waren. Hinter ihnen drein stürmten an die hundert Renntiere in rasendem Lauf, die Geweihe weit zurückgeworfen in den Nacken, die Nüstern hoch in der Luft, mit Schaum bedeckt, schnaubend und keuchend. Eine gute Strecke hinter ihnen raste die Meute der zottigen Jagdhunde mit unterdrücktem, heiserem Gebell.

Jetzt war das wilde Heer an den Reitern im Gehölz vorüber. Ein Hornzeichen ertönte; sie stürmten nach und in wenigen Minuten war die ganze Strecke fast bis zum Burafelsen zurückgelegt. Dort, nahe

Die wilden Pferde stürzen in den Abgrund

dem äußersten Rand, machten die wilden Pferde und die Renntiere plötzlich halt. Noch waren die Hunde nicht bei ihnen. Das arme, gehetzte Wild rannte am Abgrund hin und her in gräßlicher Verzweiflung. Eine Anzahl wilder Pferde war, von den nachfolgenden gedrängt, über die hohe Felsenwand hinabgestürzt.

Da plötzlich, es war im letzten Augenblick, denn die Hunde waren bereits hart an ihnen, machten die verfolgten Tiere kehrt, wandten

Stirn und Geweih dem Feind entgegen, und in wütendem Todesmut durchbrachen sie die Kette der Hunde und rasten gerade auf die Reiter los.

»Macht eine Gasse!« schrie Repo und riß sein Pferd zur Seite. Es war zu spät. Die Landzunge war zu schmal. Reiter und Renntiere und Pferde prallten zusammen. Die Pferde bäumten sich; viele überschlugen sich. Die Reiter lagen am Boden, ehe sie nur daran denken konnten, mit der Lanze zum Stoß auszuholen.

Im Nu war das Ganze ein lebendiger Haufen in regelloser Bewegung, ein unentwirrbarer Knäuel von Renntieren, zahmen und wilden Pferden, Hunden und Jägern, und das alles zusammen bellend, pustend, röchelnd, schreiend.

Aber dies dauerte nur einige Augenblicke, dann erhoben sich erst einzeln, dann in immer größerer Zahl die prächtigen Geweihe der flüchtigen Renntiere. Sie und die wilden Pferde arbeiteten sich zuerst heraus, und nach wenigen Minuten waren sie verschwunden, alle zurück in eiliger Flucht nach der sicheren Heimat, nach der weiten Kadde-Ebene hin. Auch einige Kalatpferde waren samt Sattel und Zeug mit den wilden davongerannt.

Am Platz sah man jetzt nur noch zahme Pferde ohne Reiter, Hunde und Jäger, die meisten am Boden, die anderen toll durcheinander rennend. Nur einige Renntiere, die bei dem ersten Anprall den Hals gebrochen hatten, oder junge, die von den Hunden niedergerissen worden waren, das war die ganze Ausbeute der ersten Kalatjagd auf der Alb.

Das Blutbad, das die Kadde dagegen angerichtet hatten, war kein geringes. Über ein Dutzend Jäger und wohl ebensoviel Pferde und Hunde lagen zertreten oder, von den Renntiergeweihen gespießt, tot oder schwerverwundet am Boden. Andere hatten Arme und Beine gebrochen.

Auch Gulloch, Repo und Rulaman waren von den Pferden gestürzt. Dem stolzen Kalatfürsten war es schlimm ergangen. Sein edles

Roß, ein prächtiger Rapphengst, war von einem mächtigen Renntierhirsch von vorn durchbohrt zusammengebrochen, er selbst nach vorwärts, weit über das Renntier weg, in gewaltigem Flug hinausgeschossen, zu Boden gestürzt und betäubt liegen geblieben.

Repo, der sein Pferd vor dem Zusammenstoß nach rechts herübergerissen hatte, war samt dem Tier auf die Seite geworfen worden, unter dieses gefallen und so vor weiterer Verwundung geschützt.

Rulamans Pferd hatte sich gebäumt und rücklings überschlagen. Er selbst war glücklich zur Seite abgesprungen und blieb wie sein Tier unversehrt.

Nur wenige Jäger saßen noch zu Pferde, unter ihnen Kando, der, ein trefflicher Reiter, schon beim ersten Anprall mit einem kühnen, gewagten Sprung über die erste, geschlossene Reihe des Wilds hinweggesetzt und sich so aus der allgemeinen Niederlage gerettet hatte. Aber er war vor Schrecken so gelähmt, daß er starr, wie teilnahmslos, auf die Szene blickte.

Repo und Rulaman waren unter den ersten, die wieder aufrecht standen. Sie sahen Kando. Sie suchten Gulloch. Sie fanden ihn. Er schien tot. Sie richteten ihn auf, rieben seine Schläfe.

Kando sprengte heran, angstvoll bekümmert um seinen Vater. Jetzt schlug Gulloch die Augen auf und blickte lange verwundert um sich. Endlich wurde ihm alles klar; er knirschte mit den Zähnen vor Schmerz und vor Wut. Er tobte und wetterte über seine Jäger, über die schlechten Hunde, über das freche Albwild, das ihm zulieb den schönen Todessprung über die Felsen nicht hatte machen wollen.

Auch eine heitere Szene sollte zum Schluß nicht fehlen. Einige Kalatjäger, die unverwundet geblieben waren, machten sich an das halbtot daliegende Wild. Einer hatte sich rittlings auf ein großes, am Boden liegendes Renntier gesetzt, um ihm bequem mit seinem Dolch den Genickfang zu geben. Plötzlich erhob sich das Tier, das offenbar nur von dem Anprall betäubt gewesen war, und jagte samt dem laut schreienden Jäger auf und davon, dem Kaddefeld zu, seinen Kameraden nach, hinter ihm her eine Anzahl wütender Hunde. Ein schlimmer Ritt! Absitzen war wohl schwer und der voraussichtliche Empfang bei der Kaddeherde für den Jäger kein beneidenswerter.

»Nach Hause!« schrie Gulloch zornig, ohne sich weiter um seine vielen toten und schwerverwundeten Leute zu kümmern. Mit Mühe hob man ihn auf ein Pferd. Repo und Rulaman wollten ihn nicht verlassen. Repo stützte ihn von der einen, Rulaman und Kando abwechselnd von der anderen Seite, und so geleiteten sie ihn heim ins Nufatal.

Erst gegen Mitternacht kamen auch unsere Tulkajäger wieder in der Höhle an.

25

Die schöne Ara ist verschwunden

Als spät in der Nacht Repo und Rulaman nach der unglücklichen Renntierjagd vor der Tulka ankamen, trafen sie die Weiber in großer Aufregung vor der Höhle. Ara, der Liebling aller, war seit dem frühen Morgen verschwunden.

Wie gewohnt, war sie mit Tagesanbruch allein in den Wald gegangen. Während sie sonst nach wenigen Stunden zurückzukehren pflegte, war es heute Mittag, jetzt sogar Mitternacht geworden, und noch war sie nicht da. Alle denkbaren Möglichkeiten wurden erwogen. Sollte sie sich beim Kräutersuchen verirrt haben oder verunglückt, vielleicht über einen Felsen gestürzt oder einem Bären oder einem Wolf zur Beute gefallen sein? Oder war sie gar von Menschen geraubt worden? Da die Tulkas zurzeit mit allen Aimats in der Nähe in gutem Frieden lebten, so hätten nur die Kalats die Räuber sein können.

Doch war auch ein anderer, ein glücklicherer Fall denkbar. Vielleicht war sie Obu und den anderen Tulkamännern auf das Kaddefeld nachgegangen, um die großartige Kalatjagd mit anzusehen. Dann würde sie sicher mit diesen wiederkommen. Auch sie, die als Treiber an der Jagd teilgenommen hatten, waren noch nicht zurück. So blieb immer noch ein Hoffnungsschimmer, und alle suchten sich hierbei zu beruhigen.

Die alte Parre schüttelte den Kopf und seufzte schwer: »Der Sokol hat den Sabliga geraubt, der Tulkarabe wird für den Sabliga kämpfen müssen. Es kommt alles, wie ich es ahnte. Der blutige Tanz fängt an. Doch nun tut uns Kunde von eurer Jagd. Erzähle du, Rulaman; deine frische Stimme tut meinen alten Ohren wohl.«

Rulaman erstattete ausführlichen Bericht. Als die Alte den Plan des Kalatfürsten hörte, die Renntiere über den Felsen zu jagen, ballte sie wütend ihre Fäuste und schrie: »Hat denn der schlaue Weiße in meinen alten Kopf hineingesehen und mir meine Gedanken daraus gestohlen? Wo ich die Kalats hinunterstürzen wollte, jagt der Mörder unsere armen Kadde hinunter! Ich muß einen anderen Plan aussinnen.«

Als Rulaman von dem grausamen Speerschuß Kandos erzählte, lachte sie: »Da seht ihr die harten Herzen unter den freundlichen, glatten Gesichtern.« Wie sie dann endlich von dem traurigen Ende der Jagd, von der furchtbaren Niederlage der Kalats hörte, wie die Renntiere Hunde und Reiter zu Boden gerannt und sich gerettet hatten, da klatschte die Alte in die Hände und schrie, so laut es ihre heisere Stimme vermochte: »Bassa Kadde! bassa Kadde!« und fuchtelte vor Vergnügen mit ihrer Krücke in der Luft herum. Endlich faßte sie sich wieder und wurde ernst. Ein anderer Gedanke kreuzte plötzlich ihren Sinn. »Was die Kadde verbrochen, müssen die Aimats entgelten! Auf euch wird die Wut der Kalats fallen. Bald werden sie sagen, ihr habt sie verraten und irregeführt. Aber war der Weiße nicht dabei, der Alte?« fragte sie dann.

»Er war nicht da«, sagte Repo.

»O wie schade«, rief sie wieder höhnisch; »da hätten ihm sein schöner Zauberstab und seine Götter nichts geholfen! Schöne Jagd, gute Jagd! Zwölf Männer tot, zwölf Pferde tot, zwölf Hunde tot und nur sechs Kadde als Helden gefallen! Habt's brav gemacht, ihr guten Kadde! Werden euch nicht mehr auf den Burafelsen treiben!« Und wieder brach sie in ein lautes, schadenfrohes Gelächter aus.

Jetzt ertönte das Zeichen der ankommenden Männer vom Tal herauf. In heiterster Laune kamen sie an. Lustig erzählte Obu die ganze Jagd, die sie bei den Treibern mitgemacht hatten: wie die armen Kalatjäger erst lange mit ihren Hunden hin und her gerast seien, bis sie die Renntiere in der voraus bestimmten Richtung in Gang gesetzt, wie plötzlich die wilden Pferde einhergesprengt und beinahe die Renntiere rückwärts mit sich fortgerissen, wie sie dann endlich die Hunde losgelassen und diese in der Tat mit wunderbarer Klugheit das Wild in der bestimmten Richtung getrieben hätten. Aber völlig wider Erwarten sei kurze Zeit nachher die ganze Herde der Kadde und der wilden Pferde in eiliger Flucht zurückgekommen, sonderbarerweise von wenigen Hunden gejagt. Bald darauf sei gar in rasendem Lauf noch ein einzelnes Renntier nachgerannt, einen Kalat auf dem Rücken, der sich an dem Geweih festgehalten und jammerwürdig geschrien. »Wohin? wohin?« haben laut lachend seine Kameraden gerufen und das Tier aufhalten wollen, aber es sei davongerannt, den anderen nach, und wegen des Mannes darauf habe man nicht gewagt, zu schießen.

»Kaddereiter, Kaddereiter!« lachte die alte Parre dazwischen.

Voll Begierde, wie dies alles zusammenhinge, seien sie endlich erst spät nachmittags an der Ecke des Nufawaldes angelangt und bald darauf, nahe dem Burafelsen, auf dem Schlachtfeld selbst, wo die braven Kadde die Kalats so mutig in den Staub getreten. »Oder dürfen wir uns nicht freuen, Repo, weil ihr dabei wart? Doch ich sehe ja, ihr seid beide unversehrt davongekommen.« So berichtete Obu.

»Waren noch Reiter dort«, fragte Repo, »als ihr ankamt?«

»Sie waren eben beschäftigt, die Toten auf die noch übrigen Pferde zu laden, um sie nach Hause zu schaffen. Ich zählte deren zehn, Verwundete seien es zweimal soviel gewesen. Auch acht Pferde und viele Hunde lagen tot herum. Da ist fast soviel Blut geflossen als dort im Turhain, freilich mehr Menschen- als Tierblut, denn ich sah nur sechs Renntiere tot, drei alte und drei junge! Wahrlich, ihr Leben ist teuer bezahlt!«

Aufgeregt von den Anstrengungen und Erlebnissen der Jagd, hatte Obu alles dies rasch erzählt. Jetzt plötzlich rief er: »Aber wo ist Ara?«

»Hast du sie nicht gesehen auf der Kadde-Ebene?« fragten die Weiber. »Sie ist am frühen Morgen in den Wald gegangen und noch nicht zurück.«

»Noch nicht zurück! Ara, wo bist du?« stöhnte er, wie vom Blitz getroffen. Dann schrie er laut: »Sie ist geraubt, und ich kenne den Räuber!« Er ergriff Speer und Steinbeil und wollte allein fortstürmen.

Rulaman hielt ihn zurück. »Ich gehe mit dir.«

»Nicht also«, rief Obu; »laß mich heute allein, ich finde sie. Ich weiß es.«

»Aber könnte ihr nicht im Walde ein Unglück zugestoßen sein?« fragte Repo dazwischen. »Wir wollen alle zusammen den Wald durchstreifen.«

»Streift ihr durch den Wald, sucht sie unter den Felsen und in den Bärengrotten; aber Ara ist nicht im Wald, ihr werdet sie nicht finden; sie ist im Nufatal. Hört ihr sie denn nicht um Hilfe schreien? Ich rette sie oder räche sie, so wahr ich Obu heiße.« Und fort rannte er in die finstere Nacht hinaus, den Berg hinunter, in der Richtung nach Mitternacht.

Bald nachher hörte man fernher, vom Tal herauf, die verzweiflungsvolle Stimme des Armen: »Ara! Ara!« Nur das Echo der Felsschluchten gab ihm Antwort und rief wie spottend den teuren Namen zurück. Lange erschollen die Rufe, bis sie endlich, kaum noch hörbar, in weiter Ferne verhallten.

Ohne sich Rast zu gönnen, brachen auch die anderen Tulkamänner noch in derselben Stunde auf, um mit Fackeln den Wald zu durchsuchen, denn Repo selbst hielt es für unglaublich, daß die Kalats so verräterisch gehandelt hatten, nachdem sie ihnen bisher so freundlich entgegengekommen waren. Auch war es ja nicht selten, daß Frauen und Kinder, wenn sie sich zu weit von der Höhle entfernten, von Raubtieren angefallen wurden. Ara war mutig, sie ging nie ohne Messer aus. Vielleicht hatte sie mit einem Raubtier gekämpft und war irgendwo verwundet liegen geblieben.

Sie durchstreiften den Waldabhang nach dem Armital zu, wohin man sie zunächst hatte gehen sehen, dann der Halde des Gebirges entlang, talaufwärts nach Morgen, dann wieder hinauf auf die Alb und in weitem Umkreis an der Huhkahöhle vorbei, von Mitternacht her zurück. Tausendmal war der Ruf ihres Namens durch den stillen Forst erklungen, aber umsonst. Gegen Mittag am folgenden Tag kamen sie abgehetzt, ermüdet und niedergeschlagen wieder heim.

Obu erschien erst am dritten Tag wieder, blaß, abgehärmt und ausgehungert. Auch er hatte nicht die geringste Spur seines Mädchens entdeckt. Der Schmerz und der Jammer ließen ihn nicht zur Ruhe kommen, und schon am anderen Tag war er wieder verschwunden. Niemand wußte, wohin er sich gewandt hatte.

Erzschild der Kalats

26

Repo und Rulaman besuchen Gulloch

Etwa eine Woche seit der Kalatjagd war vorüber, als Repo und Rulaman den versprochenen Besuch im Nufatal auszuführen beschlossen. Es schien ihnen Pflicht, nach dem verwundeten Häuptling zu sehen, und besonders hatten sie auch Hoffnung, bei einem persönlichen Zusammentreffen etwas von Ara zu erfahren, wenn sie wirklich, wie die alte Parre bestimmt glaubte, von den Kalats geraubt worden war.

Sie machten den Weg nicht zu Pferde, sondern in altgewohnter Weise zu Fuß. Es widerstrebte ihrem Stolz, auf den Kalattieren in das Kalatdorf hineinzureiten. Als Geschenk für Gulloch nahm Repo sein schönstes Bärenfell, Rulaman für Kando einen Eibenbogen mit.

»Ihr wollt allein gehen?« fragte die alte Parre. »Leicht könnten sie euch fangen; denkt an Ara.«

»Glaubt ihr, wir lassen uns einsperren wie ein Mädchen?« antwortete Repo und reckte sein Steinbeil in die Luft, »das möchte Gulloch leicht das Leben kosten und dem Druiden auch, und diese beiden lieben das Leben und fürchten den Tod, denn ihr Leben ist süß und leicht.«

Sie gingen. Als sie auf der kahlen Berghalde über dem Nufatal angekommen waren, hielten sie an. Dort stand eine einsame Eiche mit einem alten Aimatgrab darunter, wie der große Steinhügel bezeugte, der da aufgetürmt war. Sie legten der Sitte gemäß ihre Steine dazu und setzten sich auf das Grab. Von hier aus konnten sie die ganze Kalatkolonie mit einem Blick überschauen.

Es waren etwa hundert kleine Häuschen mit spitzen Dächern, die in einer Linie am Bach standen. Über jedem sah man Rauchwölkchen vom Kamin aufsteigen. Abwärts am Bach fiel ihnen ein großes, langes, viereckiges Feld in die Augen, mit hohem, gelbgrünem Gras, das zumal in der Sonne scharf von den angrenzenden Wiesen abstach. Rings um dasselbe in regelmäßigen Abständen waren Obstbäume gepflanzt. Es war das erste Getreidefeld, das unsere Aimats sahen. Jetzt freilich war es noch grün.

Auch am jenseitigen Bachufer, nach dem Nufaberg hin, bot sich ihnen ein ebenso liebliches als neues Bild dar: eine Menge Pferde und

Der Nufaberg

andere Haustiere in bunter Mannigfaltigkeit der Farben und Größe, friedlich weidend, von Hunden und Hirten bewacht. Dort stand auch auf einem Hügel, der schon zum Fuß des Nufaberges gehörte, ein größeres Holzhaus, vermutlich das Haus des Häuptlings, mit einigen kleinen Nebengebäuden. Hoch oben von der Kuppe des Nufaberges blinkte die weiße Ringmauer der Kalatfeste herunter, an der ihre Landsleute, die Huhkas und Nallis, so eifrig mitarbeiteten. Ein schmaler, aber ebener und guter Weg führte in gerader Linie an dem Ackerfeld hin, dann den Häusern entlang, von ihnen aus hinüber nach der Viehweide und endlich in langen Zickzacklinien am Nufaberg hinauf zur Burg.

Emsiges Leben bewegte sich auf dem Burgweg: eine Menge Menschen, Männer, Weiber und Kinder, alle, wie es schien, eifrig beschäftigt. Was unsere beiden Tulkas vor allem in Verwunderung setzte, waren jene großen Schlitten, die mit mächtigen Steinen beladen, auf hohen runden Holzscheiben von Pferden rasch dahingezogen wurden.

»Kennst du das Nufatal noch und den Nufaberg?« fragte Repo; »wie konnten die Kalats dies alles fertig bringen in so kurzer Zeit?«

»Es sind ihrer viele«, sagte Rulaman, »und alle tun, was einer will. Unter den Aimats aber tut jeder, was ihm gut dünkt.«

»Ohne Pferde hätten sie das nie leisten können«, meinte Repo. »Du siehst, die Pferde verrichten die schwerste Arbeit.«

»Es deucht mir noch wunderbarer«, erwiderte Rulaman, »daß die Pferde die Arbeit willig tun, die ihnen doch beschwerlich ist.«

Darauf sagte Repo: »Du kennst ja Gullochs Rede. Sie werden wohl auch die Pferde mit Schlägen zur Arbeit zwingen. Oder ziehen diese vielleicht nur gegen ihren Willen, indem sie beständig weglaufen wollen und so die Last mitschleppen?«

»Aber das Pferd, das ich reite«, sagte Rulaman, »wiehert und lacht vor Freude, wenn es mich sieht, und wenn ich ihm den Zaum auflege. Glaubst du nicht, daß sie die Pferde und die Hunde und alle ihre Haustiere durch Liebe gezähmt haben? Aber warum hat jeder Kalat seine eigene Wohnung? Warum wohnen sie nicht zusammen wie wir?«

»Weil einer den anderen neidet«, erwiderte Repo, »hast du nicht gesehen auf der Jagd, wie sie lachten über die Schmerzen ihres Bruders? Auch hörte ich von den Huhkas, die Kalats entwendeten einander Nahrung, Kleider und Ketten und Ringe von Sonnenstein.«

»Hätten die Aimats den die Augen bezaubernden Sonnenstein, ich fürchte, auch sie würden anfangen, einander zu bestehlen«, sagte Rulaman.

Sie stiegen vollends hinunter ins Tal. Am Eingang des Dorfes sprangen ihnen einige Hunde bellend entgegen, wohl durch die auffallenden weißen Wolfspelze gereizt. Sie geleiteten sie knurrend.

Vor dem ersten Häuschen saß auf einem Steinblock ein alter Kalat in schweren Holzschuhen.

»Willst du uns zu eurem Häuptling führen?« fragte Repo.

Der Alte sah sie einen Augenblick staunend an; dann, ohne ein Wort zu erwidern, fuhr er fort in seiner Arbeit. Es war ein Töpfer. Vor ihm schnurrte eine kreisrunde Scheibe. Mit Leichtigkeit bildeten sich unter seinen geschickten Händen die zierlichsten Töpfe, große und kleine Schüsseln und Schalen, von denen eine Reihe neben ihm in der Sonne trocknete.

Mit Lust sah Rulaman dem einfachen, ärmlich gekleideten, alten Kalat zu, wie er jetzt in einen der Töpfe mit Holzstäbchen regelmäßige eckige und runde Linien eingrub und diese dann mit Kohlenpulver schwärzte, so daß die Verzierungen prächtig schwarz aus dem roten Ton hervortraten.

»Hast du das alles heute schon gemacht?« fragte er. Dachte er an die Zeit und die Mühe, die es die Aimats kostete, ihre dicken, groben Gefäße zu bilden?

Der Alte gab keine Antwort.

»Seine Ohren sind taub«, sagte Repo; »gehen wir weiter.«

Einige kleine Kinder kamen auf sie zu und blickten neugierig ihre weißen Wolfspelze an.

»Wollt ihr uns zu eurem Häuptling Gulloch führen?« fragte Repo.

Die Kinder zeigten hinauf nach dem Holzhaus auf dem Hügel und gingen gefällig voraus, ein hübscher Knabe mit braunen Locken und zwei kleine Mädchen in blauen Röckchen.

»Wo sind denn eure Eltern?« fragte Rulaman.

»Sie arbeiten auf dem Berge dort oben«, antwortete der Knabe; »es ist heute Frontag.«

Vor einem der nächsten Häuschen saßen einige alte Frauen, emsig mit Flachs- und Wollespinnen beschäftigt. Auch diese Kunst war unseren Aimats neu. Mit großer Aufmerksamkeit beobachtete Rulaman, wie der Faden aus dem Flachs herausgezogen, mit dem Munde genetzt, dann an der Spindel gedreht und so gefestigt wurde.

»Also daraus machen sie ihre weichen Kleider!« rief er in der Aimatsprache Repo zu und setzte freudig hinzu: »Das müssen unsere Weiber auch lernen.«

»Ist unnötig«, meinte Repo; »im Wald taugt das Fellkleid besser. Hast du nicht gesehen, wie zerfetzt Gullochs Kleid auf der Kaddejagd war? Unsere Renntierfelle sind heil geblieben.«

Jetzt führten die Kinder sie links ab zwischen zwei Häuschen hindurch nach der großen Wiese hin, wo das Vieh weidete. Ein schmaler Fußweg ging von hier hinauf zum Herrenhause.

Die weidenden Tiere richteten ihre Köpfe auf und starrten verwundert die Aimats in ihren fremden Kleidern an. Nicht weniger erstaunt blickten Repo und Rulaman auf die vielen zahmen Kühe, Schafe, Ziegen und Schweine, die ihnen alle noch neu waren.

»Dort sind zahme Turkühe«, sagte Repo.

»Sie haben aber schlechte Hörner«, meinte Rulaman; »oder hat man sie ihnen abgehauen? Wie heißt ihr die kleinen, die weißen?« fragte er den Knaben, indem er auf die Schafe zeigte.

»Luban«, sagte der Knabe, und schon hatte er mit einem Sprung eines ergriffen und ihm etwas Wolle ausgerissen. Er zeigte sie Rulaman und bedeutete ihm, daß daraus die Weiber im Dorf den Faden gesponnen hatten.

»Macht ihr eure Kleider denn nicht aus Gras?« fragte er den Jungen. Der Knabe nickte und deutete auf seine Kleider und die Röckchen der Mädchen; diese seien aus Gras, aber die Kleider derer im Herrenhaus oben, und dabei deutete er hinauf, seien vom Luban.

Jetzt ging es einen kleinen Abhang hinauf zum Hause Gullochs. Die Kinder wendeten hier furchtsam um, nach dem Dorf zu. Um das Haus lungerten eine Anzahl Männer, alle gleich gekleidet und bewaffnet, offenbar die Leibwache, die Gulloch einst vor die Tulka begleitet hatte, denn einer derselben kam sofort freundlich auf sie zu.

»Ihr wollt zu dem edlen Gulloch«, sagte er; »ich werde euch anmelden.« Er ging hinein.

Es verfloß einige Zeit. Unsere Tulkas betrachteten mit Staunen das große Haus, dessen ganzes Holzgerüst, in allen seinen sonderbaren Linien und Winkeln rot angestrichen, deutlich hervortrat, während die mit Mauer ausgefüllten Zwischenräume mit gelber Lehmfarbe übertüncht waren. Das spitze Dach war offenbar nur für den Notbehelf aus Brettern hergestellt, das ganze Gebäude mit einer Mauer in regelmäßigem Viereck umgeben. Die Lage hatte der Kalatfürst trefflich gewählt; von hier aus konnte er sein ganzes Dorf übersehen und zugleich die Steige auf den Nufaberg hinauf.

Gulloch erschien unter der Haustür, empfing sie aufs freundlichste und führte sie hinein.

Alles am Haus war unseren Besuchern neu und wunderbar, schon die geraden, regelmäßigen Wände, dann die merkwürdige, in Angeln und Bändern sich bewegende Türe mit dem Metallriegel, der von Gulloch hinter ihnen geschlossen wurde; dann die Treppen aus dünn gehauenen Baumstämmen, der glatte Fußboden, die hübsch bunt bemalten Holzwände des Zimmers und die ebenso verzierte Decke, endlich die regelrecht viereckigen Fensteröffnungen und Läden.

»Ein schlechtes Haus, worin ich euch empfange«, sagte der Kalatfürst; »droben auf dem Nufaberge soll mir ein schöneres erstehen.«

Repo und Rulaman waren zu stolz, um ihr Staunen zu verraten über das Neue, das sie sahen, obgleich zumal Rulaman vor Begierde brannte, zu erfahren, wie all dies hergestellt worden war.

Sie übergaben ihre Geschenke. Der Kalat dankte.

»Bist du wieder gesund?« begann Repo ruhig.

»Es war nichts«, sagte Gulloch, obgleich er noch sehr blaß aussah; »nur ein Druck auf die Brust, wohl ein Tritt von einer eurer verwünschten Kadde. Warum habt ihr mir nicht gesagt, daß die feigen Tiere umkehren würden am Rande des Felsens?«

»Sagte ich dir nicht, daß sie in Todesgefahr sich stellen?« erwiderte Repo.

»Schade für mein schönes Roß«, sagte Gulloch ärgerlich; »hätte lieber zehn Jäger mehr verloren.« Dann, zu Rulaman gewendet: »Kando ist auf der Jagd, auf der Vogeljagd mit Bogen und Pfeil. Lasse alle Vögel schießen. Fressen unser Korn. Liebe ihr ewiges Gezwitscher nicht. Stört nur die Leute in der Arbeit.«

Einige prächtige Kupferwaffen, die an der Wand hingen, zogen die Aufmerksamkeit der beiden Tulkas auf sich.

»Wollt ihr mein Prachtgemach sehen?« fragte Gulloch und führte sie in ein kleines Nebenzimmer, wo die Wände mit Schwertern, Dolchen, Gürteln und Schilden bedeckt waren, wo auf einem Tisch die prächtigsten Schalen und Urnen aus Kupferblech standen, auf einem anderen verschiedenerlei Kupferschmuck lag: Diademe, Spangen, Ringe, Doppelscheiben als Armschmuck, Brustplatten, Haar- und Gewandnadeln in wunderbarer Mannigfaltigkeit.

Rulamans Augen ergötzten sich an den schönen Formen, Repo aber fragte trocken: »Willst du uns heute zeigen, wie man den Sonnenstein bearbeitet?«

Dieser Wunsch war dem Kalat unbequem, er antwortete ausweichend: »Zuerst muß ich euch doch bewirten.«

Er pfiff. Einige Mädchen erschienen, ohne zu grüßen, offenbar Dienerinnen. Sie trugen schöne, buntgewirkte Röcke und Jacken, eine dicke wollene Schnur mit Quaste als Gürtel, glänzende Kupferspangen an Hand- und Fußgelenken; die braunen, welligen Haarflechten mit einem Kupferpfeil aufgenestelt. Die eine brachte flache Brotkuchen auf einer schön rot und schwarz bemalten Tonplatte, die andere setzte einen hohen, ebenso bemalten Topf mit Milch und drei funkelnde Metallbecher auf den breiten Holztisch, der in der Mitte stand.

»Hier ist Milch von den Bus, die ihr wohl drunten auf der Weide gesehen habt. Ihr habt sicher noch keine getrunken.«

»Ist besser als euer Kum«, sagte Repo, nachdem er gekostet hatte.

»Besonders für Weiber und Kinder«, meinte Gulloch lachend. »Ich ziehe den Kum vor und euer Nargu von der Nallihöhle auch, wie ich merke. Er läßt sich jede Woche zwei Renntiermagen voll bringen, als Lohn für die Arbeit seiner Leute. Ein braver Mann, der Nargu, könnte ein Kalat sein; ist ein anderer als der Angekko in der Huhkahöhle«, und dabei lachte er laut auf. »Dieser war auch bei mir, wollte meine Jäger heilen, aber unser Druide hat ihn schlimm heimgeschickt.«

»Die Tulkas und die Huhkas sind Vettern«, sagte Repo bitter, »und der Angekko hat schon viele geheilt.«

»Wohl nur Aimats«, meinte Gulloch; »die Haut der Kalats ist zu zart für seine Mittel.«

Ein junges Mädchen erschien jetzt unter der Türe, schlank, fein, zierlich und prächtig gekleidet. Gulloch stellte ihr die Fremden vor:

»Welda, das sind Tulkahäuptlinge. Das ist der Jüngling, von dem dir Kando erzählte, der schon als Knabe mit Löwen gekämpft hat.«

Rulaman war verlegen über diese Lobeserhebung.

»Ist dieses schöne Kind deine Tochter?« fragte Repo. »So denke ich mir meine Rutha in der Walbahöhle.«

»Sie und Kando sind meine einzigen Kinder«, antwortete Gulloch.

Wie ein überirdisches Wesen mußte Welda unseren Aimats erscheinen, das feine, weiße Mädchen mit der blühenden Gesichtsfarbe den braunen, in ein Goldnetz gefaßten Locken und dem roten Tuchkleid mit goldenem Gürtel und mit leuchtender Bernsteinkette um den Hals.

Unwillkürlich dachten Repo und Rulaman an Ara.

»Wo ist ihre Mutter?« fragte Repo.

»Ich habe sie begraben auf der Reise, am Ufer des Langen Flusses«, sagte Gulloch ernst. »Sie war eines Königs Tochter, schön wie die Sonne und weise wie ein Druide. Der Nargu sagte mir, daß auch in der Tulka eine Frau sei, die alles wisse.«

»Es ist unsere Urahne«, sagte Repo, »und wir verehren sie, wie ihr den Druiden. Aber wir haben die verloren, die nächst ihr das Licht unserer Höhle war. Auch du hast sie bei uns gesehen, die schöne Ara. Sie ist verschwunden.« Und dabei sah er fest und fragend dem Fürsten in die Augen.

Über das Gesicht Gullochs verbreitete sich eine plötzliche Röte, aber nur einen Augenblick. Dann antwortete er anscheinend gleichgültig: »Die Nallis, die auf dem Nufa arbeiten, haben mir davon erzählt. Der Nargu sei untröstlich über den Verlust seiner Enkeltochter. Die Arme wird wohl ein Wolf zerrissen haben.«

»Unsere alte Parre, die alles weiß«, versetzte Repo, »sagt, ein Mann habe sie geraubt.« Und wieder blickte er Gulloch durchdringend ins Gesicht.

Dieser verzog keine Miene und sagte: »Schade um das schöne Mädchen.« Damit erhob er sich und fragte: »Wollt ihr nunmehr meine Festung auf dem Nufaberge sehen und wie die Leute arbeiten?« Ohne auf Antwort zu warten, ging er voraus.

Sie wanderten nach der Steige hinüber, Welda neben ihrem Vater her. Nicht weit vom Herrenhause entfernt stand links oben, noch näher am Wald, wieder ein kleines Haus, aber ohne Fensteröffnungen, auch dieses mit einem rohen Steinwall umgeben, vor der Tür zwei Wachen.

»Wer wohnt dort oben?« fragte Repo.

»Ist ein Gefängnis für Leute, die mir nicht gehorchen wollen«, sagte Gulloch leichthin.

Rulaman blickte Repo bedeutsam an, nahm schnell den Bogen von der Schulter, legte einen Pfeil auf, rief mit lauter Stimme: »Sokol! Sokol!« und schoß nach der Hütte zu. Der Pfeil drang durch die Spitze des Bretterdachs ein und blieb stecken.

»Was machst du da?« fragte Welda erstaunt.

»Ein Sokol flog dort«, sagte Rulaman; »ein roter Falke, der uns neulich den Sabliga vor der Tulka raubte.«

Wirklich sah man einen Raubvogel in der Nähe auffliegen und im nahen Wald verschwinden.

Gulloch blickte finster drein und schritt rasch vorwärts.

»Ich hasse die Falken«, sagte Welda; »schade, daß du ihn gefehlt. Eben dort am Häuschen singt jeden Abend ein schwarzer Vogel sein lieblich Lied.«

Bald darauf kamen sie an einem frisch aufgeworfenen Erdhügel vorüber. »Hier liegen meine armen Jäger von der Kaddejagd«, sagte Gulloch. Er öffnete eine Tür und ließ sie in ein kellerartiges Steingewölbe hineinsehen, in dessen Hintergrund eine Reihe Urnen stand, neben ihnen einige Waffen, weiter eine Anzahl anderer Tongefäße, die offen und mit Milch gefüllt waren. Auch Brotkuchen lagen am Boden.

»Sind sie hier in der Erde begraben?« fragte Repo.

»Ihre Asche ist in jenen Tongefäßen aufbewahrt«, antwortete Gulloch.

»So verbrennt ihr eure Toten?« fragte Repo wieder.

»Das Feuer macht die Seele des Kalats frei«, erwiderte Gulloch, »und gibt ihr Flügel, daß sie wandern kann, wohin sie will, in Tiere oder Menschen. Die armen Jägerseelen werden wohl jetzt schon als Hunde jagen.«

»So kommen sie nicht auf die Sonne?« fragte Repo.

»Nur die Seelen der Häuptlinge und der Druiden gelangen auf die Sonne«, antwortete Gulloch, »und ihre besten Pferde und Hunde.«

Staunend hörten Repo und Rulaman ihm zu.

»Meinem Rappen habe ich droben auf der Kadde-Ebene ein steinernes Denkmal gesetzt, so groß wie einem Fürsten. Ich wünschte, die Kadde möchten sich die Köpfe dran einrennen. Habe schon einen anderen Plan für sie ersonnen.«

Der Fußweg mündete in die breite Zickzacksteige ein, die auf die Burg hinaufführte. Hier arbeiteten viele Leute; die Frauen am Weg, indem sie Steine zerschlugen; die Männer fuhren auf Karren und Wagen mit Pferden Sand und Steine hinauf zur Burg.

Ehrerbietig verneigten sich alle vor Gulloch und Welda. Gulloch beachtete sie kaum und schritt schweigend vorüber, Welda aber nickte ihnen freundlich zu. Ein kleines Mädchen kam heran und küßte den Saum ihres Kleides. Welda strich ihr liebreich über die Stirn und sagte freundlich: »Was tust du hier, Arpa?«

»Meine Mutter ist krank; so brachte ich dem Vater Milch und Brot.«

»Wer ist zu Hause bei deiner kranken Mutter?«

»Niemand«, antwortete das Mädchen.

Welda wandte sich bittend an ihren Vater: »Gib dem Manne Urlaub nach Hause, Vater!«

»Der Mann bleibt bis zum Abend«, antwortete dieser rauh, »sonst werden alle Weiber krank.«

»Ich will mit dir zu deiner kranken Mutter gehen«, sagte Welda freundlich zu dem Kind und nahm Abschied vom Vater und den Fremden.

Rulaman sah sie mit leuchtenden Augen an und wollte ihr eben die Hand reichen und ihr zeigen, wie ihr Edelmut ihn gefreut, aber schon hüpfte sie leicht wie ein Reh mit dem Kind an der Hand die Halde hinunter.

»Welda ist mit den Leuten zu gut«, meinte Gulloch; »spricht zuviel mit ihnen. Schweigen ist das Geheimnis des Herrschens.«

Ein Wagen begegnete ihnen, der den Berg herunterkam. Rulaman blickte bewundernd die Pferde an, wie sie mit Aufbietung aller Kräfte den Wagen anhielten, daß er nicht ins Rollen kam. Freundlich klopfte er einem der Tiere auf den Hals, dann fragte er Gulloch mit einem Blick auf die Räder: »Wodurch sind eure Leute so geschickt, das alles so kunstreich zu machen?«

»Unsere Ahnen haben das schon gekonnt«, sagte Gulloch, »und einer lehrte es den anderen bis auf den heutigen Tag.«

»Kann denn jedermann bei euch das alles tun?« fragte Rulaman wieder; »die Wagen machen und den Sonnenstein bearbeiten und Häuser bauen?«

»Jeder betreibt sein Handwerk«, erwiderte Gulloch; »der Sohn sieht es vom Vater. Ich habe einen Töpfer, der seit sechzig Jahren jeden Tag vor seiner Scheibe sitzt; er versteht sonst nichts, aber seine Töpfe sind so schön, daß ich viele an andere Kalatfürsten verkaufe. Droben auf dem Nufa werdet ihr meinen alten Kupferschmied sehen, der seine Lebtage nur Kupfer gegossen und geschmiedet hat.«

»Bei uns kann jeder alles«, sagte Repo.

»Aber es ist wenig«, meinte Gulloch.

»Genug für ein tapferes Jägervolk«, versetzte jener.

»Arbeiten denn eure Männer für euch und nicht für sich selbst?« fragte Repo.

»Vier Tage in der Woche sind mein, sind Frontage«, sagte Gulloch; »zwei gehören den Leuten und einer den Göttern, dem Tanz und der Freude.«

»Aber warum folgen dir denn die Leute und schaffen für dich?«

»Die Götter haben mir die Gewalt gegeben, das wissen sie. Der Urahne meines Stammes war selbst ein Gott. Der Druide wird es euch bezeugen.«

»Und sind deine Leute glücklich und zufrieden dabei?«

»Bald feiern wir das Fest Belens, des Sonnengottes«, sagte Gulloch, »wenn der Tag am längsten ist, und der Sonnenwagen am höchsten steigt am Himmel. Dann kommt zu uns; auch der Angekko und der Nargu werden kommen, und ihr werdet sehen, daß mein Volk glücklich ist. Aber darf ich euch fragen, ist denn euer Volk glücklich bei Hunger und Frost neun Monde im Jahr?«

»Was heißt Glück?« versetzte Repo. »Wer ist besser daran, euer gehorsamer Hund oder unser hungriger Wolf?«

»Der gehorsame Hund«, meinte Gulloch, »denn er liebt und wird geliebt.«

»Der hungrige Wolf«, sagte Repo, »denn er ist frei und fürchtet niemand.«

Sie waren oben angekommen auf der Kuppe des Nufaberges. Wieder bot sich hier unseren Aimats ein überraschender Anblick dar. Wohl an hundert Menschen arbeiteten eifrigst auf dem schmalen Raum zusammen. Zunächst fiel ihnen die Ringmauer in die Augen. Eben wurde dort ein neues Stück fertig. Sie war fast mannshoch und so breit, als ein Mann klaftern kann. Sie bestand aus großen, roh behauenen Quadersteinen, fest geschichtet und ineinandergekeilt ohne Mörtel, nur durch eingerammte eichene Holzpfähle zusammengehalten.

»Wozu diese Steinhaufen?« fragte Repo.

»Zum Schutz gegen den Feind«, sagte Gulloch; »doch laßt uns jetzt in die Burggewölbe hinabsteigen. Sie sind fertig und zum Empfang bereit.«

Er ging voran, eine Steintreppe hinunter, und führte sie durch einige mit Baumstämmen bedachte Steinkammern. Schachtlöcher in der Decke spendeten notdürftig Licht.

»Eine gute, bequeme Höhle«, meinte Rulaman, »wer wird hier wohnen?«

»Die Gefangenen«, entgegnete Gulloch.

»Wer sind die Gefangenen?« fragte Repo.

»Alle, die mir nicht gehorchen wollen.«

»Also damit zwingst du deine Leute?«

»Nicht die Schlimmsten«, erwiderte Gulloch, »nur die Widerspenstigen und auch die im Kriege Gefangenen. Für die, welche mich hassen, habe ich eine andere Höhle hier unten.« Er führte sie in dem letzten Keller an eine schmale, nur wenige Fuß hohe Mauer und ließ sie hinunterblicken in einen tiefen, finsteren, grauenvollen Schacht. Keine Treppe führte hier hinab. Ein Haspel hing über dem finsteren Loch mit einem endlos langen Seil.

»Das ist die Wohnung für meine Feinde«, sagte er trotzig, nahm einen Stein und warf ihn hinab. Es dauerte lange, lange, bis der Stein unten auffiel. Hohl und dumpf klang der Ton herauf.

»Und du läßt die Leute da unten verhungern?« fragte Repo.

»Das wäre zu leicht für sie«, lachte der Kalat; »sie erhalten täglich Wasser und Brot.«

»Ist einer unten?« fragte Rulaman entsetzt.

»Noch keiner«, antwortete Gulloch; »aber ich glaube, ich kenne den, der es zuerst bewohnen wird. – Doch es ist dumpf hier, steigen wir hinauf ans Licht.«

Oben über dem Gewölbe war ein weites Viereck, durch Grundmauern bezeichnet. »Auf diese wird das Herrenhaus gebaut«, erklärte Gulloch seinen Gästen, »es wird Jahre dauern, bis ich damit zu Ende komme. Es soll hoch und fest genug werden, daß kein Feind mich überraschen kann.«

Jetzt trat er hinaus, nach dem Wald zu, hinter einen Felsenvorsprung, wo dicker Rauch aufstieg. Dort sah man eine in den Boden gemauerte Esse voll glühender Kohlen. Ein alter Mann, fast nackt, mit weißen Haaren und weißem Bart, blickte aufmerksam, ohne auf die Eintretenden zu achten, in ein tiefes Becken hinein, das in der Glut steckte. Eine rotflüssige Masse brodelte darin. Einige Handlanger standen ihm zur Seite.

»Wir kommen eben recht zum Guß«, sagte Gulloch.

Der Alte ergriff einen langen Metallöffel, schöpfte und goß den roten Fluß in einen rundlichen Steinklotz, der oben mit einem Loch zum Eingießen des flüssigen Metalls versehen und mit einem Drahtring umwunden war.

Endlich sollten unsere Aimats sehen, wie man Waffen aus Sonnenstein gießt. Mit gespannter Aufmerksamkeit verfolgten sie das seltsame Treiben.

Der Alte murmelte eine Zeitlang unverständliche Worte, wohl um die Zeit zu messen, bis der Guß erkaltet wäre. Dann löste er den

Drahtring ab und steckte einen Meißel in eine Längsfuge am Steinklotz. Sofort teilte sich dieser in zwei gleiche Hälften und heraus fiel ein prächtig glänzendes Kupferbeil. Deutlich war in jeder der beiden Hälften des Steines die Hälfte eines Beiles ausgehauen, und der Draht hatte nur dazu gedient, die beiden Teile der Form zusammenzuhalten.

Gulloch nahm eine Zange, faßte das neue Beil und zeigte es seinen Gästen. »Das ist ein Kelt«, sprach er mit Nachdruck, »und danach nennt sich unser Volk seit uralter Zeit, denn mit dem Kelt erobert der Kalat die Welt.«

Der alte Schmied grinste vergnügt dazu. Er sah wohl, daß die Fremden seine Arbeit bewunderten.

»Woher habt ihr den Stein, aus dem ihr dies macht?« fragte Rulaman.

»Das weiß nur ich und der Alte, und es wäre sein Tod, wenn er es verriete«, entgegnete Gulloch. Dann zeigte er ihnen einen großen Vorrat von Beilen, Hauen, Ringen, halbfertig, rauh und noch mit den Gußnähten.

»Und wo macht ihr eure Schwerter?« fragte Repo.

»Sie werden zuerst hier gegossen und dann mit dem Hammer geschmiedet.«

Damit trat er in eine große Hütte, wo beständig Leute mit Erdhauen und Äxten ab und zu gingen. Hier knieten einige Männer am Boden, jeder vor einem flachen Sandstein, auf dem sie unter Zugießen von Wasser die Hauen und die Beile schärften.

»Schleif mir mein Schwert«, sagte Gulloch zu einem der Männer und reichte dasselbe hin. Der Mann erhob sich. Ein kreisrunder Stein auf einem Gestell stand in der Ecke. Ein Junge drehte ihn rasch an einem Handgriff. Der Mann hielt das Schwert daran, daß die Funken sprühten.

Freudig rief Rulaman: »So können wir auch unsere Steinbeile schärfen!«

Bronzegiesserei auf dem Nufaberg

Gulloch nahm das geschärfte Schwert, ergriff ein dickes Seil und hieb es mit einem leichten Streich entzwei.

Repo hatte alles schweigend mit angesehen. »Die Nacht bricht herein«, sagte er, »und es ist nicht gut, wenn der Aimathäuptling in der Höhle fehlt.«

»So gehen wir hinunter in mein Haus«, entgegnete Gulloch, »und ihr nehmt etwas Käse und Kum zur Stärkung auf den Heimweg.«

»Wir gehen leichter oben auf der Ebene«, sagte Repo und bot Gulloch die Hand zum Abschied.

»Wie ihr wollt«, versetzte dieser etwas mürrisch, holte noch zwei neue Kelte aus der Gießhütte und schenkte sie ihnen. »In zwanzig Tagen also, zum Sonnenfeste, sehen wir uns wieder.«

Die beiden Aimats wanderten in Gedanken versunken am Rande des Gebirges der Heimat zu. Bald schritten sie über die hohen Hulabfelsen dahin, die in weitem Halbrund dem Nufa gegenüberliegen. Dort blickten sie noch einmal hinüber auf die neue Ringmauer, auf die Zickzacksteige und hinunter in das Tal mit dem neuen Dorf. Ein Rabenschwarm kreiste hoch über dem Berg.

»Rulaman«, sagte Repo, »ich habe viel erfahren heute; eines aber vor allem, Gulloch haßt mich, und ich hasse ihn. Sei's drum! Er oder ich! Nebeneinander können wir beide nicht leben. Siehst du die Kargas drüben hoch in der Luft über dem Nufa, wie sie krächzend und klagend durcheinander stürmen? Der Nufawald war ihre Nachtherberge, solange ich weiß. Ihr armen Aimatvögel! Der Nufawald ist nicht mehr. Habt ihr sie denn vergessen die furchtbare Nacht, da ihn die Kalats verbrannten mit so vielen eurer Kameraden? Und doch sucht ihr ihn noch jeden Abend! Wie lange wird es dauern, da werden sie auch uns vertreiben aus unseren Höhlen, und die letzten unseres Stammes werden umherirren an den Abhängen dieser Berge und die leere Tulka aufsuchen und klagen und fluchen über die Kalats, wie dort die Kargas.«

»Glaubst du, daß Ara gefangen sitzt in jener Hütte drüben am Wald?« fragte Rulaman.

»Ich wünschte, die schöne Ara wäre nie in die Tulka gekommen«, sagte Repo. Dann kam er wieder auf seine Gedanken zurück und fuhr fort: »Unsere Zeit ist aus.«

»Nicht, wenn wir von den Kalats lernen«, sagte Rulaman; »wir schlagen sie mit ihren eigenen Waffen!«

»Du bist jung«, versetzte Repo, »ich bin alt und sterbe als Aimat.«

27

Das Sonnenwendfest auf dem Nufaberg

Es war gegen Ende des Mansika, des Erdbeermonats. Der Tag des Sonnenfestes war gekommen. Repo, der alte Nargu und der Angekko waren einig geworden, der Einladung des Kalatfürsten zu folgen.

Früh am Morgen verließen Repo und Rulaman mit sämtlichen Tulkamännern im schönsten Waffenschmuck die Höhle. Nur Obu fehlte. Seit ihm Rulaman seine Vermutung über den Aufenthalt Aras mitgeteilt hatte, war er jeden Abend verschwunden und immer erst gegen Morgen zurückgekehrt. Über Tag saß er brütend und verschlossen neben der alten Parre und flüsterte oft mit ihr zusammen. Rulaman forderte ihn auf, mitzukommen; er antwortete rasch: »Ich komme später, mein Fest beginnt erst in der Nacht.«

Als unsere Aimats in das Nufatal hinabstiegen, schien das ganze Dorf ausgestorben; sogar den alten Töpfer sah man nicht an der Arbeit. Auch die Steige, die neulich von geschäftigen Menschen gewimmelt hatte, war still und verlassen. Nur die Pferde, Rinder und Schafe weideten jenseits des Baches auf der grünen Halde. Als sie aber die Zickzackwindungen hinaufstiegen, vernahmen sie bald das Getöse einer lärmenden Volksmenge von der Burg her. Die Ringmauer, sonst kahl und weiß, blickte ihnen heute gar freundlich als ein grüner Kranz entgegen. Tanne an Tanne war darauf gesteckt und hoch über denselben, auf einer dünnen Stange, flatterte eine goldgelbe Fahne lustig im Morgenwind.

Als sie der Burg nahten, ertönte laut ein Horn von oben, wohl als ein Zeichen, daß Gäste in Sicht seien.

Bald darauf erschien Gulloch mit Kando und Welda unter dem Tor, alle drei in prächtigem, rotem Festgewand, reich mit Goldzieraten geschmückt, hinter ihnen die Leibwache des Fürsten mit Musikern, die Kupferbecken aneinander schlugen. Gulloch und sein Sohn trugen schwere goldene Ketten um den Hals mit strahlender Goldsonne daran, Welda ein breites Diadem auf dem Kopf mit einem glänzenden Stern vorn in der Mitte.

»Belen, der hehre Sonnengott, erleuchte eure Wege«, so lautete heute der Gruß Gullochs, und mit diesem reichte er auch Repo und Rulaman glänzende Sonnensterne. »Aber wo habt ihr die schönen Ketten, die ich euch verehrt habe, warum brachtet ihr sie nicht zum Fest?«

»Wir kommen als Aimats«, antwortete Repo kurz und ernst. »Ist es Sitte der Kalats, ihren Gästen die Kleidung vorzuschreiben?«

Man führte sie durch den Burghof in den dahinterliegenden Wald. Hier war ein großer, runder Platz von Bäumen entblößt und sorgfältig geebnet, an einer Seite desselben ein hohes Holzgerüst, mit Laubgezweig und Tannen verziert.

Dort hinauf stieg Gulloch und lud Repo und Rulaman ein, ihm zu folgen, bedeutete ihnen aber zugleich, daß die anderen Tulkas unten bleiben sollten. Schon die Frage nach der Kette hatte Repo verstimmt; diese Sonderung von seinen Brüdern verdroß ihn noch mehr; doch unterdrückte er seinen Unwillen.

Oben auf dem Gerüst stand ein langer Tisch mit Sitzen für die Häuptlinge. Über ihnen wölbte sich ein grünes Laubdach. Der ganze Platz, die ganze Volksmenge war von hier aus zu überschauen.

Als die Häuptlinge oben erschienen, ertönte lauter Trompetenschall von der Leibwache, die sich unten an dem Gerüst aufgestellt hatte, und stürmisch jubelte das versammelte Volk, Männer, Weiber und Kinder, den Fürsten seinen Gruß zu.

Alle Kalats waren heute in neue, bunte Gewänder gekleidet. Rings von den umgebenden Bäumen flatterten farbige Tücher. Die rauschende Freude der Menge und die glänzende Farbenpracht konnten wohl unsere einfachen Aimats blenden, wie es Gulloch erwartet hatte. In der Tat schien der junge Rulaman entzückt von dem prächtigen Schauspiel; Repo aber starrte düster in das bunte Volksgewühl hinunter.

»Siehst du, wie glücklich sie sind?« sagte Gulloch; »denken sie jetzt noch an ihre Arbeit? Doch das ist nur der Anfang, erst mit dem Opfern beginnt die wahre Festfreude.»

»Wo ist der Druide?« fragte Repo.

»Er wird erst zum Opfer erscheinen. Er zeigt sich nur, wenn er im Namen der Götter spricht oder handelt.«

»Was soll der große steinerne Bau dort in der Mitte des Platzes?« fragte Rulaman Kando, der neben ihm saß.

»Es ist der Opferaltar.«

»Ist es wahr, daß ihr eurem Belen Menschen als Opfer schlachtet?«

»Wir bringen dem Sonnengott Opfer von dem Besten, was wir haben: Brotopfer von unserem Getreide, daß er unser Ackerland segne; Obst von unseren Bäumen, daß sie gedeihen und ihre Früchte reifen unter seinen Strahlen; Tieropfer von unseren Herden, daß sie gesund bleiben und sich vermehren auf unseren Weiden, und ein Kind aus unserem Volk, daß er die Kalats wachsen und herrschen lasse über ihre Feinde. So lehrte mich der Druide.«

»Und dein Vater übergab dem Druiden einen Sohn seines Volkes, um ihn zu morden?«

»Niemand würde wagen, dem Druiden zu widersprechen, auch mein Vater nicht, denn aus ihm spricht Belen, und das Volk glaubt an ihn.«

»So herrscht der Druide und nicht dein Vater. Wäre ich Kalatfürst«, sagte Rulaman mit edler Entrüstung, »kein Menschenblut sollte für die Sonne vergossen werden! Erwärmt und segnet denn die Sonne nicht auch die Aimats seit uralter Zeit? Und doch bringen wir nur Worte und Gesang als Dank.«

Erstaunt, fast erschrocken, blickten Kando und Welda den kühnen Jüngling an.

Wieder erscholl ein Trompetenstoß. Gulloch stand auf. »Die anderen Gäste kommen«, sagte Kando und erhob sich gleichfalls mit Welda. Sie gingen den Gästen entgegen in den Hofraum. Bald erschienen sie wieder, mit ihnen der Angekko und der Nargu, gefolgt von einer großen Menge ihres Volkes, darunter auch viele Weiber und Mädchen, manche schon in Kalatkleidern. Auch der Nargu und der Angekko trugen wollene Leibröcke und viele Goldzieraten, die sie wohl von den Kalats durch die Arbeit ihrer Leute erworben hatten; beide aber über dem Wollkleid noch den weißen Wolfspelz des Aimathäuptlings. Ein stattlicher Mann war der Nargu trotz seines hohen Alters. Unser Angekko aber sah sehr dürftig aus. Er blickte fast furchtsam um sich, und ein Flüstern und Lächeln ging durch die Menge ob seines hohen Holzhelms und des Gürtels mit Kuderkiefern.

Nachdem die Aimathäuptlinge einander freundlich begrüßt hatten, gab Gulloch das Zeichen zum Beginn des Festes.

Der Lärm unter dem Volk verstummte. Erwartungsvoll blickten alle in der Richtung nach dem Burghof, wo sich der Festzug indes geordnet hatte.

»Sie kommen, sie kommen!« so rauschte es durch die Menge.

Ein schlanker junger Mann in rotem Leibrock mit Federbarett und nackten Knien eröffnete als Herold mit Trompetenschmettern den Zug. Hinter ihm her tanzten sechs Jünglinge in enganliegenden goldgelben Kleidern, mit kupfernen Tamtams den Takt schlagend.

Die zweite Gruppe – denn der Zug war kein zusammenhängender – bildeten zwölf kleine, weißgekleidete Mädchen mit Blumenkränzen auf den dunklen Lockenköpfchen und Blumensträußen in den Händen.

Der Festzug auf dem Nufaberg

Als nächste in der Reihe folgten diesen ebensoviele größere Mädchen, gleichfalls in weißen Kleidern, mit bunten Bändern geschmückt, die zusammen eine lange Blumengirlande trugen.

Das Volk hatte indes Raum gemacht und sich längs des Waldrandes im Kreis herum aufgestellt. Diesem Kreis entlang zogen die Jünglinge und Mädchen, bogen dann ab in die Mitte dem Altar zu und stellten sich dort auf, die Jünglinge zur Seite, die größeren Mädchen mit der Girlande den Altar in weitem Halbkreis von hinten umfassend, die kleineren wie Blumensträuße zwischen ihnen.

Das war die Eröffnung des Zuges.

Ein zweiter Herold erschien jetzt. Das Allerheiligste der Kalats nahte, der Sonnenwagen des Belen, ein kleiner, über und über vergoldeter Wagen aus Metall, auf dem ein großer, blinkender Kessel hing. Der Wagen wurde getragen von vier Männern auf einer mit rotem Tuch bedeckten Bahre. Unmittelbar hinter ihm erschien der Druide in seinem langen, weißen Faltengewand mit goldstrahlendem Gürtel, ein breites, schwarz glänzendes Opfermesser in der Rechten führend.

Das ganze Volk warf sich vor ihm auf die Erde nieder.

Feierlich und gemessen schritt der ehrfurchtgebietende Greis auf einen erhöhten Platz vor dem Altar zu und stellte den Goldwagen mit dem heiligen Gefäß in die Mitte desselben.

Wieder ertönte die Trompete des Herolds. Es erschien der Zug der Opfer.

Junge Mädchen trugen gelbglänzende Schalen mit goldenen Äpfeln und Birnen und frischen Walderdbeeren. Hinter ihnen folgte eine lange Reihe von Männern mit Körben voll flacher, gelber Brote, sternartig wie eine Strahlensonne geformt, dann kamen wieder Mädchen mit roten, schwarzbemalten Tongeschirren voll Milch auf dem Kopf.

Nun erst erschienen die Opfertiere.

Voran drei weiße Schafe, grüne Laubkränze um den Hals, von Mädchen an farbigen Bändern geleitet; darauf zwei prächtige weiße

Stiere mit vergoldeten Hörnern und breiten Kränzen über den Schultern, geführt von jungen Männern in roten Kleidern; endlich ein weißes, bekränztes Pferd, das ein stattlicher Mann in Kriegsrüstung am Zaume hielt.

Zwölf Knaben in langen, weißen Gewändern, dem des Druiden ähnlich, auch sie mit Opferkränzen geschmückt, beschlossen den Zug.

Die Früchte, die Brote und die Milch wurden auf dem Altar niedergesetzt; die Opfertiere und die Opferknaben standen in weitem Halbkreis davor.

Jetzt gaben die Herolde zusammen ein Zeichen.

Ein lieblicher Gesang ertönte aus dem Kranz der Mädchen am Altar. Als sie geendet hatten, begann der Druide mit tiefer, wohlklingender Stimme den Lobgesang des Belen, in den von Zeit zu Zeit die Tamtams einfielen, deren markerschütternde Töne, vom Wald gebrochen, in weiter Ferne verklangen.

Nunmehr erhob der Greis das dunkelglänzende Messer hoch in der Rechten.

Lautlose Stille hatte bis dahin unter dem Volk geherrscht. Jetzt kam eine seltsame Aufregung, eine Bewegung in die Reihen. Von allen Seiten drängten sie vom Waldrand her zum Altar. Das Opfern begann. Die Tiere wurden der Reihe nach, die drei Schafe zuerst, durch einen Schlag mit dem Beil auf den Kopf betäubt, dann von dem Druiden mit dem Opfermesser ihre Halsadern durchschnitten, von jedem Opfertier eine kleine goldene Schale mit Blut gefüllt und in den großen Kessel auf dem Sonnenwagen gegossen, das ganze übrige Blut aber von dem jetzt wild herbeiströmenden Volk mit Schalen und Händen aufgefangen und gierig getrunken.

Rasch verteilte man dann die Opfertiere. Einen Teil der Eingeweide, das Herz und die Nieren samt dem Fett des Gekröses reichte man dem Druiden, der sie auf einen großen runden Stein vor dem Altar niederlegte. Auf diesen Stein blickte das ganze Volk in atemloser Spannung. Da flackerte plötzlich wie durch ein Wunder, wie von der Sonne entzündet, eine bläuliche Flamme auf und verzehrte das dargebrachte Opfer.

»Belen ist gnädig, Belen ist gnädig!« jubelten alle zusammen.

Darauf teilte der Druide die Sonnenbrote unter das Volk aus. Dann verließ er den Altar und schritt, von den zwölf Opferknaben gefolgt, durch die demütig sich neigende Menge zum Burghof.

Sofort wurden nun ringsum Scheiterhaufen aufgerichtet und mit Feuer von dem Opferstein am Altar entzündet, das Opferfleisch daran gebraten, die ersten Stücke den Häuptlingen vorgesetzt, alles übrige in ausgelassener Freude und mit Jubel vom Volke verzehrt.

Der Eindruck, den das Fest bis dahin auf unsere Aimathäuptlinge gemacht hatte, war ein sehr verschiedener.

Mit steigendem Wohlgefallen, aber nicht ohne selbstbewußte Würde, hatte der alte Nargu auf das Schauspiel heruntergeblickt. Mit staunender, oft fast ängstlicher Gebärde verfolgte der Angekko aufmerksam alle Einzelheiten der Handlung. Repo saß in sich gekehrt ernst da und blickte meist stolz über die ganze Szene hinweg, als wollte er diesen Glanz der Kalats nicht sehen, um nicht selbst deren Überlegenheit zugestehen zu müssen.

Schwerer ist zu sagen, was Rulaman dachte und fühlte. Unbestimmt wogte es in dem jugendlichen Herzen hin und her; bald bewunderte, bald haßte er dieses Volk. Das Herrschaftsgefühl war auch ihm angeboren und sein Sinn nicht unempfindlich für den Glanz des Kalatfürsten, der hier auf seine, wie es schien, so glücklichen Untertanen herabblickte. Aber um so mehr sträubte sich sein Stolz gegen den Gedanken, daß seine Aimats auf die Stufe des Kalatvolkes heruntergedrückt und von Gulloch und dem Druiden beherrscht werden sollten.

»Ein prächtiges Fest«, begann der alte Nargu zu Gulloch. »Ich habe es oft zu sehen gewünscht, denn mein Vater hat mir viel davon erzählt, wie er es bei euren Ahnen mitgemacht hat am Langen Fluß.«

»Zum nächsten Sonnenfeste hoffe ich die Brüder vom Twobasee hier zu sehen«, erwiderte Gulloch; »dann soll es noch großartiger werden als heute, und bis dahin, Vetter«, so nannte er den Nargu schmeichelnd, »denke ich, werdet ihr und die anderen Aimats bei uns im Nufatale wohnen.«

»Das überlasse ich meinen Nachkommen«, entgegnete der Alte fest; »ich freue mich an eurer Freude und will dein Bruder sein, aber ich bleibe drüben in meiner Höhle. Zwei Fürsten vertragen sich nicht zusammen.«

»Ihr habt gute Leute«, wandte sich jetzt Gulloch an den Angekko. »Sie sind gewöhnt an Gehorsam und ehren auch unseren Druiden.«

»Ich habe als ein Vater für mein Volk gesorgt«, erwiderte der Angekko feierlich, »und sie haben nie gedarbt. Sie waren zufrieden und heiter, weil ich jedem jeden Tag seine Arbeit gab und keiner zu sorgen brauchte.«

»Ihr seid ein weiser Mann«, versetzte Gulloch; »Gehorsam und Arbeit machen das Volk glücklich, Freiheit und ein müßiges Leben bringen stets zuletzt Sorgen und Hunger; das ziemt nur dem wilden Tier des Waldes.« –

»Ist das Opfer zu Ende?« fragte Rulaman Kando.

»Noch nicht«, antwortete dieser; »das höchste, das Menschenopfer, kommt erst am Abend, wenn die Feuer auf den Bergen brennen.«

»Und wo ist der Mensch, der geopfert werden soll?«

»Es ist einer der zwölf Knaben, die dem Druiden folgten. Noch weiß keiner von ihnen, ob er den nächsten Morgen erlebt. Aber glaube mir, alle Knaben im Volke begehren nach dem Ruhm, an Belens Fest zu den Auserwählten zu gehören.«

»Und wer erwählt endlich das unglückliche Opferkind?«

»Belen selbst«, erwiderte Kando. »Der Druide schöpft Opferblut aus dem runden Becken des Sonnenwagens, reicht es den Knaben dar, und der, den Belen erwählt, stürzt tot nieder. Die anderen Knaben beneiden ihn um diese Ehre, und das ganze Volk beglückwünscht seine Eltern. Von seinem Blute aber trinken nur der Druide und der Häuptling.«

Rulaman saß still in Gedanken versunken. Die feierliche Handlung, die Würde des greisen Priesters hatten einen tiefen Eindruck auf ihn gemacht, noch mehr vielleicht das wunderbar aufflammende Feuer. Sollte doch am Ende – der Gedanke erfaßte ihn plötzlich – dieser Belen, dem das Kalatvolk opferte, und den es so aufrichtig verehrte, ihm seine Macht und seinen Glanz verleihen, der es so weit über die Aimats stellte?

Nach dem Schmaus zerstreute sich das Volk nach allen Seiten in den Wald. Gulloch führte seine Gäste die Steige hinab ins Herrenhaus. Heiß brannte die Sonne auf den kahlen Berg. Im Westen ballten sich einige dunkle Wolken zusammen.

»Ich höre, ihr könnt das Wetter vorhersagen und Wetter machen«, so begann Gulloch halb lächelnd zum Angekko. »Ich bitte euch, sorget, daß unser Opfer und unsere Bergfeuer am Abend nicht getrübt werden.«

Der Angekko nahm alle seine Würde zusammen und entgegnete schlau: »Am Tage des Belenfestes überlasse ich dem Belendruiden die Macht, den Wolken zu gebieten.«

»Wo ist der Druide mit den Opferknaben jetzt?« fragte Rulaman Kando.

»Sie sind allein mit ihm in einem dunklen Gewölbe der Burg, dort unterrichtet er sie über Belen und seine Gebote und seine Macht und speist sie mit Milch und Honig.«

»Ich wünschte, auch ich könnte alles erfahren von dem Druiden über euren Belen«, versetzte Rulaman.

Im kühlen Herrenhause wurde den Häuptlingen Brot und Fleisch, Milch und Kum vorgesetzt. Nachdem sie sich gelabt hatten, forderte Gulloch Welda auf, das alte Kalatlied zu singen, »das Lied«, so erläuterte er seinen Gästen, »das das Leben des Kalats malt, ihn an seine Heimat erinnert, auf der Wanderung ermutigt und zum Kampf begeistert.«

Welda sang zu einem Saiteninstrument. Schwermütig und tief erklangen die ersten Strophen, wie Heimweh nach dem Land, das sie verlassen mußten. Dann tönte es wie Wellenrauschen eines rasch dahingleitenden Stromes. Jetzt folgten kräftigere, mutigere Klänge: das Volk steigt ans Ufer in einem neuen Land. Plötzlich schmetternde Kriegslaute und wilde Schlachtrufe: das Wandervolk kämpft und erobert die neue Heimat. Endlich jubelnde Siegesfanfaren, in die Gulloch und Kando begeistert einstimmten. In zarten Lauten des Friedens verklang das schöne Lied.

Das liebliche Mädchen erhob sich und wiederholte in reizendem Tanze, was sie soeben gesungen hatte, mit zierlichen Metallbecken ihre leichten Bewegungen begleitend.

Unsere Aimats waren ergriffen von dem bezaubernden Gesang, dem Tanz und dem stürmischen Schluß jeder Strophe:

»Hurra! ins Feld,
Hinaus ins Zelt!
Mit dem Kelt, mit dem Kelt
Erobert der Kalat die Welt!«

Doch widerstrebte Repo in seinem Innern mit aller Kraft dem Einfluß dieses neuen Zaubers, dem sich der junge Rulaman mit warmem Herzen hingab. Immer höher wuchs dieses neue Volk in seinen Augen, immer dürftiger erschien ihm dagegen sein eigenes und dessen ganzes Leben.

Dann zeigte Gulloch den Aimathäuptlingen seine kostbarsten Schätze, vor allem einen runden Bronzeschild und ein dunkel glänzendes Schwert. Auf dem Schild war, kunstvoll in Gold gearbeitet, ein Zweikampf dargestellt: ein wilder, in Tierfelle gehüllter Mann, der ein Steinbeil in seiner Rechten schwang, ihm gegenüber ein Krieger in reicher Kleidung mit langem Metallschwert.

»Welcher von beiden wird siegen?« fragte Repo.

»Ich denke, der mit dem Schwerte«, meinte Gulloch; »ich will euch das Schwert zeigen, das er führt.«

Nun holte er ein merkwürdiges, grauglänzendes Schwert herbei, offenbar aus demselben Stoff geschmiedet wie das Opfermesser des Druiden. Die ganze Klinge war mit rätselhaften Zeichen bedeckt.

»Das ist nicht aus dem Stein«, sagte er, »wie ihr droben ihn beim Gießen saht, und den ihr Aimats Sonnenstein nennt. Jener gelbe stammt nur von der Erde, dieser graue aber stammt wirklich von der Sonne, von wo ihn mein Urahn mitgebracht und das Schwert daraus geschmiedet. Seit undenklicher Zeit hinterließ es der Vater dem Sohn, bis herab auf mich. Ein wunderbarer Zauber ruht in ihm. Nie kann der unterliegen, der es führt!«

»So würde ich es nie von der Seite lassen«, sagte Repo. »Doch du irrst, dein Schwert ist zu lang, kurz ist die Waffe des Mutigen.«

»Heute in einem Jahr«, erwiderte Gulloch, »werden wir wissen, wer wahr gesprochen.«

»Wer dann noch lebt«, versetzte Repo kalt.

Es war dämmerig geworden, sie stiegen zusammen den Berg wieder hinauf zur Festung. Aber keine Kühlung brachte der Abend. Dumpfe Schwüle lag auf der Erde. Glutrot sank die Sonne zwischen schwarzen Wolken hinunter. Leises Donnerrollen ließ sich hin und wieder aus weiter Ferne vernehmen.

»Wir werden eine schwere Gewitternacht haben«, sagte Repo; »vielleicht wäre es besser für uns, wir kehrten nach Hause zurück.«

»Das werdet ihr nicht tun«, entgegnete Gulloch, »oder zittert der Aimat etwa vor dem Donner?«

»Der Aimat zittert vor nichts«, versetzte Repo, »aber er spürt die Gefahr, noch ehe sie da ist.« Dann fügte er ernst hinzu: »Als oben das Feuer plötzlich aufflammte auf eurem Opferstein, da dunkelte es vor meinem Auge. Ein Blitz fuhr hernieder und traf dich, Gulloch; gleich darauf ein zweiter, der zerschmetterte die alte Eibe vor unserer Tulka, und das bedeutet den Tod des Tulkastammes, so sagt unser Volk.«

Gulloch blickte finster drein, suchte aber seine trüben Gedanken zu verscheuchen und sagte: »Stört mir nicht mein Fest mit diesen traurigen Reden. Seht ihr, drüben auf den Hulabfelsen zünden sie schon das Belenfeuer an, und so viele Scheiterhaufen sollen brennen rings auf den Bergen, daß das ganze Nufatal erleuchtet sein wird, so hell, wie wenn Belens Wagen selbst noch am Himmel dahinführe.«

Sie traten in den dunkelnden Hain. Wie ganz anders sah nun der Festplatz aus als am Morgen. Rings im Kreise an dem jetzt schwarzen Wald brannten Fackeln, und ein engerer Kreis von solchen warf ein grelles, rotes Licht auf den Altar. Wunderbar strahlte das Sonnenbecken in der Mitte des glänzenden Wagens. Die Nacht war schnell hereingebrochen, die finsteren Wolken des Abendhimmels hatten sich weithin verbreitet.

Als der Fürst mit den Häuptlingen wieder auf seinem Platz erschien, ertönte ein schmetterndes, Stille gebietendes Zeichen von der Leibwache, die sich vor dem Gerüst aufgestellt hatte, zugleich ein Zeichen für das Volk, daß der feierliche Schluß des Festes beginnen solle. Von allen Seiten strömte die Menge herbei. Mit Spiel und Tanz und ausgelassener Lustbarkeit hatten sie den ganzen Nachmittag seit den Tieropfern verbracht.

Lange ließ der Druide auf sich warten.

Die Nacht war stockfinster, um so heller die Feuer der Kalats auf den Bergen rings um das Nufatal. Von den himmelhohen, schroffen Hulabfelsen, auf die man vom Festplatz aus einen freien Ausblick hatte, flogen von Zeit zu Zeit große Brandfackeln in das tiefe, schwarze Tal hinunter, die das ganze Volk mit stürmischem Jubel begrüßte.

Endlich ertönte ein zweites Zeichen, und von dem dunklen Burghof nahte unter wunderbarem Gesang eine kleine Schar von Fackelträgern. Es war der Druide mit den Opferknaben. Tiefe Baßtöne des Alten wechselten mit hellen Kinderstimmen, in denen sich aber kein Leid, keine Trauer, sondern nur jauchzende Freude, ja trunkenes Entzücken kundgab.

Der Donner war näher und näher gekommen, und schon zuckten einzelne Blitze durch die Bäume. Wie am Morgen stand der Druide auf dem Platz vor dem Altar, vor ihm die zwölf Knaben im Halbkreis um den runden Opferstein herum. Er ergriff eine goldene Schale vom Altar, schöpfte Opferblut aus dem Sonnenbecken und reichte es dem ersten Knaben, hierauf dem zweiten, dem dritten und den folgenden. Sie tranken alle nacheinander. Als auch der zwölfte getrunken hatte, ohne als Opfer niederzustürzen, entstand ein unwilliges Murmeln unter dem Volk.

Plötzlich hob der Druide beide Arme in die Höhe und rief mit Donnerstimme:

»Belen zürnt euch, ihr Kalats! Er verschmäht das höchste Opfer, das Kind aus eurem Volke! Ein Feind der Kalats, ein Feind Belens hat teilgenommen an seinem hohen Feste. Sein Blut verlangt Belen.«

Entsetzt blickte alles nach dem Druiden, dann hinauf nach dem Fürsten und den Aimathäuptlingen.

Noch einmal erhob der Druide seine Stimme und rief die drohenden Worte: »Wehe über den Kalat, der seinen Feind beschützt! Sein Blut wird fließen mit dem Blute des Feindes!«

Wieder harrte er eine Weile; dann tauchte er das Opfermesser in die Sonnenschale auf dem Altar, hielt es bluttriefend dem Volk entgegen und schrie:

»Das Opfer Belens ist durch die Gegenwart der Ungläubigen entweiht! Ihr alle kennt sie, jene Aimats, die euch und euren Gott hassen. Versöhnt den zürnenden Belen!«

Mit diesen Worten trat er rasch vom Altar herunter und schritt, von den Opferknaben gefolgt, zum Burghof.

Lautes Geschrei, zornige Rufe, drohende Verwünschungen ertönten aus dem Volk. Immer heftiger erdröhnten zugleich die Donnerschläge, und einige aus der Menge riefen zu Gulloch hinauf: »Hörst du nicht Belens Stimme?«

In diesem Augenblick stürzte ein Kalat, in der Kleidung der Leibwache, atemlos von der Burg her nach dem Gerüst hin und schrie dem Fürsten zu: »Mord, Verrat! Ein Aimat hat meinen Kameraden

Die Ermordung der Aimats beim Belenfest

am Gefängnis niedergestochen, das Gefängnis angezündet und das Aimatmädchen befreit!«

Gulloch erhob sich und rief mit lauter Stimme: »Nehmt alle Aimats gefangen, daß der Schuldige uns ausgeliefert werde; sein Blut gehört Belen!« Damit zog er sein Schwert, zückte es gegen Repo mit den Worten: »Du bist mein Gefangener!«

Wütend sprang dieser auf und schrie: »Hat der Tulkamann nicht recht gehabt? Du bist der Räuber Aras, und du willst deine Gäste binden lassen!« Er riß den Dolch aus seinem Gürtel und stieß ihn Gulloch tief in die Brust.

Mit einer gräßlichen Verwünschung stürzte dieser zu Boden und zugleich ertönte der gellende Angstschrei Weldas: »Mein Vater, mein Vater!«

Repo aber rief laut hinunter in die Menge: »Herauf zu mir, ihr Tulkas, ihr Aimats! Laßt euch nicht fangen von den Räubern!«

Schon war die Leibwache oben auf dem Gerüst. Ein fürchterliches Ringen und Kämpfen begann. Repo schlug um sich wie ein Löwe, aber am Ende stürzte er, von vielen Wurfspießen durchbohrt, ebenso die anderen Häuptlinge. Auch der alte Nargu hatte sich tapfer gewehrt. Nur der Angekko hatte mutlos sein Gesicht mit dem Wolfspelz bedeckt und war ohne Gegenwehr gefallen.

Indes wütete der Kampf auch unten auf dem Platz. Auf den furchtbaren Lärm war der Druide selbst herbeigeeilt. Mit fliegenden Haaren, eine Fackel in der Linken, das blutige Opfermesser in der Rechten, rief er den Kalats zu: »Tötet die Männer, tötet die Knaben! Schonet die Aimatweiber!«

Es war ein grauenhaftes Morden. Alle Aimatmänner, die nicht flohen, wurden niedergemacht.

Rulaman war, als er Repo zu Hilfe eilen wollte, rückwärts von einer Waffe getroffen, im Gedränge über das Gerüst hinuntergestürzt. Dort erkannte ihn ein Tulkamann, raffte ihn auf und floh mit ihm in den Wald.

So endete Belens erstes Opferfest auf dem Nufaberg.

28

Flucht der alten Parre in die Staffahöhle

Mitternacht war vorüber. Das Gewitter hatte ausgetobt. Stiller Friede ruhte wieder auf der Erde. Wo kurz vorher heiße Blitze auf Augenblicke schauerlich die Nacht durchleuchtet hatten, lag jetzt der sanfte, kühle Schein des Mondes weithin ausgebreitet.

Vor unserer Tulka war es noch lebendig. Die Weiber saßen um die alte Parre herum; keine dachte an Schlaf. Mit Sorge hatten sie die Männer zum Kalatfeste ziehen lassen. Repo hatte versprochen, zur Nacht zurück zu sein. Warum hielt er nicht Wort?

Sie unterhielten sich leise, flüsternd. Jedes kleine Geräusch vom Wald, vom Tal her unterbrach die Reden. Sie horchten mit angehaltenem Atem. Was war das? Ein Uhuruf? Das matte Krächzen eines schlaftrunkenen Raben? Ein Baumast, der, vom Sturm geknickt, jetzt vollends herabstürzte? Oder waren es wirklich die ersehnten Männer?

Endlich hörte man deutliche Tritte, nicht vom Brunnenweg herüber, sondern von dem steilen Fußpfad gerade herauf, dem Eingang der Höhle gegenüber.

»Der Karga kommt und bringt den Sabliga!« rief die Alte.

Wirklich erschienen gleich darauf Obu und Ara in atemloser Hast.

»Da ist sie, ich bringe sie wieder!« jubelte Obu siegestrunken, und die schöne Ara eilte freudebebend zur alten Parre, faßte ihre braunen, runzligen Hände, drückte sie und küßte sie.

»Bist du gesehen worden? Hast du beide Wachen getötet?« war die erste Frage der Alten, die um den Befreiungsplan Obus wohl wußte.

»Nur eine, die andere rannte davon, in die Nacht hinein«, versetzte Obu.

»Ich dachte mir's«, seufzte die Alte schwer; »darum ist Repo nicht zurück.« Dann rief sie: »Weinet, ihr Weiber, eure Männer kommen nicht wieder!«

Laut schrieen die Frauen, denn was die Alte sprach, traf ja immer ein.

»So sind die Männer noch nicht zurück?« fragte Obu. »Dann ist die Kalatwache hinaufgerannt nach der Burg, und unsere Männer sind gefangen.«

»Gefangen nicht«, versetzte die Alte; »die Tulkas lassen sich nicht fangen, sie lassen sich nur töten.«

In schwerer Trauer, mit wenig Hoffnung, flossen die langen Stunden dahin. Es war beinahe Morgen, da vernahm man wieder Tritte vom Wald her. Hoffnung, süße Hoffnung kehrte plötzlich zurück in die Herzen der angstvoll Harrenden. Obu rannte zum Abgrund hin, an den Fuß der Eiche und spähte und horchte hinunter in das stille Waldtal.

Die Tritte kamen näher, gerade den Berg herauf.

»Es sind nur wenige!« rief er hinüber; »ich sehe nur zwei, wo sind die anderen?«

Rulaman und der Tulka, der ihn gerettet hatte, kamen jetzt blutbespritzt, schweißtriefend und erschöpft oben an. Verzweiflung malte sich auf ihren Gesichtern. Rulaman konnte sich kaum aufrecht halten. Von Obu gestützt, wankte er hinüber zur alten Parre, wollte sprechen, wurde blasser und blasser und sank bewußtlos vor den Füßen der Urahne zusammen.

»Er ist schwer verwundet«, keuchte der andere.

Die Alte stieß einen gellenden Schrei aus. »Und wo ist Repo?« rief sie.

»Tot!«

»Und wo sind meine anderen Tulkasöhne?«

»Tot, tot! und auch der Nargu und der Angekko und auch die Huhka- und die Nallimänner; alle, alle verräterisch gemordet!«

Händeringend, mit verzweifeltem Jammergeheul, rannten die armen Frauen umher und rauften sich die Haare aus; die einen stürzten nach dem Abgrund hin und riefen die Namen ihrer Männer ins Tal hinab, die anderen schrieen jammervoll in die Höhle hinein nach ihren Kindern, die drinnen schliefen.

Nur die alte Parre saß ruhig auf ihrem Platz, wie ein Steinbild. Starr vor Entsetzen blickte sie hinab auf ihren Liebling, der zu ihren Füßen lag. Neben ihm kniete Ara. Große Tränen rollten über ihre Wangen. Mit zarter Hand badete sie seine Stirn in kaltem Wasser und rieb seine Schläfe.

Rulaman hatte eine Wunde im Rücken, die stark blutete. Obu riß den Pelzrock auf. Jetzt erst, als sie die Wunde sah, dachte auch die Alte daran, ob nicht noch Rettung möglich sei. Sie beugte sich herunter. Ara wusch die Wunde aus, und die Alte betastete sie lange. Bedenklich schüttelte sie den Kopf, streute dann ihr schmerzstillendes Pulver auf und hieß Ara die Wunde verbinden.

Plötzlich erhob sie den Kopf wieder und fragte den Tulkamann: »Ist Gulloch noch am Leben?«

»Er fiel als der erste von allen, durch Repos Hand.«

Ein Blitz der Freude durchzuckte ihre welken Züge. »Und der Alte, der Weiße?« forschte sie weiter.

»Fünfzig und fünfzig Kalats sah ich fallen«, sagte der Tulka; »aber immer blieb der Weiße aufrecht am Altar stehen und rief: ‚Tötet, tötet die Aimats!'«

»So fliehet, Kinder!« schrie die Alte; »fliehet, fliehet! Morgen sind die Kalats hier!«

Der erste Sturm der Verzweiflung war vorüber. Unter Wehklagen hatten die armen Weiber dem weiteren Bericht des Mannes zugehört. Dann verschwanden sie, eine nach der anderen, in der Höhle.

Nur in die Augen der Alten kam kein Schlaf, und mit ihr wachten Obu und Ara.

»Wohin fliehen?« fragte Obu.

»Nach der Nallihöhle«, meinte Ara; »sie ist weiter ab vom Nufatal.«

»Törichte Kinder«, versetzte die Alte; »Tulka-, Huhka- und Nallihöhle, das gilt nun gleich. Der Alte, der Weiße, hat den Untergang der Aimats beschlossen und kennt die drei Höhlen. Aber ihr kennt die Staffa drüben, hoch am vorderen Felsen. Der enge Eingang ist dicht mit Waldreben überwachsen, der Zugang gefährlich. Dort könnten wir uns noch verbergen, und wenn wir da Hungers sterben, so ist es unsere Totengruft, und die Kalatwölfe werden unsere Gebeine dort nicht stören.«

»Aber die Staffa ist zu klein«, meinte Obu. »Da ist nicht Raum für uns alle. Die Kalats haben viele Männer verloren, wohl ihre besten, ihre mutigsten. Sie werden nicht sobald wagen, uns anzugreifen. Noch sind wir zwei Männer hier in der Tulka. Da kann kein Feind herein in unsere Höhle. Wir verrammeln den Eingang und schießen durch die Löcher hinaus. Wo ein Kalat nur den Platz vor der Höhle betritt, sitzt ihm mein Pfeil in der Brust.«

»Oder der meine!« rief Ara, vor Rachedurst glühend.

»Ihr kennt den Alten, den Weißen nicht; doch tut, wie ihr wollt«, versetzte die Alte. »Mir wird trüb vor den Augen. Ich glaube, die Kraft meines Kopfes ist gewichen. Ich träume und doch wache ich. Seht ihr dort den Nargu stehen mit der klaffenden Wunde über den Kopf? Er winkt mir; und dort steht Repo, von Speeren durchbohrt, und neben ihm Rul; sie schütteln sich die Hände. – Aber wo ist Rulaman? Ist er tot? Ich habe euch immer gesagt, er werde ein großer Häuptling werden. Ich habe gelogen. – Mir schwindelt. Haltet mich, ich falle! Tut, wie ihr wollt, glaubt der alten Parre nichts mehr! Bringt sie in die Staffa mit Rulaman – in die Staffa! – Laßt sie dort sterben, sterben mit Rulaman. Ara, mein gutes Kind«, flüsterte sie, drückte ihr die Hand, »tu' meinen Willen, in die Staffa, in die Staffa!« Dann brach sie ohnmächtig zusammen.

Der Berg, an dessen nördlichem Abhang die Tulkahöhle lag, lief nach Südwest in ein schroffes Vorgebirge aus, das mit einer mächtigen Felswand schloß. Himmelhoch, kahl, senkrecht abfallend ragte diese weit vor in das Armital. Mitten in der breiten Felsenstirn, gerade nach Süden, sah man vom Tal aus, schon aus weiter Ferne, einen rundlichen schwarzen Fleck im grauen Gestein.

Dies war der Eingang zur Staffahöhle, nur dem Kundigen erkennbar, denn uralte, dicke Waldreben waren in den Klüften und Spalten des Gesteins hinaufgekrochen, sie hatten den Eingang überwachsen und fast unsichtbar gemacht. Auch der Fuß der Felswand war mit Wald verhüllt und schien unnahbar. Nur die Tulkas kannten jenen geheimen, steilen, mit Gebüsch verdeckten Pfad, der von einem der Ränke des Brunnenwegs nach dem schmalen Rasengürtel hinüberführte, der dem Felsen entlang lief. Von hier aus konnte man mittels eines angelegten Baums oder einer Leiter zur Staffa hinaufsteigen.

Ein Uhupaar hatte seinen Horst dort aufgeschlagen, denn seit Jahrzehnten hatte kein menschlicher Fuß die Höhle betreten. Nur einmal, seit die alte Parre in der Tulka lebte, war sie als Zufluchtsort benutzt worden, bei einer schrecklichen Wassersnot, als – wohl durch den plötzlichen Einbruch und die Entleerung eines größeren Wasserbeckens im Gestein über dem Dach der Höhle –, wie dies hin und wieder in unseren Albhöhlen der Fall, mit einemmal die ganze Tulka mehrere Fuß hoch überschwemmt wurde, so daß die Flut vorn zur Höhle herausstürzte. Das geschah im Frühjahr; zum Glück erfolgte der Einbruch der Wasser bei Tage, und alle Bewohner waren draußen. Damals flüchteten die Tulkas in die sichere Staffa, bis der Strom sich verlaufen hatte, kehrten aber so bald als möglich zur Tulka zurück, weil der Eingang zur Staffa so schwierig war, und der für sie so nötige Platz vor der Höhle fehlte.

Diese Höhle, darin hatte die Alte recht, konnte nie von den Kalats entdeckt werden, außer durch Verrat, und solchen brauchten sie nicht zu befürchten. Im übrigen war sie ein wohnlicher Aufenthalt. Zwar von dem schmalen Eingang aus, durch den ein Mann eben aufrecht hineinschlüpfen konnte, führte nur ein enger, unbequemer Gang auf glattem Fels steil abwärts, wie in einen düsteren Schacht hinunter. War man aber einmal unten angekommen, so trat man in eine schöne große, trockene Felsenhalle, hochgewölbt wie die Spitzkuppel eines gotischen Domes. Diese Halle war dem Eingang so nah, daß sie noch etwas Licht erhielt, und das dämmerige Halbdunkel, das hier herrschte, genügte unseren Aimats vollkommen ohne weitere Beleuchtung. Das bot einen großen Vorteil bezüglich der Sicherheit, denn Rauch, aus dem Felsen emporsteigend, hätte die Flüchtlinge leicht verraten.

In dieses treffliche Versteck waren die alte Parre und Rulaman schon am Morgen nach dem Belenfest gebracht worden. Mit Lebensgefahr hatten Obu und der andere Tulkamann dies ausgeführt. Sowohl die Alte als Rulaman mußten getragen werden, denn noch immer war dieser bewußtlos. Überdies hatte es zunächst einen gefährlichen Kampf mit den starken Uhus gekostet, die ihren Horst mit Todesmut verteidigten, weil sie gerade Junge hatten, und Obu mußte das allein ausfechten, da nur für einen Mann in dem Felsspalt Raum war zum Stehen.

Mit rührender Zärtlichkeit versorgte Ara die Urahne mit allem, was sie nur wünschen konnte. Eine Menge Speisevorräte, ja sogar die Kostbarkeiten, die ihr teuer waren, schaffte man hinüber. Jeden Abend, wenn es dunkel geworden war, klopfte es leise unten am Felsen, und bald darauf erschien das mutige Mädchen bei der Alten wie ein guter Engel, brachte ihr Wasser, setzte sich zu ihr und klagte mit ihr über das jammervolle Geschick, das die Aimats betroffen hatte, und über Rulaman, der bleich und leblos vor ihnen lag und, wie es schien, allmählich in den Todesschlaf hinüberschlummerte.

Die Tulkas hatten indes nichts weiter von den Kalats erfahren. Obu hatte sich, wie Ara erzählte, schon öfters nach den Hulabfelsen geschlichen und hinuntergesehen ins Nufatal und hinüber nach der Feste. Das Dorf schien wie ausgestorben. Auch auf der Burgsteige sah er nur selten Leute wandern. Alle Arbeit war dort aufgegeben, aber oben im Wald an der Burg, wahrscheinlich auf dem Festplatz, rauchten beständig Leichenbrände. Auch die Huhka- und die Nallihöhle hatte er aufgesucht. Auch dort fand er nur Reste der Bewohner, einige Männer, die dem Blutbad auf dem Nufa entronnen waren, einige alte Frauen und viele Kinder, die an dem Belenfest nicht teilgenommen hatten; alle in Verzweiflung und beständiger Todesangst ohne die gewohnten, allsorgenden Häuptlinge, untätig, stumm ergeben ihrem weiteren Schicksal entgegensehend.

Wohl fragte Ara die erfahrene Ahne, was sie in ihrer Not weiter beginnen, ob vielleicht die Reste der Bewohner aller drei Höhlen zusammenziehen sollten? Aber in welche Höhle? Oder sollten sie zu den See-Aimats flüchten? Es waren so wenig Männer übrig und dagegen so viele alte Leute und kleine Kinder, daß auch dieser Plan unausführbar schien.

Die Alte wußte keinen Rat mehr. Seit sie Rulaman verloren gab, schien alle Geisteskraft, alle Sicherheit, alle Hoffnung von ihr gewichen, denn er war ja das Licht ihrer Augen und, wie sie immer geglaubt hatte, der vorausbestimmte Retter und Rächer ihres Volkes.

Eine Woche nach dem Belenfest war so verflossen, da glaubte die alte Parre einmal mitten in der Nacht, nicht lange, nachdem Ara sie verlassen hatte, Kriegsgeschrei und Jammerrufe aus der Richtung der Tulka zu vernehmen. Mit Anstrengung ihrer letzten Kräfte kroch sie mittels einer Stange den steilen Schacht hinauf zu dem Eingang ihrer Höhle. Die Nacht war finster und stürmisch; sie hörte und sah nichts mehr. Sie blieb am Eingang sitzen und harrte dem Tag entgegen. Es mußte ja ein Bote kommen, wenn ein weiteres Unglück geschehen war. Die Sonne erschien, noch saß sie regungslos in dem Felsspalt. Beim geringsten Geräusch bog sie die Waldreben auseinander, der alte weiße Kopf erschien draußen und horchte und spähte. Umsonst, sie blieb allein mit ihrer Angst. Sie wollte nicht wieder hinunterkriechen in die Höhle, sie saß wie gebannt, bis es Abend wurde. Wenn Ara noch am Leben war, so mußte sie jetzt kommen. Aber die Nacht sank herab, kein menschlicher Fußtritt ließ sich vernehmen, kein Klopfen ertönte unten am Fels.

So saß die alte Parre bis zum Morgen und wieder bis zum Abend. Da erhob sie sich und kroch hinunter in die Halle. Ihr Entschluß war gefaßt. Keine Nahrung sollte ihr trostloses Leben weiter verlängern.

Sie setzte sich nieder neben Rulaman, um mit ihm zu sterben. Sie schlummerte eine Weile. Als sie wieder erwachte, dämmerte der Morgen. Ein matter Schein beleuchtete die Züge ihres Lieblings. Noch einmal beugte sie sich über ihn, drückte ihre gefurchte Stirn auf seine kalten Wangen, und in einem schweren Aufschrei entlud sich der so

Die alte Parre im Eingang der Staffa

lang gewaltsam zurückgepreßte Seelenschmerz des einsamen Aimatweibes, den die Arme nie durch Tränen zu lindern vermocht hatte, denn weinen konnte sie schon lange nicht mehr.

Aber was war das? Hatte sich nicht der leblose Jüngling bewegt? Hatte nicht seine Hand ihren Kopf berührt, als wollte er sie leise wegdrücken? Die Alte fuhr auf. Hoffnung kehrte wieder und mit ihr die alte Geisteskraft. Sie faßte den Kopf Rulamans mit beiden Händen, dann seine Schultern, schüttelte sie und schrie, so laut sie konnte, seinen Namen.

Und wirklich! Er lebte. Er schlug die Augen auf. Wahnsinnig vor Freude brach die Alte in ein gellendes Gelächter aus. Sie ergriff seine Hände und suchte ihn aufzurichten. Es gelang ihr. Rulaman, ihr Augapfel, saß wieder aufrecht, lebendig vor ihr. Er sah sich befremdet um, verlangte nach Wasser, das einzige, was ihm die gute Ahne nicht bieten konnte, denn kein Wasser tropfte in dieser Höhle, und Ara brachte ja keins mehr. Sie reichte ihm getrocknete Beeren zur Erfrischung. Er suchte sich zu erheben. Die Wunde im Rücken schmerzte. Doch schien ihn der lange Schlaf gestärkt zu haben.

»Wo sind wir denn?« fragte er.

»In der Staffa«, antwortete die Alte. »Du kennst sie ja, das Uhunest vorn am breiten Tulkafelsen.«

»Wo sind Obu und Ara?«

Sie berichtete ihm alles, berichtete ihm auch von dem Geheul in jener schrecklichen Nacht und was sie vermutete, weil Ara seitdem nicht wieder gekommen war.

»Wo sind meine Waffen?«

Die Alte deutete in eine Ecke. Dort lag sein Steinbeil, sein guter Bogen, den er einst mit Obu ausgetauscht, auch das schöne Kupferschwert, das ihm sein sterbender Vater hinterlassen hatte.

»Ich muß herüber zur Tulka!« rief er und wollte hineilen zu seinem Bogen und seinem Beil. Aber die Kräfte versagten ihm.

»Deine Beine sind schwach geworden«, sagte die Alte, freundlich lächelnd, »aber die meinen wieder stark, und du sollst mir auch wieder stark werden.«

Sofort, als wäre sie mit Rulaman zu neuem Leben erwacht, erhob sie sich, holte Fleisch herbei, machte ein Feuer an, was sie seit Jahrzehnten nicht mehr getan hatte, und beide stillten den neuerwachten Hunger.

Als Rulaman gekräftigt vor ihr saß, erleuchtete ein Strahl der Freude die Züge der Alten. Sie wollte jetzt seine Wunde untersuchen, aber Rulaman ließ es nicht zu.

»Der Stoß des Kalats war nicht stark genug für einen Aimat«. sagte er; »aber Wasser, Wasser, ich habe Durst!«

Die Alte seufzte schwer bekümmert. Doch in Rulaman war die ganze Naturkraft der Jugend wieder erstanden. Trotz der schmerzenden Wunde erhob er sich, holte Bogen, Pfeile und Steinbeil; die Alte wies ihm den Weg, und schon war er oben im Felsspalt. Eine Taube lag hier, eben getötet. Rulaman warf sie hinunter in die Höhle und rief hinein: »Die Uhus bringen uns noch Fleisch!«

So war es in der Tat. Das Uhupaar wollte offenbar wieder in seinen Horst einziehen und hatte Beute herbeigeschleppt.

Mit Mühe kletterte der Jüngling, nachdem er sich vorsichtig umgesehen und gehorcht hatte, an dem angelegten Baumstamm hinunter, schlich behutsam hinüber zur Quelle und trank in gierigen Zügen. Dann eilte er weiter zur Tulka.

Oben am Waldrand über derselben, auf der Wiese, wo sie dereinst die Pferde getummelt hatten, hielt er einen Augenblick an. Das Gehen war ihm sauer geworden. Die Wunde schmerzte. Er atmete schwer. Er horchte hinunter nach dem Waldabhang. Hier mußte er Menschenstimmen hören, wenn noch jemand in der Tulka lebte. Er vernahm keinen Laut. Mit beflügelten Schritten eilte er den wohlbekannten Pfad hinab. Er bog um den letzten kleinen Fels und blickte auf den sonst so freundlichen Platz vor der Höhle. Totenstille überall. Die Eibe und die Eiche waren verstümmelt, verbrannt bis auf die verkohlten Stämme und einige Hauptäste, die schwarz und tot in die Luft starrten. Große dunkle Blutlachen waren halb eingetrocknet da und dort am Boden. Abgebrochene Speere, einige Steinbeile, eine Menge Pfeile, Stücke von Fell- und Kalatkleidern lagen umher. Ein heißer, blutiger Kampf hatte hier gewütet.

Leises Krächzen lenkte Rulamans Auge nach dem Baumstrunk über der Höhle, früher die Zielscheibe für die Knabenspiele. Dort saß der alte Tulkarabe. Auch er hatte Rulaman erkannt. Unter lautem Freudengeschrei umkreiste er ihn, setzte sich auf seine Schulter, flatterte mit den Flügeln und rieb seinen Schnabel an Rulamans Kopf, hauchte und gilfte, als wollte er ihm die schauerliche Mär erzählen, von der ihm sonst niemand mehr Kunde bringen konnte.

Jetzt fiel Rulamans Blick auf den Herd. Da lagen menschliche Gebeine, halb verkohlt, wie angebraten, große und kleine, von Erwachsenen und Kindern.

Hatten die Kalats hier ein Kannibalenmahl gehalten? Wenn sie Knaben schlachteten beim Belenfest und ihr Blut tranken, dachte Rulaman, so konnten sie auch Menschenfleisch verzehren.

Was hatte der mächtige Scheiterhaufen vorn im Eingang der Höhle zu bedeuten? Er war nur halb niedergebrannt; viele frische Baumzweige mit Laub sahen daraus hervor. Noch rauchte und glimmte es in der Asche. War das eine neue teuflische Kriegslist der verräterischen Kalats?

Er zündete einen Holzspan an und schritt mit Mühe über den Scheiterhaufen weg in die Höhle hinein.

Diese war noch immer mit Rauch gefüllt. Er konnte kaum atmen, und sein Span wollte nicht brennen.

Jetzt wurde ihm klar, was geschehen war. Die rachedürstenden Weißen, die nicht gewagt, mit den Waffen in der Hand in die Höhle einzudringen, hatten die Aimats feigerweise wie Füchse und Hyänen ausgeräuchert. Sie hatten die Armen, die in der Verzweiflung herausstürzten, niedergemacht, am Feuer gebraten und verzehrt.

Mit Grausen und Zorn drang er vorwärts. Er wollte all das Entsetzliche mit eigenen Augen sehen, um es zu glauben.

Kurz ehe er in die große Halle kam, strauchelte sein Fuß an einer Leiche. Da lag ein Weib mit einem Kind im Arm, ganz unversehrt, offenbar erstickt.

In der hohen Wohnhalle hatte sich der Rauch nach oben verzogen. Rulaman atmete hier leichter; sein Span brannte hell.

Hier hatte er die meisten Leichen erwartet. Aber er fand wieder nur eine Frau, die sich vor dem erstickenden Rauche halb unter die

Bärenfelle verkrochen hatte. Sofort erkannte er sie, es war Obus Mutter. Sie war alt und überdies krank gewesen und zu schwach zu einem Fluchtversuch.

Aber wo waren die anderen alle und die Kinder? Hinausgerannt, den Feinden in die Arme, oder weiter in die Höhle hinein, um dem

Rulaman findet die Leichen seiner Freunde in der Tulka

Rauch zu entgehen?

Er suchte weiter. In der Vorratsgrotte fand er wieder drei Weiber mit kleinen Kindern. Endlich gelangte er in die Brunnenkammer. Sie war zur Leichenkammer geworden. Hierher, wohin der Rauch zuletzt gedrungen war, hatten sich die halberwachsenen Kinder geflüchtet und lagen zusammengedrängt beieinander, der Tulkabär daneben. Einige Knaben hingen oben auf den Felsvorsprüngen. In ihrer Todesangst waren sie an den Wänden hinaufgeklettert.

Nur die Kleider, die Gerätschaften, die Waffen, die Werkzeuge, die Vorräte hingen und standen an ihren gewohnten Plätzen an den Wänden herum und in den Felsnischen, unversehrt und unberührt. Offenbar waren die Kalats gar nicht in die Höhle eingedrungen.

Bei einer Leiche nach der anderen versuchte Rulaman, ob kein Leben mehr vorhanden sei, ob kein Herzschlag mehr zu spüren sei. Welche Freude wäre es ihm gewesen, auch nur noch ein Kind seines Tulkastammes mit in die Staffa zu bringen. Es war alles umsonst. Die Rache der Weißen war eine vollständige.

»Das hat der Druide so angeordnet«, flüsterte er vor sich hin.

Endlich kam er wieder aus der Höhle auf den freien Platz.

Wo war Ara? Wo waren die beiden Männer? Er hatte keine Spur von ihnen in der Höhle gefunden. Waren sie im Kampf vor der Höhle gefallen, das mutige Nallimädchen mit ihnen? Waren jene angebrannten Gebeine die ihren?

Er suchte weiter im nahen Wald um die Höhle herum. Blutspuren führten ihn zu einer Föhre, an deren Fuß ihm schon von weitem ein Wolfspelz auffiel. Er eilte hin.

Ein grauenhafter Anblick bot sich ihm. Er sah vor sich die Leiche eines Aimatmannes, von einer Menge von Pfeilen durchbohrt, umgekehrt, den Kopf nach unten, an den Baum gebunden. Es war Obu.

»Wie haben sie dich so binden können, armer Freund?« rief er zornentbrannt. »Aber du warst tot, ehe sie dir diesen Schimpf angetan, das weiß ich. Und nach dem Tode mußtest du den Feiglingen noch als Zielscheibe dienen. So bitter haßten sie dich. Sie hatten wohl Grund dazu.«

Er zerschnitt die Bande und trug die Leiche in die Höhle zu den anderen.

Dann wälzte er Felsstücke und große Steine vor den Eingang der Tulka, trug Baumäste zusammen und verrammelte sie, so gut er vermochte. Kein Bär, keine Hyäne, kein Wolf sollte die teuren Toten berühren. Die Tulka sollte fortan ihr Grab sein.

Hierauf steckte er drei Speere, die er mit aus der Höhle genommen hatte, in einem Dreieck vor dem Eingang in die Erde, ein Zeichen für die Kalats, daß sie sich nicht nahen sollten, daß noch ein Rächer lebe für den braven Tulkastamm.

Dann nahm er ein Tongefäß vom Herd und verließ, den treuen Raben auf der Schulter, den Ort des Schreckens, der einst seine glückliche Heimat gewesen war.

Furchtlos und stolz schritt er den Pfad hinauf; ja, mit Lust hätte er jetzt gekämpft, wären ihm Kalats begegnet. Er schöpfte Wasser an der Quelle und kehrte zurück zur Staffa, um der Ahne Kunde zu bringen.

Was sollen wir weiter sagen von dem einsamen Leben der beiden dort oben in dem Schuhuhorst? Gleichförmig und ruhig flossen ihre Tage dahin. Es war leicht für Rulaman, die wenige Nahrung zu beschaffen, der sie bedurften. Er machte nur kleine Jagdausflüge, um die Ahne nie lange allein zu lassen.

Ob wohl die Kalats ahnten, daß noch ein Tulkamann lebte? Ob sie ihn nicht vermißt hatten unter den Toten? So oft er hinüberging zur Tulka, immer standen die drei Speere aufrecht vor der Höhle. Vielleicht mieden die Kalats den unheimlichen Ort, der wohl auch manchen von ihnen das Leben gekostet hatte, denn Obu und Ara und der andere Tulkamann waren sicher nicht ohne furchtbare Gegenwehr gefallen.

Schon nach wenigen Wochen war Rulaman wieder vollkommen erstarkt. Täglich kochte ihm die Alte eine Kraftbrühe, wie sie es nannte, aus Vipern, die sie lebend in strudelndes Wasser warf. Die Vipern mußte ihr Rulaman fangen. Es gab damals genug giftige Schlangen auf der Alb, wie noch heute in einzelnen ihrer Täler. Träge, im Halbschlaf, pflegen sie im Sommer stundenlang vor ihren Fels- oder Baumlöchern zu liegen, um sich zu sonnen; den Körper in eine Spirale aufgerollt, den Kopf in der Mitte etwas aufgerichtet, beim geringsten Geräusch ein wenig zuckend, wie um zu horchen und vor Aufregung züngelnd, bereit zum verderbenbringenden Biß. Wo immer Rulaman auf seinen Jagdgängen eine liegen sah, drückte er sie mit seinem Speerschaft nieder. Die Viper schnellte auf und biß wütend in das Holz, daß die gelben Gifttropfen darauf standen. Doch bald war ihre Kraft erschöpft. Dann hielt er ihren Kopf mit dem Schaft auf dem Boden fest, faßte sie mit den Fingern am Hals, hart hinter dem Kopf, und warf sie in seinen Köcher. So hatte es ihn die Ahne gelehrt, und nie wurde er gebissen.

Einfacher und mit wunderbarer Ruhe und Sicherheit behandelte die Alte die Schlangen zu Hause. Sie schüttelte sie aus dem Köcher auf den Boden, packte sie rasch an der Schwanzspitze und ließ sie in einen ihrer Töpfe hineinkriechen, deren sie eine Reihe sorgfältig zugedeckt in einer Felsnische stehen hatte.

Die Alte liebte das Viperngericht, dessen Wunderkraft sie jetzt die Wiederherstellung Rulamans zuschrieb. Auch sie selbst schien wieder aufzuleben, ja fast sich zu verjüngen. Das stille Zusammensein mit ihrem Liebling behagte ihr.

War Rulaman auf der Jagd, so spielte sie wie ein Kind mit dem Raben. Mit ihm saß sie gewöhnlich den Tag über oben im Felsspalt, sonnte sich und freute sich, wie der zahme Vogel ab- und zuflog, wie er mutig auf die Raubvögel losstürzte, die in der Nähe vorüberflogen, ja sogar auf die Uhus, wenn sie hin und wieder abends erschienen, um nach ihrem verlorenen Horst zu spähen, noch mehr aber, wenn er durch Krächzen die Ankunft Rulamans verkündigte, wie er es immer tat.

Hatte sie den Schmerz um den Untergang ihres Stammes vergessen, oder waren ihre Gefühle stumpf geworden im Übermaß des Jammers? Oder war sie ruhig, weil alles eingetroffen, wie sie es vorhergesagt, vorhergewußt, und weil sie die Schrecken und den Untergang ihres Volkes schon im Geist durchgekämpft hatte? So schien es. Denn als ihr Rulaman die erste Kunde brachte von all dem Gräßlichen, was er vor und in der Tulka gesehen, seufzte sie zwar schwer, forschte aber nicht weiter nach. Auch als er ihr später von der Huhka- und von der Nallihöhle, die er aufgesucht hatte, dasselbe schreckliche Ende schilderte, wie die Kalats auch dort die letzten Aimatreste mit Schwert und Feuer vertilgt, blieb sie scheinbar unbewegt.

Nur ein Gedanke machte sie oft schwermütig: was aus Rulaman werden sollte nach ihrem Tode. Doch dieser tröstete sie dann liebevoll: »Ich bleibe bei dir bis zu deinem Ende, ich begrabe dich bei den anderen in der Tulka und lebe und sterbe hier als der letzte Aimat.«

Die Alte aber schüttelte den Kopf und meinte: »Das Gesicht, das ich gesehen, wird mich nicht täuschen. So gewiß dich die alte Parre wieder aus dem Tode zum Leben gerufen, so gewiß wird dir widerfahren, was dein Vater Rul und deine Ahne vorhergesagt haben.«

Auch eine große Freude sollte Rulaman in diesen Tagen werden. An einem Herbstabend spät, als er am Armibach einer Fischotter auflauerte, deren breite, frische Fährte er im weichen Uferschlamm entdeckt hatte, sah er auf einmal einen mächtigen Wolf aus dem nahen Wald heraustreten und etwas weiter oben dem Bach zuschlendern, wohl zur Tränke.

Die Erscheinung war für unseren Aimat so gewohnt, daß er nicht weiter darauf achtete, höchstens fürchtete, der Wolf möchte ihm die Jagd verderben und die Fischotter verscheuchen.

Aber jetzt bemerkte er, daß der Wolf seine eigene Fährte gefunden hatte, jeden seiner Tritte sorgfältig beschnüffelte und immer von Zeit zu Zeit mit erhobenem Kopf windete und äugte.

Das fiel ihm auf, denn ein Wolf allein, wenn ihn nicht der Winterhunger peinigte, flüchtete immer, wo er auf die Spur des Aimat stieß.

Der Wolf war nur noch etwa zwanzig Schritte entfernt. Er erhob den Kopf und stierte den Jäger an.

Auch Rulaman sah ihm scharf in die Augen, um ihn so zur Flucht zu bewegen, damit er ihn nicht weiter störe.

Aber das Tier floh nicht. Es wedelte mit dem Schweif und machte wieder einige Schritte vorwärts nach ihm hin.

Jetzt ging Rulaman dem Wolf mit großen Schritten entgegen.

Der Wolf wich etwas zurück und trat hin und her.

Rulaman blieb stehen. Jetzt kauerte sich der Wolf auf die Erde nieder, wedelte wieder mit dem Schwanz, winselte, reckte Kopf und Hals aus und gähnte Rulaman an.

Nun erst bemerkte dieser, daß das linke Ohr des Tieres zerrissen war, und so war es ja auch bei seinem Stalpe gewesen, dem es der Tulkabär einst beim Spielen zerfetzt hatte. Er rief laut und freudig: »Stalpe! Stalpe!« und ging auf ihn zu.

Der Wolf blieb ruhig am Boden, seine Augen leuchteten. Er winselte und gilfte beklommen.

Einige Schritte vor ihm machte Rulaman halt. Wieder rief er seinen Namen. Da sprang das Tier auf und mit einem Satz an seinem einstigen Herrn in die Höhe, legte die Pfoten auf seine Schultern, leckte ihm, wie er es gewohnt war, das Gesicht und heulte vor Freude.

Rulaman aber sprach viel zu dem guten Tier, und dieses schien alles wohl zu verstehen. Es begleitete ihn nach Hause, bis unten an seine Höhle, und heulte.

Der treue Stalpe trieb sich fortan immer im Wald in der Nähe der Staffa umher, und wenn Rulaman am Morgen ausging zur Jagd, rief er ihn mit einem scharfen Fingerpfiff; bald kam er dann aus dem Wald angetrottet und geleitete seinen Herrn. Doch blieb der Wolf immer ein Wolf. Was er erbeutete, verzehrte er selbst.

29

Rulaman findet einen alten Bekannten wieder

Es war Winter geworden, eine schlimme Zeit für unsere beiden Einsiedler in der Staffa.

Unbehelligt von den Kalats, Alleinherrscher im weiten Umkreis seiner Höhle, hatte Rulaman den ganzen Sommer und Herbst über täglich sein Revier durchstreift und Vögel und anderes kleines Wild, mehr als sie bedurften, nach Hause gebracht. Jetzt aber lag fußtiefer Schnee auf der Erde, die Vögel waren verschwunden, nach wärmeren Gegenden oder nach den größeren Flußtälern gezogen. Nur Wildenten vom Armibach brachte er hie und da nach Hause. Auch die kleinen Säugetiere waren schwierig zu erbeuten. Die Murmeltiere, die damals auf der Alb lebten und die sich jetzt auf die Hochgebirge der Schweiz zurückgezogen haben, schliefen, tief im Boden eingegraben. Die Alpenhasen, die jetzt gleichfalls nur in den Schweizer-Alpen und im hohen Norden von Europa sich finden, hatten ihr weißes Winterkleid angelegt und waren ohne Hund schwer zu entdecken. Großes Wild war weithin um die Tulka herum ausgerottet, auch für den einsamen Jäger schwer zu erlegen und aus der Ferne nach Hause zu schaffen, fast unmöglich.

Tiefe Sehnsucht nach Obu, nach Repo, nach allen seinen treuen Jagdgenossen beschlich ihn jetzt beständig auf seinem einsamen Pirschgang. Oft lehnte er sich erschöpft an einen Baum, und die Jagdbilder der vorigen Jahre zogen an seinen Augen vorüber: die Burriajagd mit seinem Vater, die gelungene Turjagd unter Repo drunten am Norgefluß, die Farkajagd mit Obu und Ara. Alle seine Lieben waren tot! Warum hatte der Tulkamann ihn gerettet aus dem Gemetzel oben auf dem Nufaberg?

Auch die alte Parre verlor wieder allmählich jene Lebensfreudigkeit, die im Sommer über sie gekommen war. Die Arme fror. Die

Staffa war nicht tief genug im Berg, um warm zu sein, und sie wagten bei Tag kein Feuer anzumachen, um der Kalats willen. Heimweh ergriff sie, Heimweh nach der guten, heimlichen Tulka, nach dem Geplauder der Weiber und Kinder. Still brütete sie in sich hinein oder starrte die nackten Felswände an. Der Sturm heulte oben durch die Felsspalte und trieb die Schneeflocken bis zu ihr hinunter, daß sie schauerte. Auch der Rabe saß mürrisch und traurig in einer Felsnische und steckte stundenlang den Kopf unter die Flügel. Er zitterte vor Frost und schüttelte oft rauschend sein Gefieder.

Anfangs suchte Rulaman, so traurig ihm selber ums Herz war, die Ahne noch aufzuheitern. Sie mußte ihm die alten Geschichten erzählen, die er schon hundertmal von ihr gehört hatte. Aber endlich verfiel auch er einer stillen Schwermut. Ein wahres Glück war es immerhin für ihn, daß er täglich nach Wasser und häufig nach Nahrung ausgehen mußte, daß auch die Sorge, von den Kalats entdeckt zu werden, seinen Geist, sein Auge und sein Ohr wach und frisch erhielt.

Seit der erste Schnee gefallen war, mußte er fürchten, daß die Feinde durch Verfolgung seiner Spuren die Staffa auffinden möchten. Darum band er sich breite Schneeschuhe unter, die nur flache, unkenntliche Fährten hinterließen, oder er verwischte, wo er mit den Schneeschuhen nicht weiterkommen konnte, seine Fußspuren durch Nachschleppen eines Büschels Tannenreisig. Doch bald vernachlässigte er diese Vorsichtsmaßregeln wieder. Er fand sie unnötig, denn nie und nirgends hatte er bis jetzt Spuren der Kalats im Schnee wahrgenommen.

So war Mittwinter herangekommen und mit ihm bittere Kälte. Stundenlang mußte er täglich Holz herbeischleppen. Die Vorräte an gedörrtem Fleisch, die Obu und Ara hereingeschafft und die bis zum Winter sorglich gespart worden, waren fast aufgezehrt. Mit schwerem Bangen blickte Rulaman den kommenden Wochen entgegen.

Da sah er eines Tages die Fußstapfen eines Menschen im Schnee. Es war nicht weit von der Staffa, jenseits des engen mitternächtigen Seitentals unter der Tulka, nahe den spitzen Felsen, die gerade dieser Höhle gegenüber in die Luft ragten. Dort hauste schon damals, dort haust noch heute ein Uhu in schwindelnder Höhe.

Spuren eines Menschen! Schrecken und Freude zugleich für unseren einsamen Jäger. Hart dabei gingen Wolfsspuren, ja, wie er bald ausgemacht hatte, die Fährten zweier Wölfe. Waren sie beutegierig dem einsamen Wanderer nachgeschlichen? War sein Stalpe dabei, der ihn heute nicht erwartet hatte, weil er vielleicht auf eigene Faust jagte?

Was sollte er tun? Sollte er die Spur verfolgen? Ohne Zweifel war es ein Kalat, und wenn dieser ihn sah, war er selbst verloren. Der Kalat würde Kunde bringen nach dem Nufa, und sicher würden sie nach ihm streifen, bis sie sein Versteck gefunden hätten. Aber doch war es ein Mensch, mit dem er wieder sprechen konnte. Was lag auch daran, so dachte er, wenn sein und seiner Ahne elendes Leben gekürzt würde. Und wenn dieser Kalat feindlich ihm gegenübertrat, konnte er ihn nicht töten, hatte er nicht das beste Recht dazu? Er vermochte nicht umzuwenden. Er verfolgte die Spur weiter. Sie leitete ihn hinüber, nach dem Rücken des Felsens zu.

Bald fiel ihm auf, daß eines der Tiere immer neben der Menschenspur herging, nur das andere auf die Spur des Menschen selbst trat. Aber der Wolf wie der Fuchs jagen auf der Fährte ihrer Beute, das wußte er wohl. Jenes konnte also kein Wolf sein. So war es ein Hund – also ein Kalatjäger, von seinem Hunde begleitet.

Noch war er einige hundert Schritte vom Felsen entfernt, da vernahm er schmerzliche Hilferufe. Ohne weiteres Besinnen ob Freund oder Feind, eilte er den Berg vollends hinunter in der Richtung, woher die Stimme kam. Ein großer, zottiger Hund kam ihm entgegengesprungen. Er winselte ihn an, als suche er Hilfe; er jagte eilig voraus, dann wieder zurück und wieder voraus und führte so Rulaman schnell zur Stelle.

Es war freilich ein Kalat! Es war Kando, bleich am Boden liegend.

Unwillkürlich stießen beide einen Schrei der Überraschung aus; oder war es ein Freudenschrei? Dann starrten sie sich verwundert an. Keiner vermochte zu sprechen. Eine Reihe von Bildern und Gedanken jagten in diesen wenigen Augenblicken durch das Gehirn und durch das Herz der beiden Jünglinge: der gemordete Vater, die gemordeten Brüder; dort der Hilflose, offenbar schwer Verwundete, der nach Hilfe lechzte, hier der Einsame, der seit Monaten keinen anderen Menschen gesehen hatte, als die alte, dem Leben erstorbene Ahne.

Der beweglichere Kalat fand zuerst das Wort. »Lebst du denn noch?« fragte er ruhig, seine furchtbare Aufregung niederkämpfend. »Haben sie dich nicht verbrannt mit den anderen?«

»Wie kommst du hierher?« fragte Rulaman dagegen.

»Ich wollte einen Uhu schießen und bin vom Fels gestürzt. Meine Hüfte schmerzt mich, ich glaube mein Fuß ist gebrochen.«

Rulaman kniete neben ihm nieder und versuchte, das Bein zu bewegen. Kando schrie laut auf vor Schmerz.

»Was kann ich tun?« fragte Rulaman. »Wie soll ich Nachricht bringen nach dem Nufa?«

»Das darfst du nicht«, antwortete Kando entschieden; »der Druide tötet dich.«

»So bringe ich dich in meine Höhle. Du wirst mich und meine arme, alte Ahne nicht verraten.«

Eine Träne der Dankbarkeit und der Liebe glänzte in dem Auge des blassen Kalatjünglings. »Ich werde euch freilich nie verraten«, sagte er bewegt, »aber ich kann nicht von der Stelle.«

»Ich trage dich auf dem Rücken«, versetzte Rulaman und versuchte sofort ihn aufzurichten.

»Mich schaudert«, sagte Kando zitternd; »es war eine schreckliche Nacht.«

»So bist du gestern schon gefallen?« fragte Rulaman.

»Gestern schon, und ich wäre heute nacht von einem Wolf gefressen worden ohne meinen guten Hund.«

»Ich sah die Wolfsspur auf deiner Fährte«, sagte Rulaman.

»Der Wolf ist noch in der Nähe«, fuhr Kando fort; »er umkreist uns und wartet nur, bis ich ermatten oder mein Hund mich verlassen würde.«

Rulaman setzte seine Finger an den Mund und tat einen schrillen Pfiff. Bald erschien ein Wolf vom Wald her. Rulaman rief: »Stalpe! Stalpe!« und ging ihm entgegen. Es war sein Stalpe. Das Tier stieg an ihm hinauf und leckte ihm das Gesicht.

»Du hast meinen Freund fressen wollen«, sagte Rulaman vorwurfsvoll zu ihm, streichelte ihn und ging mit ihm zurück zu Kando.

Doch der Wolf folgte nur einige Schritte, dann blieb er scheu zurück, offenbar um des Hundes willen. Rulaman rief ihm zu: »Ihr müßt Freunde werden, du und der Hund, so gut wie der Aimat und der Kalat!« Der Wolf wollte nichts davon hören, er zog sich langsam zurück in den Wald.

Staunend hatte Kando diese wunderbare Begegnung mit angesehen.

»Gehorchen dir denn die wilden Tiere des Waldes?« fragte er.

»Es war ja mein guter Stalpe, den ich jung aufgezogen habe, und der mich oft auf der Jagd begleitet hat«, versetzte Rulaman. »Diesmal wollte er, wie es scheint, allein seine Beute machen.«

»Eine schöne Beute«, sagte Kando bitter.

Rulaman nahm den Verwundeten behutsam auf seinen Rücken. Dieser faßte ihn fest um den Hals. Langsam, nur sachte auftretend, da jede Bewegung des Beines schmerzte, stieg Rulaman den Berg hinunter. Der treue Hund folgte.

Ohne große Anstrengung trug der starke Aimatjüngling seine schwere Last über das enge Tal hinüber, dann am Rand des Tulkaberges vorbei, das Armital hinauf, bis der Zickzackweg durch den Wald zur Tulka hinaufführte, die Stelle, wo die Männer einst, wenn sie von der Jagd wiederkehrten, das Zeichen zu geben gewohnt waren.

So schwer die Bürde, so leicht, ja freudig war ihm ums Herz. Schon war es nicht mehr nur Mitleid, was ihn bewegte. Er hatte wieder einen Menschen gefunden, der jugendlich mit ihm fühlen konnte, und wie leicht versteht sich die Jugend! Die Zuneigung, die er schon beim ersten Begegnen zu Kando gefaßt hatte, erwachte wieder. Vielleicht war es ihm auch eine Genugtuung, dem Sohn des stolzen Kalatfürsten das Leben zu retten.

Unten am Berg setzte er seinen Verwundeten nieder. Die Aufregung und der unterdrückte Schmerz hatten Kando so erschöpft, daß er bat, einen Augenblick ruhen zu dürfen. Rulaman breitete seinen weißen Wolfspelz aus, legte ihn darauf, und bald schloß Kando die Augen. Die Angst hatte seine Sinne wach erhalten, nun fühlte er sich sicher und gerettet; Ruhe kam über ihn und mit der Ruhe Schlaf.

Der junge Aimathäuptling betrachtete den Kalat mit stillem Sinnen. Noch einmal ging alles, was seit dem Belenfest zwischen den beiden Völkern geschehen war, an seiner Seele vorüber. Aber nicht mehr Haß war der Grundton seiner Empfindungen, sondern bittere Wehmut, daß alles so hatte kommen, daß die Völker durch das Schicksal hatten Feinde werden müssen.

Es war Abend geworden. Er hatte Kando aus dem erquickenden Schlaf nicht wecken wollen. Jetzt schlug dieser die Augen auf.

»Eilen wir vollends hinauf«, sagte Rulaman, »ehe es dunkel wird. Der Weg ist schlimm in der Nacht, und man tritt unsicher, wenn man schwer trägt.«

Kando blickte matt und krank drein. Er erwiderte kein Wort und gab sich willenlos dem braven Aimatjüngling hin. Dieser lud ihn wieder auf den Rücken und stampfte im Schnee bergan.

Als er von dem breiteren Fußweg links abbog, über den geheimen Pfad am steilen Gebirgshang hinüber, und nun auf der schmalen Rasenkante entlang schritt, da schauerte Kando zusammen; er blickte hinauf an dem schroffen Felsen und hinunter in den jähen Abgrund.

»Wohin bringst du mich?« flüsterte er bang.

»In unsere Höhle.«

»Ist das der Weg zur Tulka?«

»Nicht zur Tulka; wir wohnen in einer anderen Höhle. Die warme Tulka ist eine Leichengruft geworden. Warst du denn nicht dabei, als deine Leute unsere Weiber und Kinder ausräucherten, wie man Raubtiere ausräuchert?«

»Ich verstehe dich nicht«, entgegnete Kando.

»Ich glaube es dir, aber dein Druide würde mich verstehen.«

»Er ist schuld an allem Unglück«, seufzte Kando.

Sie waren unten an der Staffa angekommen. Es war Nacht geworden.

Rulaman klopfte dreimal am Felsen.

Eine kreischende Stimme antwortete von oben. Der Hund schlug an, als er den sonderbaren Ton aus dem Felsen hörte.

»Hier müssen wir hinauf«, sagte Rulaman. »Doch ich werde zuerst hinaufsteigen, meiner Ahne Kunde zu bringen.«

Er setzte Kando auf den Boden und kletterte hinauf.

»Du bist spät heute«, so empfing ihn die Alte freundlich. »Aber ich habe dir ein warmes Feuer gemacht. Der Sturm bläst kalt vom Nufa her, huhu!« Sie hielt ihre steifen Finger an die Flamme. »Aber warum heulte denn dein Stalpe so sonderbar?«

»Es war nicht mein Stalpe«, versetzte Rulaman; »es war ein Kalathund, und ich bringe einen Kalat mit, den Sohn des Gulloch. Er ist vom Felsen gestürzt und zum Tode verwundet.«

Wie eine Furie fuhr die Alte auf.

»Bassa, Rulaman!« rief sie. »Wo hast du ihn vom Felsen heruntergestürzt? Hast's brav gemacht! brav! Bring ihn, daß ich sein bleiches Gesicht sehe. Lebt er noch? Willst du mir zeigen, wie er stirbt? Bring ihn herauf. Wir wollen ihn gut wärmen am Feuer, seine Fußsohlen

Aufstieg zur Staffa

braten, wie man Bärentatzen röstet, daß ihn nicht mehr friert! Ihn langsam räuchern, wie sie unsere armen Weiber und Kinder in der Tulka geräuchert haben. Oder soll ich ihm ein Lager von Giftschlangen machen im Winkel drüben, dem schönen Kalatjungen?« Sie lachte fürchterlich, alle Wut war in der Alten wieder erwacht.

»Ich bringe ihn nicht zum Morden, Ahne«, erwiderte Rulaman; »ich habe ihn gefunden im Wald mit gebrochenem Bein. Ich habe Mitleid mit ihm gehabt und ihm das Leben gerettet und will ihn pflegen. Ja, nichts Schlimmes soll ihm hier widerfahren, so wahr ich Rulaman heiße und mein Vater Rul«, so schloß er mit entschiedenem, festem Ton.

Es war das erste Mal in seinem Leben, daß er so der geliebten Urgroßmutter entgegentrat.

Sie erwiderte kein Wort. Ihre Züge verzogen sich krampfhaft. Dann sah sie ihn wehmütig an, und niedergebeugt sank sie in sich zusammen.

Rulaman tat es leid um sie. Entschlossen ergriff er ihre Hand: »Ich bin ein Mann geworden, liebe Ahne, laß mir meinen Willen dieses Mal.« Er kletterte hinunter zu Kando.

»Umklammere mich fest«, sagte er, »und schließe die Augen, daß dir nicht schwindelt. Vertraue mir!«

So stieg er hinauf mit ihm und hinein in die Staffa und legte ihn nah am Feuer auf einem Bärenfell nieder.

Mit Grausen sah Kando sich um. Er starrte die zerklüfteten Felswände an, die schauerlich vom Feuer beleuchtet waren, dann die schreckliche Alte, die ihm gegenüber am Boden kauerte. Sie hatte ihren Kopf tief herabgesenkt auf die Brust. Ihr Gesicht konnte er nicht sehen, die langen weißen Haare fielen wie ein Schleier darüber. Er wagte nicht, den Mund aufzutun, und schloß in stummer Ergebung seine müden Augen. Er vertraute auf Rulaman.

Unten heulte der Hund. Das war gefährlich genug. Sicher streiften die Kalats nach ihrem verlorenen jungen Fürsten weit und breit. Wenn sie nun den Hund hörten und man hört weit in einer stillen Winternacht!

Was tun? Durfte Rulaman das gute Tier töten? Rasch entschlossen stieg er wieder hinunter, packte den Hund mit kräftiger Faust am Nacken und trug ihn hinauf in die Höhle. Winselnd schmiegte sich der Hund an die Seite seines Herrn und legte seinen treuen Kopf auf dessen schwer atmende Brust. Er stierte unverwandt die Alte an, als müsse er seinen Herrn vor ihr schützen.

Es war still geworden. Bald aber begann Kando laut im Schlaf zu reden. Er erhob seinen Arm und schrie: »Er hat mir das Leben gerettet; du darfst ihn nicht opfern!« Dann rief er wieder: »Welda, Welda, bring mir Wasser, meine Stirne brennt!«

Rulaman legte seine kalte Hand auf die Stirn des Fieberkranken, streichelte und beruhigte ihn. Treulich wachte er an dem Schmerzenslager des Fürsten seiner Todfeinde die ganze Nacht.

30

Rulaman und Kando in der Staffa

Es war ein langes, schweres Fieber, das der arme Kalatjüngling durchzumachen hatte. Der Sturz vom Felsen, der Beinbruch mit seinen Schmerzen, die schreckliche Nacht im Urwald mit ihren Ängsten, auch die wunderbare Rettung durch den totgeglaubten Rulaman und endlich die nächtliche Ankunft in der Staffa bei dem grausigen, alten Aimatweib – das alles war zu viel für den zwar mutigen aber doch verwöhnten Fürstensohn.

In den ersten beiden Wochen war er selten klar. Sein Geist irrte in alten Erinnerungen. Lang und laut verkehrte er mit seinen Eltern, und Rulaman konnte tiefe Blicke tun in das warme Herz des jungen Weißen, wenn er mit zärtlichen Worten und inniger Liebe mit seiner längst verstorbenen Mutter, mit dem kürzlich gefallenen Vater sprach. Zwar war ihm die Liebe Kandos zu seiner Mutter weniger verständlich, da er die seinige schon in der ersten Kindheit verloren hatte; wohl aber gedachte er, wenn Kando mit Gulloch sprach, seines eigenen Heldenvaters. Immer mehr fühlte er sich Kando gleichsam verwandt, und waren nicht auch sein und seines Kameraden Schicksal in der Tat einander ähnlich, stand nicht auch jener, verwaist wie er, fast allein in der Welt?

So ist es nicht zu verwundern, daß er immer sorglicher und liebevoller über dem Kranken wachte.

Dagegen konnte das Herz der alten Parre nicht mehr erweichen. Schon die Sprache Kandos war ihr zuwider, und sie verschmähte es, die wenigen Worte zu lernen, die für den täglichen Umgang nötig gewesen wären. Sie kümmerte sich nicht im geringsten um seine Pflege. Die ganze Sorge lag auf Rulaman, der froh war, wenn sie in ihrem unauslöschlichen Haß dem Kalat nichts zuleide tat, solange er zur Herbeischaffung von Nahrung und Holz abwesend sein mußte.

Nur auf den Hund Kandos übertrug sie ihre Feindschaft nicht. Das gute Tier hatte seine anfängliche Abneigung gegen sie bald überwunden, und da sie es als alte Tierfreundin gerne fütterte und freundlich behandelte, so entspann sich bald eine merkwürdige Freundschaft zwischen beiden. Doch verließ der Hund selten den Platz neben seinem Herrn.

Fast einen Monat hatte es gedauert, bis Kando zum erstenmal notdürftig mit Hilfe Rulamans hinauf in den Felsspalt gelangen und die Sonne wiedersehen konnte. Noch durfte er nicht daran denken, die Höhle zu verlassen. Doch welchen Genuß schöpfte Rulaman schon jetzt aus dem Umgang mit dem gebildeten Kalat! Nicht nur wurde ihm die Kalatsprache vollkommen geläufig, sondern er erhielt auch wunderbare Einblicke in das ganze Denken, zumal in die Götterlehre, in das Treiben und Tun dieses im Vergleich mit den Aimats so hochgebildeten Volks.

Andererseits fand Kando bei Rulaman eine Fülle von Belehrung über das Leben der Aimats, und ihm erschien wohl kaum weniger erstaunlich die Klugheit, die Gewandtheit und Tapferkeit, mit der dieses Naturvolk mit den einfachsten Mitteln allen Bedürfnissen des Lebens zu genügen wußte.

Vor allem boten Kando die Werkzeuge der Aimats großes Interesse. Stundenlang schlug er sich dort oben in der Staffa Feuersteinmesser, Steinbeile und Steinsägen aus den von Rulaman herbeigeschafften Flintknollen, ohne freilich je die Gewandtheit seines Lehrmeisters, der diese Kunst von Jugend auf getrieben hatte, zu erreichen.

Aufmerksam verfolgte auch die alte Parre diese Übungen, und öfters konnte sie wieder laut auflachen, wenn Kando ein Flintbeil, an dem er den ganzen Tag gearbeitet hatte, mit einem letzten, unglücklichen Schlag verdarb.

Auch die Sprache der Aimats wollte sich der Kalatjüngling zu eigen machen, um vielleicht doch noch, wie er zu Rulaman sagte, das Herz der Urahne seines Freundes zu gewinnen. Diese Sprache war im Grunde sehr einfach, eignete sich aber vortrefflich, um neue Worte zu bilden. Jeder beliebige Gegenstand, der eine in den Augen der Aimats bedeutende und hervorragende Eigenschaft besaß, vor allem jedes wichtige Tier und jede Pflanze, hatte seinen Namen. Dies waren die Stammwörter, meist einsilbige Laute, die Tiernamen oft nur eine Nachahmung ihrer Stimme. Die Zeitwörter aber wurden einfach durch Anhängung einer Endung von jenen abgeleitet. Wenn »Rut« Laub bedeutete, so hieß »ruta« grünen, frisch sein. »Mat« hieß jedes tote Wesen, Mensch oder Tier, also etwa Leiche; so bedeutete »mata« zur Leiche machen, töten. Ferner hieß »Krog« der Krebs, daher »kroka« klemmen; »Pal«, der Fisch, »pala« schlüpfrig sein und daher auch schnell entwischen. Die Mehrzahl aber wurde einfach durch Wiederholung des Wurzelwortes bezeichnet, zum Beispiel »Kla«, der Stern, »Klakla«, die Sterne, der Himmel überhaupt.

Diese Studien der Aimatsprache, wenn wir sie so nennen dürfen, die Rulaman mit Kando trieb, waren für beide Teile sehr ergötzlich, zumal wenn der erstere, auf seine geringen Kenntnisse gestützt, neue, noch unbekannte Aimatwörter bildete, zur großen Erheiterung von Rulaman und sogar der alten Parre. Für Kando hingegen war es sehr belustigend, die Zahlenreihe der Aimats, die er lange übte, plötzlich bei Fünfzig aufhören zu sehen und zu hören, daß alles Weitere »fünfzig und fünfzig« sei.

So erwachten die beiden Freunde immer mehr zu neuem, munterem und frischem Leben. Wunderbar mag es geklungen haben, wenn sie, zusammen oben in der Felsspalte sitzend, der treue Hund zwischen ihnen, das Kalatlied, das Welda einst gesungen, und das Rulaman von Kando erlernt hatte, hoch über dem schneeglänzenden Armital in die frische Winterluft hinausjubelten, ein Gesang, der freilich dem unten umherstreifenden Stalpe wenig zu behagen schien, da er aus weiter Ferne schon mit jammervollem Geheul in die Strophen einfiel.

Die beiden Jünglinge schienen glücklich in ihrer Einsamkeit und sie waren es auch wirklich in ihrer innigen Freundschaft. Nur wenn Kando seiner Schwester gedachte, die ganz allein im Nufatal bei dem harten Druiden zurückgeblieben war und sich wohl um ihn, den Verlorengeglaubten, härmte, kam bitteres Heimweh über ihn. Er war so weit hergestellt, daß er schon wiederholt mit Rulaman zum Brunnen hatte gehen können, und – das fühlten beide, obgleich es keiner aussprechen wollte – der Tag des Abschieds nahte heran.

»O könntest du mit mir gehen«, sagte Kando einst, »wie glücklich wollten wir drei zusammen sein! Wie wollten wir als Brüder über unser Volk herrschen, denn du mußt wissen, noch leben viele Aimatfrauen und Aimatkinder unter meinen Kalats. Aber freilich, du darfst deine Ahne nicht verlassen, und solange der Druide lebt, kannst du das Nufatal nicht mehr sehen. Aber ich werde die Staffahöhle nicht vergessen.«

»Und was willst du dem Druiden sagen, wo du die lange Zeit geblieben bist?« fragte Rulaman.

»Ich werde ihm antworten, daß er das nie von mir hören wird«, erwiderte Kando fest. »Ich war sein Schüler und folgte ihm willenlos wie ein Kind. Nach des Vaters Tode hat er mich zum Fürsten gemacht, doch führte er allein die Herrschaft. Jetzt bin ich ein Mann geworden, wie ihr sagt. Ich danke es dir, nicht nur, weil du mich vom Tode gerettet hast, sondern weil ich an dir gesehen habe, was ein Jüngling vermag, wenn er will. Fortan werde ich selbst herrschen, und meine Kalats werden mir zur Seite stehen, denn sie lieben mich, und ihn fürchten sie nur. Nur einer wird mir fehlen, und das bist du. Aber ich werde dich zu finden wissen.«

»Der Druide wird dir seine Späher nachschicken, wenn du zu mir kommst, und sie werden die Staffa auffinden.«

»So werden wir uns an einem dritten Ort treffen.«

»Gut so. Ich werde dich begleiten und dich an einen Platz führen, den niemand so leicht entdecken wird. Dort wollen wir uns treffen, jeden fünften Tag, und uns zusammen freuen trotz des Druiden.«

»Und meine gute Schwester, darf ich sie mitbringen und ihr meinen Retter und meinen Bruder zeigen? Vor ihr habe ich kein Geheimnis.«

»Sage deiner Schwester, daß dreimal in meinem Leben mein Herz vor Freude gezittert hat. Das erste Mal, als ich den Speer erhielt, weil ich meinem Vater im Burriakampfe das Leben gerettet hatte; das zweite Mal, als mein treuer Obu nach dem Bärenkampf die Augen wieder aufschlug; zum dritten Mal, als Welda uns das Kalatlied sang im Nufatale.«

Der Tag der Trennung wurde festgesetzt. Es war ein grauer Wintermorgen. Die alte Parre umarmte zum Abschied den Hund. Als ihr aber Kando die Hand bot, blickte sie ihn verwundert an und schüttelte ihren Kopf; dann fuhr sie plötzlich mit der Hand in ihre weißen Haare, raufte sich ein Büschel aus, hielt es Kando hin und rief laut: »Bring' das dem Weißen, dem Druiden; sag' ihm, daß die Alte von der Eibe noch lebt und ihn noch haßt.« Dann sank sie wieder in sich zusammen.

Rulaman und Kando tauschten zum Abschied ihre Bogen aus nach alter Aimatsitte. Dann wanderten sie still und traurig am Albrand hinüber, an der verödeten Huhkahöhle vorbei, in ein enges Tälchen hinein. Dort zeigte Rulaman seinem Freund mitten in einem dichten, kaum zugänglichen Jungholz einen hohlen Felsen. Es war ein Bärenschlupf, derselbe, aus dem sie zu Ruls Leichenschmaus den Bären geholt hatten. Das sollte künftighin der Ort der Zusammenkunft sein. Dort trennten sie sich.

Als Kando auf der Höhe des Gebirges angekommen war, sang er eine Strophe des Kalatliedes von einem Felsen herunter. Rulaman antwortete ihm aus dem Tal, und bald erscholl auch das Geheul seines Wolfs, der sie von ferne begleitet hatte, und jetzt, da er den Hund nicht mehr zu scheuen brauchte, herbeisprang, seinen Herrn umarmte und in tollen Sätzen voraustrabte, der Staffa zu.

Kando und Welda – wer kann das Glück der beiden verwaisten Geschwister schildern, als sie sich wieder in den Armen lagen!

Sobald Kando im Nufatal angelangt, war der Hund ihm vorausgeeilt, hinauf zum Herrenhaus, als müßte er der Herrin Botschaft bringen. Und sie blickte herunter vom Hügel, sie erkannte den Bruder und flog ihm entgegen. Wie bleich, wie abgehärmt war das arme Mädchen! Sie hatte tausend Fragen und tausend Klagen. Endlich beruhigte sie sich etwas und hörte, Freudentränen im Auge, die seltsamen Erlebnisse ihres Bruders. Ihr allein teilte er alles mit. Jetzt holte sie Milch herbei, um ihn zu laben. Kando blickte durch das Fenster hinunter ins Tal. Plötzlich fragte er betroffen: »Wo ist denn die Leibwache? Warum steht das Herrenhaus so einsam und verlassen?«

»Der Druide hat ein eigenes Haus bezogen, droben auf dem Nufaberg, und die Leibwache für sich genommen«, erwiderte Welda. »Auch das Himmelsschwert und den Schild des Vaters hat er fortbringen lassen. Ach, ich fürchte, er freut sich nicht, wenn er dich wiedersieht. Als du an jenem Unglückstag nicht zurückkamst, verbot er mir, es dem Volk kund zu tun. Drei Tage lang lief ich in Todesangst um dich in den Wäldern umher, suchte dich und rief deinen Namen vom Morgen bis zum Abend. Da war meine Kraft erschöpft.

Aber es wurde ruchbar im Volke, daß du fehltest, und nun ließ der Druide durch die Männer streifen. Als sie am achten Tage noch keine Spur von dir gefunden hatten, da feierte er droben auf dem Nufa dein Totenfest. Ein Knabe wurde geopfert und auf dem Scheiterhaufen verbrannt an deiner Statt. Auch dein treues Pferd, das dich droben auf dem Kaddefelde aus dem Getümmel getragen, hat er einmauern lassen in deine Gruft. O, es war eine schauerliche Nacht, wie die Nacht des Belenfestes! Das ganze Volk schrie und jammerte laut um dich. Er hat mich gezwungen, dabei zu sein bei dem Leichenbrand. Er sprach viel zu mir und wollte mich trösten. Ein fremder Fürstensohn werde zu mir kommen und um mich freien, so wolle es Belen.«

»Da hat er wahr gesprochen«, unterbrach Kando seine Schwester; »ein fremder Fürstensohn wird einst um dich freien, und ich kenne ihn. Aber es ist nicht der, den der Druide meint. Welda, der Druide ist fortan mein Feind, das sehe ich. Ich stehe ihm im Wege. Aber ich habe es mir und meinem treuen Rulaman, der mir das Leben gerettet hat, gelobt: ich will von nun an selbst herrschen. Noch heute gehe ich hinauf zum Druiden und tue ihm meinen Willen kund.«

Indes war die Freudenbotschaft, daß Kando zurückgekehrt war, schnell durch das ganze Tal gedrungen. Männer, Weiber und Kinder versammelten sich um das Herrenhaus, ihren jungen Fürsten wiederzusehen. Kando trat hinaus unter sie, und jubelnd bewillkommneten ihn alle.

»Bringt mir ein Pferd, ich muß hinauf auf den Nufa«, rief er, und bald darauf ritt er in der Mitte der jauchzenden Menge den Zickzackweg zur Burg hinauf.

Lange war er dort allein mit dem Druiden zusammen. Als er das Haus verließ, blickte er ernst und trotzig drein. Er hatte das Schwert seines Vaters umgegürtet und dessen Schild in der Hand. Er bestieg sein Pferd, befahl der Leibwache kurz, ihm zu folgen, und ritt hinunter zu seiner Schwester. Während früher Kando fast jeden Tag einige Stunden bei dem Druiden zugebracht hatte, schien von diesem Tage an aller Verkehr zwischen ihnen abgebrochen. Niemand erfuhr, was er mit dem Druiden verhandelt hatte.

Täglich sahen jetzt die Kalats die beiden Geschwister, bald zu Fuß, bald zu Pferde, ausgehen vom Herrenhaus. Sie schienen fortan unzertrennlich. Kando hatte es streng verboten, daß ihm jemand folgte. Wir aber wissen, wohin sie jeden fünften Tag ihre Schritte lenkten, wie sehnsüchtig dort der treue Freund von der Staffa ihrer harrte und welche glücklichen Stunden die drei verlebten. Nie vergaß Welda, Milch, Brot und Käse in einem Körbchen für die alte Parre mitzubringen, und diese labte sich nachher herrlich an den köstlichen Speisen.

Das Frühjahr kam. Die Tage und die traulichen Besuche in der einsamen Felsengrotte wurden immer länger, und endlich wagten es die beiden Freunde, einen Wunsch, den Welda schon lange gehegt hatte, zu erfüllen. Sie wollte einmal die Urahne Rulamans, von der sie schon von Kando so viel gehört hatte, mit eigenen Augen sehen und dazu auch die Staffahöhle, in der ihr Bruder gepflegt worden war.

Der Tag wurde bestimmt. Rulaman hatte seine Felsenhalle zum festlichen Empfang des lieblichen Kalatmädchens prächtig verziert. Rings an den Wänden seiner Grotte hatte er Tannen aufgestellt, die das kahle Gewölbe mit ihrem freundlichen Grün deckten und die ganze Höhle mit würzigem Dufte erfüllten.

Dann eilte er froh den Freunden entgegen und traf sie am Eingang ins Vaitatal, dort, wo Kando einst vom Felsen gestürzt war. Er zeigte Welda aus der Ferne den Eingang zur Staffa, einen dunklen Fleck hoch oben an der Felsstirn des Tulkabergs. Nun stiegen sie rasch bergan. Ohne Zagen, ja glücklich, ihren Mut zeigen zu können, trat die Maid auf den schmalen Grasrand, hart neben ihren Freund, der ihr zur Linken mit sicherem Tritt am Abgrund schritt. Flugs kletterte dieser die Baumleiter hinauf und reichte, sich weit herunterneigend, Welda die Hand. Schon war das kühne Mädchen oben. Als sie nun aber den dunklen Schacht hinab blickte, wurde ihr bange ums Herz, und gern ließ sie sich von ihrem Bruder und Rulaman hinuntertragen. Doch als sie unten angekommen waren, schaute sie freudig um sich; es schien gar wohnlich in dieser Höhle, ganz anders, als sie sich's gedacht hatte. Sie trat zur alten Parre, gab ihr die Hand und reichte ihr einen Strauß Waldblumen. Die Alte nahm ihre Hand, ja, sie nahm jetzt auch die Hand Kandos. Denn sie hatte von Rulaman gehört, daß der Druide Kandos Feind sei, und auf jenen vor allen hatte sich der Haß des alten Aimatweibes geworfen. Oder schlug etwa ihr Herz den beiden Geschwistern jetzt wärmer entgegen, weil ihr nunmehr klar geworden war, wie sich wohl die Weissagung, die sie und der alte Rul vor langer Zeit ausgesprochen hatten, erfüllen werde?

Erst spät am Abend kehrten die Fürstenkinder nach dem Nufatal zurück. Rulaman begleitete sie noch bis zu der bekannten Felsgrotte.

31

Die Schwalben sind da

»Die Schwalben sind da«, das ist eine freundliche Kunde, die jedes Frühjahr in unserem Deutschland von Mund zu Mund geht. Denn wer liebt sie nicht, jene zierlichen Segler der Lüfte, die in froher Lust der Bewegung den Sommerhimmel bis hoch in die Wolken hinauf beleben?

Aber das war anders zur Zeit, als die Aimats unser deutsches Vaterland bewohnten. Die Schwalben waren dem kalten, damaligen Deutschland noch fremd. Erst mit unserer heutigen Flora und ihren Insekten, mit Hirsch und Reh, mit Schwarzkopf und Nachtigall und mit den Kalats zogen sie aus wärmeren, östlichen und südlichen Gegenden in unser Vaterland ein. Die letzten unter den vier Schwalbenarten, die heute bei uns wohnen, waren jene kühn stürmenden Mauersegler mit den großen, schwarzen Augen und dem weitgespaltenen Rachen, mit den sonderbaren Handfüßchen und den langen, spitzen Flügeln, so lang, daß sie sich nicht mehr vom Boden erheben konnten, wenn sie je darauf geraten, echte Sommervögel, die alljährlich erst spät aus dem Süden kamen und mit dem Kuckuck schon wieder abzogen.

Diese Mauersegler erschienen jetzt plötzlich an dem sonnigen, himmelhohen Staffafels, flatterten in die Felsspalten hinein, suchten sich ein Plätzchen aus zum Nisten, wie sie es heute noch nach Jahrtausenden da tun.

Unsere alte Parre hatte den Tag über in ihrem Höhleneingang gesessen und sich gesonnt in der warmen Junisonne. Rulaman war früh ausgegangen zur Jagd und kam ermüdet am Abend mit einigen Vögeln nach Hause. Er freute sich schon auf den morgigen Tag, das war ein »Fünfter«; so nannten jene drei die Tage ihrer Zusammenkunft. Er hatte Welda ein junges Bärchen versprochen, das sie aufziehen wollte. Oft und viel hatte er nach einem solchen gestreift und heute endlich drüben bei der verlassenen Nallihöhle, wo der alte Nargu stets die Bären so sorglich geschont hatte, eine Este mit ihren Jungen aufgespürt. Es war nicht weit von dem Apfelbaum, wo er mit Obu einst den Pestun erlegt hatte. Mit Obu! Damals hatten sie auch Ara zum erstenmal gesehen. Und jetzt waren ein Kalatjüngling und dessen Schwester seine liebsten Freunde. Und waren es nicht Kalats, die Obu und Ara und seinen ganzen Stamm hingemordet hatten?

O, klagt den einsamen Rulaman nicht der Treulosigkeit an gegen seine alten Freunde, nicht des Wankelmutes! Ihr wißt es ja, daß nur Edelmut, daß es nur Mitleid für den verunglückten Kando war, was dieses neue Band der Freundschaft knüpfte, in der ihm bald eine neue Lebenssonne aufging.

Vergnügt kletterte er an dem Baum zur Staffa hinauf. Noch saß die Alte in der Felsspalte. Sie hatte ihn schon von fern gehört und auch gesehen; warum hatte sie heute kein Wort des Willkomms für ihren Liebling? Sie war in letzter Zeit wieder so frisch und heiter gewesen.

Warum war sie heute so bleich und blickte so starr und düster an dem steilen Felsen hinauf?

»Was ist dir, Ahne?« fragte Rulaman zärtlich.

»Ich habe meinen Totenvogel gesehen«, erwiderte sie langsam und ernst.

Es war nämlich ein Aberglaube der Aimats, daß sie aus irgendeiner ungewöhnlichen Erscheinung, die ihnen begegnete, plötzlich ihren nahen Tod voraussahen, und seltsamerweise traf es oft ein.

»Wo sahst du denn den Totenvogel?« fragte Rulaman betroffen.

»Dort haben sie sich verkrochen, in dem Felsloch. Es sind kleine, schwarze Vögel mit großen Rollaugen, die ich nie zuvor gekannt. Sie stießen hart an mir vorbei, wohl hundertmal, streiften mir fast das Haar, lachten mich an und höhnten mich und kreischten mir entgegen: ‚Tod, Tod!'.«

»Das waren nur Trugvögel«, sagte Rulaman. »Du hast mir ja oft erzählt von den Unholden, die den Aimat necken und ihn irreführen auf seinen Wegen, und die man töten soll. Ich will sie morgen herunterschießen, die Schlimmen, daß du Ruhe hast vor ihnen. O, denke nicht an den Tod! Was soll denn aus deinem Rulaman werden? Du darfst nicht sterben! Wir sind ja wieder glücklich, Ahne. Ja, ich bin glücklich, mehr als ich dir sagen kann. Denke an Kando, an Welda, wie gut sie dir sind und für dich sorgen!«

»Ja, sie lieben dich und sorgen für dich, mein Rulaman«, versetzte die Alte tiefbewegt, wie dieser sie noch nie gesehen hatte. »Dein ist das Leben und ein schönes Leben; mein aber ist der Tod.«

Rulaman ergriff ihre Hand und geleitete sie hinunter in die Höhle. Er machte Feuer und steckte eine Wildente, die er mitgebracht hatte, an den Bratspieß.

Aber die Alte wollte weder essen, noch trinken, auch Rulaman nicht. Er blickte kummervoll drein. Endlich, sich aufraffend, sagte er scheinbar heiter: »Morgen ist ein Fünfter, Ahne, da bringe ich dir Milch und Brot von der guten Welda.«

»Meine Lippen werden keinen Trank mehr berühren und keine Speise mehr«, versetzte die Alte. »Laß jetzt die Sorge um mich. Nur um eines bitte ich dich. Begrabe mich hier in der Staffa, im weißen Wolfspelz, und wälze einen großen Stein auf mein Grab. Und wenn du eine Sorge hast in späteren Tagen und eine Frage, so wandere hierher und wirf einen Stein auf meinen Hügel, nach alter Aimatsitte. Ich werde den Stein klingen hören und dir Antwort geben. Du aber ziehe hinüber zu deinen beiden Freunden auf den Nufa, und herrsche mit Kando wie ein Bruder. Schütze die weißen Tauben, wie der sterbende Rul dir befahl. Sei ein Vater der Aimatweiber und Aimatkinder, die drüben wohnen. Herrsche milde, nicht wie Gulloçh, sondern wie Rul, durch Weisheit und Tapferkeit täglich den Herrscher bewährend.«

Jetzt bewegten sich ihre Lippen nur noch tonlos. Dann rief sie plötzlich: »Siehst du dort meinen Heldensohn, deinen Vater Rul, und Repo und den Nargu und Obu und Ara? – Sie winken mir. – Ich komme, ich komme!«

Ihre Züge verzogen sich grauenhaft, die alte Stirn runzelte sich, sie schrie: »Da liegt er, der Weiße, und seine Silberhaare sind rot von Blut. Wer hat den Druiden getötet? Nicht du, Rulaman, laß mir die Rache!«

Erschöpft sank sie zusammen, und Rulaman weinte bittere Tränen. Das Feuer war heruntergebrannt. Es wurde still in der Staffa.

Am anderen Morgen ergriff Rulaman Speer, Pfeil und Bogen und wollte hinüberwandern zu seinen Freunden, nach der kleinen Felsgrotte.

»Bleib' heute bei mir«, sagte die Alte freundlich und griff nach Rulamans Rechter, drückte sie und hielt sie fest in ihren mageren Händen. »Bleib' heute bei mir! Bald wirst du ja ganz drüben sein bei denen, zu welchen dein Herz dich zieht, wenn ich eingegangen sein werde zur Walba. Oder nein, gehe hinüber! Töte den Totenvogel nicht, er mußte ja zu mir kommen. Sie haben ihn aus der Walba gesandt, mir Kunde zu bringen. Gehe hinüber zu deinen Freunden, sage ihnen, die alte Parre sei tot, der Druide sei tot und die beiden Völker seien versöhnt.«

Dann lachte sie laut auf. War sie plötzlich wahnsinnig geworden?

Rulaman legte seine Waffen nieder. Als die Alte dies sah, sagte sie ruhig, wie aus einem Traum erwachend: »Was war das, warum willst du nicht gehen? Ich bin stark heute, Rulaman, ich will hinaufsteigen und meine Vögel ansehen und lauschen; am Abend, wenn du heimkehrst, erzähle ich dir, was sie weiter mir verkündet.«

Entschlossen kletterte sie voraus in den Eingang hinauf. Der Rabe flog ihr nach. Sie setzte sich in die Felsspalte. Ein weißes Nebelmeer füllte das ganze Armital bis hinauf zu den Felsen. Plötzlich tauchten daraus die schwarzen Vögel auf und umflatterten sie, als hätten sie längst auf sie gewartet. Die Alte schrak zusammen. Der Rabe wollte sich auf die Schwalben stürzen. Sie hielt ihn zurück und verfolgte ihre Todesboten mit ruhelosem Blick.

Rulaman nahm Abschied. Rasch kletterte er am Felsen hinunter und war verschwunden.

Wir aber müssen nun unsere Blicke nach dem Nufa wenden.

Kando war entzweit mit dem Druiden, und dieser trachtete ernstlich danach, wie er das Vertrauen seines einstigen Schülers wiedergewänne. Ein fremder Einfluß war zwischen ihn und den Fürstensohn getreten, das merkte er wohl. Die einsamen Ausflüge der beiden Geschwister waren ihm verdächtig. Darum ließ er sie im geheimen durch Späher verfolgen, und bald hatten diese die traulichen Zusammenkünfte in der einsamen Felsengrotte ausgekundschaftet, hatten sogar unsere Freunde an jenem Tag bis zur Staffa verfolgt, als sie zusammen die alte Parre besuchten, ja, sie hatten die grausige Alte in der Felskluft sitzen sehen.

Als der Druide dies hörte, fiel es ihm wie Schuppen von den Augen. Also die beiden, die Alte von der Eibe und Rulaman, der ihm wohlbekannte Sohn des Aimathäuptlings von der Tulka, sie waren es, die seine Fürstenkinder ihm abwendig gemacht hatten. Das sollten sie mit dem Tode büßen.

Er berief eine Anzahl Kalatmänner zu sich und ließ sie Schweigen geloben. Dann befahl er ihnen, die Staffa bei Nacht zu überfallen und auszuräuchern, wie er es so erfolgreich bei den anderen Höhlen getan hatte.

Aber die Leute weigerten sich: »Wir können bei Nacht den Weg nicht finden zur Höhle, und sollen noch mehr Kalats diesem wütenden Volk zum Opfer fallen? Denket an die Tulka, dort kämpften unserer Fünfzig gegen zwei Männer und ein Mädchen und zwölf der Unsrigen sind da gefallen.«

»So fürchtet ihr euch vor einem Knaben und einem alten Weibe?«

»Die Alte ist eine Zauberin«, entgegneten sie. »So sagen selbst die Aimatweiber, die bei uns sind. Sie ist fest gegen Stich und Hieb und gegen das Feuer wie ein Salamander. Und der Jüngling ist mutig und stark wie keiner von uns. Er kämpft wie ein Löwe, und sein Pfeil fehlt nie. Wir sahen es auf der Kaddejagd. Wenn wir die Leiter anlegen auf der steilen Kante, so wird er uns samt der Leiter über die Felsabgründe hinunterwerfen, noch ehe wir sein Uhunest betreten.«

»So gehe ich allein!« rief der Greis entschlossen. »Belen wird meinen alten Armen Kraft geben, und sterbe ich, so sterbe ich für mein Volk, und die Kalats werden meinen Tod rächen!«

Da traten zehn der Männer vor und riefen: »Wir gehen mit, wohin ihr uns führt!«

»Wohl euch! Belen wird es euch lohnen! Ich gehe euch voran!«

Der Druide hatte in Erfahrung gebracht, daß Rulaman an jedem fünften Tage abwesend war von der Staffa. Darauf gründete er seinen Plan. Er gedachte, die Alte allein zu überfallen bei Tag und dann Rulaman aufzulauern am Weg, wenn er heimkam am Abend, und ihn töten zu lassen.

So hatte er die Ausführung auf einen »Fünften« beschlossen. Und das war eben jener Tag, wo wir Rulaman mit blutendem Herzen Abschied nehmen sahen von der Ahne.

Wohlbewaffnet, auf weiten Umwegen, langten die Kalats mittags vor der Staffa an. Als sie auf den schmalen Grasrand einlenkten, der hinüberführte zum Eingang, blickte der Druide mit Schaudern in den Abgrund zu seiner Linken nach dem Armital hinunter.

Doch mutig schritt die hohe Greisengestalt voran.

Die Alte saß oben in der Felsspalte und sonnte sich. Der Rabe auf ihrem Arm erhob sich krächzend, flatterte dem Druiden entgegen und umkreiste ihn mit kurzen Flügelschlägen, wie die Raben es tun, wenn sie den verborgenen Jäger im Wald verraten.

Die Alte blickte hinunter. Sie erkannte ihren Todfeind, sie kreischte laut auf in einem Angst- und Wutschrei und verschwand im Innern der Höhle.

Höhnisch lachte der Druide und rief den Kalats zu: »Seht ihr eure furchtbare Zauberin, wie sie flieht! Rasch die Leiter herbei! Macht's kurz! Schleppt die Hexe heraus und werft sie über die Felsen hinunter!«

Die Kalats, durch die Flucht des alten Aimatweibes ermutigt, richteten die Leiter auf und legten sie an. Der Rabe hatte sich in den Eingang gesetzt, er sträubte die Federn und krächzte den Feinden entgegen, als wollte er allein die Höhle verteidigen. Kaum erschien der erste Kalat auf den unteren Sprossen, so stürzte sich der mutige Vogel auf ihn, wie er sonst wohl hoch in der Luft herunterstieß auf den großen Habicht. Aber ein zweiter Mann hieb mit dem Schwert nach ihm, und schwer getroffen fiel der arme Vogel herunter auf den Boden, wo er im Todeskampf flatterte und hüpfte und zuckte und dann hinabkollerte über die Felsen.

»Ein gutes Vorzeichen!« rief der Druide; »der Zaubervogel ist hinunter, bald soll ihm die Zauberin nachfliegen!«

Er stellte sich dem Eingang der Höhle gegenüber hart am Abgrund auf, um so viel als möglich in die Felsspalte oben hinein zu sehen.

Sechs seiner Leute standen ihm zur Seite, die Pfeile auf den Bogen, falls die Alte sich zeigen sollte. Die vier anderen hatten die Leiter bestiegen, und eben erhob sich der Kopf des obersten bis zum Eingang der Höhle.

Da plötzlich erschien die alte Parre wieder in der Felsspalte, einen Topf im Arm.

In demselben Augenblick flogen die Pfeile hinauf, aber rasch hatte sie sich rückwärts gebeugt; kein Pfeil hatte sie getroffen.

Jetzt sah sie unter sich die Leiter mit den Kalats. Da, mit der Wut und Kraft der Verzweiflung, faßte sie die Leiter und schleuderte sie rückwärts in den Abgrund, hart an der Seite des Druiden vorbei. Das alles geschah in einem Augenblick. Die Schützen bei dem Druiden schrien auf, zu Tode erschreckt über das gräßliche Schicksal ihrer Kameraden. Der mutige Greis stand fest und rief:

»Rächt eure Brüder! Schießt! Laßt sehen, ob sie schußfest ist.«

»Schießt, schießt!« spottete die Alte oben nach, ohne das Wort zu verstehen.

Sie griff in ihren Topf und zog eine Handvoll lebendiger Vipern heraus, schwang sie hoch in der Luft, als wolle sie erst noch das giftige Gewürm zeigen, und schleuderte sie hinunter nach dem Druiden und nach seinen Männern. Und wieder schrie sie: »Schießt, schießt!« und wieder griff sie in den Topf, und wieder flogen die gräßlichen Schlangen.

Entsetzen erfaßte die Kalats. Sie flohen.

Unter lautem Hohngelächter deutete die Alte ihnen nach.

Noch stand der Druide unbewegt an seiner Stelle, als wäre er mit dem Felsen verwachsen. Er reckte seine Rechte gegen sie aus und rief ihr in feierlichem Ton einen Bannfluch zu, den die Alte freilich nicht verstand.

Da erhob auch sie ihre beiden Arme und schrie: »Fluch über dich! Du Räuber und Weibermörder, und Fluch über alle, die dir glauben! Mußtest du das arme, schwache Aimatweib verfolgen bis in die Höhle

Die Kalats stürzen in den Abgrund

des Uhus! Aber heute bin ich dein Totenvogel, du Weißer! Doch du versteht mich nicht. Und ich bin der Totenvogel deines ganzen Kalatvolkes! Doch du glaubst mir nicht. Dein Haß hat dich dort auf den Felsen gebannt, und lebend wirst du ihn nicht verlassen. Und wenn deine Seele nun hinüberfliegt zur Sonne, so berichte Gulloch und allen Fürsten und Druiden der Kalats, die dort wohnen, die Worte der alten Parre: ungeladen kamt ihr aus fremdem Lande, von eurem Belen getrieben, wie ihr sagt, und ihr zertratet erbarmungslos mein Volk, dem die Wälder gehörten und die Flüsse und die Ebenen. Ihr habt gesiegt. Die Kalats werden leben im Lande fünfzig und fünfzig Jahre; sie werden die Felder bebauen und das Land mit Wohnungen bedecken. Danach aber wird ein Rächer erstehen den Aimats. Wohl nennt ihr euch Söhne der Sonne, ihr Kalats, aber ihr lügt. Ein Volk wird kommen von Morgen her, das wahre Volk der Sonne. Golden werden die Haare flattern um ihre Häupter wie Sonnenstrahlen, und blau wird ihr Auge glänzen wie der Himmel im Sommer. Eure Männer werden Zwerge sein vor ihnen und werden ihnen dienen müssen, wie euch die Hunde dienen, und ihr Belen wird der wahre Belen sein, der Einzige, dem alle Völker untertan werden. Und das nimm jetzt zum Zeichen, daß ich die Wahrheit rede. Ein Aimat wird fortan herrschen über dein Volk im Nufatal, und er wird ein Fürst werden über alle Kalats weithin. Unser beider Ende aber ist heute gekommen. Fünfzig und fünfzigmal hast du arme, unschuldige Kinder geopfert für dein Volk. Heute opfere ich dich und mich für die Aimats!«

Mit diesen Worten stürzte sie sich hinab auf den Druiden, der ihr starr, wie gebannt zugehört hatte, und riß ihn mit sich hinunter über den himmelhohen Fels in den schwindelnden Abgrund.

Das ist die Geschichte von Rulaman und der alten Parre. Noch ruhen die alten Geister nicht. Wenn an Sommerabenden plötzlich die weißen Nebel aufwallen aus dem Armital zu den Albfelsen hinauf, da erscheinen vor dem hohen Staffafelsen zwei mächtige Nebelgestalten in wunderbar wirbelnder Bewegung. Sind es der Druide und die alte Parre, die heute noch kämpfen den Kampf der Aimats und Kalats?

Drüben aber auf dem Nufaberg wächst ein uralter Efeu an den Burgruinen. Der Efeu malt in großen Zügen auf dem grauen Gestein seltsam verschlungene Zeichen. Wer sie zu deuten versteht, der liest: Rulaman, Welda und Kando.

ENDE

Nachwort. Vor hundert Jahren hat ein Vater diese Geschichten erdacht; er erzählte sie seinen heranwachsenden Söhnen, auf weiten Wanderungen über die Alb und an langen Winterabenden am prasselnden Kanonenofen im Gutshaus Hohenwittlingen, hoch über dem Ermstal. Immer neue Abenteuer mußte er erfinden, von den Kämpfen der Höhlenmenschen gegen die wilden Tiere und eindringende feindliche Völkerschaften. Er mußte berichten von den Jagdzügen der Aimatsippe und von ihren Streifzügen ins weite Land. Die Phantasie der vier Buben half ihm, die Geschichten weiter und weiter zu spinnen, bis er sie eines Tages aufschrieb. Freunde rieten zum Druck, und 1875 erschien *Rulaman* als Buch.

Wer war der Autor dieses seit Generationen unverwüstlichen Jugendbuches, das man eine Schwäbische Kinderbibel genannt hat, weil darin die Genesis der Alb und ihrer Menschen nach der Eiszeit, von den erdgeschichtlichen Ursprüngen bis zum Einbruch der Kelten, ausgebreitet ist? Das in Schwaben landauf, landab wohl in wenigen Familien nicht neben Robinson und Lederstrumpf steht? Das in immer neuen, heute nicht mehr zählbaren Auflagen erschien und dessen Nachkriegsausgabe seit 1950 allein in rund 80000 Exemplaren verbreitet ist, das ins Englische, Französische, Spanische, Schwedische, Dänische und Holländische, ja sogar ins Lettische und Serbo-Kroatische übersetzt wurde?

David Friedrich Weinland wurde 1829 als Pfarrerssohn auf der Schwäbischen Alb geboren, in Grabenstetten, in jener Gegend, die er später Rulamans Heimat werden ließ. Weinland ward zum Theologen bestimmt, besuchte das Seminar in Maulbronn und wurde »Stiftskopf« in Tübingen. Doch die Jahre der Kindheit hatten zutiefst auf seine junge Seele eingewirkt. Er, der die Felsenberge der Alb mit Schluchten, Höhlen und Schründen, ihre weiten Hochflächen mit dem kargen Wacholder und der Vielfalt blühender Pflanzen, mit ihren Wäldern und Vulkanen kannte wie kaum ein anderer, der schon als Siebenjähriger jeden Vogel nach der Stimme zu benennen wußte, der Ammonshörner, Fossilien und Mineralien in seinem Kämmerlein sammelte – er wollte wissen, wie das alles entstanden ist, er wollte die Natur mit dem Werden und Vergehen ihrer Geschöpfe beobachten und belauschen, und er wollte die tausend Fragen, die sich ihm stellten, beantwortet haben – oder selbst beantworten. Also hörte er »nebenbei« naturwissenschaftliche Kollegs, hängte nach dem theologischen Examen die Gottesgelahrtheit an den Nagel und promovierte 1852 mit einer Dissertation über die Urzeugung, ein damals heiß umstrittenes Thema. Als Dr. rer. nat. gelangte er über eine Assistentenstelle am Berliner Zoologischen Museum zur Universität Cambridge in den Vereinigten Staaten. Reisen nach Kanada und Forschungsaufträge im Karibischen Meer boten Gelegenheit, das Leben der Indianer und das Verhalten negroider Sippen auf Haiti zu beobachten.

Ein Halsleiden zwang zur Heimkehr. 1859 wurde Weinland wissenschaftlicher Leiter des neuen Frankfurter Zoos, also erster Vorgänger Bernhard Grzimeks. Seiner Gesundheit wegen aber mußte er auch diesem Amt entsagen – von dem aus er auch Vorlesungen gehalten hatte. Er zog sich auf das väterliche Gut Hohenwittlingen zurück und lebte nun ganz seinen Studien und Forschungen. Sie fanden Niederschlag in einer kaum übersehbaren Fülle wissenschaftlicher Veröffentlichungen, teils zu entlegensten Themen. *Rulaman* ist also nur die »liebenswerte Nebenfrucht am Baum der Erkenntnis«, wie ein Freund es ausdrückte.

Hochgeehrt starb David Friedrich Weinland 1915 in seinem »Schlößle«, neben der Ruine der württembergischen Herzogsburg. Am Rand der lieblichen Schloßwiese fand er sein Grab.

Gewiß, neue und umwälzende Forschungsergebnisse haben nach hundert Jahren den Wissensstand Weinlands weit hinter sich gelassen, doch das ändert nichts an dem Grundgehalt seines *Rulaman*. Möge er noch recht vielen Menschen, jungen und alten, die Augen öffnen für alles Schöne und Geheimnisvolle, für den Zauber der Vergangenheit und der Gegenwart unserer Alb.

Nachwort und Anmerkungen von Kurt Kloeppel, unter freundlicher Beratung durch Dr. Ruth Wais. Karte von Willy Löffelhardt.

Worterklärungen

AIMAT (lappisch) Mensch. Nach auch heute nicht widerlegter Theorie ordnet Weinland die Ureinwohner seiner Heimat einer alpinen Rasse von Europiden zu, als deren Rudimente die Lappen gelten können. Manche Naturvölker nennen sich selbst »Menschen«, so auch Weinlands Aimats. – Die drollig anmutenden Sprachstudien (S. 269) erfand er nach etymologischen Überlegungen und Vergleichen mit primitiven Sprachen.

ALBOS (lappisch) Luchs

ÄNAK (lappisch) männlicher Bär

ARMI-BACH Erms, rechtes Nebenflüßchen des Neckars, entspringt auf der Alb bei Seeburg *sö* von Urach. Über ihrem tief eingeschnittenen Tal liegen die Ruine Hohenwittlingen, das Schillingsloch oder Schillerhöhle genannt (Tulkahöhle) und das Steffesloch (Staffa).

BELEN (Belenus) Sonnengott der Kelten, bei den Römern Apollo

BU (gälisch-keltisch) Kuh, zahmes Rind

BURA-FELSEN Beurener Fels *ö* vom Hohenneuffen (bûr mhd. Gebäude)

BURRIA s. Höhlenlöwe. Der Kampf dürfte sich, nach der Wegzeit bemessen, in einem Tal bei Blaubeuren abgespielt haben.

DABBA (arabisch) Hyäne. Knochenfunde in Albhöhlen häufig

EIBE Taxus, Nadelbaum mit elastischem und dauerhaftem Holz, besonders für Bogen geeignet. In europäischen Wäldern fast ausgestorben, in Parks und Anlagen als Ziergehölz kultiviert

FARKA (ungarisch) Leitwolf

FLINT (altdeutsch) Kiesel, Feuerstein, für Werkzeuge und zum Feuerschlagen. Die Funken werden vom Zunder aufgefangen, daher »Flinte«.

GIEDK (lappisch) Fjälfraß, Vielfraß, Marderraubtier

HOFA-FELD Vor der Ruine Hofen über dem Schlattstaller Tal auf der Vorderen Alb (s. Sala)

HÖHLENBÄR Nach Funden im Lonetal war dieses Urwelttier 3 m lang und 1,20 m hoch.

HÖHLENLÖWE In Alb- und Schweizer Höhlen nachgewiesen, war mit 2,50 m Körperlänge um ein Drittel größer als der Berberlöwe.

HUHKA-HÖHLE (finnisch Huuhka = Uhu), die Falkensteiner Höhle, am Hang über dem Elsachtal. Der Bach entspringt darin, versinkt meist im Inneren und tritt unterhalb wieder zutage. Die Höhle ist heute auf 3 km erforscht.

HULAB-FELSEN Bei der Hülbener Steige *w* vom Hohenneuffen

Hyäne s. Dabba

Kadde (lappisch) Wildes Ren. Weinland schreibt »Renntier« nach der Orthographie seiner Zeit, obgleich er als Zoologe »Ren« für richtig hält. Große Kadde = Edelhirsch

Kadde-Ebene Die Hochfläche etwa auf der Münsinger Alb

Kalats Kelten. Nach Weinlands bzw. der These seiner Zeit waren sie als indogermanische Stämme vom Südosten eingedrungen. Heute datiert man ihr Erscheinen in Europa auf das 8. bis 7. Jahrhundert v. Chr.

Kannibalismus Vom griechischen Geographen Strabo und vom Kirchenvater Hieronymus bei keltischen Wandervölkern bezeugt

Kansa-Bach Kanzach, rechter Nebenfluß der Donau, aus dem Federsee

Karga (baschkirisch) Rabe

Kelt (lat. Celtis) Meißel, Beil

Kum (tatarisch Kumy) berauschendes Getränk aus Stutenmilch

Kobelo (finnisch Koppelo) Auerhahn

Langer Fluss Donau. Die Furt ist etwa beim heutigen Untermarchtal anzunehmen.

Luban (gälisch-keltisch) Schaf

Mate (malaisch) Tod, der Töter (daher Ehrentitel »Burriamate«)

Mate-Tal Vermutlich das Kaltental, von *N* nach *S* ziehendes Nebental der Elsach

Münzen Keltische Hohlmünzen aus Goldblech, beim Hohenneuffen oft gefunden. Im Volksmund »Regenbogenschüsselchen«; sie blinken, wo der Regenbogen auf die Erde stößt.

Nalli-Höhle Nebelhöhle bei Genkingen auf der Reutlinger Alb, auch bekannt aus Hauffs »Lichtenstein«. Das zuvor (S. 120) beschriebene Tal ist das Echaztal mit den Traifelbergfelsen.

Nial (lappisch) Eisfuchs

Nomel (lappisch) Hase

Norge Neckar

Norge-Wald Schönbuch, das weite, hügelige Waldgebiet *n* des Neckars. Der unbesiedelte Kernteil des heutigen Forstes erstreckt sich in Luftlinie 27 km von *O* nach *W* und 11 km von *N* nach *S*. Weitere geschlossene Waldgebiete reichen bis auf die Filderebene *s* von Stuttgart.

Numba (javanesisch) Nashorn, Höhlenfunde in Süddeutschland

Pferd Das kleine Wildpferd europäischer Urrasse wurde von Höhlenmenschen gegessen, wie Knochenfunde zeigten.

Regenbogenschüsselchen s. Münzen

Sabliga (russisch) Buchfink

Sala-Fels über dem Sala-Tal. Das Schlattstaller Tal (eigentlich Schlatts-Tal), mündet ins Oberlenninger Lautertal.

Sniera (lappisch) Maus

Sokol (polnisch) Falke

Som-See (von russisch Som = Wels) Federsee in Oberschwaben, ca. 138 ha groß, das ist etwa ein Zwanzigstel seiner Fläche in prähistorischer Zeit. Im verlandeten Teil vorgeschichtliche Siedlungsfunde

Sonnenstein Kupfer

Staffa-Höhle Steffesloch (s. Armibach)

Stalpe (lappisch) Wolf

Stana-Bach Steinach, Nebenbach des Neckars, Quelle am Hohenneuffen

Tulka-Höhle (von tatarisch Tulka = Fuchs) s. Armibach

Tur (polnisch) Urochs

Twoba-See (von hottentottisch Twoba = Elefant), nach Mammutfunden bei Cannstatt vermuteter prähistorischer Salzsee

Ula Aach, entspringt nahe dem Blautopf bei Blaubeuren und vereinigt sich bald mit der Blau zum linken Nebenfluß der Donau.

Ula-Höhle Hohler Fels bei Schelklingen. Die Erforschung dieser Höhle hat Weinland stark beeindruckt. Sie ergab Siedlungsfunde aus der jüngeren Altsteinzeit und Reste vom Höhlenbären, Mammut, Ren, Wildpferd u.a.

Uson Wisent, Rindergattung mit Buckel, Mähne und Bart; Reste im Kaukasus. In Amerika Bison = Büffel

Vaita-Tal Faitel, im oberen Teil Föhrental, am Nordabfall des Hohenwittlinger Berges bei Urach

Vipern Noch bis ins 18. Jahrhundert Hauptingredienz für Theriak, ein mittelalterliches Allheilmittel

Walba Das »Jenseits« der Aimats. Wo der Boden unter den Reitern hohl dröhnt (S. 196), über unzugänglichen Räumen unter der Erde, wohnen die Geister verstorbener Aimats.

Walba-See Hier ist an den Blautopf bei Blaubeuren zu denken, den einzigen und geheimnisvollen See in jener Gegend.

Waldrebe Clematis, in Süddeutschland auch Wolfsrebe, Trenne, Waldstrick, Teufels- oder Hexenzwirn. Noch zu Weinlands Zeit für Seile verwendet

Wassergestein Basalt, im Gegensatz zum Jura ohne Risse und Klüfte, so daß sich Wasser darin sammeln kann.

Es mag verwundern, daß Weinland den Aimats Tiernamen aus teils entlegenen Sprachen in den Mund legt. Die meisten übernahm er von seinem genau gleichaltrigen Freund Alfred Brehm, den jahrelange Forschungsreisen durch europäische, afrikanische, asiatische und vor allem nordische Länder geführt hatten.